Mystbooks

Ed McBain

VEDOVE

Traduzione di Nicoletta Lamberti

Arnoldo Mondadori Editore

Le Edizioni del Giallo
Direttore responsabile: Gian Franco Orsi

Titolo originale: *Widows*

Prima edizione: Mystbooks, ottobre 1991
Seconda edizione: Mystbooks, novembre 1991

ISBN 88-04-35096-2

VEDOVE

Per Jane Powell e Dick Moore

1

Era stata brutalmente pugnalata e ferita più volte di quante Carella volesse immaginare. Il coltello sembrava essere stato un'arma di comodo: un coltellino da frutta, preso evidentemente dal mobile bar, su cui si trovavano un apribottiglie con il manico uguale a quello del coltello, una caraffa piena a metà di Martini, un secchiello per il ghiaccio e un limone intero da cui mancava una stretta scheggia di scorza.

Qualcuno aveva bevuto un Martini. Con la scorzetta. Presumibilmente il coltello, prima di essere usato sulla vittima, era servito per tagliare un pezzetto di scorza. Il bicchiere era ancora sul tavolino accanto al quale era distesa la donna. La scorza di limone si arricciava sul fondo del bicchiere. Il coltellino da frutta era accanto al cadavere. La lama era coperta di sangue. La vittima perdeva sangue da quelli che sembravano almeno cento sfregi e pugnalate.

— Una bionda naturale — osservò Monoghan.

La ragazza indossava un kimono di seta nero con giganteschi papaveri rossi. Il kimono era trattenuto in vita dalla cintura, ma si era aperto e mostrava le lunghe gambe snelle e il pube biondo su cui adesso Monoghan basava la propria intelligente deduzione. Gli occhi azzurri erano aperti. La gola era stata tagliata. Il viso era stato ferito ripetutamente, ma si poteva ancora vedere che la vittima era stata una vera bellezza. Diciannove, vent'anni, lunghi capelli biondi e incredibili occhi azzurri spalancati, che fissavano il soffitto dell'attico. Un corpo giovane e bello sotto il kimono nero con i papaveri color sangue.

Gli uomini in giacca e cravatta, con le targhette di identificazione plastificate sui risvolti delle giacche, erano in piedi intorno al cadavere e lo osservavano. Monoghan e Monroe dell'Omicidi Nord; il detective di secondo grado Steve Carella dell'87°; il detective di terzo grado Arthur Brown, medesimo distretto. Una simpatica, piccola riunione poco dopo le otto di una calda, soffocante serata di metà luglio. Monoghan e Monroe continuavano a fissare il cadavere sul pavimento come se stessero riflettendo sul mistero della vita. C'erano tagli e pugnalate sul seno e sul ventre. Le ferite urlavano silenziosamente alla sera. C'erano pugnalate anche all'interno delle cosce. C'era sangue ovunque si guardasse. Carne bianca lacerata e sangue rosso brillante. Che urlava. I poliziotti stavano aspettando il medico legale. Data la stagione, con le strade intasate di gente e di macchine, ci voleva tempo per arrivare in qualsiasi posto. Sul viso di Carella c'era un'espressione addolorata. Brown invece aveva un'aria arrabbiata, come del resto aveva sempre, anche quando era in un delirio di felicità.

— Ragazze così possono finire nei guai, in questa città — dichiarò Monroe.

"Ragazze così come?" si chiese Carella.

— Prendi una ragazza giovane e carina come questa — aggiunse Monoghan. — Non sanno com'è questa città.

— Cosa può farti questa città — concordò Monroe.

— Questa città può fare cose terribili alle ragazze — disse Monoghan.

Se ne stavano in piedi con le mani nelle tasche della giacca, i pollici fuori, in identici abiti blu scuro con la camicia bianca e la cravatta blu, e guardavano la donna morta. Ragazza, l'avevano definita. Diciannove, vent'anni al massimo. Carella si chiese se lei aveva mai pensato a se stessa come a una donna. Da quel momento in poi, su tutti i rapporti sarebbe stata etichettata semplicemente come "di sesso femminile". Definizione generica. Nessuna sottile distinzione che le femministe potessero impugnare, nessuna discussione se dovesse essere una ragazza o una donna, niente stronzate del genere, una volta che si diventa vittima. Appena sei morta, diventi "di sesso femminile", punto.

C'era ancora quell'espressione addolorata negli occhi di Steve Carella.

Occhi scuri, a mandorla, che davano al viso un'espressione vagamente orientale. Capelli castano-chiaro. Alto e snello. Il naso gli colava, per un raffreddore estivo. Carella estrasse il fazzoletto, si soffiò il naso e guardò verso la porta d'ingresso. Dove diavolo era finito il medico legale? L'aria nell'appartamento era umida e appiccicosa; c'era una finestra aperta da qualche parte, che diluiva l'aria condizionata? Nella stanza non c'erano condizionatori singoli alla finestra, tutto era nascosto e incassato: un appartamento di lusso, in un grattacielo di appartamenti dall'affitto altissimo, in quella che passava per la Costa d'Oro del distretto e che dominava il fiume Harb e lo stato vicino. Due isolati più a sud c'erano le case popolari e gli alberghi a ore. Qui, sul pavimento dell'unico attico del palazzo, una giovane donna in un costoso kimono di seta era distesa, ferita e sanguinante, su uno spesso tappeto, con un Martini nel bicchiere a stelo sul tavolino dietro di lei. Argento liquido nel bicchiere. Una scorza di limone gialla e arricciata. Una macchia di rossetto sul bordo del bicchiere. Nella caraffa sul mobile bar c'era ancora abbastanza Martini per altri cinque o sei bicchieri. La ragazza stava aspettando compagnia? Aveva volontariamente fatto entrare nell'appartamento il suo assassino? Oppure c'era una finestra aperta?

— Hanno detto che domani farà ancor più caldo di oggi — disse Monoghan pigramente. Voltò le spalle alla vittima, come se si fosse annoiato della sua posa senza vita.

— Hanno detto chi? — chiese Monroe.

— Loro, quelli delle previsioni del tempo.

— E allora perché non lo dici? Perché la gente dice sempre loro questo e loro quello invece di spiegare chi diavolo sono questi loro?

— Io non sono la gente — disse Monoghan, con aria offesa. — Io sono il tuo socio.

— E allora piantala di dire sempre loro questo e loro quello.

— Va bene, la pianto — disse Monoghan, e si avvicinò al secondo divano di pelle nera sotto le finestre, sul lato opposto della stanza. Guardò arrabbiato il divano e poi ci si lasciò cadere sopra pesantemente.

Brown non riusciva a credere che gli M & M stessero litigando. Monoghan e Monroe? Uniti all'anca come gemelli siamesi fin dalla nascita? Gli M & M che si scambiavano battute acri? Impossibile. Eppure, ecco Monoghan che sedeva imbronciato sul divano e Monroe per niente disposto a lasciar perdere. Brown cercò di tenersi in disparte.

— La gente lo fa continuamente — disse Monroe. — È una

cosa che mi fa diventare matto. A te non fa diventare matto? — chiese a Brown.

— Non è che ci faccia molto caso — rispose Brown, cercando di restare neutrale.

— È il caldo che ti fa diventare matto — disse Monoghan dall'altra parte della stanza.

— Non è il maledetto caldo — protestò Monroe. — È la gente che dice sempre loro questo e loro quello.

Brown cercò di sembrare lontano.

Alto un metro e novantatré per cento chili, Brown era più grosso e più in forma degli altri due dell'Omicidi. Però intuiva che, se non fosse stato attento, la loro discussione avrebbe potuto facilmente ritorcersi contro di lui. Al giorno d'oggi, in questa città, un nero deve stare sempre molto attento, tranne che con le persone di cui si fida completamente. Brown si fidava completamente di Carella, ma non sapeva assolutamente niente delle opinioni religiose o politiche degli M & M, per cui pensò fosse meglio non farsi coinvolgere in quello che era sostanzialmente un litigio in famiglia. Quello che proprio non voleva in una soffocante sera d'estate era una bega.

La pelle di Brown aveva il colore del ricco caffè colombiano; gli occhi erano marrone, i capelli neri ricci, le narici larghe e le labbra grosse; il tutto lo rendeva nero che più nero non si poteva. Nel corso degli anni, si era abituato a pensare a se stesso come a un nero, ma gli venisse un accidente se adesso aveva voglia di definirsi afro-americano, secondo lui un'etichetta fasulla inventata da gente insicura che continuava a inventarsi definizioni al solo fine di reinventare se stessa. Inventare definizioni non è il modo per scoprire chi sei. Per farlo, devi guardarti allo specchio tutte le mattine, come faceva Brown, e vedere lo stesso, attraente fusto nero che ti restituisce lo sguardo. È questo che ti fa sorridere soddisfatto, amico.

— C'è sempre gente che dice cose come "Dicono che vi sarà un altro aumento delle tasse" — riprese Monroe, accalorandosi sempre di più. — E quando gli chiedi a chi si riferiscono con "dicono", loro ti rispondono gli agenti di borsa o gli istituti finanz...

— L'hai appena fatto anche tu — disse Monoghan.

— Fatto cosa?

— Hai detto che gli chiedi a chi si riferiscono con "dicono" e loro ti rispondono gli agenti...

— Non so di cosa stai parlando — l'interruppe Monroe.
— Sto parlando dei tuoi pianti sulla gente che dice loro questo e loro quello e di te che hai appena detto loro.
— Io non ho detto niente di simile — negò Monroe. — L'ho detto? — chiese a Brown, cercando di nuovo di trascinarlo nella discussione.
— Salve, salve, salve! — salutò allegramente il medico legale dalla porta, evitando a Brown una risposta. Posò la borsa sul pavimento, si asciugò la fronte con un fazzoletto già umido e disse: — Là fuori è il Sahara. Scusate il ritardo. — Riprese la borsa, si avvicinò alla vittima distesa sul tappeto, disse — Dio mio — e le si inginocchiò immediatamente di fianco. Monoghan si alzò dal divano e si avvicinò agli altri uomini in piedi.

Tutti osservarono in silenzio il medico legale che cominciava il suo esame.

Nella città, il cadavere non può essere toccato da nessuno prima che un incaricato dell'ufficio del medico legale dichiari la vittima ufficialmente morta. Per estensione, gli agenti investigativi di solito interpretano la regola nel senso che non bisogna toccare niente finché il medico legale non pronuncia il suo verdetto. Entri in un appartamento, trovi una vecchia signora nuda, morta da mesi, che si è trasformata in gelatina nella vasca da bagno, e aspetti che il medico legale ti dica che è morta. I poliziotti aspettavano anche adesso.

Il medico esaminò la donna morta come se fosse ancora viva e lui si trovasse tra i suoi pazienti in ambulatorio: le mise lo stetoscopio sul petto, le sentì il polso, contò il numero delle pugnalate e delle ferite (ce n'erano in tutto trentadue, comprese quelle nella schiena) tenendo i detective nell'incertezza se la ragazza fosse o no effettivamente deceduta.

— Difficile da indovinare, vero, Doc? — chiese Monoghan, che strizzò l'occhio a Monroe, sorprendendo Brown.

— Intende dire la causa della morte — aggiunse Monroe, contraccambiando la strizzata d'occhio del collega.

Brown pensò che i due dovevano aver già dimenticato il loro piccolo battibecco.

Il medico legale sollevò lo sguardo con aria acida e poi riprese il lavoro.

Finalmente si rialzò e disse: — È tutta vostra.

I detective si misero al lavoro.

L'orologio sulla parete dell'ufficio indicava le 20.30. Non c'era nient'altro sulle pareti. Neppure una finestra. C'era una semplice scrivania di legno, probabilmente recuperata da uno dei distretti più vecchi quando erano arrivati i nuovi mobili di metallo. Davanti alla scrivania c'era una poltroncina di legno con i braccioli e, dietro, una sedia di legno dallo schienale diritto. Dietro la scrivania sedeva Michael Goodman. Il dottor Michael Goodman. Che in classifica valeva soltanto un ripostiglio d'ufficio nel palazzo della Centrale. Eileen Burke era singolarmente poco impressionata.

— Detective di secondo grado, vero? — le domandò l'uomo.

— Sì.

— Da quanto tempo è detective?

Per poco Eileen non rispose: da troppo.

— È tutto lì, nella scheda — rispose invece.

Cominciava a pensare di aver fatto un terribile errore, venendo a parlare con uno strizzacervelli raccomandato da un'altra strizzacervelli. Però Eileen si fidava di Karin. Forse.

Goodman esaminò i documenti sulla scrivania. Era alto, con i capelli neri e ricciuti e gli occhi azzurri. Naso un po' troppo lungo per il suo viso, e baffi, forse per minimizzarlo. Spesse lenti con la montatura dello stesso colore dei capelli. Studiò le carte.

— Vedo che ha passato parecchio tempo con le forze speciali — osservò.

— Sì.

— Incarichi esca.

— Sì.

— Per lo più con la squadra Antistupro.

— Sì.

Adesso sarebbe arrivato allo stupro. Sarebbe arrivato dove si diceva che era stata violentata in servizio. C'era tutto nella scheda.

— Dunque — disse il medico. Alzò gli occhi e sorrise. — Cosa le fa credere che le piacerebbe lavorare con la squadra Ostaggi?

— Non sono sicura che mi piacerebbe. Ma Karin... La dottoressa Karin Lefkowitz...

— Sì.

— È già da un po' di tempo che vado da lei...

— Sì.

— Al Pizzas. Al piano di sopra.

Psychological Services Assistance Section. PSAS. Abbreviato in Pizzas. Una storpiatura dei poliziotti per sdrammatizzare l'aiuto psicologico; così suonava più simpatico: Pizzas. Di sopra, al quinto piano. L'ufficio della squadra Antistupro di Annie Rawles era al sesto. Si comincia con un incarico nell'Antistupro al sesto piano e si finisce nel Pizzas al quinto, pensò Eileen. Ciò che sale deve scendere.

— La dottoressa Lefkowitz pensa che forse troverei interessante lavorare con la squadra Ostaggi.

Meno minaccioso era quello che in realtà aveva detto la Lefkowitz.

— Cosa intendeva dire con interessante?

Diritto al punto. Più in gamba di quanto Eileen avesse pensato.

— Ultimamente ho passato un periodo di notevole stress — rispose Eileen.

— A causa della sparatoria? — le chiese Goodman.

Ci siamo, pensò Eileen.

— Sì, della sparatoria. E delle complicazioni che sono derivate da...

— Quand'è stato che ha ucciso quell'uomo?

Chiaro e tondo. Ucciso quell'uomo. Il che, naturalmente, era proprio ciò che aveva fatto. Ucciso quell'uomo. Ucciso quell'uomo che aveva assassinato tre prostitute e che le stava per saltare addosso con un coltello. Eileen l'aveva fatto saltare per aria. La prima pallottola l'aveva preso nel petto, buttandolo indietro verso il letto. Eileen aveva sparato di nuovo quasi immediatamente, colpendolo alla spalla, questa volta, e facendolo ruotare. E poi aveva fatto fuoco una terza volta, centrandolo alla schiena e catapultandolo sul letto. In quel momento non era riuscita a capire perché continuasse a sparare sul corpo senza vita, guardando le eruzioni di sangue lungo la spina dorsale e ripetendo, ancora e ancora: "Ti avevo dato una possibilità, ti avevo dato una possibilità", fino a scaricare la pistola. Karin Lefkowitz la stava aiutando a capire il perché.

— L'ho ucciso un anno fa a ottobre — rispose.

— Non l'ultimo ottobre...

— No, quello prima. La notte di Halloween.

Ti avevo dato una possibilità.

Ma era vero?

— Perché va dalla dottoressa Lefkowitz?

Eileen si chiese se il medico conosceva Karin. Gli strizzacervelli si conoscevano tutti tra di loro? E, se era così, Goodman aveva parlato con Karin di tutto ciò su cui avevano discusso negli ultimi mesi?

— Ci vado perché le armi non mi piacciono più.

— Mmm.

— Non voglio dover uccidere qualcun altro — aggiunse Eileen.

— Okay.

— E non voglio fare più lavori da esca. Che è un bel fallimento per un agente delle forze speciali.

— Lo immagino.

— Per inciso — disse Eileen — non è che gli psichiatri mi siano particolarmente simpatici.

— Per fortuna io sono solo uno psicologo — disse Goodman, e sorrise.

— Anche quelli.

— Però Karin le piace.

— Sì — rispose Eileen. Fece una pausa. — Mi ha aiutata. Una grossa ammissione.

— In che senso?

— Ho altri problemi, a parte il lavoro.

— Prima mi dica quali sono i suoi problemi di lavoro.

— Gliel'ho appena detto: non voglio trovarmi di nuovo in una situazione in cui potrei essere costretta a sparare a qualcuno.

— A uccidere qualcuno.

— Sparare, uccidere. Sì.

— Per lei non c'è differenza?

— Quando qualcuno sta per aggredirti e tu hai solo tre secondi per decidere, non c'è differenza.

— Dev'essere stato spaventoso.

— Sì.

— Ha ancora paura?

— Sì.

— Quanta paura, signorina Burke?

— Molta.

Adesso poteva ammetterlo. Karin l'aveva liberata.

— Ha paura perché ha ucciso quell'uomo?

— No. Perché sono stata violentata. Non voglio essere violentata di nuovo. Ucciderei chiunque cercasse di violentarmi. Perciò non voglio essere... essere messa costantemente in situazioni in cui qualcuno possa tentare di violentarmi, cosa che mi spaventa a morte, e in cui io debba... debba uccidere, cosa che... che mi spaventa altrettanto. Dover uccidere qualcuno.

— È una specie di circolo vizioso, vero?

— Se resto nelle forze speciali, sì.

— Per cui sta pensando alla squadra Ostaggi.

— Be', Karin pensava che sarei dovuta venire a parlarne con lei. Per vedere di cosa si tratta.

— Non si tratta di uccidere gente, questo è certo — disse Goodman, e sorrise di nuovo. — Mi parli degli altri suoi problemi. Quelli non collegati al lavoro.

— Be', sono problemi personali.

— Sì. Ma anche il lavoro con la squadra Ostaggi è personale.

— Me ne rendo conto. Ma non vedo cosa c'entrino i miei problemi personali con...

— Ho appena avuto un colloquio con un detective che per gli ultimi dieci anni ha lavorato con la Narcotici — la interruppe Goodman. — È tutto il giorno che parlo. C'è un alto tasso di bruciati nella squadra, moltissimo stress. Quando l'ispettore e io riusciamo a tenerci un buon negoziatore di ostaggi per otto mesi, è già un successo. Comunque, quel detective della Narcotici odia i trafficanti di droga, vorrebbe vederli tutti morti. Gli ho chiesto cos'avrebbe fatto nel caso che stessimo trattando con un sequestratore noto come trafficante. Mi ha risposto che avrebbe cercato di salvare la vita degli ostaggi. Gli ho chiesto cosa pensava che fosse più importante: gli ostaggi o il trafficante. Mi ha risposto gli ostaggi. Gli ho chiesto se avrebbe ucciso il trafficante per salvare gli ostaggi. Mi ha risposto di sì, che l'avrebbe ucciso. Gli ho detto che non pensavo che lui sarebbe andato bene per la squadra.

Eileen lo fissò.

— Allora, quali sono questi problemi personali su cui sta lavorando? — le chiese il medico.

Eileen esitò.

— Se preferisce...

— La notte in cui ho sparato a Bobby... si chiamava così, Bobby Wilson. La notte che gli ho sparato, avevo due colleghi di rinforzo che mi seguivano. Ma il mio ragazzo...

— È lui il problema personale? Il suo ragazzo?

— Sì.
— Cos'ha fatto?
— Aveva pensato di dare una mano, e come risultato...
— Dare una mano?
— Fa il poliziotto anche lui. Mi scusi, avrei dovuto dirglielo. È un detective dell'87°.
— Come si chiama?
— Perché ha bisogno di saperlo?
— Non ne ho bisogno.
— Comunque, si è intromesso nell'operazione, è successo un pasticcio e io ho perso i miei rinforzi. È per questo che mi sono ritrovata da sola con Bobby. E il suo coltello.
— E così l'ha ucciso.
— Sì. Stava per ammazzarmi.
— E dà la colpa di questo al suo ragazzo?
— È proprio quello su cui stiamo lavorando.
— Lei e la dottoressa Lefkowitz?
— Sì.
— E cosa mi dice di lei e del suo ragazzo? Ci state lavorando sopra anche voi due?
— Non lo vedo da quando ho cominciato la terapia.
— Lui cosa ne pensa?
— Non mi frega un accidente di quello che pensa.
— Capisco.
— Sono io quella che sta affogando — disse Eileen.
— Capisco.
Rimasero in silenzio per parecchi minuti.
— Fine del colloquio, vero? — chiese Eileen.

Trovarono le lettere in un portagioie sul comò della ragazza morta.

A quel punto avevano già appurato, grazie alla patente nella borsetta, sul tavolo accanto alla porta d'ingresso, che la vittima si chiamava Susan Brauer e che aveva ventidue anni. La foto sulla patente mostrava una bionda dal viso fresco che sorrideva alla macchina fotografica. Lo sfondo azzurro dietro di lei diceva ai detective che la patente era valida solo per guida con lenti. Prima che il medico legale se ne andasse, gli chiesero se la ragazza morta aveva le lenti a contatto. Il medico rispose di no.

La scatola che conteneva le lettere era uno di quei contenitori di pelle rossa lavorata che attirano i ladri come i barattoli di marmellata attirano le mosche. Un ladro però sarebbe rimasto deluso da quella particolare scatola, dato che dentro c'era soltanto un mucchietto di lettere, ancora nelle buste, legate con un nastro di satin azzurro. Ce n'erano in tutto ventidue, in ordine cronologico: la prima era datata 11 giugno dell'anno in corso, l'ultima 12 luglio. Tutte erano scritte a mano, tutte cominciavano con *Susan tesoro mio*. Nessuna era firmata. Tutte erano erotiche.

Lo scrivente era ovviamente un uomo.

Lettera dopo lettera (i detective calcolarono che in media l'uomo scriveva una lettera un giorno sì e uno no) lo sconosciuto descriveva in linguaggio esplicito tutte le cose che intendeva fare a Susan...

> ...in piedi proprio alle tue spalle in un ascensore affollato. La tua gonna alzata dietro e infilata sotto la cintura, tu tutta nuda sotto la gonna e le mie mani che frugano liberamente nella tua...

...e tutte le cose che si aspettava che gli facesse Susan...

> ...tu a cavalcioni sopra di me, davanti allo specchio. Poi voglio che tu ti chini sul mio...

A mano a mano che i detective leggevano le lettere in ordine cronologico, sembrava sempre più probabile che Susan avesse risposto e che le risposte fossero della stessa natura, visti i riferimenti dell'uomo alle richieste della ragazza...

> ...quando dici che vuoi legarmi al letto e vuoi che ti supplichi di toccarmi, intendi dire che...

...riferimenti che suggerivano un'immaginazione erotica vivace come quella dello sconosciuto. Inoltre, era sempre più chiaro che non si trattava di semplici fantasie. La coppia faceva concretamente le cose che si prometteva, e le faceva con sorprendente frequenza.

> ...mercoledì, quando hai aperto il kimono e sei rimasta in piedi con la biancheria nera che ti ho regalato io, le gambe leggermente aperte, il reggicalze stretto sulla...

...ma poi venerdì scorso, quando ti sei chinata sopra di me, mi sono chiesto se davvero ti piaceva...

...molto spesso io stesso. E quando mi hai detto che lunedì hai pensato a me mentre lo facevi nella vasca da bagno, con la mano che si muoveva sotto la schiuma, che trovava quella dolce, stretta...

...ti conosco soltanto dal primo dell'anno, eppure penso sempre a te. Ti ho vista ieri e ti vedrò di nuovo domani, eppure sono costantemente in imbarazzo perché sono sicuro che, quando vado in giro, tutti si accorgono del rigonfiamento del mio...

Le lettere continuavano. Ventidue in tutto.

L'ultima era forse la più rivelatrice. In parte, prima di decollare verso la solita stratosfera erotica, trattava anche di affari, in un certo senso:

Susan tesoro mio,

so che stai diventando impaziente per quello che ti può sembrare un interminabile ritardo nel trasferimento nel nuovo appartamento. Io stesso, quando vado via da te di notte tardi e cerco un taxi, non mi sento tranquillo, sapendo che le strade a sud dell'Oval non sono né ben illuminate né sorvegliate dalla polizia. Sarò molto più contento quanto ti sarai sistemata in centro, più vicina al mio ufficio, in una zona più sicura e nell'ambiente lussuoso che ti ho promesso.

Comunque ti prego di non considerare questo ritardo come un segno di indifferenza o un diverso atteggiamento da parte mia. E, per favore, non diventare impaziente o smemorata. Mi dispiacerebbe moltissimo perdere questo appartamento prima che si liberi l'altro, cosa che mi hanno assicurato essere ormai questione di giorni. Farò in modo che tu abbia i fondi per coprire tutti gli assegni che emetterai, però per favore paga immediatamente tutti i conti dell'appartamento. Non puoi rischiare uno sfratto per inadempienza.

Vado tutti i giorni alla casella postale, ma non c'è niente da parte di Susan. La piccola Susan ha paura di scrivere? La piccola Susan sta perdendo interesse? Non voglio neppure pensarci. Oppure c'è bisogno di ricordare alla piccola Susan che lei è mia? Penso che forse dovrai essere punita, la prossima volta che ci vediamo. Penso che dovrò farti stendere sulle mie ginocchia, tirarti giù le mutandine e sculacciarti finché le natiche non diventeranno rosa, mentre io guardo il culetto che freme sotto la mia mano e ascolto i tuoi gemiti...

Anche quella lettera non era firmata.

Era una vergogna.

Rendeva il lavoro più difficile.

L'orologio sulla parete della sala agenti indicava mezzanotte meno dodici minuti. Il turno di notte aveva appena dato il cambio e Hawes stava discutendo con Bob O'Brien, che non voleva essere quello che dava la notizia a Carella. Diceva che Hawes avrebbe dovuto restare e pensarci lui, anche se ufficialmente non era più in servizio.

— Sei tu quello che ha parlato con sua sorella — osservò O'Brien. — Per cui sei tu che devi dirlo a Steve.

Hawes disse che aveva un impegno urgente: O'Brien cosa voleva che facesse? Che lasciasse un biglietto sulla scrivania di Carella? L'impegno urgente era con un detective di primo grado di nome Annie Rawles, che gli aveva comprato i calzini rossi che indossava. I calzini armonizzavano con i capelli di Hawes e con la sua cravatta. Hawes indossava anche una camicia bianca, che riprendeva il bianco della ciocca sopra la tempia sinistra. Era vestito per il caldo dell'estate: blazer leggero, azzurro, pantaloni tropicali grigi, cravatta rossa di seta e i calzini rossi che gli aveva regalato Annie.

Era il diciassettesimo giorno di luglio, un martedì notte, e la temperatura fuori della sala agenti era di quaranta gradi. Hawes odiava l'estate. Odiava particolarmente quella estate, perché sembrava essere cominciata in maggio ed era ancora lì, giorno dopo giorno di temperature torride e di soffocante umidità che trasformavano la gente in poltiglia.

— Non puoi farmi quest'unico, semplice favore? — domandò a O'Brien.

— Non è per niente un semplice favore — obiettò O'Brien. — È la cosa più traumatica che può succedere nella vita di un uomo, non lo sai?

— No, non lo sapevo — rispose Hawes.

— E poi — continuò O'Brien — io qui in giro ho la reputazione di essere un menagramo...

— Come ti è venuta un'idea del genere? — gli chiese Hawes.

— Mi è venuta perché ho l'abitudine di finire sempre in mezzo a qualche sparatoria e so che nessuno vuole più uscire in coppia con me.

— Ridicolo — disse Hawes, mentendo

— E se tu adesso mi chiedi di dire a Steve questa cosa terribile, lui poi confonderà il messaggero con il messaggio e penserà: "Ecco, il menagramo questa volta ha portato sfortuna a me".

— Steve non penserà niente del genere — obiettò Hawes.

— Non penserò cosa? — chiese Carella dal cancelletto nel divisorio a listelli. Entrò nella sala togliendosi la giacca. Brown era immediatamente alle sue spalle. Entrambi sembravano sfiniti.

— Che cosa non penserò? — domandò di nuovo Carella.

O'Brien e Hawes lo guardarono.

— Cosa c'è? — domandò Carella.

Nessuno dei due disse niente.

— Cotton? — domandò Steve. — Bob? Cosa c'è?

— Steve...

— Cosa?

— Mi dispiace dovertelo dire, ma...

— Cosa, Bob?

— Tua sorella ha telefonato poco fa — disse O'Brien.

— Tuo padre è morto — disse Hawes.

Carella li fissò, inespressivo.

Poi disse: — Dov'è mia sorella?

— A casa di tua madre.

Steve andò al telefono e fece il numero a memoria. Sua sorella rispose al terzo squillo.

— Angela, sono Steve.

Angela stava piangendo, si sentiva dalla voce.

— Siamo appena tornate dall'ospedale.

— Cos'è successo? — domandò Steve. — È stato di nuovo il cuore?

— No, Steve. Non è stato il cuore.

— Allora cosa?

— Siamo andate in ospedale per l'identificazione.

Per un momento Steve non capì. Oppure preferì non capire.

— Cosa vuoi dire? — domandò.

— Dovevamo identificare il cadavere.

— Perché? Angela, cos'è successo?

— È stato ucciso.

— Ucciso?

— In negozio.

— No.

— Steve...
— Gesù, cosa...
— Sono entrati due uomini in negozio. Papà era da solo. Hanno vuotato il registratore di cassa...
— Angela, non mi dire queste cose. Per favore.
— Mi dispiace.
E improvvisamente Steve stava piangendo.
— Chi... chi... È... è il... Sai chi si sta occupando del... Angela... Gli hanno... gli hanno fatto del male? Cioè, non gli hanno fatto del male, vero? Oh Dio, Angela. Oh Dio oh Dio oh Dio

Allontanò il ricevitore dalla bocca e lo premette contro il petto, mentre le lacrime gli rigavano la faccia e i singhiozzi lo scuotevano, soffocandolo. — Steve? — lo chiamò sua sorella. — Stai bene? — La voce era smorzata contro la camicia, dove il ricevitore premeva con forza sul petto. — Steve? Va tutto bene? Steve? — Ancora e ancora. Finché finalmente Carella avvicinò di nuovo il telefono alla bocca e, continuando a piangere, disse: — Angela?
— Dimmi, Steve.
— Di' alla mamma che arrivo subito.
— Stai attento in macchina.
— Hai chiamato Teddy?
— Sì, sta arrivando.
— C'è Tommy lì con voi?
— No, siamo sole. La mamma e io.
— Cosa? Dov'è Tommy?
— Non lo so — rispose Angela. — Per favore, fa' presto.
E riattaccò.

2

I due agenti investigativi del 45° distretto di Riverhead si sentivano a disagio parlando con il detective il cui padre era stato assassinato. Nessuno dei due conosceva Carella: l'87° era parecchio distante da casa. Inoltre entrambi i detective erano neri e, in base a tutte le testimonianze, anche i due che avevano rubato nel forno di Tony Carella, e che poi l'avevano ucciso, erano neri.

Nessuno dei due agenti sapeva come la pensasse Carella a proposito dei neri in generale. Ma gli assassini di suo padre erano neri, e considerando come la questione bianchi-neri stava prendendo forma in città, i due poliziotti di Riverhead pensavano che, forse, si stavano muovendo su un terreno pericoloso. Comunque Carella era un professionista e i due di Riverhead sapevano di poter tranquillamente lasciar perdere un mucchio delle solite stronzate. Carella sapeva cosa avrebbero fatto per prendere gli uomini che avevano ucciso suo padre. Non dovevano spiegargli tutta la routine passo per passo, come si fa con i civili.

Il più grosso dei due si chiamava Charlie Bent, detective di secondo grado. Indossava una giacca sportiva, jeans e una camicia con il colletto aperto. Carella vedeva il rigonfiamento della fondina sul lato destro del corpo. Mancino, pensò. Bent parlava molto piano, o perché era un tipo che parlava normalmente a bassa voce, oppure perché si trovava in un'impresa di pompe funebri.

L'altro poliziotto era un detective di terzo grado, promosso proprio il mese prima, come disse di passaggio a Carella. Anche lui era grosso, ma non così largo di spalle e di torace come Bent. Si chiamava Randy Wade; Randy per Randall, non Randolph. Il viso era molto butterato e, sopra l'occhio sinistro, c'era una vecchia cicatrice da coltello. Sembrava cattivo come il sabato notte, ma erano solo le dieci di mercoledì mattina e si trovavano all'interno della Loretti Brothers Funeral Home sulla Vandermeer Hill, così anche lui parlava a bassa voce.

Tutti parlavano a bassa voce, camminando in punta di piedi attorno a Carella, il quale, per quello che i due poliziotti sapevano, poteva essere bigotto come la maggior parte dei bianchi della città, ma il cui padre era stato certamente ucciso da due neri come loro, bigotti o no. I tre detective erano in piedi nell'ampio atrio che separava l'ala est da quella ovest. Il padre di Carella era in una bara nella cappella A dell'ala est.

C'era silenzio nell'edificio delle pompe funebri.

Carella ricordava ancora quando, da bambino, la sorella di suo padre era stata investita da un'automobile. La zia Katie. Morta sul colpo. Carella le aveva voluto bene da morire. L'avevano portata alle stesse pompe funebri, in una delle cappelle nell'ala ovest.

Quando era morta la zia Katie, in famiglia c'erano ancora vecchi parenti arrivati dall'Altra Parte, come chiamavano l'Europa in generale. Alcuni di loro sapevano a malapena parlare inglese. La madre di Carella, e a volte anche suo padre, ma non troppo spesso, rideva per l'inglese sgrammaticato e spezzettato di alcuni dei parenti più vecchi. Nessuno rise quando zia Katie fu portata in quel posto. Zia Katie aveva ventisette anni quando era stata investita e uccisa da quella macchina.

Carella ricordava ancora i lamenti funebri delle donne.

I lamenti e i pianti delle donne erano ancora più spaventosi del fatto che la sua cara zia Katie giacesse, giovane e morta, in una bara dell'ala ovest.

Quel giorno non c'erano lamenti funebri e grida. I vecchi usi e costumi erano diventati americani e gli americani non piangono con lamenti e urli. Quel giorno c'era soltanto il silenzio della morte in quel luogo silenzioso dove due poliziotti neri parlavano cauti con un poliziotto bianco, perché suo padre era stato ucciso da due neri come loro.

— Il testimone sembra affidabile — disse piano Bent. — Gli abbiamo mostrato...

— Quando ha visto quei due? — domandò Carella.

— Mentre uscivano — rispose Wade.

— Il testimone si trovava nel negozio di liquori alla porta accanto. Gli era sembrato di aver sentito sparare e quando si è voltato a guardare ha visto quei due che...
— Che ora era?
— Le nove e mezza circa. Tua sorella ci ha detto che vostro padre a volte lavorava fino a tardi.
— Sì — confermò Carella.
— Da solo — aggiunse Bent.
— Sì. Per cuocere il pane.
— Comunque — proseguì Wade — il teste li ha visti in piena luce sotto il lampione stradale.
— Sono saliti in macchina o cosa?
— No, erano a piedi.
— Pensiamo che stessero andando in giro in cerca di un buon colpo.
— E hanno scelto mio padre, eh?
— Be', sì — disse Bent con comprensione, e scosse la testa. — Abbiamo mostrato le foto segnaletiche al testimone e stiamo lavorando su un identikit; chissà che non arriviamo a una identificazione certa. Stiamo controllando anche l'archivio dei modus operandi, ma non c'è niente di speciale nello stile di questa rapina. Forse erano due drogati da crack in cerca di un colpo facile.
"Niente di speciale" pensò Carella. "A parte il fatto che era mio padre."
— I rapinatori erano tutti e due neri — disse Bent. — Penso che tua sorella te lo abbia detto.
— Sì, me lo ha detto.
— Vogliamo che tu sappia che il fatto che noi siamo neri...
— Non c'è bisogno di dirlo — l'interruppe Carella.
I due poliziotti lo guardarono.
— Nessun bisogno.
— Faremo del nostro meglio — disse Wade.
— Lo so.
— Ti terremo informato a ogni passo — aggiunse Bent.
— Ve ne sarò grato.
— Nel frattempo, se c'è qualcosa che possiamo fare per aiutare la tua famiglia... Passare da tua madre... quello che ti serve. Basta solo che ce lo faccia sapere.
— Grazie. E appena avete qualcosa
— Te lo facciamo sapere.

— Anche se vi sembra poco importante..
— Appena abbiamo qualcosa.
— Grazie — ripeté Carella.
— Mio padre è stato ucciso in un'aggressione per strada — disse Wade di punto in bianco.
— Mi dispiace — disse Carella.
— È per questo che sono diventato poliziotto — disse Wade. Sembrò di colpo imbarazzato.
— Questa città... — cominciò Bent, e lasciò sfumare la frase.

Brown era nell'appartamento già da un'ora quando arrivò Kling a dargli una mano. Kling si scusò per il ritardo, ma aveva ricevuto la chiamata del tenente soltanto mezz'ora prima, mentre era ancora a letto. Quello sarebbe dovuto essere il suo giorno libero, ma con il padre di Carella assassinato e tutto il...
— Sono in gamba lassù? — domandò a Brown. — Al 45°?
— Non li conosco per niente — rispose Brown.
— Lassù è come dire l'Amazzonia, eh?
— Be', penso che abbiano dei reati anche loro — disse Brown seccamente.
— Certo, ma che tipo di reati? Hanno mai degli omicidi?
— Io credo che abbiano anche degli omicidi.
Kling si era tolto la giacca e cercava un posto dove appenderla. Sapeva che i tecnici avevano finito e che poteva toccare tutto quello che voleva, ma gli avrebbe fatto una strana impressione mettere la sua giacca nell'armadio, con i vestiti della donna morta. La gettò sullo schienale del divano nel soggiorno.
Indossava un paio di pantaloni leggerissimi marrone e una camicia sportiva beige che si armonizzava con gli occhi nocciola e i capelli biondi. Marrone anche i mocassini, notò Brown. Mr. College Boy. Facevano una bella coppia, quei due. La maggior parte dei delinquenti pensava che Kling fosse un innocente, giovane novellino che aveva ricevuto il suo distintivo dorato soltanto la settimana prima. Con i capelli biondi e quello stile ingenuo e guance-di-pesca, era difficile pensare che fosse uno sbirro stagionato che aveva visto più della sua parte. Il delinquente medio lo prendeva, erroneamente, per uno da poter manipolare, pensava di poter giocare sulla sua comprensione, di riuscire a persuaderlo a convincere quel Big Bad Leroy a voltarsi dall'altra parte. Kling e Brown spremevano il vecchio numero del Poliziotto buono/po-

liziotto cattivo per tutto quello che riuscivano a cavarne, con Kling che a stento tratteneva Brown dal commettere un omicidio a mani nude e Brown che si comportava come una belva feroce appena uscita dalla gabbia. Aveva sempre funzionato.

Be', tranne una volta.

— Come la sta prendendo Steve? — domandò Kling.

— Non l'ho visto, questa mattina — rispose Brown. — Ieri sera era parecchio scosso.

— Sì, me lo immagino. Tuo padre è vivo?

— Sì. E il tuo?

— No.

— Allora saprai come ci si sente.

— Già.

— Il tenente ti ha detto per quanto tempo lavorerai su questo caso? — chiese Brown.

— Solo finché Steve non avrà finito con il funerale e tutto il resto. Mi ha tolto da un appostamento con Genero sulla Culver. Sai, per quelle rapine nei negozi.

— Sì.

— Cosa dobbiamo cercare? — domandò Kling.

— Qualunque cosa che ci dia un indizio sull'autore di queste lettere — rispose Brown, e gettò il pacchetto a Kling. Kling sedette sul divano e sciolse il nastro azzurro attorno alle lettere. Aprì la prima e cominciò a leggerla.

— Non lasciarti coinvolgere troppo — lo avvertì Brown.

— Roba bollente, Artie.

— Penso che tu sia un po' troppo giovane per quella merce.

— Sì, sono d'accordo — disse Kling. Rimase in silenzio, leggendo. — Roba molto buona.

— Diventa anche meglio.

— Tu fa' pure quello che devi fare, ci vediamo la settimana prossima.

— Leggi solo l'ultima.

— Pensavo che tanto valeva leggerle tutte.

— Nell'ultima c'è tutto quello che hai bisogno di sapere.

Kling lesse l'ultima lettera.

— Le pagava l'appartamento, eh? — domandò.

— Così sembra.

— A me fa pensare a un vecchio, e a te?

— Tu cosa intendi per vecchio?

— Sopra i cinquanta. A te non fa quest'impressione?

— Forse.

— Per via delle parole che usa. E del tono. Quanti anni aveva la ragazza?

— Ventidue.

— A me sembra molto giovane per questo tizio.

— Da' un'occhiata alla scrivania e vedi se trovi qualcosa a proposito di un Arthur. Penso che l'amico si chiami Arthur.

— Ma Arthur è il tuo nome — disse Kling.

— Dici sul serio?

— Sei sicuro di non averle scritte tu queste lettere? Senti questa — disse Kling, e cominciò a leggere: *E poi ti verserò dell'olio sulle natiche infiammate e se un po' di quest'olio per caso ti cola dentro la...*

— Già — commentò Brown.

— Una bella immaginazione, questo tizio.

— Controlla la scrivania, okay?

Kling piegò la lettera, la rimise nella busta, rifece il nastro e gettò il pacchetto sul tavolino. La scrivania era appoggiata alla parete di fronte al divano. Il cassetto centrale sotto il ripiano non era chiuso a chiave. Kling trovò un libretto d'assegni con la copertina di plastica verde.

— Cosa ti fa pensare che l'uomo si chiami Arthur? — domandò a Brown.

— Ho guardato l'agenda della ragazza. C'è un mucchio di appunti a proposito di Arthur: Arthur questo, Arthur quello, Arthur qui alle nove. Arthur da Sookie's, telefonare ad Arthur...

— È un ristorante sullo Stem — affermò Kling. — Sookie's. Probabilmente l'amico pensava che il territorio qui fosse sicuro.

— Cosa intendi per sicuro?

— Non lo so — disse Kling, e si strinse nelle spalle. — Nella lettera dice che il suo ufficio è in centro, per cui penso che debba conoscere gente in quella zona. Di conseguenza questo quartiere dovrebbe essere sicuro, per lui. Potrebbe addirittura abitare in centro, per quello che ne sappiamo. Perciò qui era forse al sicuro anche dalla moglie. Io penso che sia sposato, e tu?

— Dove hai visto qualcosa che te lo faccia pensare?

— Da nessuna parte. Ma se è scapolo e vive in centro...

— Qui non c'è niente che ci dica che abita in centro.

— E dove dice che prende un taxi, quando se ne va di qui a notte fonda?

— Questo non significa che poi vada in centro.

— Va bene, lasciamo perdere il centro. Ma se non è sposato, perché tenere una ragazza da qualsiasi parte? Perché non abitano insieme e basta?

— Be'... sì, questo è un punto a tuo favore.

— Perciò lui è un vecchio sposato che mantiene una ragazza in un appartamento di lusso, prima di trasferirla in un appartamento ancor più di lusso.

— Phil è un altro ristorante?

— Phil? Non conosco un ristorante che si chiami Phil.

— Qui dice "Arthur da Phil, ore venti".

— Quando?

— Mercoledì scorso.

— Forse questo Phil è un loro amico.

— Forse.

— Sai quanto costa al mese l'affitto di questo posticino? — chiese Kling, alzando gli occhi dal libretto di assegni.

— Quanto?

— Duemilaquattrocento dollari.

— Ma dài...

— Dico sul serio. Qui ci sono le matrici degli assegni. Assegni emessi a favore di una donna di nome Phyllis Brackett, per duemilaquattrocento dollari al colpo. E c'è scritto affitto. Affitto marzo, affitto aprile, affitto maggio e così via. Duemilaquattrocento cocuzze, Artie.

— E lui voleva trovarle un posto migliore, eh?

— Deve essere un vecchio ricco.

— Eccolo di nuovo — disse Brown, picchiettando con il dito sull'agenda. — "Arthur qui, ore ventuno".

— Quando?

— Lunedì.

— Il giorno prima che la facessero fuori.

— Mi chiedo se l'amico ha passato la notte qui.

— No. Ha preso un taxi ed è tornato dalla sua moglie adorata.

— Non sappiamo con certezza che sia sposato — osservò Brown.

— Deve essere sposato. E ricco. Qui ci sono versamenti di cinquemila dollari ogni primo del mese. Ecco, da' un'occhiata anche tu. — Porse a Brown il libretto degli assegni. Brown cominciò a sfogliarlo. Era vero: ogni primo del mese c'era un versamento di cinquemila dollari.

— Questo probabilmente non ci servirà a niente — disse Brown. — Nella sua lettera...

— Sì, lo so: parla di contanti.

— E anche se questi versamenti sono stati fatti con assegni, avremmo bisogno di un'ordinanza della corte per avere le copie.

— Potrebbe valerne la pena.

— Chiederò il mandato. Com'è che si chiama quella donna?

— Brackett. Phyllis Brackett. Con la doppia "t" finale.

— Guarda qui — disse Brown, e porse a Kling l'agenda.

Nel riquadro di lunedì, 9 luglio, Susan aveva scarabocchiato il nome *Tommy*!!!!

— Quattro punti esclamativi — osservò Kling. — Doveva essere importante.

— Vediamo cos'abbiamo qui — disse Brown, e prese un libretto a spirale di plastica nera, la rubrica personale di Susan Brauer.

L'unica voce che trovarono per un possibile Tommy era sotto la lettera M: *Thomas Mott. Antiquario*.

Brown copiò indirizzo e numero di telefono e poi sfogliò le pagine della rubrica all'indietro, fino alla lettera B, dove trovò una Phyllis Brackett al 274 di Sounder Avenue. Sotto l'indirizzo c'era un numero di telefono. Brown copiò entrambi. Poi i due poliziotti controllarono un'altra volta l'agenda, la rubrica e il libretto degli assegni, prendendo appunti, scarabocchiando nomi, date e possibili luoghi che Susan Brauer potesse aver visitato in compagnia dell'elusivo Arthur durante le settimane e i giorni precedenti il suo assassinio.

Controllarono ogni cassetto della scrivania, poi capovolsero il cestino della carta sotto la scrivania ed esaminarono tutti i pezzetti di carta e i rifiuti assortiti sparsi sul tappeto. Stesero dei giornali sul pavimento della cucina e setacciarono l'immondizia del bidone sotto l'acquaio. Non trovarono niente che fornisse un cognome all'uomo che pagava l'affitto dell'appartamento.

Nel ripostiglio-armadio in camera da letto trovarono una pelliccia di visone e una giacca di volpe...

— Ogni minuto che passa diventa sempre più ricco — osservò Kling.

... trentacinque paia di scarpe...
— Abbiamo un'altra Imelda Marcos — dichiarò Brown.
... diciotto abiti con etichette come Chanel, Calvin Klein, Christian Dior...
— Chissà come sono i vestiti di sua moglie — disse Kling.
... tre valigie Louis Vitton...
— Stavano progettando un viaggetto? — si chiese Brown.
... e una cassetta d'acciaio.
Brown aprì la serratura in trenta secondi netti.
Dentro la cassetta c'erano dodicimila dollari in banconote da cento.

Il portiere era un uomo color polvere con un paio di baffetti sottili. Indossava un'uniforme grigia con finiture rosse e un berretto con fregi rossi e parlava con un accento quasi indecifrabile, che i poliziotti ritenevano fosse mediorientale. Ci misero dieci minuti per capire che il giorno prima il portiere era stato in servizio dalle sedici alla mezzanotte. Quello che volevano sapere era se aveva fatto salire o no qualcuno nell'appartamento della signorina Brauer.
— No ricorda — disse l'uomo.
— All'attico — disse Kling. — C'è soltanto un attico nel palazzo. Lei ha fatto salire qualcuno ieri sera?
— No ricorda.
— È salito qualcuno? — chiese Brown. — Un fattorino per una consegna di whisky o qualcuno del genere?
Pensava ai Martini.
Il portiere scosse la testa.
— Pechi, sempre — disse.
— Pacchi. È questo che vuole dire?
— Pechi, sì.
— Persone che consegnano pacchi?
— Sì, sempre.
— Ma non parliamo necessariamente di una consegna — disse Kling. — Chiunque avrebbe potuto salire fino all'attico. Lei ricorda che sia salito qualcuno? Ha citofonato alla signorina Brauer per dirle che qualcuno voleva salire da lei?
— No ricorda. Pechi sempre.
Brown avrebbe voluto mollargli una sberla.
— Senta, nell'attico è stata uccisa una ragazza e lei era di ser-

vizio all'ora in cui è stata uccisa. Per cui le chiedo: lei ha fatto entrare qualcuno? Ha mandato qualcuno all'attico?

— No ricorda.

— Ha visto qualche persona sospetta aggirarsi nel palazzo?

Il portiere lo guardò perplesso.

— Sospetto — ripeté Kling.

— Qualcuno che non sembrava essere di casa qui — spiegò Brown.

— Nessuno — disse il portiere.

Quando Brown e Kling finalmente se ne andarono, avevano la sensazione di avergli parlato per un giorno e mezzo. Ma erano soltanto le tre passate da poco.

Il 274 Sounder Avenue era una casa d'arenaria, in un viale fiancheggiato da alberi in piena fioritura estiva. Ci avevano messo quasi un'ora, in mezzo al traffico intenso, per arrivare dall'attico del Silvermine Oval fino a lì, nella zona di Isola. Suonarono il campanello di Phyllis Brackett soltanto alle quattro di quel pomeriggio.

La signora Brackett era una donna sui cinquant'anni appena passati, che lasciava ingrigire i capelli, che non si truccava e che era alta, snella e attraente nell'ampia gonna blu, i sandali, la camicetta bianca senza maniche e la collana di perle rosso brillante. Le avevano telefonato per annunciarle la visita e non solo la signora li stava aspettando, ma aveva addirittura preparato una caraffa di limonata ghiacciata in vista del loro arrivo. Brown e Kling per poco non le baciarono i piedi calzati dai sandali: tutti e due erano accaldati, appiccicosi e completamente sfiniti.

Sedettero nella cucina ombreggiata dall'acero nel cortile sul retro. Nella piscina gonfiabile sotto l'albero giocavano due bambine. La signora Brackett spiegò che erano le sue nipotine. Sua figlia e il genero erano in vacanza e lei stava facendo da baby sitter alle due bambine bionde che sguazzavano felici al di là della finestra panoramica.

Brown disse alla donna perché si trovavano lì.

— Sì — disse subito la signora.

— Lei aveva affittato l'appartamento a Susan Brauer.

— Sì, giusto.

— Quindi l'appartamento è suo...

— Sì. Ci ho abitato fino a poco tempo fa.

I due poliziotti la guardarono.
— Ho divorziato da poco — spiegò la donna. — Sono ciò che si definisce una “vedova d’erba”.
Kling non aveva mai sentito quella definizione prima di quel momento. Brown neppure. Entrambi pensarono che significasse una donna divorziata da poco. Non si finisce mai di imparare.
— Non ho voluto alimenti — proseguì la donna. — Ho avuto l’appartamento e una liquidazione in contanti molto consistente. Ho comprato questa casa con la liquidazione e prendo duemilaquattrocento dollari al mese per l’affitto dell’appartamento. Penso che sia una discreta sistemazione — disse, e sorrise.
I due poliziotti concordarono che era una discreta sistemazione.
— Chi si è occupato del contratto? — domandò Brown. — Per l’affitto dell’appartamento? Un agente immobiliare, un commercialista...
— No. Avevo messo un annuncio sul giornale.
— Ed è stata Susan Brauer a rispondere all’annuncio?
— Sì.
— Intendo dire personalmente — precisò Brown. — Ha scritto... o telefonato proprio lei?
— Sì, mi ha telefonato.
— Proprio lei? Non qualcuno che chiamava per conto della Brauer? Non è stato un uomo a telefonarle, vero?
— No, è stata la signorina Brauer.
— Poi cos’è successo? — domandò Brown.
— Abbiamo fissato un appuntamento nell’appartamento. Gliel’ho fatto vedere, a lei è piaciuto e ci siamo messe d’accordo sull’affitto. Nient’altro.
— La signora Brauer ha firmato un contratto?
— Sì.
— Per quanto tempo?
— Un anno.
— Quando è successo tutto questo?
— In febbraio.
Un tipo veloce l’amico, pensò Kling. Incontra la ragazza il primo dell’anno e la sistema in un appartamento il mese dopo. Brown stava pensando la stessa cosa.
— Non so cosa fare adesso che la signorina è... Be’, è stata proprio una tragedia, vero? — disse la signora Brackett. — Do-

vrò consultare il mio avvocato, quello che ha redatto il contratto. Credo che sia l'unica cosa da fare.

— Sì — disse Kling.

— Sì — disse Brown. — Signora Brackett, voglio assicurarmi di aver capito bene: lei affittava l'appartamento direttamente alla signorina Brauer, giusto?

— Sì. Mi mandava un assegno tutti i mesi. A questo indirizzo.

— Nessun intermediario.

— Nessun intermediario. È il modo migliore, no?

— Conosce qualcuno di nome Arthur? — domandò Kling.

— No, mi dispiace.

— La signora Brauer non le ha mai presentato qualcuno di nome Arthur?

— No. Io in effetti l'ho vista solo una volta: il giorno in cui ci siamo incontrate nell'appartamento. Da quel momento in poi, tutto si è svolto per posta... Be', parecchie volte abbiamo parlato per telefono, quando lei...

— Ah sì? E perché?

— Voleva sapere come funzionava il tritarifiuti... C'è un interruttore sulla parete... E voleva la combinazione della cassaforte a muro, ma io non gliel'ho data.

— Le ha detto perché voleva la combinazione?

— No. Penso per mettere qualcosa dentro la cassaforte, non crede anche lei?

Lo credo anch'io, pensò Kling.

Come dodici bigliettoni, per esempio, pensò Brown.

— La ringraziamo molto per il tempo che ci ha dedicato — disse Kling.

— Un altro po' di limonata? — chiese la signora.

Fuori, le due bambine continuavano a sguazzare nella piscina.

Thomas Mott era sui cinquant'anni, con capelli completamente bianchi, profondi occhi castani e un viso che sembrava scolpito nell'alabastro. Brown pensò che fosse sul metro e settanta e pesasse sui sessantacinque chili. Snello e leggero, in jeans neri aderentissimi, una maglia rossa di cotone e mocassini neri senza calzini, volteggiava tra i tesori del suo negozio sulla Drittel Avenue come un ballerino di un balletto russo. Brown si chiese se fosse gay. C'era qualcosa di troppo delicato nel modo in cui si muoveva. Però aveva una fede d'oro al dito.

Kling non sarebbe stato in grado di dare un nome o una datazione a nessuno dei pezzi antichi esposti neppure se fosse stato legato su una ruota per la tortura, ma capiva di essere in presenza di oggetti di estrema bellezza. Ottoni bruniti e legni lucidati fino a ottenere una patina splendente, piccoli orologi che ticchettavano come cicale, maestosi orologi a pendolo, belle bottiglie di cristallo rosso rubino e verde smeraldo, scatolette in filigrana d'argento e lampade in bronzo con paralumi di vetro istoriato che riflettevano colori vibranti. C'era un quieto silenzio, nel negozio. Kling si sentiva come all'interno di un'antica cattedrale.

— Sì, certo che la conosco — disse Mott. — Una vera vergogna quello che le è successo. Era una persona adorabile.

— Perché la signorina Brauer è venuta qui il nove? — gli domandò Brown.

— Be', la signorina era una cliente. Ogni tanto passava in negozio.

— Ma il nove c'era qualcosa di particolare? — gli domandò Kling. Stava pensando a quei punti esclamativi.

— No, che io ricordi.

— Perché, a giudicare dall'agenda della signorina, si direbbe che si tratta di una cosa importante — disse Kling.

— Be', mi faccia pensare... — cominciò Mott.

— Lei la conosceva bene? — gli domandò Brown a freddo.

— Quanto gli altri miei clienti.

— E cioè?

— Come ho detto, ogni tanto capitava qui e..

— Bene abbastanza perché la signorina Brauer la chiamasse Tommy?

— Tutti i clienti mi chiamano Tommy.

— Quando è stata qui la signorina Brauer per l'ultima volta?

— La settimana scorsa, mi pare.

— Potrebbe essere stato lunedì scorso?

— Be', io...

— Il nove?

— Penso di sì.

— Signor Mott — gli disse Kling — noi abbiamo la sensazione che la signorina Brauer pensasse che era importante venire qui da lei, lunedì scorso. Per caso sa il perché?

— Ah! — disse Mott.

Sorge il sole, pensò Brown.
— Sì, adesso mi ricordo — disse Mott. — Il tavolo.
— Che tavolo?
— Avevo detto alla signorina che stavo aspettando un tavolo da maggiordomo dall'Inghilterra...
— Quando glielo aveva detto, signor Mott?
— Be'... il mese scorso. Era passata in negozio il mese scorso. Come vi dicevo, la signorina passava di qui ogni...
— Ogni tanto, sì — disse Brown. — E così, quando è passata il mese scorso, lei le ha parlato di un tavolo da maggiordomo.
— Sì, che mi doveva arrivare dall'Inghilterra verso il nove.
— Di che diavolo si tratta? — domandò Kling. — Cos'è un tavolo da maggiordomo?
— Be', è... Ve lo mostrerei, ma l'ho già venduto. Era in ciliegio massiccio, un vero affare, per millesettecento dollari. Avevo pensato che forse avrebbe potuto trovargli un posto nel suo appartamento. La signorina Brauer ha preso nota della data in cui l'aspettavo e ha detto che mi avrebbe telefonato.
— Invece è venuta personalmente?
— Sì.
— Allora era questa la cosa così urgente — osservò Brown. — Un tavolo da maggiordomo in ciliegio.
— Un pezzo veramente bello — disse Mott. — La signorina Brown però non poteva utilizzarlo... Da quello che ho capito, abitava in un appartamento ammobiliato... Comunque il mobile è andato via in un minuto. Be', solo millesettecento dollari... — Alzò le sopracciglia e agitò le mani in un gesto enfatico.
— A che ora è venuta in negozio? — chiese Kling. — Lunedì scorso.
— Verso mezzogiorno. Poco prima di mezzogiorno. Tra le undici e mezzo e mezzogiorno.
— Se lo ricorda, eh? — disse Brown.
— Sì. Era circa quell'ora. — Facendo eco alla battuta, da qualche parte un orologio cominciò a suonare l'ora. — Un Joseph Knibb — disse Mott, quasi pigramente. — Molto raro, di notevole valore. Ha un carillon così gradevole...
L'orologio suonò sei volte.
Mott guardò quello che aveva al polso.
— Be', penso che sia tutto — disse Brown. — Molte grazie, signor Mott.

— Grazie — ripeté Kling.
Appena furono di nuovo in strada, Brown chiese: — Tu credi che sia gay?
— Aveva la fede.
— Ho visto. Però non vuol dire niente.
— Cos'è un tavolo da maggiordomo? — domandò Kling.
— Non lo so — rispose Brown e guardò in su, verso il cielo. — Spero che Carella abbia bel tempo, domani.

Il vice-ispettore William Cullen Brady stava dicendo agli allievi che non si assumeva alcun merito per la creazione della Squadra ostaggi. Eileen lo ascoltava e si sentiva a disagio perché pensava di essersi vestita in modo troppo elegante.
Era la prima riunione del corso di addestramento.
Giovedì mattina, diciannovesimo giorno di luglio. Ore nove.
Sul lavoro, Eileen di solito indossava un paio di pantaloni o una gonna larga, scarpe comode, grande borsa porta-tutto... a meno che non la mandassero a "battere" per strada. Ma non si era più bardata da esca dalla notte in cui aveva ucciso Robert Wilson. Bobby. Pensava che si trattasse dell'atteggiamento noto come scansare il lavoro. Non fare del tutto il lavoro per cui si viene pagati. Che era poi la ragione per cui si trovava lì quella mattina: per poter ricominciare a svolgere un onesto lavoro da qualche parte nel dipartimento.
Eileen indossava un semplice tailleur, marrone per armonizzare con i capelli rossi e gli occhi verdi, una camicetta beige con fiocco a cravatta, collant color sabbia, scarpe basse, borsetta imitazione coccodrillo. Il revolver di servizio era nella borsetta, con il rossetto. Sicuramente troppo ben vestita. L'unica altra donna nella sala, una brunetta minuta con un'espressione dura e decisa, era in jeans e maglietta bianca. Anche la maggior parte degli uomini era vestita in modo informale. Pantaloni sportivi, camicia, jeans. Solo uno aveva la giacca.
In tutto c'erano cinque allievi. Tre uomini, due donne. Brady stava dicendo che il gruppo era stato creato dall'ex capo della polizia Ralph McCleary all'epoca in cui era ancora capitano, circa venti anni prima. — ... Senza di lui non ci sarebbe mai stata una squadra — stava dicendo Brady. — Saremmo ancora lì a sfondare porte e a entrare con il mitra in pugno. Le idee di McCleary hanno funzionato allora e continuano a funzionare oggi. Io mi

assumo il merito di un solo concetto nuovo: l'inserimento di donne nella squadra. Abbiamo già due donne sul campo, e spero di averne presto altre due...

Un cenno e un sorriso a Eileen e alla brunetta.

— ... quando termineremo questo programma di addestramento.

Eileen pensava che Brady fosse sui cinquant'anni. Era alto, in forma, con occhi azzurri brillanti e una frangia di capelli bianchi attorno alla testa per il resto calva. Naso un po' troppo importante per i suoi lineamenti minuti. Il naso dava al viso un'espressione tagliente. Era l'unico con la cravatta. Perfino il dottor Goodman, che sedeva di fianco a Brady al tavolo di fronte alla classe, era vestito con una camicia sportiva a scacchi e pantaloni blu.

— Prima di cominciare — proseguì Brady — vorrei rubare un minuto per presentarvi tutti. Comincio da sinistra... la mia sinistra... con il detective di primo grado Anthony... chissà se lo pronuncio bene... Anthony Pellegrino?

— Sì, signore. È esatto... Anthony Pellegrino. Come l'acqua minerale.

Basso e asciutto, con capelli scuri e ricciuti e occhi castani. Viso molto butterato, carnagione olivastra. Eileen si chiese come mai Brady avesse avuto dei dubbi sulla pronuncia di un nome semplice come Pellegrino. Specie considerando che era la marca di un'acqua minerale molto conosciuta. Brady non era mai stato in un ristorante italiano? Ma in città c'era gente che rimaneva sconvolta da qualsiasi nome finisse in "o", in "a" o in "i". Forse Brady era uno di loro, ma Eileen sperava di no.

— Detective di primo grado Martha Halsted...

La brunetta minuta con l'aria strafottente. Seni piccoli, fianchi stretti da ragazzo.

— Martha lavora con l'Antirapina — disse Brady.

Ovvio, pensò Eileen.

— A proposito — continuò Brady. — Mi ero scordato di dirvi che Tony lavora con il servizio sicurezza e sorveglianza.

Brady continuò le presentazioni: detective di terzo grado Daniel Riley del 94°, detective di secondo grado Henry Materasso — nessuno problema di pronuncia — del 27° e, ultima ma non meno importante, detective di secondo grado Eileen Burke...

— Eileen lavora con le forze speciali.

Martha Halsted la guardò con maggior attenzione.

— Non so se il dottor Goodman... — cominciò Brady.
— Meglio Mike — disse Goodman, e sorrise.
— Non so se Mike — sorriso, cenno del capo — vi ha spiegato durante i colloqui che, anche se fate parte del gruppo ostaggi, continuerete comunque con i vostri normali compiti di polizia...
Stupendo, pensò Eileen.
— . . ma sarete a disposizione ventiquattr'ore al giorno. Come sono certo che già sapete, le situazioni-ostaggio possono presentarsi quando meno ce le aspettiamo. Il nostro primo compito è arrivare sul posto prima che qualcuno si faccia del male. E una volta arrivati sulla scena, il nostro compito è impedire che qualcuno si faccia del male. Né gli ostaggi, né i sequestratori.
— E noi, ispettore?
Era stato Henry Materasso del 27°. Era un tipo grosso, con le spalle ampie, un torace tipo botte e fiammeggianti capelli rossi. Non rossi come quelli di Eileen, che avevano un riflesso di bronzo brunito, ma rossi come le carote. Sotto la giacca sportiva si intravedeva il calcio di un revolver di servizio di grosso calibro, infilato nella fondina da spalla. Eileen aveva sempre pensato che la fondina da spalla indicasse inequivocabilmente un atteggiamento macho. Era pronta a scommettere che Materasso fosse stato "Red" fin dal primo giorno in cui era sceso in strada a giocare con gli altri ragazzini. Red Materasso. Nonché il clown della classe.
Tutti risero.
Compreso Brady, che rispose: — Non c'è bisogno di dire che non vogliamo farci del male neppure noi.
La risata sfumò. Materasso sembrò contento. Martha Halsted sembrava una che niente potesse fare contenta. Eileen si chiese quanti cowboy armati avesse fatto fuori durante la sua carriera nell'Antirapina. Si chiese anche cosa il detective di primo grado Martha Halsted stesse facendo lì, dove il lavoro consisteva nel far sì che nessuno si facesse del male. E si chiese anche cosa lei stessa stesse facendo lì: se l'incarico non era a tempo pieno, avrebbero sempre potuto spedirla sulla strada a fare da esca e...
— Con che frequenza si presentano queste situazioni, ispettore?
La Halsted. Che le aveva letto il pensiero. Con che frequenza si presentano queste situazioni? Con che frequenza verremo tolti dai nostri incarichi regolari? Il che, nel caso di Eileen, significava battere la strada in attesa di essere aggredita da uno stupratore o

da un assassino. Splendido lavoro, anche se la paga non è un granché. Sarà come fare consegne a domicilio part time per il supermarket di quartiere?

Non voglio più uccidere nessuno, pensò Eileen.

Non voglio che nessuno si faccia più del male.

In particolare, io.

Per cui, ogni quanto tempo avrò una tregua, ispettore?

— Non stiamo parlando di situazioni ostaggi da titoli cubitali — disse Brady. — Quelle in cui un gruppo di terroristi si impadronisce di un'ambasciata, di un aereo, di una nave o roba del genere. Siamo fortunati a non avere episodi del genere negli Stati Uniti... per lo meno non ancora. Sto parlando di situazioni che possono verificarsi una volta la settimana, o una volta al mese, o magari ogni sei mesi. È difficile fare una media. Sembra che i casi si presentino più spesso nei mesi estivi, ma è pur vero che tutte le statistiche criminali aumentano in estate...

— E quando c'è la luna piena — intervenne Riley.

Un robusto irlandese del 94°, diritto e sottile e duro come un palo del telefono. Bocca dalle labbra sottili, capelli neri e lisci, profondi occhi azzurri. Camicia blu in tinta. Jeans aderenti. Fondina fissata alla cintura, sul lato sinistro, per un'estrazione rapida con la destra. Piazza lui e la signora dell'Antirapina nello stesso vicolo buio e non ci sarà un solo ladro al mondo che osi avventurarsi là dentro. Eileen si chiese in base a quali criteri fossero stati selezionati i poliziotti nella sala. La comprensione per gli altri era stato uno dei fattori decisivi? Se era così, allora perché la Halsted e Riley, che sembravano abbastanza cattivi da passare per i Bonnie e Clyde della legge?

— Sapete, statisticamente è vero — intervenne Goodman. — Ci sono effettivamente più reati quando c'è la luna piena.

— Lo dica a noi — commentò Materasso, sorridendo, e si guardò intorno in cerca di approvazione.

Tutti risero di nuovo.

Eileen pensò che l'unica persona presente che non aveva ancora detto una parola era il detective di secondo grado Eileen Burke delle forze speciali.

Be', anche Pellegrino non aveva detto molto.

— A questo punto darei la parola a Mike — disse Brady.

Goodman si alzò in piedi, annuì, disse: — Grazie, ispettore — e si avvicinò alla lavagna.

La lavagna era verde, in un qualche materiale plastico che certamente non era ardesia. Eileen si chiese perché tutti nella sala si chiamassero per nome a eccezione del vice-ispettore William Cullen Brady, che, fino a quel momento, non era né William, né Cullen, né Bill né Cully, ma semplicemente e rispettosamente ispettore, come tutti i vice-ispettori del dipartimento venivano chiamati informalmente.

Goodman prese in mano un pezzo di gesso.

— Vorrei cominciare con i vari tipi di sequestratori che possiamo aspettarci.

I suoi occhi incontrarono quelli di Eileen.

— L'ispettore Brady ha già accennato...

Oppure Eileen si era sbagliata?

— ... ai terroristi, gli zeloti politici che sono i più conosciuti tra tutti i sequestratori — disse Goodman, e con il gesso scrisse la parola sulla lavagna:

TERRORISTA

— Ma ci sono altri due tipi di sequestratori che... — Scrisse un'altra parola sulla lavagna:

SEQUESTRATORE

— I sequestratori che incontriamo con maggior frequenza...

No, Eileen non si sbagliava.

— ... possono essere suddivisi in tre categorie. La prima, come abbiamo visto, è quella dei terroristi. Poi abbiamo il criminale assediato nel...

Era a bordo della limousine con le tre donne vestite di nero. Era seduto tra sua madre e sua moglie. Sua sorella era sul sedile pieghevole di fronte. Nessuno parlava, mentre la grossa auto avanzava attraverso il caldo e l'umidità di quel giovedì mattina, procedendo lentamente in corteo verso il cimitero dov'era sepolta la zia Katie. Suo padre era nel carro funebre davanti a loro. Aveva parlato con suo padre al telefono soltanto la settimana prima. Gli venne in mente che non avrebbe parlato mai più con suo padre.

Teddy gli prese la mano.

Steve annuì.

Di fianco a lui, sua madre piangeva in un piccolo fazzoletto bordato di pizzo. Angela, sua sorella, guardava impietrita fuori del finestrino, osservando, senza vederlo, il panorama illuminato dal sole che scorreva di fianco all'auto.

Faceva troppo caldo per essere vestiti di nero. Rimasero immobili sotto il sole caldissimo mentre il prete recitava le parole di addio a un uomo che aveva insegnato a Steve Carella i principi di verità e di onore che aveva seguito per tutta la vita. La bara era lucida e nera e rifletteva il sole, verso il quale rimandava accecanti esplosioni di luce.

Tutto finì troppo in fretta.

Stavano calando la bara nella fossa. Steve per poco non tese una mano per toccarla. E poi suo padre non ci fu più. Sparito. Nella terra. Si allontanarono dalla tomba. Steve passò un braccio attorno alle spalle della madre. Una vedova, adesso. Louisa Carella. Una vedova. Dietro di loro, gli addetti stavano già spalando terra sopra la bara. Steve la sentiva cadere con un rumore sordo sul metallo caldo e lucente. Sperò che sua madre non sentisse il suono della terra che colpiva la cassa, coprendo suo padre.

Lasciò sua madre per un momento, salì il poggio erboso e si avvicinò al prete che parlava con Angela e Teddy. Angela stava dicendo al sacerdote com'era stata bella l'orazione funebre. Teddy fissava le labbra della cognata, leggendole con occhi attenti. Erano in piedi una di fianco all'altra, vestite di nero nel sole; tutte e due avevano capelli e occhi scuri. Improvvisamente Steve si chiese se non era stato per quello che, tanti anni prima, aveva scelto Teddy Franklin come moglie.

Angela adesso aveva da poco passato i trent'anni, era enormemente incinta e ormai prossima al parto del suo secondo figlio. Portava ancora i capelli lunghi, che le ricadevano lisci a cascata di fianco agli occhi sorprendentemente orientali nel viso dagli zigomi alti, una versione più rifinita di quello di Carella, ingentilito da un colorito esotico che suggeriva visite arabe nell'isola di Sicilia in un remotissimo passato.

Teddy era molto più bella e più alta della cognata. I capelli, neri come la notte, erano tagliati a caschetto e gli occhi scuri brillavano di intelligenza mentre adesso si voltava per studiare la bocca del prete, traducendo l'articolazione delle labbra in parole che riempivano il silenzio del suo mondo: Teddy Carella era sorda, e non aveva mai pronunciato una sola parola in vita sua.

Steve si unì a loro, ringraziò il prete per la bella funzione, anche se, segretamente aveva avuto la sensazione che le parole del prete potevano essere usate per chiunque, e non per quell'unico, meraviglioso uomo che era stato Antonio Giovanni Carella, così battezzato da un nonno immigrato che non si era mai reso conto che nomi del genere non sarebbero mai diventati di gran moda nei buoni, vecchi Stati Uniti d'America. Comunque Steve invitò il prete a raggiungere la famiglia a casa, dove ci sarebbe stato qualcosa da mangiare...

— La ringrazio molto, ma proprio non posso, signor Carella — disse il prete. — Devo tornare in chiesa. Grazie lo stesso. E, ancora una volta, si consoli pensando che suo padre adesso è in pace nelle mani del Signore. — Steve si chiese se il prete avesse la minima idea di quanto fosse stato in pace suo padre quando era ancora vivo. Per sottolineare il punto, il prete prese la mano di Steve tra le sue e la strinse: dalle mani di Dio a quelle di padre Gianelli, per così dire, in linea diretta. Steve rimase del tutto indifferente.

Teddy si era accorta che la suocera, distante circa dieci metri, era sola. Toccò il braccio del marito e gli fece segno che andava a raggiungere sua madre. Lo lasciò con il prete, che gli tratteneva ancora la mano tra le sue. Angela assisteva inespressiva. In piedi, in nero, le mani posate sulla pancia enorme, con la schiena che le faceva un male d'inferno, sapeva benissimo che l'orazione funebre del prete era stata preconfezionata. Riempi il modulo negli spazi tratteggiati e il morto può essere chiunque. Solo che si era trattato di suo padre.

— Ora bisogna veramente che vada — disse il sacerdote, come un vicario in un romanzo inglese. Fece un segno della croce nell'aria, benedicendo Dio solo sapeva chi o cosa, sollevò la sottana nera e partì verso il sagrestano che lo aspettava accanto all'auto della parrocchia.

— Non conosceva per niente papà — disse Angela.

Steve annuì.

— Stai bene? — domandò alla sorella.

— Sì, sto bene.

Il sagrestano avviò l'auto del sacerdote. In basso, sotto il poggio, Teddy abbracciava gentilmente la madre di Carella, che stava ancora piangendo nel fazzoletto. L'auto del prete partì. Nel prato di sotto, due figure in nero si stagliavano di profilo contro il cielo brillante. Sul poggio, Carella era accanto a sua sorella.

— Gli volevo molto bene — disse Angela.

— Sì.

Si sentiva inadeguato.

— Sarà meglio andare a casa, adesso — disse Angela. — Ci sarà già gente.

— Hai sentito Tommy? — le domandò Steve.

— No — rispose Angela, e si voltò di colpo.

Carella capì subito che stava piangendo. Fraintendendo le lacrime come dolore per il padre, cominciò a dire: — Angela, per favore. Papà non avrebbe voluto che... — Ma poi vide che sua sorella scuoteva la testa, dicendogli senza parole che non aveva capito le sue lacrime, che lui non sapeva perché stava piangendo, in piedi, vestita di nero, incinta e disperata, scuotendo impotente la testa sotto il sole implacabile.

— Cosa c'è? — le chiese.

— Niente.

— Mi hai detto che pensavi che fosse ancora in California...

Angela scosse la testa.

— Mi hai detto che avrebbe cercato di tornare in tempo per il funerale...

Angela continuava a scuotere la testa, con le lacrime che le scorrevano lungo il viso.

— Angela, cosa c'è?

— Niente.

— Tommy è in California?

— Non lo so.

— Cosa vuol dire non lo so? È tuo marito. Dov'è?

— Steve, per favore... non lo so.

— Angela...

— Se ne è andato.

— Andato? Andato dove?

— Andato. Mi ha lasciata, Steve.

— Cosa stai dicendo?

— Sto dicendo che mio marito mi ha lasciata.

— No.

— Per amor del cielo, cosa credi? Che me lo stia inventando? — disse Angela con rabbia, e scoppiò di nuovo a piangere.

Steve la prese tra le braccia e la strinse. Strinse sua sorella incinta, vestita di nero, che aveva avuto paura di uscire dalla camera da letto per raggiungere il suo futuro marito davanti all'altare. Era vestita di bianco, quel giorno, e lui le aveva detto che sarebbe stata la sposa più bella che il quartiere avesse mai visto. E poi le aveva detto...

Oh Gesù, sembrava ieri...

Le aveva detto...

"Angela, non hai niente di cui preoccuparti. Ti ama da morire. Ti ama. È un bravo ragazzo, hai scelto bene."

E adesso sua sorella gli tremava tra le braccia.

— Perché? — le domandò.

— Penso che abbia un'altra.

Steve la staccò da sé e la guardò attentamente in viso. Angela annuì. E annuì di nuovo. Adesso non c'erano più lacrime. Angela se ne stava in piedi, una gonfia silhouette contro il cielo, con le mani del fratello sulle spalle.

— Come fai a saperlo? — le domandò.

— Lo so e basta.

— Angela.

— Dobbiamo tornare a casa — disse Angela. — Per favore. Altrimenti è un peccato.

Steve non aveva più sentito quell'espressione da quando era bambino.

— Gli parlerò io — disse.

— No. Non farlo... Per favore.

— Sei mia sorella.

— Steve...

— Sei mia sorella — ripeté. — E io ti voglio bene.

I loro occhi si incontrarono. Occhi cinesi che fissavano occhi cinesi, marrone e inclinati verso il basso, i lineamenti dei Carella chiaramente evidenti: fratello e sorella che riaffermavano legami di sangue forti quanto la vita stessa. Angela annuì.

— Gli parlerò io — sussurrò Steve, e aiutò la sorella a scendere il poggio erboso, accompagnandola dove Teddy e la madre li aspettavano in piedi, vestite di nero nel sole.

3

La pistola era un suo regalo.

"In questa città" aveva detto "tutti dovrebbero avere una pi stola e dovrebbero essere in grado di adoperarla, se e quando se ne presenta la necessità." Diceva che la polizia non serve a niente, quando si tratta di proteggere la vita dei normali cittadini. I poliziotti sono troppo indaffarati a correre dietro alle prostitute e ai tossicodipendenti.

Dove avesse comprato quella pistola era un mistero.

Viaggiava parecchio in automobile, per cui poteva averla acquistata in uno qualunque di quegli stati che pensano che l'America sia ancora il Selvaggio West, con gli indiani ostili che si preparano all'attacco: meglio mettere i carri in cerchio e tirare fuori il Winchester. "Ti ho comprato una cosa" aveva detto. "Ti insegnerò a usarla."

Era questo l'aspetto ironico.

La pistola era una Colt Cobra calibro 22.

Lui aveva spiegato che si trattava di una versione, parzialmente in alluminio, della Detective Special di calibro maggiore; la gente però non dovrebbe farsi ingannare dal calibro: una 22 può fare gli stessi danni, e a volte anche maggiori, di una pistola di calibro più grosso. E questo perché il proiettile di calibro minore, privo della potenza necessaria per uscire, rimbalza in giro all'interno del corpo e può creare una devastazione tra tutti gli organi. Creare una devastazione. Erano state le sue parole esatte. Devastazione. Esattamente quello che c'era in programma per quella sera. Creare un altro po' di devastazione.

La pistola era un revolver a sei colpi, pesava solo quattrocentoventicinque grammi e il modello scelto da lui era proprio quello con la canna lunga cinque centimetri, una cosa simpatica perché così non si vedeva sotto i vestiti. Un'arma simpatica. Era stato facile imparare a usarla; lui aveva mantenuto la promessa. Era questo l'aspetto ironico.

Questa volta sarebbe stato intenzionale.

Premeditazione, non è così che si dice?

Martedì pomeriggio era stato diverso.

Quella sera sarebbe stato più semplice.

Quella sera c'era la pistola.

L'edificio era ombreggiato dagli alberi e di conseguenza i marciapiedi non si erano cotti sotto un sole implacabile per ore e ore; alle nove di sera, la strada era piacevolmente fresca. Era fresco anche all'ombra sul lato opposto della strada, di fronte al palazzo. Fresco, in attesa sotto un vecchio, grosso albero dalle foglie spesse, la mano destra attorno al calcio della Cobra, il dito indice sul grilletto. Alle nove in punto, lui avrebbe portato fuori il cane. Una creatura abitudinaria: portava fuori il cane alle nove, scopava un'amante ogni volta che ne aveva l'occasione. Di lì a dieci minuti sarebbe morto.

In attesa.

Abiti completamente neri: tuta nera di cotone, calze e scarpe da jogging nere, berretto nero di lana calzato fin sopra le orecchie. Ci si scioglieva di sudore sotto quel berretto, ma copriva i capelli, nascondeva il colore dei capelli, e nessun pedone o automobilista occasionale sarebbe stato in grado di dare poi una buona descrizione.

L'uomo uscì dal palazzo alle nove meno due minuti, disse qualcosa al portiere che era sceso in strada per prendere un po' d'aria e poi, con il cane al guinzaglio, si avviò verso l'angolo. Otto e cinquantanove, adesso, e una strada buia e vuota. Nessuna automobile, nessun passante. Perfino il portiere era rientrato. "Vai!"

Attraversa diagonalmente la strada...

Pistola pronta in pugno...

Sali sul marciapiede, gli vai davanti e gli punti la pistola addosso...

"Sei impazzito?"

"Sì."

Con calma.

E gli sparì quattro volte nella testa.
E sparì anche al cane che guaisce, tanto per stare nel sicuro.

Il quartiere era ancora largamente italiano. Il forno era incuneato tra una drogheria e un negozio di insaccati con la scritta in italiano sulla vetrina: SALUMERIA. In quel tratto di strada c'erano edifici a due o tre piani in assi di legno, con il negozio al piano terra e le abitazioni dei proprietari ai piani di sopra. C'erano ancora alberi, lungo la strada. Niente graffiti sugli edifici. C'era ancora un'atmosfera, un qualcosa da Vecchio Mondo.

Carella ricordava di essere cresciuto in quel quartiere quando molte delle sue cadenze erano ancora italiane, quando le stazioni radio italiane suonavano ancora canzoni come *La Tarantella* e *O sole mio* e *Funicolì-Funicolà*, e, dalle finestre aperte, la musica si riversava per strada, nell'aria dell'estate. Ripensò a quando dava una mano al forno durante i weekend, quando c'erano più clienti, impastando il pane mentre suo padre si occupava dell'arte più delicata della pasticceria. Le mani di Steve allora si coprivano di farina. Arrivato sui quattordici, quindici anni, aveva cominciato a pensare che la pasta del pane dava esattamente la stessa sensazione del seno di una ragazza. Impastare il pane. Be', non proprio come il seno di Margie Gannon, in realtà, perché quell'idea gli era venuta dopo aver vissuto la sua prima esperienza di petting con lei. O con chiunque altra, se era per quello.

Margie Gannon.

Lentigginosa dappertutto, compreso il seno, che lui aveva liberato dalla camicetta e dal reggiseno un sabato pomeriggio, mentre pioveva. Lui e lei, febbricitanti e assorti nel soggiorno della casa di mattoni a due piani, distante due case dalla sua. I genitori di Margie fuori a far spese e che sarebbero rimasti fuori per tutto il pomeriggio. "Non torneranno prima delle quattro o le cinque" gli aveva detto Margie. "Togliti dalla pioggia e vieni dentro, Steve."

Era entrato in casa per leggere i fumetti con lei. Margie aveva la miglior collezione di fumetti di tutto il quartiere. I ragazzini, maschi e femmine, alcuni appena puberi, venivano addirittura da altri isolati per leggere i fumetti di Margie Gannon. I suoi genitori incoraggiavano la cosa come un modo simpatico per socializzare. Ma non avrebbero dovuto lasciare la loro giovane, adorabile figliola tra le grinfie di quella belva selvaggia nota come

Stephen l'Assatanato, certamente non in un soffocante pomeriggio d'agosto, con i tuoni e i lampi fuori e tutti i suoi umori adolescenziali al punto di ebollizione, per non parlare di quelli di Margie.

Solo con Margie Gannon nel soggiorno al piano terreno. I genitori fuori. La pioggia che picchia sulle finestre. Le teste si chinano sui fumetti. Teste che quasi si toccano. Il braccio di Steve sullo schienale del divano, dietro di lei. Margie teneva un lato del giornaletto con la mano destra e Steve teneva l'altro con la sinistra. Le teste vicine. Aveva avuto l'improvvisa sensazione dei capelli di Margie contro la guancia. Lunghi capelli biondo-rossi. Capelli di seta contro la guancia. Occhi verdi, lentiggini sul viso: Margie Gannon l'irlandese, seduta accanto a lui con i capelli che gli sfiorano la guancia. Improvvisamente aveva avuto un'erezione.

Adesso non ricordava più quale fumetto stessero leggendo. Qualcosa a che vedere con poliziotti e arcicriminali? Non si ricordava. Però ricordava com'era vestita Margie, quello sì: una gonna in tela jeans, corta e sbiadita, e una camicetta bianca con le maniche corte, abbottonata davanti. Un grazioso viso irlandese lentigginoso, braccia snelle e lentigginose. Tutto lentigginoso, come Steve avrebbe scoperto poco dopo, ma per il momento c'era soltanto il solletico eccitante dei suoi capelli di seta che gli sfioravano la guancia. Margie aveva alzato la mano sinistra, si era scostata i capelli dal viso. Le guance si erano sfiorate.

Era stato come se una luce intensa e violenta si fosse riversata d'improvviso sul giornaletto aperto. Non osando guardare Margie, Steve si era concentrato sulle pagine illuminate dalla luce brillante, che adesso erano vive di pulsanti colori primari, rossi e blu e gialli che si stagliavano sul più nero dei neri. Aveva concentrato lo sguardo al calor bianco sulle figure congelate nell'azione e sulle enormi parole strillate. POW e BAM e BANG e YIIIK che saltavano fuori dalle pagine, ripetendo per iscritto e a stampa il battito martellante del suo cuore. POW, BAM, BANG che echeggiavano la violenta erezione dentro i pantaloni, YIIIIKES!

Aveva voltato la testa verso Margie e Margie si era voltata verso di lui.

I nasi si erano scontrati.

Le labbra anche.

E... oh Dio, Steve aveva baciato la dolce Margie Gannon e lei si era mossa tra le sue braccia che improvvisamente la stringevano e il giornaletto... POW, BAM, BANG... le era scivolato dalle ginocchia ed era caduto sul pavimento con un sussurrato YIIIIKES, mentre i lampi lampeggiavano e il tuono tuonava e la pioggia martellava implacabile il marciapiede fuori del soggiorno. Si erano baciati per un tempo che Steve non era in grado di ricordare. In vita sua, non avrebbe mai più baciato nessuna donna così a lungo o con tanta forza, stringendola contro di sé, le labbra fuse, desideri di adolescenti che si fondevano, calde passioni giovanili che incrinavano il cielo di lampi bianco-azzurri, che lo spaccavano con esplosioni blu-nere,

Poi la mano di Steve aveva trovato i bottoni della camicetta. Aveva armeggiato goffamente: doveva lavorare con la maledetta sinistra mentre lui era destrorso. Aveva continuato ad armeggiare, spaventato al pensiero che Margie cambiasse idea, terrorizzato che lei lo fermasse prima ancora che riuscisse ad aprirle addirittura il primo bottone. Ormai respiravano tutti e due rumorosamente e i cuori battevano forte, mentre Steve cercava disperatamente di sbottonare la camicetta. Margie l'aveva aiutato con il primo bottone, con la mano tremante che guidava la sua, poi il secondo bottone si era aperto magicamente, o forse miracolosamente, e poi quello dopo e poi... oh Dio mio, il reggiseno era comparso improvvisamente nell'ampia v della camicetta aperta. Un reggiseno bianco.

Tuoni, fulmini.

Steve aveva pensato "Grazie, Dio!", e aveva toccato il reggipetto, le coppe del reggipetto bianco, con i seni che lo riempivano. La mano gli tremava mentre toccava, goffamente e timorosamente, il reggiseno, mentre armeggiava insicuro perché, anche se aveva sognato di fare proprio questo con le ragazze in generale e con Margie Gannon in particolare, non aveva mai creduto che ci sarebbe arrivato davvero.

Invece ecco, lo stava proprio facendo, grazie Dio, oh Gesù, grazie, o almeno stava cercando di farlo, chiedendosi se doveva far scivolare la mano dentro il reggiseno, o abbassare le spalline, o togliere in qualche modo quel coso maledetto. Si allacciava dietro, vero? Aveva cercato di elaborare tutti i dati in quella che gli era sembrata un'ora e mezza, ma che era stato meno di un minuto, finché Margie non gli aveva allontanato la mano, con un debole, imbarazzato sorriso, e aveva piegato le braccia dietro la schiena. Steve aveva guardato le lentiggini sulla sommità del seno che tendeva il reggipetto, mentre lei se lo slacciava. E improvvisamente i seni erano liberi, la pioggia continuava a cadere e lui aveva i seni nelle mani. Stava toccando i dolci seni nudi di Margie Gannon.

Si chiese cosa ne fosse stato di lei.

Non poteva mai passare per le strade del quartiere senza pensare a Margie Gannon in quel piovoso pomeriggio d'agosto.

Steve non sapeva cosa l'avesse portato lì quella sera. Forse voleva soltanto essere vicino al posto in cui suo padre aveva passato la maggior parte delle sue ore di veglia. Voleva essere lì per sentire di nuovo l'essenza dell'uomo che era stato suo padre. Prima che svanisse del tutto. C'era una luce nel retro del negozio di suo padre. Le nove e mezzo di un venerdì sera e una luce accesa. Proprio come se suo padre fosse stato ancora vivo, intento a infornare dolci e pane per le grandi vendite del weekend. I ragazzi del 45° dovevano essersi dimenticati di...

Nella tenda che copriva il pannello di vetro della porta posteriore del negozio, improvvisamente comparve un'ombra.

Steve si irrigidì, gettò indietro la giacca, tolse la pistola dalla fondina.

L'ombra si mosse. Steve, velocemente e in silenzio, si spostò contro il muro dell'edificio.

Un buon poliziotto non entra mai in una stanza o in una casa senza prima ascoltare alla porta, premendo l'orecchio contro il legno per cercare di capire se dentro c'è qualcuno. Lui sapeva che c'era qualcuno nel negozio di suo padre, ma non sapeva in quanti fossero o chi fossero. C'era una finestra su un lato del forno: meglio di una porta, così avrebbe potuto vedere chi c'era all'interno senza dover cercare di indovinare in base ai suoni o alle voci filtrate da una porta. Si avvicinò alla finestra, raggiungendola da un lato, e si chinò sotto il davanzale. Con cautela, alzò adagio la testa.

Dentro c'era sua madre.

Era seduto da solo in soggiorno e piangeva. La stanza era buia, a eccezione della luce morbida della lampada imitazione Tiffany alle sue spalle. Sedeva nella grande poltrona sotto la lampada, le spalle scosse dai singhiozzi, le lacrime che gli scorrevano sul viso.

Teddy non poteva sentire i singhiozzi.

Gli andò vicino, sedette sul bracciolo della poltrona e, con dolcezza, premette la testa del marito contro la sua spalla. Steve non aveva mai pensato che piangere fosse qualcosa di vergognoso o di imbarazzante. Piangeva perché soffriva e, sebbene l'emozione fosse dolorosa, l'atto del piangere, in se stesso, non lo era. Una distinzione che qualcuno, più macho, non avrebbe forse capito. Adesso Steve piangeva. La fronte contro la spalla della moglie, pianse finché non ci furono più lacrime. Poi alzò la testa, si asciugò la faccia con un fazzoletto già fradicio, guardò sua moglie, annuì e fece un sospiro profondo e disperato.

Con i segni, lei gli disse Parlami.

Steve parlò con la bocca e con le mani. Le parole si formavano sulle labbra e sulle dita e si rovesciavano nel silenzio del soggiorno. L'orologio a pendolo contro la parete opposta suonò le undici, ma Teddy non poteva sentirlo, come non poteva sentire le parole di suo marito se non leggendole sulle labbra e sulle dita.

Steve le raccontò di aver visto sua madre dalla finestra di fianco al negozio. L'aveva vista toccare cose. Muoversi nel negozio, accarezzando le cose che suo padre aveva usato. I matterelli e i tegami da forno, le palette e i cucchiai, gli stampi... perfino le maniglie degli sportelli del grande forno. L'aveva osservata a lungo. Mentre si muoveva in silenzio, toccando ogni oggetto con amore.

Alla fine Steve aveva fatto il giro del negozio, fino alla porta sul retro dove c'erano ancora i sigilli di scena di reato. Il lucchetto della polizia non c'era più, ma gli avvisi sì. L'ombra di sua madre svolazzava sulla tenda tirata mentre lei si muoveva in silenzio nel forno. Steve aveva bussato gentilmente sul vetro.

Sua madre aveva chiesto: "Chi è?".

"Sono io. Steve."

"Ah." Era andata alla porta e l'aveva aperta.

Steve era entrato e l'aveva presa tra le braccia. Sua madre era più bassa di lui di una buona testa e vestiva il nero del lutto che avrebbe indossato per molto tempo, seguendo la tradizione del suo vecchio paese, anche se era nata negli Stati Uniti. Steve l'aveva abbracciata con dolcezza, dandole dei colpetti sulla schiena. Piccoli colpetti affettuosi. Sono qui, mamma. Va tutto bene. Sono qui.

Lei aveva parlato con la bocca premuta contro la sua spalla. Gli aveva detto: "Sono venuta qui per vedere se riuscivo a trovarlo, Steve."

Piccoli colpetti sulla schiena. Per confortarla.

"Ma se n'è andato" aveva detto sua madre.

Carella alzò lo sguardo sulla moglie, guardandola dritto negli occhi che lo fissavano assorti, e disse: — Piangevo per lei, Teddy. Non per papà: per lei. Perché adesso è lei che è sola. È la vedova.

Il portiere del 1137 di Selby Place stava dicendo ai detective che aveva parlato con la vittima meno di tre minuti prima di sentire gli spari.

— Abbiamo detto qualcosa a proposito del tempo — disse il portiere. — Di questi giorni tutti parlano soltanto del tempo. Perché fa così caldo.

In realtà faceva un po' più fresco e quelli delle previsioni dicevano che in serata sarebbe arrivata la pioggia.

I poliziotti erano in piedi sul marciapiede, dove i tecnici stavano ancora lavorando all'interno del rettangolo definito dai nastri gialli scena-reato, che andavano dagli alberi ai paletti della polizia e al muro del palazzo. Monoghan e Monroe se ne erano andati un'ora prima. Lo stesso avevano fatto il medico legale e l'ambulanza che stava portando il cadavere all'obitorio. Hawes e Willis avevano preso la chiamata e adesso erano gli unici rimasti con i tecnici, indaffarati a setacciare marciapiede e canaletto di scolo in cerca di qualsiasi cosa potessero trovare.

Il portiere era più basso di Hawes, ma più alto di Willis. Be', quasi tutti erano più alti di Willis, che ce l'aveva fatta per un pelo a rientrare nel limite minimo di un metro e settantatré del dipartimento quando era entrato in polizia, tanti anni prima. Da allora le cose erano cambiate. Adesso c'erano donne poliziotto parecchio più basse di lui, sebbene Hawes non avesse ancora visto nani in uniforme. Non gli piaceva essere in coppia con Willis: era troppo maledettamente triste, in quel periodo. Hawes capiva la sofferenza per la perdita di una persona amata, ma questo non significa dover affliggere chiunque ti sta intorno.

Hawes aveva conosciuto pochissimo la donna con cui Willis aveva vissuto, Marilyn Hollis. Vittima di un omicidio: due ladri erano entrati in casa e l'avevano fatta fuori, una roba del genere.

Hawes non aveva mai capito bene. C'era stato un mucchio di chiacchiere sottovoce su quella storia, qualcosa a proposito di Willis che si era trovato sulla scena e che aveva fatto fuori i due delinquenti. Carella e Byrnes avevano consigliato ad Hawes di non fare troppe domande. Questo succedeva due, tre mesi prima. Il tempo si muove come melassa nel distretto, specie in estate.

Era Willis adesso che faceva le domande.

Domande sul morto con una voce da morto.

— Nome del morto?

— Arthur Schumacher.

— Numero appartamento?

— Sessantadue.

Tristi occhi marrone fissi sul blocchetto degli appunti. Capelli neri, ricci, e il fisico snello e agile di un torero. Il detective Hal Willis. Traspirava tristezza come sudore.

— Scapolo? Sposato?

Una voce atona, inespressiva.

— Sposato — rispose il portiere.

— Figli?

— Non abitano qui. Ha due figlie, da un matrimonio precedente. Una viene a trovarlo ogni tanto... veniva a trovarlo.

— Sa il nome della moglie? — chiese Hawes.

— Marjorie, credo. In questo momento è via, nel caso pensiate di parlarle.

— Via dove?

— Hanno una casa per le vacanze nelle Iodines.

— Come fa a sapere che la signora si trova là?

— L'ho vista quando è partita.

— E cioè quando?

— Mercoledì mattina.

— Lei l'ha vista partire?

— Sì. Le ho detto buongiorno e tutto il resto.

— Sa quando tornerà?

— No, non lo so. Di solito in estate passano un po' di tempo là e qui in città.

Il portiere sembrava divertirsi. A parte l'assassino, lui era l'ultima persona ad aver visto la vittima viva e si stava chiaramente godendo il ruolo di teste superstar. Pensava già a quando avrebbero arrestato l'assassino e il caso fosse arrivato in tribunale. Sarebbe salito sul banco dei testimoni e avrebbe raccontato al procuratore distrettuale quello che adesso stava dicendo ai detective, anche se era difficile credere che quello piccolo fosse veramente un detective. Quello grosso sì, nessun dubbio. Ma il piccolino? Per quello che ne sapeva il portiere, quasi tutti i detective della città erano tipi grandi e grossi. Era così, in città. Non si era mai visto un detective piccolo.

— A che ora è sceso il signor Schumacher con il cane? — domandò il piccolo.

— Poco prima delle nove. — Il portiere si allenava per quando avrebbe deposto per il procuratore distrettuale. — Sempre così, tutte le sere. A meno che lui e la moglie non dovessero uscire insieme, nel qual caso portava fuori il cane prima. Ma nei giorni feriali, di solito scendeva verso le nove.

Hawes pensò che il portiere considerava il venerdì sera come una sera feriale. Hawes lo considerava come l'inizio del weekend. Avrebbe passato quel weekend con Annie Rawles. Ultimamente passava la maggior parte dei suoi weekend in compagnia di Annie. Si chiese se questo dovesse essere considerato come qualcosa di serio. A dire la verità, la cosa lo spaventava un po'.

— E poi cos'è successo? — chiese Willis.

— Si è avviato per strada — rispose il portiere. — Con il cane.

— Lei dov'era?

— Ero tornato dentro.

— Ha visto qualcuno prima di rientrare?

— Nessuno.

— Dall'altra parte della strada? Oppure più su nell'isolato?

— Nessuno.

— Quando ha sentito gli spari?

— Quasi nell'attimo stesso in cui sono rientrato... Be', magari qualche secondo dopo, ma non di più.

— Lei ha capito che erano spari, eh?

— Riconosco gli spari, quando li sento. Sono stato in Vietnam.

— Quanti spari ci sono stati?

— A me è sembrato tutto un caricatore. Ha ammazzato anche il cane, sapete? Un cane simpatico, gentile. A chi può venire in mente di ammazzare un cane?

"A chi può venire in mente di ammazzare un essere umano?" si chiese Willis.

— Queste vi interesseranno — disse uno dei tecnici, avvicinandosi. Indossava jeans, scarpette da ginnastica bianche e maglietta bianca. Porse a Willis una piccola busta beige con la scritta REPERTO. — Quattro pallottole. Devono essere passate attraverso il corpo.

In cielo ci fu un lampo improvviso.

— Sta per piovere — osservò il portiere.

— Grazie — disse Willis al tecnico. Prese la busta, la chiuse e la mise nella tasca destra della giacca. Hawes guardò l'orologio. Erano le undici e un quarto. Si chiese come fare per mettersi in contatto con la signora Schumacher. Non aveva voglia di restare incastrato per tutta la notte.

— Ha il numero di telefono degli Schumacher nelle Iodines? — domandò al portiere.

— No, mi dispiace. Forse ce l'ha l'amministratore. Ma verrà solo domani mattina.

— Domattina a che ora?

— Di solito arriva alle otto.

— Sa che isola delle Iodines?

— Mi dispiace, non so neanche questo.

— Il cane ha abbaiato o roba del genere? — domandò Willis.

— Io non ho sentito abbaiare.

— Ha sentito il signor Schumacher dire qualcosa?

— Niente. Ho sentito solo gli spari.

— E poi?

— Sono uscito di corsa, ho guardato in strada per vedere da dove venivano gli spari e ho visto il signor Schumacher disteso sul marciapiede, là. — Lanciò un'occhiata dove i tecnici avevano tracciato con il gesso il profilo del corpo di Schumacher sull'asfalto. — Con il cane di fianco a lui — aggiunse. I tecnici non avevano tracciato la sagoma del cane. — Tutti e due distesi per terra. Sono corso da loro e ho capito subito che erano morti tutti e due. Il signor Schumacher e il cane.

— Come si chiamava il cane? — domandò Willis.

Hawes lo guardò.

— Amos — rispose il portiere.

Willis annuì. Hawes si stava chiedendo perché mai il collega avesse voluto sapere il nome del cane. Si stava anche chiedendo dove avessero portato il cane. All'obitorio per l'autopsia?

— In quel momento ha visto qualcuno?

— Nessuno. La strada era vuota.

I tecnici stavano ancora lavorando sulla scena. Hawes si chiese per quanto tempo ne avrebbero ancora avuto. Un altro lampo screziò il cielo. Poi ci fu il botto del tuono. Con la pioggia, il sangue sarebbe stato lavato via.

— Aveva la valigia quando è partita? — domandò. — La signora Schumacher, intendo.

— Sissignore. Una valigetta.

— Quindi lei è sicuro che sia andata nelle Iodines, eh?

— Be', non potrei giurarlo. Ma credo di sì.

Hawes sospirò.

— Cosa vuol fare? — domandò a Willis.

— Finire qui e andarcene. Se non riusciamo a trovare il numero di telefono, non possiamo far altro che parlare con l'amministratore domani mattina.

— Domani è il mio giorno libero — disse Hawes.

— Anche per me.

Qualcosa nella voce di Willis faceva pensare che si stesse chiedendo cosa farsene del suo giorno libero.

Hawes lo guardò di nuovo.

— Be' — disse Willis al portiere. — La ringraziamo molto. Se avremo altre domande, ci metteremo in contatto con lei.

— Okay, bene — disse il portiere, e guardò di nuovo il profilo disegnato con il gesso sul marciapiede.

Improvvisamente cominciò a piovere.

Il sabato mattina, ventunesimo giorno di luglio, Steve Carella tornò al lavoro. La prima cosa che trovò sulla scrivania fu la copia di un rapporto della divisione investigativa, firmato dal detective di terzo grado Harold O. Willis e scritto dallo stesso prima di lasciare la sala agenti all'una della mattina. A quell'ora non era ancora riuscito a mettersi in contatto con la vedova di Arthur Schumacher. C'era un numero di telefono intestato a un Arthur Schumacher a Elsinore County, ma il numero era fuori elenco e la caposervizio della società telefonica del turno di notte si era rifiutata di comunicarlo a Willis prima che qualcuno del servizio assistenza polizia non avesse dato l'autorizzazione in mattinata.

Il memo del tenente Byrnes, appuntato con la cucitrice al rapporto di Willis, suggeriva che qualcuno in mattinata si mettesse di nuovo in contatto con la società telefonica e parlasse al più presto possibile con la signora Schumacher. Né Willis, né Hawes, che avevano risposto alla chiamata, sarebbero tornati in sala agenti prima di lunedì mattina e qualcuno, di nuovo Byrnes non diceva chi, avrebbe dovuto mettere in moto il 24-24.

Dato che il rapporto era stato lasciato sulla scrivania, Carella dedusse astutamente che il qualcuno che il tenente aveva in mente era lui.

Elsinore County consiste in circa otto comunità sulla Costa Est, tutte protette dall'erosione e dagli occasionali venti con forza di uragano da Sands Spit, che possiede veramente alcune delle più belle spiagge del mondo. Sands Spit si sviluppa da nord a sud. Le Iodines sono isole più piccole, che si raggruppano intorno a Sands Spit come pesci pilota attorno a uno squalo.

Le isole Iodines sono in tutto sei; due sono proprietà privata, una è un parco nazionale aperto al pubblico e le altre tre, un po' più grandi delle loro sorelle, sono cosparse di piccole abitazioni private e, più recentemente, da alti condomini e hotel, i cui impavidi occupanti, evidentemente, sono disposti ad affrontare gli uragani che raramente, ma sempre troppo spesso per chi deve subirli, devastano Sands Spit, le Iodines e a volte la città stessa.

Gli Schumacher avevano una casa a Salt Spray, la Iodine più vicina alla terraferma. Fu là che Carella telefonò alla vedova alle 9.15 di quella mattina, dopo essere finalmente riuscito a impadronirsi del numero tramite un funzionario di collegamento della società telefonica nella sezione assistenza polizia. Fu suo il triste compito di comunicare alla signora Schumacher che suo marito era stato assassinato.

Arrivarono all'appartamento degli Schumacher in Selby Place alle due di quel sabato pomeriggio. Margaret Schumacher (e non Marjorie, come il portiere aveva detto la sera prima) era partita da Sands Spit per la città poco dopo aver parlato con Carella e adesso li stava aspettando. Carella pensò che fosse sui trentotto, trentanove anni: una donna attraente con gli occhi azzurri e i capelli biondi un po' troppo lunghi per il suo viso stretto. Indossava una gonna marrone circa cinque centimetri sopra il ginocchio, una camicetta arancione e scarpette basse. Disse ai poliziotti di essere arrivata a casa circa un'ora prima. Gli occhi, gonfi e rossi, indicavano che aveva pianto per tutta la mattina. Carella sapeva esattamente come si sentiva.

— Era il nostro secondo matrimonio, per tutti e due — mormorò Margaret. — Speravo che sarebbe durato per sempre. E adesso...

Disse ai poliziotti che, quando aveva conosciuto Arthur, era divorziata da quasi tre anni. Lui, all'epoca, era ancora sposato...

— Arthur è molto più vecchio di me — disse la donna, senza rendersi conto di usare il presente. Suo marito era stato ucciso la sera prima: quattro ferite d'arma da fuoco alla testa, in base al rapporto dell'autopsia, ma lei ne parlava ancora come se fosse stato vivo. Facevano sempre così. A volte assimilavano subito il fatto, altre volte non ci riuscivano mai. — Io ho trentanove anni, lui sessantadue. È una grossa differenza di età. Quando l'ho conosciuto era sposato, con due figlie della mia età... una, almeno. Quello è stato un periodo difficile per tutti e due, ma poi tutto si è risolto. Siamo sposati da quasi due anni, ormai. Saranno due anni in settembre. — Ancora il presente.

— Potrebbe dirci il nome dell'ex moglie, per favore? — le domandò Carella.

Stava pensando che, a volte, i divorziati si fanno a vicenda cose più terribili di quanto possa fare un estraneo. Stava pensando che c'erano quattro fori di proiettile nella testa di quell'uomo. Uno sarebbe stato sufficiente.

— Gloria Sanders — disse Margaret. — Ha ripreso il suo nome da ragazza.

Cosa che forse indicava un divorzio amaro.

— E le figlie?

— Una è ancora nubile, si chiama Betsy. L'altra è sposata e si chiama Lois Stein. Signora Marc Stein. Marc con la "c" finale.

— Ha i loro indirizzi e numeri di telefono? Ci risparmierebbe tempo se...

— Sono sicura che Arthur ce li ha, da qualche parte.

C'era qualcosa, pensò Brown, nel modo in cui la donna aveva detto quelle parole.

— Lei andava d'accordo con le figlie di suo marito? — domandò a Margaret.

— No.

Chiaro e tondo.

No.

— E suo marito? Che rapporto aveva con loro?

— A Lois voleva bene da morire. Con l'altra non andava d'accordo.

— Betsy, vero? — chiese Carella, leggendo i suoi appunti.

— Sì, Betsy. Arthur la definiva una vecchia hippie. Il che è vero.

— Quanti anni ha?

— Ha esattamente la mia età: trentanove anni.

— E l'altra figlia, Lois?

— Trentasette.

— Com'erano i rapporti di suo marito con l'ex moglie? — domandò Brown.

Muovendosi di nuovo in cerchio attorno a quel qualcosa che aveva sentito nella voce di Margaret, quando la donna aveva detto che il marito probabilmente aveva i numeri di telefono da qualche parte. Quella strana nota amara nella voce.

— Non ne ho idea — rispose la donna.

— Non la vedeva mai? Non le parlava?

— Lui o io?

— Be', tutti e due.

— Non c'era ragione per parlare con lei. Sono grandi. Erano grandi anche quando ci siamo conosciuti.

Le figlie.

Generico.

— Suo marito passava alimenti all'ex moglie?

— Sì.

La stessa nota acida.

— Quanto?

— Tremila al mese.

— Signora Schumacher — disse Carella — lei ha idea di chi possa aver fatto una cosa simile?

Si fa questa domanda al coniuge superstite non perché ci si aspetti una brillante intuizione. In realtà è una domanda col trabocchetto. La maggior parte degli omicidi, perfino in un'epoca di violenza anonima, è un affare di famiglia, almeno in senso lato. Il marito uccide la moglie o viceversa. La moglie uccide l'amante. Il fidanzato uccide la fidanzata. La fidanzata uccide il fidanzato. E così via. Il marito, o la moglie, superstite è sempre l'indiziato principale finché non si scopre qualcosa di diverso, e un buon sistema per cercare un movente è chiedere se qualcun altro potrebbe aver desiderato quella morte. Ma bisogna stare attenti.

Margaret Schumacher non diede alla domanda un attimo di riflessione.

— Gli volevano bene tutti — rispose.

E cominciò a piangere.

I detective rimasero lì, imbarazzati.

La donna si asciugò le lacrime con un Kleenex. Si soffiò il naso. Continuò a piangere. I poliziotti aspettarono. Sembrava che non avrebbe mai smesso. Se ne stava immobile, al centro del soggiorno dell'appartamento al sesto piano, sigillato e silenzioso a eccezione del ronzio del condizionatore e del suono soffocato dei suoi singhiozzi, una donna alta e attraente con i capelli d'oro e una dorata abbronzatura estiva, apparentemente o sinceramente distrutta dal dolore. Tutti gli volevano bene, aveva detto. Ma, in base all'esperienza dei due poliziotti, quando tutti vogliono bene a qualcuno, nessuno gli vuole veramente bene. E Margaret non aveva detto che lei gli voleva bene. Forse una semplice dimenticanza.

— Quello che è successo è terribile — le disse finalmente Brown. — Sappiamo come lei deve...

— Sì — l'interruppe Margaret. — Io l'amavo moltissimo.

Dimenticanza rimediata. E al passato, questa volta.

— E lei non riesce a pensare a un motivo per cui qualcuno avrebbe...

— No.

Continuava a piangere nel Kleenex disintegrato.

— Nessuna lettera o telefonata minatoria...

— No.

— ...nessuno che gli dovesse denaro...

— No.

— ... nessuno da cui lui avesse preso in prestito denaro?

— No.

— ... nessun problema con il suo datore di lavoro?

— Lavora in proprio.

Di nuovo tempo presente. Passando dal presente al passato e viceversa, adattandosi alla realtà della morte improvvisa.

— Che tipo di attività? — chiese Carella.

— È avvocato.

— Potrebbe dirci il nome dello studio?

— Schumacher, Benson & Loeb. Arthur è socio anziano.
— Dove si trova lo studio, signora?
— In centro, sulla Jasper Street. Vicino all'Old Seawall.
— Suo marito aveva dei problemi con qualcuno dei soci?
— No, che io sappia.
— Con qualche dipendente?
— Non lo so.
— Aveva licenziato qualcuno, di recente?
— Non lo so.
— Signora Schumacher — disse Brown — dobbiamo farle questa domanda. Suo marito aveva una relazione con un'altra donna?
— No.
Netto.
— Dobbiamo chiederle anche questo — disse Carella. — Lei ha una relazione con qualcuno?
— No.
Mento sollevato, sguardo di sfida dietro le lacrime.
— Perciò il vostro era un matrimonio felice.
— Sì.
— Dovevamo chiederglielo — disse Brown.
— Capisco.
Ma non era vero. O forse sì. In ogni caso, le domande l'avevano ferita. Carella improvvisamente immaginò i colleghi del 45° che chiedevano a sua madre se il suo era stato un matrimonio felice. Ma questo caso era diverso. Oppure no? Erano così incatenati alla routine della polizia da essersi scordati che qui era stata uccisa una persona? Avevano dimenticato anche che quella donna era la moglie della persona uccisa, e una persona lei stessa? Il fatto di dover prendere il cattivo era diventato così importante che non importava calpestare anche i buoni nel corso dell'operazione? O peggio ancora: così importante da far credere che non esistano più i buoni?
— Mi dispiace — disse a Margaret.
— Signora Schumacher — disse Brown. — Per lei va bene se esaminiamo gli effetti personali di suo marito? La sua rubrica, l'agenda, il diario, se ne teneva uno...
— Non teneva un diario.
— Qualunque cosa su cui possa aver scritto, facendo o ricevendo una telefonata. Un blocco per appunti, un...

— Vi mostro dov'è la sua scrivania.
— Vorremmo esaminare anche gli abiti di suo marito, se non le disp...
— Perché?
— A volte troviamo un appunto in tasca, o la bustina di fiammiferi di un ristorante o...
— Arthur non fumava.
Esclusivamente passato, adesso.
— Faremo attenzione, glielo promettiamo — promise Carella. Anche se, fino a quel momento, non avevano fatto troppa attenzione.
— Sì, va bene — disse la donna.
Ma Carella sapeva che erano stati goffi, sapeva che se l'erano inimicata per sempre. Improvvisamente ebbe voglia di confortarla come aveva confortato sua madre, ma il momento era passato, il poliziotto aveva sopraffatto l'uomo e l'uomo aveva perso.
— Con il suo permesso — disse.
Margaret li portò al ripostiglio armadio nella camera da letto padronale, dov'erano appesi i vestiti del marito. Carella e Brown controllarono giacche e pantaloni e non trovarono niente. Una stanza più piccola, sull'altro lato del corridoio, era stata trasformata in studio, con una scrivania, una poltrona, una lampada e scaffali con file di libri, per lo più di carattere legale. Trovarono subito la rubrica e l'agenda del morto, chiesero a Margaret se potevano prenderle per esaminarle e firmarono una ricevuta per legalizzare il tutto. Nel cassetto centrale della scrivania, sotto il ripiano, in una piccola scatola lunga circa otto centimetri e larga diciotto, trovarono una pila di assegni in bianco e una bustina rossa che conteneva la chiave di una cassetta di sicurezza.
Fu così che, lunedì mattina, Carella e Brown trovarono un'altra serie di lettere erotiche.

4

Mercoledì 14 giugno
Ciao!

Sto per indossare la mia nuova biancheria sexy: un demi-bra (si chiama così perché spinge in alto i seni e lascia scoperti i capezzoli) rosso, reggicalze con calze di seta rosse e il più minuscolo paio di slip rossi che tu abbia mai visto, anche questo in seta, liscia e morbida. Sopra metterò il tailleur nuovo che ho comprato ieri. Mi è costato un occhio della testa, ma era davvero irresistibile; è azzurro, ha una giacca corta, a doppio petto, che gli dà un'aria seria e compassata e (questa è la vera pièce de résistance) una gonna con una sistemazione molto interessante sul davanti: c'è un grande spacco, artisticamente drappeggiato con pieghe intricate. Se sto in piedi sembra molto decente, ma quando mi siedo e apro un po' le gambe, praticamente invito l'uomo seduto accanto a me a mettere una mano dentro lo spacco e a toccarmi tra le gambe.

È questo il tipo di lettera che vuoi che ti scriva? Penso che mi divertirò.

Nella mia fantasia, tu e io ci registriamo in un albergo, poi andiamo al ristorante, troviamo un séparé in un angolo appartato e tu diventi l'uomo seduto accanto a me, quello che infila una mano nello spacco della gonna e che mi tocca la figa, che è molto calda, molto bagnata e molto, molto affamata delle tue attenzioni: in pochissimo tempo mi porti all'orgasmo. Poi tocca a me: ti apro la lampo dei pantaloni e trovo il tuo cazzo, che a quel punto, ne sono sicura, è già duro come pietra. Mi salta in mano come spinto da una molla, e io ci gioco sotto il tavolo e te lo faccio diventare sempre più duro. E poi, mentre nessuno guarda, faccio finta di raccogliere il tovagliolo da terra e invece mi chino con la bocca sul tuo cazzo e te lo succhio finché non mi supplichi di lasciarti venire. Ma, per quanto tu mi preghi, non te lo permetto; continuo semplicemente a succhiartelo, fino a farti quasi piangere. A quel punto ti dico: "Dài, saliamo in camera".

Ci ricomponiamo, usciamo dal ristorante e saliamo in ascensore. Una volta in camera, mi tolgo il vestito azzurro, tu mi strappi quel velo di slip rossi e mi dici che ti faccio impazzire. Io ti apro di nuovo la lampo, mi inginocchio e prendo ancora in bocca il tuo grosso cazzo. Tu ti togli il resto dei vestiti e lentamente mi scivoli fuori dalla bocca. Poi mi fai alzare contro di te e cominci a leccarmi i seni. Io vengo di nuovo; tu mi fai sempre venire così in fretta, anche solo succhiandomi i capezzoli. Ma so che non hai ancora finito, so che vuoi dell'altro da me, tu vuoi sempre di più. Mi prendi in braccio e mi distendi sul letto, poi ti chini sopra di me. Io ho le gambe spalancate, tu il cazzo in mano. Cominci a scoparmi piano, adagio, e poi più forte, più forte, sempre più forte. Sì, dammelo, amore, fottimi.

Ci vediamo presto.

Bye!

— Questa donna me lo fa diventare duro — disse Brown. Scosse la testa e infilò di nuovo la lettera sotto l'elastico che legava il mucchietto. Era seduto di fianco a Carella in una delle auto senza contrassegni del dipartimento, una berlina Plymouth di tre anni con l'aria condizionata regolata sul freddo massimo. Tutti e due sudavano mentre si dirigevano di nuovo verso i quartieri residenziali, all'appartamento degli Schumacher. Quella mattina ci avevano messo un'ora e mezzo per ottenere l'autorizzazione del tribunale ad aprire la cassetta di sicurezza e un'altra mezz'ora per arrivare alla banca, non lontana dallo studio della vittima in Jasper Street. La cassetta conteneva soltanto le lettere e due biglietti aerei di prima classe per Milano, uno a nome di Schumacher e l'altro a nome di Susan Brauer.

In tutto c'erano diciassette lettere, cinque meno di quelle scritte da Schumacher. La prima, quella che aveva letto Brown, era datata tre giorni dopo la prima lettera di Schumacher e sembrava essere stata scritta in risposta alla stessa. Come quelle di Schumacher, nemmeno queste erano firmate. Tutte erano ordinatamente battute a macchina. Tutte cominciavano con lo stesso saluto e finivano con la stessa chiusura. *Ciao!* e *Bye!*. Come una vivace ragazzina che scrive a qualcuno conosciuto al campeggio. Proprio una ragazzina, pensò Brown.

— Pensi che lui stesse perdendo interesse? — domandò a Carella.

— Scusa, cos'hai detto?

Carella era di nuovo perso nei suoi pensieri. Non riusciva a scrollarsi di dosso l'immagine della madre che vagava nel forno toccando tutte le cose appartenute a suo padre.

— Insomma, lui la conosce il primo dell'anno e in giugno si fa scrivere da lei quelle lettere bollenti. Sembra quasi che stesse perdendo interesse.

— E allora perché se la sarebbe portata in Europa?

— Forse le lettere hanno rimesso in moto le cose. — Brown ri mase in silenzio per un momento. — Tu hai mai scritto lettere come quelle?

— Io no. E tu?

— No. Ma mi piacerebbe saperlo fare.

Stavano arrivando all'appartamento in Selby Place. Carella cercò un posto per parcheggiare, ne trovò uno in divieto di sosta, parcheggiò ugualmente e abbassò il parasole per mettere in mostra l'adesivo con il simbolo del dipartimento di polizia. Sembrava più fresco fuori della macchina che dentro. C'era un po' di brezza nella strada ombreggiata dagli alberi. Carella e Brown percorsero un tratto di strada, si fecero annunciare dal portiere e salirono in ascensore al sesto piano.

Quello che avevano già concluso era che Arthur Schumacher e Susan Brauer si erano scambiati lettere intime e stavano progettando di volarsene insieme in Italia alla fine del mese. Quello che non sapevano era se Margaret Schumacher era stata al corrente di tutto. Si trovavano lì per farle altre domande. Perché, se ne era stata al corrente...

— Prego, entrate — disse la donna. — Avete scoperto qualcosa?

All'apparenza tutta preoccupazione e ansia; aveva un aspetto tirato e distrutto: suo marito era stato sepolto la mattina del giorno prima. Brown e Carella dovevano stare molto attenti: non volevano dirle tutto quello che sapevano, ma, allo stesso tempo, era virtualmente impossibile andare a pesca senza far dondolare una piccola esca nell'acqua.

Carella disse a Margaret Schumacher che stavano verificando la possibilità che la morte del marito potesse essere collegata a un precedente omicidio su cui avevano svolto indagini...

— Ah sì? Quale precedente omicidio?

... e che, mentre sabato erano stati da lei semplicemente per una visita di cortesia su richiesta dei due detective che avevano iniziato le indagini sulla morte di suo marito...

— Una visita di cortesia? — ripeté Margaret, irritata dall'infelice scelta di parole di Carella.

— Sì, signora. Per mandare avanti le indagini.

In virtù della cosiddetta regola del Primo Uomo, il precedente omicidio adesso imponeva che entrambi i casi venissero seguiti dai detective che si erano occupati del primo caso. Questo significava che adesso il caso di suo marito era ufficialmente loro, di Brown e Carella, e che sarebbero stati loro a...

— Quale precedente omicidio? — chiese di nuovo Margaret.

— L'omicidio di una certa Susan Brauer — rispose Carella, e le studiò gli occhi.

Negli occhi non comparve niente.

— Lei conosce qualcuno con quel nome? — le domandò Brown.

Osservandole gli occhi.

— No, nessuno.

Niente. Nemmeno un guizzo di riconoscimento.

— Non ha letto dell'omicidio sui giornali...
— No.
— ... o visto qualcosa in televisione?
— Mi dispiace — disse la donna, e li guardò, apparentemente o sinceramente perplessa. — Quando dite che la morte di mio marito potrebbe essere collegata...
— Sì, signora. È una possibilità che stiamo prendendo in considerazione.
Una bugia, naturalmente. Non si trattava più di una mera possibilità, ma di una precisa probabilità. Be', certo, c'era la remotissima possibilità che la morte di Arthur Schumacher non avesse alcuna relazione con quella di Susan Brauer, ma non c'era un solo poliziotto al mondo che ci avrebbe scommesso un milione contro uno.
— In che modo collegata?
I due poliziotti si guardarono.
— In che modo collegata? — ripeté la donna.
— Signora Schumacher — disse Carella. — Quando siamo stati qui sabato, quando abbiamo trovato quella chiave nella scrivania di suo marito, lei ci ha detto che la vostra unica cassetta di sicurezza si trova presso la First Federal Trust, in Culver Avenue. È questo che lei ci ha detto sabato.
— È vero.
— Lei ci ha detto anche di non sapere niente di una cassetta presso la Union Savings, che era il nome della banca stampato su quella busta rossa. Lei ci ha detto...
— Non ne so niente neppure adesso.
— Signora Schumacher, c'è una cassetta presso quella banca ed è a nome di suo marito.
Stavano ancora studiandole gli occhi. Se Margaret Schumacher sapeva cosa c'era in quella cassetta, se adesso si rendeva conto che anche loro sapevano cosa c'era là dentro, allora si sarebbe visto qualcosa negli occhi, nel viso; qualcosa sarebbe balenato. Ma non ci fu niente.
— Sono sorpresa — disse Margaret.
— Lei non sapeva dell'esistenza di quella cassetta.
— No. Perché mai Arthur avrebbe dovuto tenere una cassetta in centro? Noi...
— All'Union Savings in Wellington Street — disse Brown. — A tre isolati dal suo studio.

— Sì, ma abbiamo una cassetta qui vicino. Perché mai gliene serviva un'altra?

— Lei ha qualche idea in proposito? — le domandò Carella.

— Assolutamente nessuna. Arthur non mi nascondeva niente. Perché non avrebbe dovuto parlarmi di una cassetta di sicurezza vicino allo studio? Cioè... Insomma, cosa c'era in quella cassetta? Voi lo sapete?

— Signora Schumacher — disse Brown. — Lei sapeva che suo marito aveva in programma un viaggio in Europa alla fine del mese?

— Sì, lo sapevo.

— In Italia e in Francia, vero?

— Sì, per lavoro.

Andandole sotto dal lato cieco, cercando di capire se era stata al corrente di quei biglietti nella cassetta di sicurezza, se, in un qualche modo, aveva visto quei biglietti...

— Partenza il 29 per Milano...

... oppure se aveva saputo in qualche altro modo, in qualsiasi altro modo, della relazione di suo marito con una bella ragazza ventiduen...

— Sì.

— ... e ritorno da Lione il dodici agosto.

— Sì.

— Lei pensava di partire con suo marito?

— No. Ve l'ho già detto: era un viaggio di lavoro.

— Suo marito viaggiava spesso da solo per lavoro?

— Sì. Perché? Pensate che il viaggio abbia qualcosa a che fare con l'omicidio?

— Lei pensa che sia possibile?

— Non vedo come. State dicendo che qualcuno... Cioè, io non capisco come questo viaggio possa aver qualcosa a che vedere con l'omicidio.

— È sicura che suo marito sarebbe partito da solo? — le domandò Carella.

— Sì, credo di sì. O con uno dei suoi soci.

— Le aveva detto che sarebbe partito con uno dei soci?

— Non mi aveva detto niente. Non capisco. Cosa state... — Improvvisamente i suoi occhi si restrinsero e guardò Carella con durezza e con sospetto. Poi lanciò la stessa occhiata a Brown. — Di che cosa si tratta? — domandò.

— Signora Schumacher — rispose Carella — lei non ha ragione di credere che suo marito...
— No. Di che cosa si tratta?
Erano arrivati. Al bivio.
E, come aveva osservato una volta Yogi Berra: "Quando arrivi a un bivio, prendilo".
Carella lanciò un'occhiata a Brown. Brown annuì impercettibilmente, dicendogli di stringere i denti e andare avanti.
— Signora Schumacher, quando siamo stati qui sabato, lei ci ha detto che suo marito non aveva una relazione con un'altra donna. Lei è sembrata molto decisa su questo punto.
— È vero. Non aveva nessuna relazione. Le dispiacerebbe dirmi...
— Abbiamo prove che suo marito aveva una relazione.
— Come? Cosa vuole dire?
— Prove che lo collegano a Susan Brauer.
Entrambi la osservarono cogliere l'effetto che la rivelazione poteva avere sulla donna. Gli occhi, il viso, tutto il corpo. Glielo avevano spiattellato in faccia. Se Margaret Schumacher sapeva della relazione...
— Collegano a lei? — ripeté la donna. — Cosa significa collegano a lei?
— Intimamente — disse Carella.
Negli occhi le passò quella che sembrava sorpresa autentica.
— Prove? — ripeté Margaret.
— Sì, signora.
— Quali prove?
La sorpresa si stava trasformando in un'espressione di incredulità quasi beffarda.
— Lettere che gli ha scritto Susan Brauer — rispose Carella. — Lettere che abbiamo trovato nella cassetta di sicurezza di suo marito...
— Be', e questo cosa... Mi state dicendo che questa donna ha scritto delle lettere a mio marito?
— Sì, signora.
— Anche così, questo non significa...
— Abbiamo anche le lettere di suo marito. Le lettere che ha scritto a quella donna.
— Arthur ha scritto...
— Sì, signora.

— Non sia ridicolo.
— Abbiamo trovato le lettere nell'appartamento della Brauer.
— Le lettere scritte da Arthur?
— Non erano firmate, ma siamo sicuri che...
— Allora come fate a... Dove sono queste lettere? Le voglio vedere.
— Signora Schumacher...
— Ho il diritto di vedere quelle lettere. Se dite che mio marito aveva una relazione con un'altra donna...
— Sì, signora, l'aveva.
— ... allora voglio vedere le prove. Voi state cercando di... di... far sembrare che Arthur avesse una tresca con... questa... donna, come accidenti si chiama...
— Susan Brauer.
— Non mi interessa come si chiama! Non credo a una sola parola di quello che dice. Arthur non mi è mai stato infedele in vita sua. Non pensa che l'avrei capito, se mi fosse stato infedele? Sta deliberatamente cercando di ferirmi? — Adesso c'erano lampi negli occhi e tutto il corpo tremava. — Non sono obbligata a rispondere alle vostre domande — dichiarò. Andò immediatamente al telefono. — Mio marito era socio di uno dei più importanti studi legali della città e voi potete andare a farvi fottere! — Cominciò a formare un numero.
— Signora Schumacher...
— Quella è la porta — disse Margaret e poi, nel ricevitore: — Il signor Loeb, per favore.
Carella guardò Brown.
— Per favore andate via! — urlò Margaret. Al telefono, con una voce più quieta, ma ancora agitata, disse: — Lou, qui in casa ci sono due poliziotti che hanno appena violato i miei diritti. Cosa devo...
Brown e Carella uscirono.
Nel corridoio, mentre aspettavano l'ascensore, Carella domandò a Brown: — Cosa ne pensi?
— È una donna piuttosto difficile da trattare.
— Oggi non è stata una novità.
— Parli della settimana scorsa, giusto?
— Già. Sabato si è arrabbiata subito, fin dal primo minuto: oggi non è stata una novità.

— Forse noi due abbiamo dei modi di merda.
— Probabile — disse Carella.
Le porte dell'ascensore si aprirono. Entrarono nella cabina e premettero il pulsante per l'atrio. Rimasero in silenzio mentre l'ascensore ronzava, tutti e due pensando, separatamente, che Margaret Schumacher aveva appena offerto una splendida esibizione di sorpresa, shock, incredulità, indignazione, rabbia e dolore alla notizia dell'infedeltà del marito. Ma non c'era modo di sapere se c'era stato qualcosa di autentico.
Uscendo dall'edificio, il caldo li colpì come un pugno.
— Pensi che l'avvocato della Schumacher ci telefonerà? — domandò Brown.
— No — rispose Carella.
Si sbagliava.

Una detective di nome Mary Beth Mulhaney stava lavorando la porta.
Di solito lavorava al 31°; Eileen l'aveva conosciuta... oh, dovevano essere quattro anni ormai, quando il distretto si era rivolto alle forze speciali per un'operazione civetta. C'era qualcuno che aggrediva le donne per strada e poi fuggiva nella notte con le borsette. Eileen aveva fatto l'esca per una settimana di fila senza prendersi neppure una gomitata. Il repellente tenente del 31° le aveva detto che era perché aveva troppo l'aria da poliziotta; le forze speciali avrebbero dovuto mandargli qualcun'altra. Eileen aveva suggerito che forse sarebbe stato simpatico che uscisse lui in strada, in abito nero con perline, per vedere se riusciva a indurre il rapinatore ad aggredirlo. Il tenente le aveva detto di non fare troppo la spiritosa, signorina.
C'erano parecchi pezzi grossi davanti al negozio di biancheria. Il servizio emergenza aveva "contenuto" la proprietaria del negozio e la donna in ostaggio delimitando con barriere l'area antistante e chiudendo la strada. Mary Beth stava lavorando la porta posteriore, lontano dalla folla del lunedì mattina che si era raccolta per strada. Tra i pezzi grossi c'erano il capo della polizia Dylan Curran, la cui foto Eileen aveva visto nelle stazioni di polizia di tutta la città, il capo degli agenti investigativi Andrew Brogan, che tanti anni prima aveva rimproverato Eileen per aver risposto male al disgustoso tenente del 31°, e il vice-ispettore John Di Santis, che comandava il servizio emergenza e che Ei-

leen aveva visto proprio la sera prima in televisione, sul ponte di Calm's Bridge, dove un tale che pensava di essere Superman minacciava di volare nel fiume Dix. Ma la star era Brady.

Un sergente stava spiegando a bassa voce a Eileen e agli altri poliziotti in addestramento che la signora nel negozio aveva una Magnum 357 in pugno e che minacciava di uccidere l'unica cliente ancora dentro, se la polizia non se ne andava. La ragione per cui la polizia si trovava sul posto, tanto per cominciare, era che la signora aveva già cacciato fuori un'altra cliente, dopo che questa si era lamentata che l'elastico delle mutande si era disintegrato in lavatrice.

La signora, che si chiamava Hildy Branks, aveva afferrato la Magnum che teneva sotto il banco per proteggersi dalle rapine e aveva esploso due colpi contro la cliente che protestava, la quale era scappata terrorizzata dal negozio. Hildy aveva poi rivolto l'arma contro l'altra cliente e le aveva detto di piantarla di urlare, altrimenti l'avrebbe uccisa. La donna non aveva smesso di urlare. Hildy aveva sparato altri due colpi in aria, facendo un buco nel soffitto e scaraventando giù dallo scaffale più alto uno scatolone di slip. A quel punto la polizia era già sul posto. Uno degli agenti in uniforme aveva gridato: "Merda!" quando Hildy aveva sparato un altro colpo attraverso la porta anteriore. Era stato allora che avevano chiamato il servizio emergenza. Dopo di che avevano fatto intervenire...

— Non potreste parlare un po' più piano, voialtri?

L'ispettore Brady. In piedi accanto a Mary Beth, che parlava con calma alla signora dietro la porta. L'ispettore voltò la testa per un attimo per rimproverare il sergente e poi tornò a concentrarsi completamente su Mary Beth. Eileen si chiese da quanto tempo Mary Beth lavorasse con il gruppo. Brady sembrava trattarla come una novellina, sussurrandole istruzioni, rifiutandosi di lasciarla agire da sola. Mary Beth gli sparò un'occhiata impaziente. L'ispettore non sembrò accorgersene. Aveva l'aria di voler gestire la cosa tutta da solo. Eileen pensò che l'unica ragione per cui Mary Beth si trovava davanti a quella porta era che il sequestratore era una donna.

— Hildy?

Mary Beth davanti alla porta e poliziotti ovunque si guardasse, in quel cortile sul retro. La porta posteriore del negozio si apriva su un piccolo cortile recintato, al piano terra di un palazzo di appartamenti. C'erano fili per stendere la biancheria che andavano dalle finestre più alte ai pali del telefono disposti a intervalli irregolari su e giù per l'isolato. Pantaloni e camicie pendevano molli nell'aria umida, con le braccia e le gambe penzoloni. Nel caso che Hildy decidesse di farle saltare la testa, Mary Beth era rannicchiata a un lato della porta, al di là della visuale dell'unica finestra nella parete di mattoni. Aveva il viso rotondo, con occhi azzurro-ghiaccio; indossava una maglietta gialla, con sopra una camicia azzurra aperta, e pantaloni grigi. Niente rossetto. Niente ombretto. Guance arrossate dal caldo. Sudore che le colava lungo il viso. Occhi fissi sulla porta. Sperava che non sarebbe volato fuori niente, da quella porta. E neppure dalla finestra.

— Hildy? — ripeté.

— Va' via. Andatevene via di qui! Io l'ammazzo...

Voce sull'orlo della disperazione. Eileen si rese conto che la donna dentro il negozio era terrorizzata quanto il suo ostaggio. Tutti quei poliziotti dovevano sembrarle un esercito. Curran, il capo della polizia, passeggiava avanti e indietro, con le mani dietro la schiena: un generale che si chiedeva se le sue truppe ce l'avrebbero fatta o se avrebbero combinato un casino. Brogan, il capo dei detective, parlava da una parte con due uomini robusti in borghese; sussurravano piano tra loro, osservando Mary Beth alla porta.

Gli si promette sempre niente armi e niente sparatorie, pensò Eileen. E sei sincero. A meno che... o fino a quando non... Tutti quei poliziotti erano pronti a fare irruzione nel negozio nel momento stesso in cui qualcuno si fosse fatto del male: o l'ostaggio o un poliziotto.

— Hildy, ho mandato a prendere il caffè che hai chiesto — disse Mary Beth.

— Ci sta mettendo parecchio — disse Hildy.

— Abbiamo dovuto mandare qualcuno in fondo alla strada

— Ormai è passata un'ora.

— No, solo dieci minuti, Hildy.

— Non discutere con lei — sussurrò Brady.

— Ormai dovrebbe arrivare da un momento all'altro — disse Mary Beth.

— Chi c'è lì con te? — le chiese Hildy.

Voce sfiorata dal sospetto.

Mary Beth guardò Brady. Cosa le dico, boss?

Brady scosse la testa e si portò l'indice contro le labbra. Scosse di nuovo la testa.

— Nessuno — rispose Mary Beth. — Sono sola.

— Mi era sembrato di sentire qualcuno che parlava con te.

Brady scosse di nuovo la testa.

— No, ci sono solo io qui — disse Mary Beth.

"Perché le sta chiedendo di mentire?" si chiese Eileen.

— Però ci sono dei poliziotti lì fuori. Lo so che ci sono.

— Sì, ci sono.

— Ma non vicino alla porta. È questo che dici?

— Sì, Hildy. Sono da sola, qui vicino alla porta.

Brady annuì, soddisfatto.

— Perché non apri la porta, appena un po'? — chiese Mary Beth.

Questo sorprese Brady. Spalancò gli occhi. Azzurri e decisi come quelli di Mary Beth, ma adesso chiaramente sconcertati. Cosa stava dicendo Mary Beth? Scosse la testa.

— Così vedi che sono sola qui fuori — continuò lei, e con la mano fece segno a Brady di allontanarsi.

Brady stava scuotendo la testa ancor più vigorosamente. In piedi a sinistra di Mary Beth, la testa calva che brillava sotto il sole, il naso aquilino che tagliava l'aria calda e soffocante e la testa che scuoteva e diceva no, no, no, cosa cavolo stai facendo?

Mary Beth gli fece di nuovo segno di allontanarsi.

— Apri la porta, Hildy. Vedrai...

Brady scosse la testa con rabbia.

— ... che sono da sola.

Mary Beth sollevò la testa verso Brady e lo guardò con rabbia. Gli sguardi si incontrarono. Azzurro che si scontrava nell'azzurro. Brady si allontanò. Michael Goodman era in piedi con gli allievi in addestramento. Brady andò direttamente da lui. — Voglio che Mary Beth vada via da quella porta — disse.

— Ispettore...

— Quella donna là dentro aprirà comunque, quando arriva il caffè. La Mulhaney sta andando troppo in fretta.

— Forse sente qualcosa che lei non può sentire — obiettò Goodman. — È Mulhaney quella che sta parlando, ispettore. Forse lei...

— Sono stato là per tutto il tempo — l'interruppe Brady. — Ho sentito tutto quello che si sono dette. E io le dico che la

Mulhaney sta cercando di farsi aprire quella porta troppo presto. Quella donna aprirà e comincerà a sparare. Ecco cosa succederà.

Non si fidava di lei, pensò Eileen.

— Diamole qualche altro minuto — disse Goodman.

— Penso che dovremmo far intervenire un altro parlatore. Aspettiamo che arrivi il caffè e poi...

— Guardate — disse Eileen.

Brady e Goodman si voltarono per seguire il suo sguardo.

La porta si stava aprendo. Solo una fessura, ma si stava aprendo.

— Vedi? — disse Mary Beth. — Sono sola.

Non sentirono la risposta di Hildy. Ma qualunque cosa avesse detto, sembrò incoraggiare Mary Beth.

— Perché non la lasci aperta? A me piace la persona con cui sto parlando. A te no?

Di nuovo, non sentirono la risposta di Hildy, che però non chiuse la porta.

— Adesso fa' attenzione con quella pistola — disse Mary Beth, e sorrise. — Non voglio farmi del male.

Questa volta sentirono la voce di Hildy.

— E dov'è la tua pistola?

— Non ce l'ho.

— Sei un poliziotto, no?

— Sì, è vero. Te l'ho detto: sono un negoziatore del dipartimento di polizia. Ma non ho una pistola. Puoi vederlo anche tu, adesso che la porta è aperta — disse Mary Beth, e spalancò le mani. — Niente armi. Niente. Hai visto?

— Come faccio a sapere che non ne hai una sotto la camicia?

— Be', guarda: adesso apro la camicia, così puoi vedere.

Mary Beth spalancò la camicia, mostrando a Hildy la maglietta gialla.

— Visto?

— E in tasca?

— Vuoi mettermi le mani in tasca? Per assicurarti che non sono armata?

— No. Tu faresti qualche trucco.

— Perché dovrei? Pensi che abbia voglia di farmi sparare?

— No, ma...

— Io non voglio farti del male e non voglio neppure che si faccia del male a me. Ho un bimbo di tre anni, Hildy. Non penso che gli piacerebbe se mi sparassero.
— Ce l'hai davvero?
— Certo. Si chiama Dennis.
— Dennis the Menace, eh?
— L'hai detto — rispose Mary Beth e rise.
Dall'interno del negozio sentirono ridere anche l'ostaggio.
— Tu hai figli? — chiese Mary Beth.
— Penso che andrà tutto bene — disse Goodman.

— E così quel maschilista bastardo la caccia via — disse Eileen. — Non dal dipartimento di polizia, perfino quel dittatore figlio di puttana non ci riuscirebbe. Ma la caccia via dalla squadra, la rimanda a tempo pieno al 31°. E vuoi sapere perché?
— Perché? — chiese Karin.
Erano nell'ufficio di Karin al quinto piano. L'ufficio del dottor Karin Lefkowitz. Le cinque del pomeriggio, ultimo appuntamento della giornata. Una ragazza ebrea di città che, le dicevano tutti, assomigliava a Barbra Streisand, solo che era molto più carina. Capelli castani corti, spettinati ad arte. Lucida, acuta intelligenza negli occhi azzurri, che adesso mostravano qualcosa di simile alla rabbia mentre ascoltava l'atroce storia di Eileen a proposito dell'ispettore William Cullen Brady, capo della squadra ostaggi. Belle gambe, adesso accavallate, tailleur blu firmato e Reebok ai piedi, piegata in avanti, perché voleva sapere come mai quel bastardo sessista figlio di puttana aveva fatto fuori Mary Beth Mulhaney.
— Perché non si stava comportando esattamente come voleva lui — disse Eileen. — O fai esattamente come vuole lui, oppure addio, sorella, è stato un piacere conoscerti. Ma il metodo di Mary Beth stava funzionando, ha funzionato: ha fatto uscire l'ostaggio e il sequestratore senza che nessuno si facesse del male. Sai cos'è?
— Cos'è? — chiese Karin.
— È la mentalità da vecchia guardia del dipartimento di polizia. Possono dire tutto quello che vogliono a proposito della pistola al fianco che ci rende tutti uguali, ma quando si fa sul serio gli anziani pensano ancora a noi come alle ragazze. E noi ragazze

abbiamo bisogno di molto aiuto, no? Altrimenti potremmo mettere in pericolo tutti quegli uomini dal petto villoso che fanno del loro meglio per mantenere la legge e l'ordine là fuori. Ma io dico a culo la legge e l'ordine e a culo tutti gli irlandesi ottusi come Brady, che pensano che le dolci ragazzine irlandesi come me e Mary Beth dovrebbero stare in chiesa a recitare novene per tutti quegli uomini coraggiosi là fuori nelle strade.

— Wow! — esclamò Karin.

— Proprio così — disse Eileen.

— Non ti ho mai vista così arrabbiata.

— Già.

— Spiegami perché.

— Tu cosa credi? Se Brady può trattare così Mary Beth, che era in squadra da sei mesi e che stava facendo un lavoro assolutamente splendido, allora cosa farà a me, la prima volta che combino un casino?

— Sei preoccupata di combinare un casino?

— Non ho ancora lavorato la porta, dico solo che...

— Vorresti lavorare la porta?

— Be', l'idea è proprio questa, no? Insomma, mi stanno addestrando come negoziatore di ostaggi ed è questo che fanno i negoziatori: lavoriamo la porta, cerchiamo di prendere sequestratori e ostaggi...

— Sì, ma tu vuoi lavorare la porta? Sei ansiosa di cominciare a lavorare la porta?

— Penso di aver già imparato abbastanza per provarci.

— Senti di essere preparata per...

— Sì. Ormai abbiamo già simulato la situazione decine di volte: diversi tipi di sequestratori, diversi tipi di situazioni. Ora sì: mi sento preparata.

— Aspetti con ansia la tua prima volta?

— Sì, e sono un po' nervosa, naturalmente, ma ci sarà una supervisione. Anche se fossi da sola alla porta, ci sarà comunque altra gente intorno.

— Nervosa come?

— Be', questo non è un gioco, sai. Ci sono delle vite in ballo.

— Naturalmente.

— Per cui voglio fare le cose per bene.

— Hai paura di farle male?

— È solo che non vorrei che qualcuno si facesse del male.
— Naturalmente no.
— Voglio dire, la ragione per cui odio il lavoro da esca...
— Lo so.
— ... è perché c'è... c'è sempre la possibilità di dover...
— Sì?
— Eliminare qualcuno.
— E pensi che questo sarebbe un pericolo, quando lavori la porta?
— Quando c'è un'arma sulla scena, c'è sempre il pericolo che succeda, sì.
— Ma in una situazione-ostaggi non saresti tu quella con la pistola, giusto?
— Be', sì. Giusto.
— Sarebbe il sequestratore ad avere la pistola.
— Il sequestratore avrebbe la pistola, assolutamente giusto.
— Per cui non c'è alcuna possibilità che tu debba sparare a qualcuno.
— Be', sai, non voglio neppure che sparino a me. Sai, quello là dentro ha una pistola...
— Lo so.
— E se io combino un casino...
— Cosa ti fa pensare che potresti combinare un casino?
— Io non penso di combinare un casino. Ho detto solo se dovessi combinare...
— Allora cosa succederebbe?
— Be', quella persona potrebbe usare la pistola.
— E allora?
— Allora dovremmo fare irruzione.
— Dovreste prendere la porta con la forza.
— Sì. Se il sequestratore comincia a sparare.
— E se la porta viene presa con la forza...
— Be'... Sì.
— Sì cosa, Eileen?
— Il sequestratore potrebbe essere ferito.
— Potrebbe essere ucciso.
— Sì. Potrebbe essere ucciso.
— Cosa che tu non vorresti che succedesse.
— No, non vorrei che succedesse. È per questo che ho voluto smettere col lavoro da esca. Perché...

— Perché una volta hai dovuto uccidere un uomo.
— Bobby.
— Sì, Bobby Wilson.
Le due donne si guardarono. Avevano discusso quell'argomento migliaia di volte. Se Eileen si fosse sentita raccontare la stessa storia un'altra volta ancora, si sarebbe vomitata sulle scarpe. Guardò l'orologio. Sapeva che Karin odiava che lo facesse. Erano le cinque e venti. Lunedì pomeriggio. Caldo come l'inferno fuori e non molto fresco lì dentro, in quella stanza senza finestre con l'aria condizionata municipale-governativa che funzionava male.
— Perché Brady ti fa così arrabbiare? — domandò Karin.
— Perché ha fatto fuori Mary Beth.
— Ma tu non sei Mary Beth.
— Sono una donna.
— Ma non ha fatto fuori te.
— Però potrebbe.
— Perché?
— Perché non crede che le donne possano fare quel lavoro.
— Brady ti ricorda qualcuno che conosci?
— No.
— Ne sei sicura?
— Assolutamente.
— Puoi pensare a un altro uomo che...
— Non dirò Bert, se è questo che vuoi che dica.
— Io non voglio che tu dica niente che non vuoi dire.
— Non è che Bert pensasse che io non ero in grado di svolgere quel lavoro.
— Allora cosa è stato?
— Lui ha cercato di proteggermi.
— Però ha incasinato tutto.
— Non è stata colpa sua.
— E di chi è stata la colpa?
— Lui ha cercato di aiutarmi.
— Vuoi dire che non pensi più...
— Non so cosa penso. Sei tu che mi hai suggerito di parlare con Goodman per entrare nella squadra, sei tu che hai pensato di...
— Sì, ma adesso stiamo parlando di Bert Kling.
— Non voglio parlare di Bert.

— Perché no? La settimana scorsa sembravi pensare che lui era responsabile...

— È così. Se non avessi perso i miei colleghi di rinforzo...

— Sì. Non avresti dovuto sparare a Bobby Wilson.

— All'inferno Bobby Wilson! Se sento un'altra volta il suo nome...

— Pensi ancora che Bert sia responsabile di...

— È stato lui che mi ha fatto perdere i colleghi, sì.

— Ma è responsabile del fatto che tu abbia sparato a Bobby Wilson? Responsabile del fatto che tu abbia ucciso Bobby Wilson?

Eileen rimase a lungo in silenzio.

Poi disse: — No.

Karin annuì.

— Forse è il momento di parlare con Bert — disse.

Carella aveva passato l'adolescenza e la prima maturità a Riverhead. Si era trasferito di nuovo a Riverhead dopo essersi sposato con Teddy ed era a Riverhead che suo padre era stato ucciso. Quella sera andò in macchina in una zona di Riverhead che distava circa cinque chilometri da casa sua per parlare con Tommy, suo cognato. Avrebbe preferito fare qualsiasi altra cosa al mondo.

Tommy era tornato nella casa che era stata dei suoi genitori quando lui era nell'esercito. Al giorno d'oggi, non c'è bisogno di dire in quale guerra, o azione di polizia, o invasione tu abbia combattuto. Se sei americano, di qualsiasi età, sei stato almeno in una guerra. L'ironia era che Tommy era uscito dalla sua particolare guerra vivo, mentre in patria i suoi genitori erano morti in un incidente automobilistico. Aveva tenuto la casa, che aveva dato in affitto. Ma c'era una stanza sopra il garage, e viveva lì.

Angela aveva detto a Steve che suo marito se ne era andato all'inizio del mese, dopo una lite terribile che aveva fatto scappare in lacrime la loro figlia di tre anni. In realtà era stata Angela a sbatterlo fuori. Gli aveva urlato di andarsene e di non tornare prima di essersi sbarazzato della sua amichetta. Era quella la parola che aveva usato. Amichetta. Tommy aveva gettato un po' di roba in una valigia e se ne era andato. Due settimane prima aveva telefonato ad Angela per dirle che doveva andare in California per lavoro. La sera prima aveva telefonato per avvertirla che era tornato. Quella sera, Steve andava a parlargli.

Aveva telefonato prima e sapeva che Tommy lo stava aspettando. Non gli andava di suonare quel campanello. Non gli andava di essere lì per fare domande a Tommy, non gli andava di fare il poliziotto con suo cognato. Salì la ripida scala di legno sul lato destro del garage. Premette il campanello, che risuonò all'interno.

— Steve?

— Sì.

— Solo un attimo.

Steve aspettò.

La porta si aprì.

— Ehi! — Braccia spalancate. — Steve... — Si abbracciarono. — Non ho saputo di tuo padre — disse subito Tommy. — Sarei venuto subito, ma Angela non mi ha telefonato. L'ho saputo soltanto ieri sera. Mi dispiace, Steve.

— Grazie.

— Gli volevo bene davvero.

— Lo so.

— Forza, entra. Avresti mai pensato di vedermi vivere qui da solo, così? Gesù — disse Tommy, e si fece di lato per lasciarlo passare. Aveva perso un po' di peso dall'ultima volta che Steve l'aveva visto. Si diventa un po' più vecchi e il viso prende un'aria di stanchezza attorno agli occhi. Il solo vivere ti fa questo, anche se non hai problemi matrimoniali.

L'unica stanza era arredata con un divano, che senza dubbio si apriva per diventare un letto, due poltrone superimbottite con copertine a fiori, una lampada a stelo, un televisore su un carrello, un comò con sopra un'altra lampada e un ventilatore, un tavolino tra il divano e le due poltrone. Sulla parete sopra il divano c'era un quadro che rappresentava Gesù Cristo con il cuore aperto che irradiava accecanti raggi di luce e la mano tesa, benedicente. Carella aveva visto lo stesso quadro in altre case cattoliche in tutta la città. A sinistra del divano c'era una porta parzialmente aperta che mostrava il bagno.

— Bevi qualcosa? — chiese Tommy.

— Cos'hai?

— Scotch o gin, scegli. Dopo che mi hai telefonato, sono andato a prendere dei limoni, nel caso ti vada un gin and tonic. Ho anche del club soda, se tu..

— Mi va bene un gin and tonic.

Tommy si avvicinò alla parete occupata dall'acquaio, dalla fila dei pensili, dal piano cottura, dal ripiano di formica e dal frigo. Aprì un vassoio di cubetti di ghiaccio, prese una bottiglia nuova di gin Gordon da uno dei pensili, tagliò un limone a metà, lo spremette e lasciò cadere le due metà dentro due bicchieri alti, decorati con personaggi dei fumetti che Carella non riconobbe. Mescolò due robusti drink e tornò da Steve, già seduto sul divano.

Fecero cin cin.

— Salute — disse Tommy.

— Salute — disse Steve.

Il ventilatore sul comò muoveva l'aria calda nella stanza. Le finestre, una sopra l'acquaio, l'altra sulla parete ad angolo retto con il divano, erano spalancate, ma non c'era un soffio d'aria.

Entrambi gli uomini indossavano jeans e camicie con le maniche corte. Era insopportabilmente caldo.

— Allora? — disse Carella.

— Cosa ti ha detto Angela?

— Mi ha detto della lite. E che ti ha mandato via.

— Già — disse Tommy, e scosse la testa. — Ti ha detto perché?

— Mi ha detto che hai un'altra donna.

— Non è vero.

— Lei crede di sì.

— Ma non ha ragione di crederlo. Io l'amo da morire. Cosa diavolo le succede?

Carella ricordava ancora la musica dell'organo che si gonfiava fino a soffocare il suono dei pianti di gioia nella chiesa, il braccio di suo padre che sosteneva la mano di Angela mentre l'accompagnava lungo la navata centrale, verso l'altare dove Tommy aspettava in piedi...

— Io le ho detto che non c'è nessun'altra, che lei è l'unica donna che io abbia mai...

.. il prete che recitava una preghiera e benediceva la coppia con l'acqua benedetta. Tommy che sudava, le labbra di Angela che tremavano dietro il velo. Era il ventiduesimo giorno di giugno. Steve non avrebbe mai scordato quel giorno. Non solo perché si era sposata sua sorella, ma perché era anche il giorno in cui erano nati i gemelli. Ricordava di aver pensato di essere l'uomo più fortunato del mondo. Due gemelli.

— ... ma lei continua a ripetere che sa che c'è un'altra.

Tommy seduto accanto a lui, che fissava l'altare. La chiesa silenziosa, in attesa. Steve ricordava di aver pensato che la sua sorellina si stava sposando. Ricordava di aver pensato che tutti cresciamo. Per ogni cosa c'è una stagione...

"Vuoi tu, Thomas Giordano, prendere questa donna come tua legittima sposa per vivere insieme nello stato del santo matrimonio, per amarla, onorarla, restarle fedele..."

... un tempo per seminare e un tempo per raccogliere ciò che si è seminato.

— Non l'ho mai tradita in vita mia — disse Tommy. — Neppure quando avevamo solo cominciato a uscire insieme. Be', tu lo sai, Steve: da quando l'ho incontrata, non ho mai neppure guardato un'altra ragazza. E lei adesso...

"... e, dimenticando ogni altra donna, preservarti per lei soltanto, finché morte non vi separi?"

"Sì, lo voglio."

"E vuoi tu, Angela Louise Carella, prendere quest'uomo come tuo legittimo sposo per vivere insieme nello stato del santo matrimonio, per amarlo e onorarlo, in salute e malattia, in prosperità e avversità..."

Tommy che sollevava il velo della sposa e la baciava appena, con molto imbarazzo. La musica dell'organo che cresceva.

Sorridendo, il velo sollevato sopra la coroncina bianca nei capelli, Angela...

— Perché Angela pensa che tu la tradisca?

— Steve, Angela è incinta, può partorire da un giorno all'altro, capisci? Penso che sia perché adesso non facciamo l'amore, e lei crede che io abbia un'altra...

... un tempo per amare e un tempo per trattenersi dall'amare...

— Sono assolutamente sincero. Penso che sia solo per questo.

— Nessun'altra ragione?

— Nessuna.

— Niente che lei possa aver pensato...

— Niente.

— Qualcosa che tu hai fatto?

— No.
— Qualcosa che hai detto?
— No.
— Tommy, guardami.
I loro occhi si incontrarono.
— Mi stai dicendo la verità?
— Te lo giuro su Dio — rispose Tommy.

5

Il tenente Byrnes gli aveva consigliato (tutti glielo avevano consigliato) di lasciare che se ne occupasse il 45°, di restarne fuori: era troppo coinvolto emotivamente per poter fare qualcosa di concreto nel caso.

Ma ormai era passata una settimana da quando avevano ucciso suo padre e nonostante tutte le promesse dei due detective che indagavano sul caso, non aveva ancora sentito una parola da loro. Alle nove di quel martedì mattina, telefonò a Riverhead.

Il poliziotto che rispose al telefono nella sala agenti disse di chiamarsi Haley. Steve si presentò e chiese di parlare con il detective Bent o con il detective Wade.

— Penso che siano già fuori — rispose Haley.

— Potrebbe chiamarli con il cercapersone e dirgli di darmi un colpo di telefono?

— Di che cosa si tratta?

— Di un caso su cui stanno lavorando.

— Certo, li chiamerò.

Ma il modo in cui lo disse gli fece pensare che Haley non avesse nessuna intenzione di chiamare nessuno.

— C'è il tenente? — domandò.

— Sì?

— Me lo potrebbe passare?

— In questo momento è occupato con qualcuno.

— Per favore, lo chiami al citofono e gli dica che c'è il detective Carella in linea.

— Le ho appena detto...

— Amico — disse Steve, e quell'unica parola era carica di minacce — citofona al tenente.

Ci fu un lungo silenzio.

Poi Haley disse: — Certo.

Un momento dopo ci fu una voce diversa in linea.

— Tenente Nelson. Come va, Carella?

— Bene, grazie. Tenente, mi stavo chie...

— Qualche giorno fa ho ricevuto una telefonata dal tenente Byrnes che mi chiedeva di dedicare a questo caso un'attenzione particolare... cosa che avrei fatto comunque. Bent e Wade sono fuori e ci stanno lavorando sopra proprio in questo momento.

— Mi chiedevo cos'hanno saputo da quel testimone.

— Be', il testimone non era poi così buono come pensavamo. Tutto a un tratto non ricorda più questo, non ricorda più quello... Capisce cosa intendo? Pensiamo che ci abbia riflettuto sopra e si sia spaventato. Cosa che succede spessissimo.

— Già.

— Però, come le dicevo, Bent e Wade sono fuori proprio in questo momento, per controllare qualcosa che hanno scoperto ieri. Per cui non si preoccupi, ci stiamo lavorando sopra, non...

— Cos'hanno scoperto ieri?

— Aspetti un momento, mi faccia vedere... Avevo il rapporto qui un momento fa... Dove accidenti l'ho messo? Solo un secondo, okay?

Carella lo sentì borbottare mentre spostava delle carte. Visualizzò una montagna di documenti. Finalmente Nelson tornò in linea: — Ecco. Stanno cercando un ragazzo che ha raccontato alla sua ragazza di aver visto i delinquenti che hanno sparato a suo padre mentre uscivano dal negozio. Abbiamo il nome e l'indirizzo...

— Potrebbe darmeli, signore? Il nome e...

— Carella?

— Sì?

— Vuole un consiglio?

Carella non disse niente.

— Lasci che se ne occupino Bent e Wade, okay? Sono due poliziotti in gamba. Prenderemo quei tipi, mi creda. Non la deluderemo.

— Sì, signore.

— Mi ha sentito?

— Sì, signore.

— È meglio così.
— Sì, signore.
— So come si sente.
— Grazie, signore.
— Ma è meglio così, mi creda. Ci stanno lavorando sopra proprio in questo momento. Troveranno quei delinquenti. Si fidi di noi. Li prenderemo.
— Lo apprezzo molto.
— Ci terremo in contatto con lei — disse Nelson, e riattaccò.
Steve si chiese perché diavolo non si fossero tenuti in contatto, fino a quel momento.

Il ragazzino cominciò a correre nell'attimo stesso in cui li vide. Era in piedi all'angolo della strada e stava parlando con altri due tipi, quando Wade e Bent fermarono l'auto priva di contrassegni. Era come se la macchina avesse avuto dappertutto insegne al neon che strillavano POLIZIA in arancione e verde, Wade aprì la portiera sul lato del passeggero e stava scendendo sul marciapiede quando il ragazzino lo vide e cominciò a correre. Bent, che aveva guidato e che a quel punto era sceso anche lui, gridò: — Sta scappando, Randy! — ed entrambi gridarono, quasi contemporaneamente: — Polizia! Ferma!

Nessuno si fermò.

Ma non comparvero armi.

Nella città, le norme e i regolamenti di polizia limitano severamente le circostanze in cui un'arma può essere estratta dalla fondina o usata. In questo caso non c'era alcun reato in corso, né i detective avevano un mandato che autorizzasse l'arresto di una persona che si sapeva con certezza armata. Il ragazzo che correva davanti a loro non aveva fatto niente e neppure li stava minacciando in un modo che avrebbe giustificato l'uso di un'arma da fuoco per difesa. Le pistole rimasero nelle fondine.

Il ragazzo era veloce, ma lo erano anche Wade e Bent. Parecchi detective della città tendevano ad afflosciarsi. Si sta in macchina tutto il giorno, si mangiano hamburger e patatine in untuose tavole calde, si mettono su chili di troppo e poi è maledettamente difficile perderli. Ma Wade e Bent si allenavano nella palestra della Centrale due volte la settimana e correre dietro al ragazzo li fece a malapena accelerare il fiato.

Bent era alto un metro e ottantotto e pesava ottantasei chili, tutti di nervi e muscoli. Wade era alto un metro e ottanta e pesava settantasette solidi chili, ma la cicatrice da taglio sopra l'occhio sinistro lo faceva sembrare più duro e cattivo di Bent, anche se era più basso e più sottile. Il ragazzo che correva davanti a loro aveva diciassette o diciotto anni, era snello e agile e per di più bianco. Tanto per essere sicuri che non li avesse scambiati per due brutti ceffi neri che volevano derubarlo, Bent e Wade gridarono di nuovo "Polizia!", di nuovo "Alt!" e poi, per buona misura, "Polizia! Fermati!" Ma il ragazzo non aveva intenzione di fermarsi per nessuno.

Corsero a perdifiato, con il ragazzino che saltava gli steccati dei cortili posteriori dove la biancheria pendeva svogliata nell'aria immobile e Wade e Bent subito dietro. Il ragazzo guidava la corsa e manteneva il vantaggio perché sapeva dove stava andando, mentre i due poliziotti lo stavano solo seguendo e, di solito, chi sta davanti ha sempre un leggero margine su quello che insegue. Ma Wade e Bent erano più forti di lui, e più motivati; il ragazzo forse aveva visto i due che avevano ucciso il padre di un poliziotto.

— Eccolo là — gridò Wade.

Il fuggitivo stava entrando in quello che un tempo era stato un palazzo di appartamenti di media altezza, relativamente elegante, accanto al Riverhead Park, ma che era abbandonato da dieci o dodici anni. Le finestre erano state chiuse con assi di legno e decorate con pannelli adesivi di plastica che lo facevano sembrare con la tenda semichiusa, o con le persiane spalancate, o con piccole piante in vaso sul davanzale: il *trompe-l'oeil* di una città in declino. Il palazzo non aveva portone. Il soffitto rigonfio dell'atrio lasciava gocciolare l'acqua piovana che si era raccolta. Era buio. Non c'erano molti punti di luce, là dentro. Soltanto il buio e il rumore dei topi che scappavano mentre entravano i detective.

— Ehi — gridò Wade. — Perché stai scappando?

Nessuna risposta.

Il suono dell'acqua che gocciolava.

La voce echeggiò nel guscio vuoto dell'edificio con le persiane finte, le tende finte e i vasi finti.

— Vogliamo solo parlarti — urlò Bent.

Di nuovo nessuna risposta.

I due poliziotti si guardarono.

Silenzio.

E poi un debole suono dal piano di sopra. Non un topo, questa volta: i topi erano già scappati, erano già dentro le pareti. Bent annuì e cominciarono a salire le scale.

Il ragazzino riprese a correre quando i detective arrivarono al primo piano. Wade scattò dietro di lui e lo afferrò mentre stava per salire sugli scalini che portavano al secondo piano. Lo fece voltare e distendere sulla schiena, poi lo rivoltò, gli sbatté il distintivo in faccia e urlò con tutta la voce che aveva in corpo: — Polizia, polizia, polizia! Capito?

— Io non ho fatto niente — disse il ragazzo.

— In piedi — ordinò Wade e, nel caso il ragazzo non avesse capito, lo tirò su, lo sbatté contro il muro e cominciò a perquisirlo mentre Bent si avvicinava.

— È pulito — annunciò Wade.

— Io non ho fatto niente — ripeté il ragazzo.

— Come ti chiami? — gli domandò Bent.

— Dominick Assanti. Non ho fatto niente.

— Chi ha detto che hai fatto qualcosa?

— Nessuno.

— Allora perché correvi?

— Ho pensato che eravate sbirri — rispose Assanti stringendosi nelle spalle.

Era alto circa un metro e ottanta. Un bel ragazzo con i capelli neri ondulati e gli occhi scuri, in jeans e maglietta con la foto di Bart Simpson.

— Adesso parliamo — disse Bent.

— Io non ho fatto niente.

— Sei un disco rotto — disse Wade.

— Dov'eri martedì scorso, verso le nove e mezzo di sera? — domandò Bent.

— E chi se lo ricorda?

— La tua ragazza.

— Eh?

— Ci ha detto che eri vicino al forno A & L sulla Harrison. È così?

— Come fa a sapere dov'ero?

— Perché glielo hai detto tu.

— Io non le ho detto niente.

— C'eri o no?

— Non me lo ricordo.
— Cerca di ricordartelo.
— Non so dov'ero la sera di martedì scorso.
— Sei stato al cinema con la tua ragazza...
— L'hai accompagnata a piedi a casa...
— E stavi tornando a casa tua quando sei passato davanti al forno.
— Io non capisco da dove abbiate tirato fuori questa storia.
— Dalla tua ragazza.
— Io non ho neppure una ragazza.
— Lei però pensa che voi due facciate coppia fissa.
— Io non so dove abbiate sentito questa roba, lo giuro.
— Dominick... sta' attento — disse Wade.
— La tua ragazza si chiama Frankie — disse Bent. — Sta per Doris Franceschi.
— Capito? — disse Wade.
— E tu le hai detto che martedì sera, verso le nove e mezzo, eri davanti a quel forno. Allora, c'eri?
— Io non voglio guai — disse Assanti.
— Cos'hai visto, Dominick?
— Ho paura che se ve lo dico...
— Li metteremo dentro — tagliò corto Bent. — Non preoccuparti.
— Stavo tornando a casa...

Sta tornando a casa, abita a soli sei isolati dalla casa di Frankie. Ha la testa piena di Frankie, gli gira la testa pensando a Frankie. Mentre si pulisce la bocca dal rossetto, il fazzoletto rosso del rossetto di Frankie, sta ripensando alla lingua di Frankie nella sua bocca, alle mani sul suo seno e all'inizio pensa che siano gli scoppi di un'auto. Ritorni di fiamma. Ma non ci sono auto in strada.

Così capisce che quelli che ha appena sentito sono spari, e pensa maledizione, sarà meglio che mi tolga di qui, e sta per voltarsi, pensando di tornare a casa di Frankie, suonare il campanello, dirle che c'è qualcuno che spara per strada e vorrebbe salire per un attimo. A un tratto, vede questo tizio che esce dal negozio di liquori con un sacchetto di carta marrone in mano, così pensa che forse stanno facendo una rapina nel negozio di liquori. Il tizio sta venendo verso di lui, Dominick. Sarà meglio che mi tolga di qui, pensa ancora.

Poi...
Poi arrivano...
— Non... Non ve lo posso dire — disse Assanti. — Ho paura.
— Parla — disse Wade.
— Ho paura.
— Per favore — disse Wade.
— Arrivano... altri due tizi. Che escono dal forno alla porta accanto.
— Che aspetto avevano?
Assanti esitò.
— Puoi dirci se erano neri? — chiese Bent.
— Erano neri — confermò Assanti.
— Erano armati?
— Solo uno.
— Uno di loro aveva una pistola?
— Sì.
— Com'erano?
— Tutti e due in jeans e maglietta nera.
— Com'erano alti?
— Erano tutti e due grandi e grossi.
— Come avevano i capelli? Afro? Treccine? Hi-top fade?
— Non so cos'è quella roba — disse Assanti.
— Va bene. Cos'è successo quando sono usciti dal forno?
— Si sono quasi scontrati con quello che usciva dal negozio di liquori. Sotto il lampione. Si sono ritrovati faccia a faccia con lui e l'hanno guardato duro negli occhi. Gli hanno detto di togliersi dai piedi.
Bent guardò Wade, un'occhiata d'intesa: il loro supertestimone, che usciva dal negozio di liquori. Quel bastardo cagasotto.
E poi cos'è successo?
— Sono venuti di corsa verso di me.
— Sei riuscito a vederli bene?
— Sì, ma...
— Non devi preoccuparti. Li metteremo dentro per un bel po' di tempo.
— E i loro amici? Metterete dentro anche loro?
— Vogliamo che tu guardi qualche foto, Dominick.
— Io non voglio guardare nessuna foto.
— Perché no?
— Perché ho paura.

— No, non devi.
— Non state a dirmi no, no. Voi non avete visto quel Sonny. Sembrava un gorilla.
— Come hai detto?
— Hai detto un nome?
— Hai detto Sonny?
— Io non voglio guardare nessuna foto — disse Assanti.
— Hai detto Sonny?
— È così che si chiama? Sonny?
— Tu conosci quei due?
— Uno di loro si chiama Sonny?
— Nessuno ti farà del male, Dominick.
— Si chiama Sonny?
— Non permetteremo a nessuno di farti del male, Dominick.
— Sonny e poi?
Il ragazzo li guardò a lungo. Era chiaramente spaventato. I due detective pensarono che l'avrebbero perso, proprio come avevano perso quello che usciva dal negozio di liquori.
E infatti il ragazzo scosse la testa, come per dire che non avrebbe detto nient'altro, ma la stava scuotendo per negare qualcosa dentro di lui che gli diceva che sarebbe stato un pazzo a identificare qualcuno che aveva ucciso un uomo.
— Quello con la pistola — disse piano.
— Cosa ci dici di lui, Dominick?
— Si chiama Sonny.
— Tu lo conosci?
— No. Ho sentito l'altro che lo chiamava Sonny. Mentre correvano via: "Dài, Sonny, muoviti". Qualcosa del genere.
— Li hai visti bene, Dominick?
— Li ho visti bene.
— Possiamo mostrarti qualche foto?
Il ragazzo esitò di nuovo. E di nuovo scosse la testa, dicendo a se stesso che era pazzo. Ma alla fine sospirò e disse: — Sì, okay.
— Grazie — gli disse Wade.

L'unico bianco con cui potesse parlarne era Steve Carella. Ci sono cose che semplicemente senti d'istinto.
— La mia maledetta pelle — disse Brown, come se Carella avesse dovuto capire immediatamente, cosa che naturalmente non fece.

— Tutte quelle schifezze che devo adoperare — proseguì Brown.

Carella si voltò a guardarlo, perplesso.

Erano a bordo di un'auto senza contrassegni, diretti in centro. Brown guidava, Carella gli sedeva accanto. Fino a quel momento era stata una mattinata orrenda. Prima la deludente conversazione promesse-promesse con il tenente Nelson del 45°, poi il tenente Byrnes dell'87° che li chiamava in ufficio e li informava di aver ricevuto una telefonata da un avvocato di nome Louis Loeb, che voleva sapere perché una vedova affranta di nome Margaret Schumacher era stata brutalizzata nella propria abitazione, il mattino precedente, da due detective che si chiamavano rispettivamente Carella e Brown.

"So che non l'avete brutalizzata" aveva detto subito Byrnes. "Il problema è che questo tizio dice che andrà personalmente dal capo dei detective, se non riceve delle scuse scritte da tutti e due."

"Mamma mia" aveva detto Carella.

"Se non vi sentite di scrivere delle scuse, gli dirò di andare all'inferno" aveva dichiarato Byrnes.

"Sì, faccia così" aveva detto Brown.

"Certo" aveva confermato Carella, annuendo.

"Come vi è sembrata la moglie, comunque?" aveva chiesto Byrnes.

"Per il momento, buona come tutti gli altri" aveva replicato Brown.

Ma, naturalmente, non avevano ancora parlato con nessun altro. Adesso stavamo andando a trovare Lois Stein, la figlia sposata di Schumacher. La signora Marc-con-la-"c" Stein. E Brown stava spiegando a Carella che spina nel culo fosse essere neri. Non perché questo ti renda immediatamente sospetto, specie se sei un nero grande e grosso, visto che nessun bianco pensa mai che tu sia un poliziotto grande e grosso e nero: pensano sempre che tu sia un criminale nero, con tatuaggi su tutto il corpo e muscoli che ti sei fatto sollevando pesi nella palestra della prigione.

Per come la vedeva Brown, e questo non aveva niente a che fare con il perché l'essere nero fosse una vera spina nel culo, era la droga che dirigeva l'orchestra in America e i principali obiettivi degli spacciatori erano i ragazzini dei ghetti neri che, a torto o a ragione, avevano motivo di credere di essere stati defraudati del sogno americano e che l'unico sogno disponibile per loro fosse quello sicuro che potevano trovare in una pipa da crack. Ma la droga è un'abitudine costosa anche per un grosso manager del centro città, ed è particolarmente costosa nei ghetti, dove, se sei nero e di bassa scolarizzazione, il meglio in cui puoi sperare è servire hamburger al McDonald per quattro dollari e venticinque all'ora, che non bastano neppure a mantenerti a sigarette. Per mantenerti a crack, devi rubare. E quelli a cui rubi sono per lo più bianchi, perché sono loro che hanno tutta la grana. È per questo che, quando vedi Arthur Brown che viene verso di te per strada, non pensi: "Ecco che arriva il protettore degli innocenti che ha giurato di far rispettare le leggi della città, dello stato e della nazione". Quello che pensi è: "Ecco che arriva un negro grande e grosso, criminale e drogato in questo nostro bel paese dominato dal circolo vizioso dalla-droga-al-crimine-al-razzismo-alla-disperazione-alla-droga e ritorno. Ma niente di tutto questo rientrava nel perché l'essere nero era una suprema spina nel culo.

— Sai cosa succede quando la pelle di un nero diventa secca? — chiese Brown.

— No. Cosa? — chiese Carella.

Stava ancora pensando al circolo vizioso di Brown.

— A parte che dà fastidio?

— No. Cosa? — disse Carella.

— Diventiamo grigi, ecco cosa succede.

— Ah.

— È per questo che adoperiamo un mucchio di oli e di creme per la pelle. Non solo le donne. Parlo anche degli uomini.

— Ah.

— Per lubrificare la pelle, per togliere le scaglie. Com'è l'indirizzo.

— 314 South Dreyden.

— Burro di cacao, creme, vasellina, tutte quelle schifezze. Dobbiamo mettercele per non diventare grigi come dei fantasmi.

— A me non sembri grigio — osservò Carella.

— Perché mi metto tutte quelle schifezze... Però ho una tendenza all'acne, sai?

— Ah.

— Fin da ragazzino. Così mi metto tutta quella roba per non

diventare grigio e mi vengono i foruncoli. È un altro circolo vizioso. Sto pensando di farmi crescere la barba, giuro.

— È lì — disse Carella.

— Ho visto.

Brown avvicinò l'auto al marciapiede, manovrò in uno spazio davanti al 322 di South Dreyden, scese, chiuse a chiave la portiera e lo raggiunse sul marciapiede.

— Peli incarnati — disse Brown.

— Vedi una boutique? Dovrebbe essere una boutique.

Il negozio si chiamava Vanessa's, che, spiegò Lois Stein, non aveva niente a che vedere con il suo nome, ma suonava molto britannico e leggermente snob, e infatti, attirava il tipo di donna di classe a cui il negozio si rivolgeva. Lois Stein stessa era di classe, elegante e curata, il tipo di bionda-miele che di solito si vede negli spot dei profumi mentre fissa imbronciata il mare, con i capelli svolazzanti e la gonna appiattita dal vento su gambe incredibilmente lunghe. Margaret Schumacher aveva detto ai poliziotti che la sua figliastra aveva trentasette anni, ma loro non l'avrebbero mai detto, guardandola. Lois sembrava sotto i trenta, aveva una carnagione immacolata e occhi grigio-azzurri che davano al viso un'espressione di misteriosa serenità.

Con una voce morbida come il suo aspetto Lois spiegò subito quanto fosse sempre stata legata al padre, un rapporto che era sopravvissuto a un divorzio amaro e al nuovo matrimonio. Non riusciva a immaginare come una cosa del genere fosse potuta succedergli. Suo padre vittima di una sparatoria? Perfino in quella città, dove la legge e l'ordine non...

— Scusatemi — disse Lois. — Non intendevo certo dire...

Una mano delicata e sottile si alzò sulla bocca e toccò le labbra come per rimproverarle. Lois non aveva rossetto, notò Carella. Un delicatissimo ombretto azzurro le colorava le palpebre sopra gli occhi grigio-azzurri. I capelli sembravano d'oro filato. Lì, tra i ninnoli e vestiti costosi che vendeva, sembrava un'Alice che fosse inavvertitamente entrata nell'armadio della regina.

— È proprio di questo che vorremmo parlarle — le disse Carella. — Di come sia potuta succedere una cosa del genere. — Stava mentendo soltanto un po', dato che in quel particolare momento tutti erano ancora sospettati. Ma, allo stesso tempo...

— Quando lo ha visto per l'ultima volta? — le domandò.

Questo perché una vittima, specie se qualcosa o qualcuno lo

sta tormentando, a volte rivela ad amici o parenti informazioni che sul momento possono sembrare senza importanza ma che, alla luce della morte violenta, possono diventare significative. Aspettò. Lois sembrava cercare di ricordare quando aveva visto per l'ultima volta suo padre. Misteriosi occhi grigio-azzurri pensosi. Pensa, pensa. Quando ho visto per l'ultima volta il mio caro papà, l quale ero così legata e con il quale ho superato un amaro divorzio e un successivo nuovo matrimonio? Anche Brown aspettava. Si stava chiedendo se il numero della Fragile Ragazzina fosse una recita. Non conosceva bene moltissime donne bianche, ma ne conosceva parecchie nere, alcune di loro bionde come Lois, che avrebbero potuto fare alla perfezione il numero della bambolina indifesa.

— Penso di aver bevuto qualcosa con lui giovedì scorso — disse Lois.

Il giorno prima che lo facessero fuori. Con quattro spari in fac cia. E, a proposito, eccone altri due per il tuo cane bastardo.

— Si ricorda a che ora? — domandò Carella.

— Le cinque e mezzo. Dopo la chiusura del negozio. L'ho incontrato vicino al suo studio, in un posto che si chiama Bits.

— C'era una ragione speciale per quell'appuntamento? — le chiese Brown.

— No. Solo che non ci vedevamo da un po'.

— Voi di solito...

— Sì.

— ... vi incontravate per bere qualcosa insieme?

— Sì.

— Invece che a cena o a pranzo?

— Sì. Margaret...

Si interruppe.

Carella aspettò. Aspettò anche Brown.

— Non approvava che papà ci vedesse. Margaret, intendo. La donna che papà ha sposato dopo il divorzio dalla mamma.

La donna che ha sposato. Non era disposta a dare dignità alla relazione definendola moglie. Solo la donna che ha sposato.

— E lei personalmente cosa ne pensava?

Lois si strinse nelle spalle.

— È una donna difficile — disse alla fine.

Il che, naturalmente, non rispondeva alla domanda.

— In che senso difficile?

— Estremamente possessiva. Gelosa fino alla pazzia.

Una parola forte, pensò Brown: pazzia.

— Ma lei cosa pensava delle restrizioni che la signora aveva imposto? — chiese Carella.

— Io avrei voluto vedere papà più spesso... Gli voglio bene, gli volevo bene — disse Lois. — Ma se questo significava creargli dei problemi, allora ero disposta a vederlo come e quando era possibile.

— E lui cosa ne pensava?

— Non ne ho idea.

— Non ne avete mai parlato?

— Mai.

— Suo padre si adeguava ai desideri della moglie?

— Sì. Era sposato con lei — rispose Lois, e si strinse di nuovo nelle spalle.

— Sua sorella cosa ne pensava?

— Papà non vedeva mai Betsy.

— Come mai?

— Mia sorella ha preso il divorzio come un fatto personale.

"Non è così per tutti?" si chiese Brown.

— Tutta quella sordida relazione prima...

— Che relazione? — chiese subito Carella.

— Be', papà aveva una relazione con Margaret, sa? Ha lasciato la mamma a causa di quella donna. Non è stato come divorziare e poi incontrare qualcuno dopo il divorzio: il divorzio c'è stato perché papà voleva sposare Margaret. Lui stava già con Margaret, capisce? C'è una differenza.

— Sì — disse Carella.

— E... mia sorella non l'ha accettato. Ha smesso di vedere papà. Oh, dev'essere stato otto... nove mesi dopo il matrimonio. In realtà io ero diventata la sua unica figlia. Tutto quello che aveva.

— Di che cosa avete parlato giovedì scorso? — le chiese Carella.

— Oh, di questo e quello.

— Non le ha parlato di qualcosa che lo preoccupava?

— No.

— Non ha parlato di nessun tipo di...

— No.

— ... guaio o...

— No.

— ... litigio...
— No.
— ... o questioni personali che...
— Niente del genere.
— Le è sembrato irritato da qualcosa?
— No.
— O preoccupato da qualcosa?
— No.
— Le è sembrato che evitasse qualcosa?
— Evitasse?
— Che fosse riluttante a parlare di qualcosa? Che nascondesse qualcosa?
— No. Mi è sembrato il solito.
— Può darci un'idea di quello di cui avete parlato? — domandò Brown.
— Sono state soltanto chiacchiere padre-figlia — rispose Lois.
— A proposito di cosa?
— Mi pare che abbiamo parlato del suo viaggio in Europa... Alla fine del mese doveva andare in Europa per lavoro.
— Sì. Cosa le ha detto? — domandò Carella.
— Solo che aveva voglia di partire. Aveva un nuovo cliente a Milano... uno stilista che sta per presentare la sua linea di abiti qui in città. E aveva anche qualche affare in Francia... a Lione, mi pare che abbia detto.
— Sì, sarebbe dovuto tornare da Lione.
— Allora lo sapevate.
— Le ha detto che sarebbe partito da solo?
— Non credo che Margaret dovesse partire con lui.
— Le ha parlato di qualcuno che forse sarebbe partito con lui?
— No.
— Di cos'altro avete parlato?
— Be', sa, erano solo chiacchiere. Voglio dire: non abbiamo discusso di niente di speciale. È stata soltanto... una simpatica, amichevole conversazione tra padre e figlia.
— Sì, ma su cosa? — insistette Brown.

Lois lo guardò con impazienza, soffocando quello che sembrava un sospiro. Rimase in silenzio per parecchi secondi, riflettendo, poi disse: — Penso di avergli raccontato che stavo per mettermi a dieta e lui mi ha detto di non essere ridicola, che di sicuro non avevo bisogno di perdere peso... Oh, e ha aggiunto anche

che stava pensando di ricominciare a prendere lezioni di pianoforte. Da ragazzo suonava il piano in un gruppo swing...

Gli occhi grigio-azzurri adesso guardavano in alto, cercando di afferrare i ricordi nell'aria; l'angolo del labbro inferiore stretto dai denti, come una ragazzina che fa il compito...

— ... E mi pare di aver detto qualcosa a proposito del compleanno di Marc... mio marito. Compie gli anni la settimana prossima e non gli ho ancora comprato niente... Sa, è davvero molto difficile cercare di ricordare ogni parola che...

— Se la sta cavando benissimo — la incoraggiò Carella.

Lois annuì con aria scettica.

— Il compleanno di suo marito — la sollecitò Brown.

— Sì. Mi sembra che abbiamo discusso su cosa sarebbe stato un bel regalo. Mio marito è così difficile da accontentare... E papà mi ha suggerito di regalargli una di quelle agende computerizzate che stanno in tasca. Marc adora tutto ciò che è hi-tech. Fa il dentista.

Carella ripensò a un dentista che aveva conosciuto di recente. Adesso stava scontando la pena a Castleview. Una pena parecchio lunga. Per aver giocato con il veleno. Si chiese che tipo di dentista fosse Marc Stein. Gli venne in mente che non aveva mai conosciuto un dentista che gli fosse simpatico.

— ... che Marc non si è mai messo neppure una volta. Questo è successo l'anno scorso. Papà mi ha detto che bisogna stare attenti con regali del genere. Gli ho detto che avevo pensato di regalare a Marc un cane, ma lui mi ha fatto notare che i cani danno parecchi problemi, una volta passata la fase del tenero cucciolo adorabile, e che avrei dovuto rifletterci bene.

Due pallottole nel cane, pensò Brown. A chi diavolo poteva venire in mente di uccidere un cane?

— Il cane di suo padre ha mai morso qualcuno? — domandò a Lois.

— Morso qualcuno?

— O spaventato qualcuno, o anche minacciato qualcuno?

— Be'... non lo so. Papà non mi ha mai detto niente del genere, ma... Proprio non lo so. Lei non crederà che...

— Semplice curiosità — disse Brown.

Stava pensando che in quella città ce n'erano di tutti i tipi.

— Betsy odiava quel cane — disse Lois.

I due detective la guardarono.

— Betsy odia tutti i cani in generale, ma aveva un'avversione particolare nei confronti di Amos.

— Che cane era? — domandò Brown.

— Un labrador nero.

— E perché sua sorella lo odiava? — domandò Carella.

— Penso che per lei il cane simboleggiasse il matrimonio. Amos era un regalo di Margaret, lo aveva dato a papà per il loro primo Natale insieme. All'epoca Betsy lo vedeva ancora, non si era ancora allontanata. Ha odiato quel cane a prima vista. E pensare che lui era così dolce... Be', sapete come sono i labrador. Ma Betsy è una ragazza molto confusa: odi Margaret e di conseguenza devi odiare il cane regalato da Margaret. Semplice.

— Sua sorella vive ancora sulla Rodman? — chiese Carella, e mostrò a Lois la pagina del blocco su cui aveva scritto l'indirizzo di Betsy Schumacher.

— Sì. È il suo indirizzo — rispose Lois.

— Quando ha visto sua sorella per l'ultima volta? — le domandò Brown.

— Domenica. Al funerale.

— Sua sorella è venuta al funerale? — chiese Carella, sorpreso.

— Sì — rispose Lois. E poi, malinconicamente: — Perché gli voleva bene, penso.

— Bel panorama — disse la ragazza.

— Già — concordò Kling.

Erano in piedi davanti all'unica finestra della stanza. Non molto distante, il ponte di Calm's Point gettava le sue luci attraverso il fiume Dix. A parte la vista spettacolare del ponte e degli edifici sulla riva opposta, non c'era molto altro su cui fare commenti. Kling aveva affittato quello che veniva eufemisticamente definito un appartamento-studio. La definizione faceva pensare che un artista avrebbe potuto vivere comodamente in quell'ambiente, spruzzando colori sulle tele o modellando la creta su scheletri di metallo. In realtà lo studio era costituito da un'unica, piccola stanza, una cucina grande come un armadio e un bagno aggiunto come per ripensamento. Nella stanza c'erano un letto, un comò, una poltrona, un televisore e una lampada.

La ragazza si chiamava Melinda.

Kling l'aveva rimorchiata in un bar per single.

Praticamente, per prima cosa, Melinda gli aveva detto che era risultata negativa al test per l'AIDS. Kling aveva pensato che la cosa fosse promettente, assicurandole che neppure lui aveva l'AIDS. E neanche l'herpes. Né nessun'altra malattia sessualmente contagiosa. Melinda gli aveva chiesto se aveva malattie non-sessualmente contagiose e si erano messi tutti e due a ridere. Adesso erano nell'appartamento studio intenti ad ammirare il panorama e nessuno dei due rideva.

— Posso prepararti qualcosa da bere? — domandò Kling.

— Sì, grazie. Che cos'hai?

Al bar, Melinda aveva bevuto una cosa che si chiamava Devil's Flink. Gli aveva detto che dentro c'erano quattro diversi tipi di rum e che era la crème de menthe che dava al drink quel colore verdastro e quel leggerissimo odore di zolfo. L'aveva detto con un sorriso. Era stato allora che Kling aveva cominciato a pensare che poteva rivelarsi interessante portarsi a casa Melinda. C'era una specie di aria sveglia da ragazza di città, in lei. Un soffio di zolfo. Gli piaceva. Ma lì, nel suo magnifico appartamento-studio con lo splendido panorama, non aveva né crème de menthe, né quattro diversi tipi di rum. Aveva soltanto dello scotch. Che da solo, per troppe notti, beveva al buio. Quella sera non era solo. E, in un certo senso, lo scotch gli sembrava inadeguato.

— Scotch? — chiese incerto.

— E poi?

— E poi basta — disse Kling, stringendosi nelle spalle. — Solo scotch. Ma posso telefonare giù e ordinare quello che vuoi. C'è un negozio di liquori proprio dietro l'an...

— Lo scotch va bene — disse Melinda. — Con ghiaccio, per favore. E un po' di soda.

— Ho paura di non avere soda.

— Va bene anche l'acqua, allora. Solo un po', per favore.

Kling versò lo scotch per tutti e due, fece cadere i cubetti di ghiaccio nei bicchieri, e poi lasciò colare appena un filo d'acqua di rubinetto in quello di lei. Fecero cin-cin in un brindisi silenzioso e bevvero.

— Buono — disse Melinda, e sorrise.

Aveva capelli e occhi castani. Ventisei o ventisette anni, pensava Kling. Sul metro e sessantotto, con una figuretta insolente e un piccolo sorriso segreto che ti faceva pensare che lei sapesse cose che non voleva dividere con te. Kling si chiese quali fossero queste cose. Non aveva più avuto una donna in quella stanza da quando Eileen l'aveva lasciato.

— Scommetto che al buio è anche meglio — disse Melinda.

Kling la guardò.

— Il panorama — disse Melinda.

Il piccolo sorriso segreto sulla bocca.

Kling si avvicinò alla lampada, la spense.

— Ecco — disse Melinda.

Fuori della finestra, l'arco del ponte si stagliava bianco contro la notte, punteggiato dalle luci rosse dei fanalini del traffico costante diretto verso Calm's Point. Kling andò alla finestra e abbracciò la ragazza da dietro. Melinda sollevò la testa. Lui le baciò il collo. Melinda si voltò nelle sue braccia. Le labbra si incontrarono. Le mani di Kling trovarono i seni della ragazza. Melinda trattenne il fiato. E lo guardò. E fece il suo sorriso segreto.

— Solo un momento — sussurrò. Si sciolse dalle sue braccia e si avviò verso la porta del bagno, sorridendo di nuovo, questa volta al di sopra della spalla. La porta si chiuse dietro di lei. Kling sentì l'acqua scorrere nel lavandino. L'unica luce nella stanza era quella che veniva dal ponte. Andò a sedersi sul bordo del letto e guardò fuori, attraverso la finestra dove ronzava il condizionatore.

Sobbalzò quando squillò il telefono.

Sollevò immediatamente il ricevitore.

— Pronto?

— Bert? Sono Eileen.

Eileen ricordava una telefonata di tanto tempo prima, quando erano ancora due estranei. Era stato difficile farla, perché lei l'aveva involontariamente offeso e lo chiamava per scusarsi, ma la telefonata di quella sera era ancor più difficile. Quella sera non lo stava chiamando per scusarsi, o forse sì, ma comunque avrebbe dato qualsiasi cosa al mondo per non doverla fare.

— Eileen? — disse Bert.

Assolutamente e completamente sorpreso. Erano passati mesi e mesi.

— Come stai? — gli domandò Eileen.

Si sentiva stupida. Totalmente stupida. Imbarazzata e del tutto idiota.

— Eileen? — ripeté Bert.

— Ti ho chiamato in un brutto momento? — chiese Eileen speranzosa.

Sperando in un rinvio. Per richiamarlo più tardi, o magari per non richiamarlo affatto, una volta che avesse potuto ripensarci. Accidenti a Karin e alle sue brillanti idee.

— No, no — disse Bert. — Come stai?

— Bene. Bert, ti ho chiamato perché...

— Bert? — Eileen sentì qualcuno dire.

Bert doveva aver coperto il microfono. Silenzio improvviso all'altro capo del filo. C'era qualcuno con lui. Una donna? Le era sembrata la voce di una donna.

Melinda indossava soltanto gli slip e le scarpe con il tacco alto. Si stagliava controluce appena al di là della porta del bagno; i seni nudi erano più grossi di quanto fossero sembrati quando era vestita. Aveva ancora quel suo sorriso.

— Avresti uno spazzolino da denti per me? — domandò.

— Uh... sì — rispose Bert, con la mano sinistra che copriva il microfono. — Dovrebbe essere... Penso che ce ne sia uno nuovo... ah... nel pensile sopra il lavandino. Dovrebbe essercene uno nuovo.

Melinda lanciò un'occhiata al ricevitore che Bert aveva in mano. Inarcò un sopracciglio, si voltò mettendo in mostra il culetto impertinente negli slip ridottissimi, rimase per un attimo in posa, come Betty Grable nel famoso poster della Seconda guerra mondiale, e poi chiuse di nuovo la porta del bagno.

— Eileen? — chiese Bert.

— Sì, sono qui. C'è qualcuno con te?

— No.

— Mi era sembrato di sentire qualcuno.

— C'è il televisore acceso.

— Mi era parso di sentire qualcuno che ti chiamava per nome.

— No, sono solo.

— Comunque sarò breve — disse Eileen. — Karin...

— Non hai bisogno di essere breve.

— Karin pensa che sarebbe una buona idea se noi tre...

— Karin?

— Lefkowitz. La mia strizzacervelli.

— Ah, sì. Come sta?

— Bene. Karin pensa che noi tre dovremmo trovarci per parlare, per cercare di...
— Okay. Quando vuoi.
— Be', grazie. Speravo che tu... Di solito vado da Karin al lunedì e al mercoledì; per te quando...?
— Quando vuoi.
— Allora cosa ne dici di domani?
— A che ora?
— Ho un appuntamento alle cinque...
— Perfetto.
— ... per te andrebbe bene?
— Sì, va bene.
— Sai dov'è lo studio di Karin, vero?
— Sì, lo so.
— Nel palazzo della Centrale, al quinto piano.
— Sì.
— Allora ci vediamo là domani.
— Ci vediamo là — disse Bert ed esitò un attimo. — È passato molto tempo.
— Sì, è vero. Be', buonanotte Bert. Io...
— Forse Karin potrà dirmi dove ho sbagliato — disse Bert.
Eileen non disse niente.
— Perché io continuo a chiedermi dove ho sbagliato.
Il cercapersone di Eileen cominciò a ronzare. Per un momento non riuscì a ricordare dove l'aveva messo, poi lo localizzò sul tavolino dall'altra parte della stanza e puntò in direzione del suono come un pipistrello che svolazza nel buio, accese la lampada sul comodino, mentre il cercapersone continuava a ronzare con urgenza.
— Tu lo sai dove ho sbagliato? — chiese Bert.
— Bert, devo andare. È il cercapersone.
— Perché se qualcuno potesse dirmi dove...
— Bert, sul serio, ciao — disse Eileen e riattaccò.

6

C'erano bambini in costume da bagno.

L'idrante in fondo all'isolato era ancora aperto, con il beccuccio che continuava a spruzzare una cascata d'acqua sulla strada. Meno di un momento prima i bambini sguazzavano e correvano in mezzo alla cascata artificiale, ma adesso si erano spostati tutti più su nella strada, dove c'era la vera azione. Il camion azzurro e bianco del servizio emergenza era fermo davanti all'edificio e c'erano auto della polizia sul marciapiede; c'erano anche uomini in canottiera e donne in top, tutti per lo più in short, che si accalcavano dietro le recinzioni della polizia. Era una caldissima sera estiva dopo uno dei giorni più caldi dell'estate: alle dieci di sera la temperatura era ancora oltre i trenta gradi. Ci sarebbe stata gente in strada anche senza la promessa di un grande e inaspettato intrattenimento.

Nella città, durante i primi sei mesi dell'anno erano stati commessi poco più di milleduecento omicidi. Quella sera, in un affollato quartiere che un tempo era stato quasi esclusivamente ispanico, ma che adesso era una miscela esplosiva di ispanici, vietnamiti, coreani, afgani e iraniani, un vecchio di ottantaquattro anni proveniente da Guayama, Puerto Rico, sedeva con la sua nipotina di otto anni, nata negli Stati Uniti, sulle ginocchia e minacciava di aggiungere un altro omicidio al totale in continuo aumento. Nella mano destra aveva un fucile da caccia, la cui canna riposava sulla spalla della bambina, puntata all'orecchio.

L'ispettore William Cullen Brady aveva messo a lavorare la porta un membro della squadra che parlava spagnolo, ma fino a quel momento il vecchio aveva detto solo cinque parole, tutte in inglese: "Andate via, altrimenti la uccido". Un inglese accentato, naturalmente, ma comunque chiaro e comprensibile: se non se ne andavano dalla porta dell'appartamento del quinto piano, dove abitava con suo figlio, la nuora e i loro tre bambini, avrebbe fatto saltare la testa alla più piccola.

C'era un caldo soffocante nel corridoio dove la squadra dei negoziatori aveva "contenuto" il vecchio e la nipotina. A Eileen e agli altri del corso era stato insegnato che il primo obiettivo, in ogni situazione-ostaggio, è contenere il sequestratore nell'area più ristretta possibile. Adesso però Eileen si stava chiedendo chi esattamente contenesse e chi fosse contenuto. A lei sembrava che il vecchio avesse scelto il proprio territorio, il proprio livello di confronto, e stesse adesso guidando il gioco. Nello stretto pianerottolo del quinto piano, con la sua miscela di odori di cucina esotica, c'erano almeno trenta agenti di polizia, senza contare quelli che si erano riversati sulle scale antincendio e quelli ammassati nell'appartamento in fondo al corridoio, che la polizia aveva requisito come quartier generale. C'erano poliziotti anche sui tetti, e poliziotti e pompieri che stendevano teloni di sotto, nel caso che il vecchio decidesse di buttare la nipotina dalla finestra. Niente sorprendeva nessuno nella città.

Il poliziotto alla porta era un membro esperto della squadra, che di solito lavorava con l'Antirapine. Si chiamava Emilio Garcia e parlava correntemente spagnolo, ma il vecchio non ne voleva sapere e insisteva a parlare inglese, un inglese piuttosto limitato, ripetendo come in una litania le stesse cinque parole, ancora e ancora: "Andate via, altrimenti la uccido". Era una situazione delicata. L'appartamento si trovava in una casa popolare dove soltanto la settimana prima, durante un raid, la Narcotici aveva fatto fuori quattro persone, tre delle quali noti spacciatori. Ma la quarta, sfortunatamente, era un quindicenne che si trovava nell'appartamento per consegnare una cassa di birra del locale supermercato.

Il quindicenne era nero.

Il che significava che uno dei più eminenti agitatori della città, un tipo affamato di notorietà al quale niente piaceva di più che vedere la propria faccia in televisione, aveva chiamato a raccolta tutti i suoi abituali urlatori e strillatori e aveva picchettato sia la casa popolare che il locale distretto, urlando frasi sulla brutalità poliziesca, il razzismo, la mancanza di giustizia, la violenza e tutti i soliti slogan studiati per creare una frizione maggiore in una città già in suppurazione e sull'orlo della guerra aperta. Il Predicatore, come veniva familiarmente chiamato, era presente anche quella sera. Aveva un fez rosso in testa e una camicia porpora, acquistata a Nairobi, aperta fino alla vita per mostrare una grossa catena d'oro dalla quale pendeva un crocifisso: dopotutto era un ministro di Dio, anche se predicava soltanto le dottrine dell'odio. Ma quella sera non sarebbe dovuto essere lì, a urlare fino a diventare rauco: non c'era bisogno di nessun aiuto nel reparto odio, quella sera.

Il vecchio dentro l'appartamento era portoricano, cosa che lo rendeva membro della seconda maggior minoranza della città, e se fosse successo qualcosa a lui o a quella bambina seduta sulle sue ginocchia, se uno solo di quei poliziotti avesse commesso lo stesso errore di giudizio dei colleghi della Narcotici, si sarebbe sollevato un inferno. Perciò tutti quelli anche remotamente collegati al dipartimento di polizia, compresi gli agenti della stradale nelle loro uniformi marrone, si muovevano con enorme cautela, in punta di piedi, fuori e dentro l'edificio, e in particolare Emilio Garcia, che aveva paura di dire qualcosa che avrebbe fatto esplodere la testa della bambina fin nel pianerottolo in una doccia di particelle cerebrali e sangue.

— *Oigame* — disse Garcia. — *Solo quiero ayudarle.*

— Andate via — disse il vecchio — altrimenti la uccido.

In fondo al corridoio, Michael Goodman stava parlando con la nuora del vecchio, una donna attraente sui quarantacinque anni. Era in mini azzurra, camicetta rossa, sandali e parlava in un inglese veloce e privo di accento. Era nata negli Stati Uniti ed era risentita per la presenza del vecchio, che le pareva si riflettesse sulla propria americanità e rafforzasse l'immagine stereotipata di se stessa come un'altra spic, un'ispanica. Suo marito era il figlio più giovane del vecchio, che aveva in tutto quattro maschi e tre femmine, ma sebbene vivessero tutti in America, era stato suo marito che aveva dovuto prendersi il padre, quando finalmente si era deciso a lasciare l'isola. La donna aveva insistito che il suocero parlasse in inglese, adesso che era in America e abitava in casa sua. Eileen si chiese se era per questo che il vecchio si rifiutava di parlare in spagnolo con il negoziatore alla porta.

Eileen era in piedi con gli altri del corso, in cerchio attorno alla donna e a Goodman, davanti alla porta aperta dell'appartamento-posto di comando, dove l'ispettore Brady parlava animatamente con il vice-ispettore Di Santis del servizio emergenza. Nessuno voleva che la situazione sfuggisse di mano. Discutevano se togliere Garcia dalla porta. Avevano pensato che un negoziatore che parlasse spagnolo fosse la loro carta migliore, ma adesso...

— C'è una qualche ragione per cui si sta comportando così? — chiese Goodman alla nuora.

— Perché è pazzo.

Si chiamava Garry Valdez; aveva già detto a Goodman che suo marito si chiamava Joey e il vecchio Armando. Valdez, naturalmente. Erano tutti Valdez, compresa la bimba in grembo al vecchio: Pamela Valdez. E, a proposito, quand'è che entravano là dentro a prenderla?

— Stiamo tentando di parlare con suo suocero proprio in questo momento — le spiegò Goodman.

— Lasci perdere il parlare. Perché non gli sparate e basta?

— Signora Valdez...

— Prima che faccia del male a mia figlia.

— È proprio quello che cerchiamo di evitare — disse Goodman. — Che qualcuno si faccia del male.

Stava traducendo il gergo che avevano martellato negli allievi per dodici ore al giorno negli ultimi sei giorni, domenica compresa. Senza parlare del contenimento, dello stabilire linee di comunicazione, delle assicurazioni di non violenza, dritto al punto: stiamo cercando di parlare con lui, stiamo cercando di fare in modo che nessuno si faccia del male.

— Né lui, né nessun altro — disse Goodman, nel caso che la donna non avesse ancora capito che nessuno sarebbe entrato là dentro con il mitra in pugno come Rambo.

Martha Halsted, la brunetta con l'espressione strafottente, sembrava ansiosa di poter lavorare la porta. Con gli occhi brillanti di aspettativa, continuava a lanciare occhiate in fondo al corridoio, dove Garcia continuava a pregare il vecchio in spagnolo: se sostituite Garcia, allora scegliete me, prendete me, sono in grado di farlo. Eileen pensò che forse era vero.

Aveva chiesto ad Annie Rawles se sapeva qualcosa della Halsted. Annie se la ricordava da quando lavorava ancora con l'Antirapine. L'aveva descritta come una specialista. La definizione non significava quello che Eileen all'inizio aveva pensato. Una specialista in rapine o reati collegati, giusto? Non era quello che intendeva dire Annie? Annie le aveva spiegato che be', no, quel termine, nel senso comunemente usato... Eileen non aveva mai sentito quell'espressione? Eileen, tutta occhi e orecchie, aveva risposto che no, non l'aveva mai sentita. Allora Annie le aveva spiegato che una specialista era una donna che... be'... una donna dedita al sesso orale, "ma tu mi stai prendendo in giro: lo sai cos'è una specialista." Mamma mia, aveva pensato Eileen: Martha Halsted una specialista. Nonostante il suo atteggiamento duro e deciso e i modi distaccati, Martha Halsted era tutto cuore, tutta bocca. Non si finisce mai d'imparare, aveva pensato Eileen, e non si giudica mai un libro dalla copertina.

Pensò che Martha avesse tante possibilità di fare la porta quante ne aveva di suonare il flauto con la Filarmonica. A meno che non avesse bisbigliato una musica gentile all'orecchio dell'ispettore, per così dire, o forse perfino all'orecchio del buon dottore, chi poteva sapere dove si nascondeva il male? Ma, anche se fosse stato così, nessuno dei due avrebbe corso il rischio di mettere un novellino alla porta, una settimana dopo che quelli della Narcotici avevano fatto fuori un ragazzo. Per quanto avessero insistito che una cosa era la teoria e un'altra la pratica, e che niente era prezioso quanto l'effettiva esperienza sul campo, in una situazione del genere nessuno sano di mente si sarebbe mai fidato di qualcuno che non fosse un abile professionista. Per cui mangiati pure il cuore, cara Martha. Questa è una serata riservata a specialisti di tipo molto diverso.

In fondo al corridoio, Garcia stava facendo dei segni.

Mano bassa lungo il fianco, in modo che il vecchio nell'appartamento non la vedesse, non si spaventasse e non premesse il grilletto. Mano che però faceva inequivocabilmente dei segni urgenti: qualcuno vuole venire qui, per favore? Martha fu la prima a notare i segnali, intenta com'era a guardare la porta in attesa della sua opportunità d'oro. Disse a Goodman che il collega alla porta voleva qualcosa. Goodman si avvicinò a Brady per avvertirlo e l'ispettore stesso percorse il corridoio per andare a sentire cosa voleva Garcia. Adesso doveva decidere chi lo avrebbe sostituito. La conoscenza dello spagnolo non costituiva più una priorità: il vecchio evidentemente parlava inglese e avrebbe parlato solo inglese. In una situazione incerta come quella, Brady pensava che l'uomo giusto potesse essere lui stesso. Comunque andò a vedere cosa accidenti stava succedendo.

Gerry Valdez stava dicendo a Goodman e ai partecipanti al corso che suo suocero era un maniaco sessuale. L'aveva scoperto parecchie volte mentre accarezzava le sue figlie, o almeno cercava di accarezzarle. Era così che era cominciata quel giorno: l'aveva pescato di nuovo e l'aveva minacciato di rispedirlo alla sua stramaledetta isola, se non la piantava di molestare le bambine. Il vecchio aveva preso il fucile da caccia dal ripostiglio dove lo teneva Joey, aveva afferrato Pamela, la più piccola, quella di otto anni, e aveva urlato che l'avrebbe uccisa, se non se ne andavano tutti e lo lasciavano solo in casa.

Goodman stava pensando che si ritrovavano con un problema serio.

Brady stava tornando indietro con Garcia. In quel momento non c'era nessuno alla porta. Solo un mucchio di poliziotti in uniforme che ciondolavano nel corridoio, aspettando solo Dio sapeva cosa.

— Mike? — chiamò Brady. — Posso parlarti un momento?

Brady, Garcia e Goodman entrarono nell'appartamento-posto di comando. Brady chiuse la porta.

Gerry Valdez cominciò a dire agli allievi del corso che non pensava veramente che il vecchio fosse un maniaco sessuale. Era solo che stava diventando senile. Aveva ottantaquattro anni e a volte si dimenticava di se stesso, dimenticava di non essere più un bambino che corre dietro alle bimbe sulla spiaggia. Era davvero un peccato, ma, allo stesso tempo, lei non voleva che desse fastidio alle sue bambine. Si trattava sempre di molestie, no?

Eileen pensò che forse era così.

Si chiese di cosa stessero parlando nell'appartamento.

Se non fosse stato per il fucile da caccia, la cosa sarebbe stata comica.

Il vecchio voleva una ragazza.

— Cosa vuol dire? — chiese Goodman.

— Mi ha detto che è disposto a scambiare sua nipote per una ragazza — rispose Garcia.

— Una ragazza?

— Ha detto che se gli mandiamo dentro una ragazza, ci dà sua nipote.

— Una ragazza? — ripeté Goodman.

Non si era mai sentito niente del genere. In tutti gli anni in cui aveva lavorato nella negoziazione di ostaggi, Goodman non aveva mai avuto nessuno che gli chiedesse una ragazza. Aveva avuto sequestratori che pretendevano sigarette, o birra, o un jet per Miami o, in un caso, spaghetti con le vongole, ma non aveva mai avuto nessuno che chiedesse una ragazza. Era una novità assoluta negli annali della negoziazione ostaggi. Un ottantaquattrenne che chiedeva una ragazza.

— Intendi dire che vuole proprio una ragazza? — chiese, scuotendo la testa, rifiutandosi ancora di crederci.

— Una ragazza — confermò Garcia.

— Te lo ha detto in spagnolo o in inglese? — gli domandò Brady.

— In spagnolo.

— Allora non c'è possibilità di errore.

— Nessun errore: vuole una ragazza. Una *chiquita*, ha detto. Sono sicuro che intendeva una puttana.

— Vuole una puttana.

— Sì.

— Il vecchio caprone vuole una puttana — disse Brady.

— Sì.

— Mike? Cosa ne pensi?

Goodman sembrava divertito. Ma non era divertente.

— Possiamo mandare a prendere una puttana? — chiese Brady.

— E dodici rose rosse — disse Goodman.

— Mike — disse Brady, severo.

— È solo che non ho mai sentito una richiesta del genere — si difese Goodman.

— Possiamo dargli una puttana o no? — chiese Brady. — Possiamo scambiare una puttana per la bambina?

— Assolutamente no — rispose Goodman. — Noi non diamo mai un altro ostaggio, è una delle prime regole base. Se mandiamo là dentro una puttana e lui la ammazza, sai cosa ne tirerebbero fuori i giornali, no? La settimana scorsa un ragazzino di quindici anni, questa settimana una puttana?

— Già — disse Brady, depresso.

Garcia era stato il parlatore fino a quel momento e non voleva che qualcosa andasse storto, non voleva che il vecchio ammazzasse né la nipotina, né chiunque altro mandassero là dentro

Garcia era solo un detective di secondo grado, non voleva ritrovarsi nella merda fino al collo. Fa' il tuo lavoro e fallo bene, ma sta' attento a proteggerti sempre il culo. Faceva il poliziotto da troppo tempo per non conoscere questo semplice principio. Perciò aspettava quello che Brady avrebbe deciso. Era Brady il boss. Goodman era uno strizzacervelli civile che non contava, ma Brady aveva i gradi. Per cui Garcia aspettava quello che Brady avrebbe decretato.

— Abbiamo due ragazze là fuori — disse Brady.

Si riferiva alle due donne poliziotto del suo corso di addestramento.

A quanto pareva, il vecchio non sapeva che Martha Halsted era una specialista. Le diede un'occhiata e disse a Garcia, in spagnolo, che se non gli mandavano una ragazza più carina avrebbe ammazzato immediatamente sua nipote. Concesse dieci minuti perché gli mandassero una ragazza migliore. Martha, supremamente presuntuosa, pensò che il rifiuto del vecchio avesse a che fare con il fatto che lei indossava jeans e maglietta; il vecchio si aspettava che avesse più l'aria da puttana. Martha suggerì che Eileen aveva l'aria più da puttana.

— Allora cosa mi dici, Burke? — chiese Brady.

— Signore?

— Vuoi entrare là dentro o no?

Di nuovo un lavoro da esca, pensò Eileen. O ti mettono per strada vestita da puttana oppure, in jeans e maglietta, vai a sederti sulle ginocchia di un vecchio e cerchi di convincerlo a darti il suo fucile da caccia. Oppure gli spari. Non era entrata in quel programma per sparare alla gente.

— Se esce il fucile, entro io — rispose.

— Non è questo l'accordo che abbiamo fatto con lui — disse Brady.

— E com'è l'accordo?

— Lui manda fuori la bambina, noi mandiamo dentro la ragazza.

— E poi?

— Poi la bambina è salva.

— E io? Io sono salva?

Brady la guardò.

— Non possiamo mandargli una puttana vera.

— Me ne rendo conto, ma io le sto chiedendo se vuole scambiare la mia vita per quella della bambina, signore. È questo che le sto chiedendo.

— Sta a te calmare il vecchio, togliergli quel fucile.

— E come faccio a calmarlo? — domandò Eileen.

— Abbiamo simulato situazioni come questa — disse Brady.

— Non esattamente, signore. Non abbiamo fatto simulazioni di sequestratori che si aspettano una puttana e si ritrovano con un negoziatore.

— Questa è semplicemente una variazione di una classica situazione-ostaggio — disse Brady.

— Io non credo, signore. Io credo che il vecchio possa arrabbiarsi parecchio quando scopre che in realtà io sono un poliziotto. Io credo che magari possa decidere di adoperare quel fucile quando...

— Non c'è motivo che lui sappia che sei un poliziotto — l'interruppe Brady.

— Davvero? Devo mentirgli, signore? Pensavo che, una volta stabilita la comunicazione con il sequestratore, dovessimo dire sempre e solamente la verità.

— In questo caso, possiamo modificare un po' la verità.

Goodman lo guardò.

— Ispettore — disse. — Penso che forse stiamo confondendo la detective Bur...

— Io non sto certo cercando di confonderla — l'interruppe Brady. — Ma là dentro ho una bambina di otto anni, insieme a un vecchio pazzo che vuole una puttana, altrimenti le spara. Perciò: gli do una puttana o no? È questa l'unica domanda pertinente in questo preciso momento.

— Io non sono una puttana, signore — disse Eileen.

— Lo so. Ma sei un funzionario di polizia che in passato ha impersonato il ruolo di puttana.

— Sì, signore. È vero. Ma il punto è...

— Sei disposta a farlo anche adesso? — le chiese Brady con aria ragionevole. — È questo il punto, detective Burke. Sei disposta a impersonare una prostituta per salvare la vita di quella bambina?

"E la mia vita?" pensò Eileen.

— Signore, lei cosa mi suggerisce di fare per togliere quel fucile al vecchio? Una volta che sono in quell'appartamento e lui si rende conto che sono della polizia e non una puttana, come faccio a convincerlo a darmi quel fucile?

— La detective Halsted era pronta a entrare in quell'appartamento sulla base dei parametri che abbiamo fissato — disse Brady, buttando in faccia il guanto di sfida: sei in gamba quanto la Halsted? Hai i *cojones*, detective Burke? — La Halsted era pronta a correre il rischio di trattare con il vecchio da una posizione di estrema vulnerabilità. Ora, io capisco i rischi che questa situazione implica. Pensi che non li capisca? Ormai sono in questo gioco da molto tempo...

"Gioco" pensò Eileen.

— ...e quando dico che non voglio che nessuno si faccia del male intendo dire nessuno: né il sequestratore, né l'ostaggio e certamente nessun membro della mia squadra. Non ti sto chiedendo di fare niente che non farei io stesso.

"Allora fallo tu", pensò Eileen.

— ...credimi, mi preoccupo della tua sicurezza come mi preoccuperei della mia...

Entrare là dentro fingendo di...

— Ma la situazione è arrivata a un punto in cui dobbiamo assolutamente prendere una decisione. O soddisfiamo la richiesta del vecchio, oppure rischiamo che ammazzi quella bambina. Ci ha dato dieci minuti e otto sono già passati. Allora, cosa vuoi che facciamo, detective?

— Signore, lei mi sta chiedendo di entrare là dentro disarmata...

— È quello che abbiamo promesso, quello che promettiamo sempre: niente armi e nessuno si fa del male.

— Però lui ha un'arma, signore.

Vedi caso, lui ha una maledetta arma, signore.

— Sono sempre armati — disse Brady. — Magari anche solo di un coltello. Hanno sempre armi di un qualche tipo, sì.

— È un fucile a doppia canna, signore.

— Sì, è vero.

— Dovrei essere pazza, no?

— Be', sta a te decidere. È la natura di questo lavoro. — Brady guardò l'orologio. — Allora, cosa mi dici, Burke? Non c'è quasi più tempo. Sì o no? Credimi, in questa città ci sono moltissime donne poliziotto che sarebbero felici di lavorare con questa squadra.

"Donne poliziotto", pensò Eileen.

Te la senti o no, detective Burke?

Sei un uomo o un topo?

— Voglio negoziare, prima di entrare — rispose.

Brady la guardò.

— Io lavoro la porta. Il vecchio può credere quello che vuole, ma nessuno entrerà in quell'appartamento prima che lui ceda la bambina e il fucile. Prendere o lasciare.

Brady continuò a guardarla.

Eileen pensò che, comunque finisse quella storia, la mattina dopo si sarebbe ritrovata fuori squadra. Proprio com'era successo a Mary Beth Mulhaney.

— Prendere o lasciare? — ripeté Brady.

O magari era fuori squadra già in quel preciso minuto.

— Sì, signore — disse Eileen. — Prendere o lasciare.

— Se a quella bambina dovesse capitare qualcosa... — disse Brady, e lasciò sfumare la frase.

Il vecchio pensò che la rossa fosse un notevolissimo miglioramento rispetto a quella pelle e ossa che sembrava un cane bastardo. Era un peccato che questa non parlasse spagnolo, ma alla sua età non poteva certo pretendere la perfezione. Era abbastanza che avesse occhi verdi come il mare e seni morbidi come le colline della sua terra. Le lentiggini le spruzzavano una specie di polvere d'oro sulle guance e sul naso. Una bellezza. Era un uomo molto fortunato.

— Dobbiamo parlare. Io mi chiamo Eileen.

La porta dell'appartamento 5L era aperta soltanto per una fessura e aveva la catenella. Il vecchio poteva vedere il viso e il corpo di Eileen nella stretta apertura. Sapeva che la ragazza vedeva il fucile contro l'orecchio di sua nipote. Il dito era nella guardia del grilletto. C'erano due proiettili nel fucile. Suo figlio teneva sempre il fucile carico nel ripostiglio. Quello era diventato un brutto quartiere, dopo che erano cominciati ad arrivare tutti quegli stranieri.

— Cosa c'è da parlare? — chiese il vecchio.

— Sul fatto che io entri lì dentro.

Le avevano insegnato a non mentire mai. Adesso avrebbe cercato di non mentire al vecchio. Non avrebbe detto di essere una puttana. Ma non avrebbe detto neppure di non esserlo. Era un'omissione che poteva sopportare. A meno che qualcuno si facesse del male. Allora non l'avrebbe sopportato.

— Non posso entrare finché ha quel fucile in mano — disse al vecchio.

Nella fessura tra la porta e lo stipite, gli vide fare un sorriso furbo. Un vecchio dalla faccia rugosa, con la barba grigio-bianca di due o tre giorni, una bimba con i capelli e gli occhi scuri che gli sedeva terrorizzata in grembo e le due canne del fucile contro la testa della bambina. Se a quella bambina fosse successo qualcosa...

— Ho paura di entrare mentre ha quel fucile in mano — disse Eileen.

— Sì — disse il vecchio.

"E questo cosa accidenti significa" si chiese Eileen.

— Ma è proprio per questo che ti hanno mandato da me, *verdad?* — chiese il vecchio. — Perché ho questo fucile in mano.

Un inglese pesantemente accentato, ma chiaramente comprensibile. E anche perfettamente logico. L'unica ragione per cui si piegavano ai suoi desideri era perché aveva un fucile. Rinunci al fucile e rinunci al potere di negoziazione.

— Anche la sua nipotina dev'essere spaventata — disse Eileen.

— Io voglio bene a mia nipote.

— Sì, ma sono sicura che è terrorizzata da quel fucile.

— No, sta benissimo. Stai bene, vero, *querida*? — chiese il vecchio alla bambina, e le diede un buffetto sotto il mento con la mano libera. — Comunque la lascio uscire appena tu vieni dentro. È questo il nostro accordo, no? Tu entri e io la lascio uscire. E tutti sono contenti.

— Tranne me — disse Eileen, e sorrise.

Sapeva di avere un bel sorriso.

— Be', io di sicuro non voglio renderti infelice — disse il vecchio, galante. — Farò del mio meglio per renderti felice.

— Non con quel fucile in mano. Io ho paura delle armi.

— Appena entri — disse il vecchio — io lascio andare la bambina. Poi chiudiamo la porta a chiave e io metto giù il fucile.

"Oh, certo" pensò Eileen. "Non lo metto in dubbio."

— Ti farò molto felice — disse il vecchio.

"Oh, sì" pensò Eileen. "Ne sono certa."

— Mi stia a sentire — gli disse, abbassando la voce a un tono da cospiratore. — Perché non manda fuori la bambina?

Prima l'ostaggio, poi le armi.

Come da manuale.

— Tu entri e lei esce. È questo l'accordo.

— Sì, ma quando si sono messi d'accordo con lei, non sapevano che io avevo così paura delle armi.

— Una bella ragazza come te? — disse il vecchio di nuovo galante. — Spaventata da un fucilino come questo?

Accarezzò gentilmente la tempia della nipote con la canna del fucile. La bambina sbatté le palpebre.

— Ho davvero paura. Se lei la manda fuori, noi due possiamo parlare del fucile. In privato. Solo noi due.

— Dimmi cos'altro faremo in privato.

— Prima mandi fuori la bambina.

— No. Vieni dentro e dimmi cosa faremo in privato.

— Perché non toglie la catenella della porta? — gli domandò Eileen.

— Perché dovrei?

— Così la vedo meglio.

— Perché vuoi vedermi meglio?

— È che è difficile parlare così.

— A me sembra molto facile parlare così.

Vecchio bastardo testardo.

— Lei non vorrebbe vedermi meglio? — gli domandò.

— Sì, mi piacerebbe.

— Allora tolga la catena — gli disse Eileen. — Apra un po' di più la porta.

— Sei un poliziotto? — le chiese il vecchio.

Chiaro e tondo.

E adesso?

— No, non sono un poliziotto — rispose Eileen.

Assoluta verità. Una donna poliziotto, sì. Un membro della polizia sì. Ma non un poliziotto. Pensò che poteva convivere con quella bugia.

— Perché, se sei un poliziotto, io ammazzo la bambina.

Cosa con cui Eileen non poteva convivere.

— No, non sono un poliziotto. Lei ha detto che voleva una donna...

— Sì.

— Be', io sono una donna.

Nella fessura tra porta e stipite, Eileen lo vide sorridere ancora.

— Vieni dentro e fammi vedere che tipo di donna sei — le disse il vecchio.

— Se vuole che entri, deve prima togliere la catena alla porta.

— E dopo vieni dentro?

— Entro se lei toglie la catena...

Eileen esitò.

— E lascia uscire la bambina.

Esitò di nuovo.

— E mette giù il fucile.

Silenzio.

— Allora entro – disse Eileen.

Ancora silenzio.

— Tu chiedi molto — disse il vecchio.

— Sì.

— Io ti darò molto — disse il vecchio, e le strizzò l'occhio.

— Lo spero — disse Eileen, e gli strizzò l'occhio.

Doppi sensi che volavano come frecce nell'aria soffocante della sera.

— Apriti la camicetta — disse il vecchio.

— No.

— Apri la camicetta per me.

— No.

— Fammi vedere il seno.

— No. Tolga la catena.

Silenzio.

— Va bene — disse il vecchio.

Eileen aspettò. L'uomo si piegò in avanti, senza alzarsi dalla sedia, con la bambina sempre in braccio. Il fucile ancora puntato alla testa della nipote. Il dito ancora all'interno della guardia del grilletto. Piegato in avanti, tese la mano sinistra e fece scivolare la catenella lungo la guida, fino a liberarla. Eileen si chiese se non dovesse spalancare di colpo la porta verso l'interno, cercando di farlo cadere dalla sedia. L'uomo era così vecchio, così fragile. Ma il fucile era giovane, il fucile è un livellatore di età.

Dolcemente, con la punta del piede, aprì un poco di più la porta. Adesso vedeva meglio il vecchio. Dietro di lui, dentro l'appartamento, c'era una parete azzurra; parete azzurra e occhi azzurri e capelli grigi e barba grigia brizzolata. La stava guardando dritto negli occhi, con un sorriso d'attesa.

— Salve — disse Eileen.
— Sei anche più carina di quello che pensavo.
— Grazie. Si ricorda del nostro patto?
— Sì: tu adesso vieni dentro.
— Solo dopo che avrà lasciato andare la bimba e avrà messo giù il fucile.
— Sì, lo so.
— Allora, vuole lasciarla andare?
— Come faccio a sapere che...
— Ha la mia parola.
— Come faccio a sapere che dopo vieni qui da me?
— Ho detto che vengo. Le ho dato la mia parola.
— E tu sei una che mantiene la parola?
— Cerco di esserlo.

Il che significava che non avrebbe mantenuto la parola se il vecchio avesse fatto la minima mossa per far del male a lei o alla bambina. Lei era disarmata...

È quello che promettiamo sempre: niente armi e nessuno si fa del male...

... ma c'erano degli agenti di supporto alla sua destra e sarebbe bastato che facesse un segno perché attaccassero. Eileen sperò che il vecchio non avrebbe fatto niente di stupido.

— Adesso la faccia uscire, okay? — disse.

— Pamela? — disse il vecchio. E poi, in spagnolo: — Vuoi uscire, *querida*? Vuoi lasciare il nonno da solo con quella bella signora?

Pamela annuì gravemente. Era troppo terrorizzata per piangere o per mostrare sollievo. Sapeva che quello era suo nonno, ma sapeva anche che quello era un fucile. Era difficile per lei conciliare i due fatti. Annuì. Sì, voglio uscire, dicevano i suoi occhi. Per favore, fammi uscire, nonno.

— Allora va' — disse il vecchio in inglese, e guardò Eileen per approvazione.

Eileen annuì.

— Vieni, tesoro — disse Eileen e tese le braccia verso la bambina. — Esci subito, prima che il nonno cambi idea.

Pamela scese dalle ginocchia del vecchio e uscì nel corridoio. Eileen la afferrò, si voltò e consegnò la bimba al sicuro tra le braccia di un poliziotto del servizio emergenza, che la sollevò e si allontanò in fretta dal corridoio.

Adesso c'era solo il vecchio, e il suo fucile.

Nessun potere di contrattazione, adesso. Se volevano eliminarlo, avrebbero potuto farlo senza timore di mettere in pericolo l'ostaggio. Ma non era così che funzionava il gioco. Ed Eileen gli aveva dato la sua parola.

— Adesso metta giù il fucile — gli disse.

L'uomo aveva spostato la canna del fucile verso l'apertura nella porta. L'arma riposava in grembo al vecchio, il cui dito era ancora dentro la guardia; le canne erano puntate in direzione della testa di Eileen. Da dove sedeva, il vecchio non poteva vedere i poliziotti nel corridoio, alla destra di Eileen. Ma sapeva che qualcuno aveva preso sua nipote, sapeva che Eileen aveva passato la bambina a qualcuno, sapeva che Eileen non era sola.

— Chi c'è lì fuori con te?

— Poliziotti — rispose Eileen. — Non vuole mettere giù il fucile, signor Valdez?

— Sono armati quei poliziotti?

— Sì.

La verità. Digli la verità.

— Se metto giù il fucile, come faccio a sapere che non mi sparano?

— Le ho promesso che non le faremo del male.

Errore.

Faremo. Noi.

Identificandosi come poliziotto.

Ma il vecchio non se n'era accorto.

Oppure sì?

— Le ho promesso che nessuno le farà del male.

Correggendosi. O peggiorando l'errore. Quale dei due? Quant'era sveglio il vecchio? Gli occhi azzurri adesso la fissavano, studiandole il viso. Poteva fidarsi di lei?

— Come faccio a sapere che non mi sparano? Ho combinato...

— Perché io...

— ... un mucchio di guai per tutti — terminò il vecchio.

— Sì, è vero. Ma io le ho promesso che non le spareranno. Nessuno le farà del male, se mette giù il fucile. Gliel'ho promesso, le ho dato la mia parola.

— Lasceranno perdere tutti i guai che ho combinato?

Questo Eileen non poteva promettergliela. Ci sarebbe stata un'imputazione per porto abusivo di armi: quel fucile là dentro non era un giocattolo. E Dio solo sapeva quali altre imputazioni ci sarebbero state. Il vecchio non se la sarebbe cavata, non era così che andavano le cose, le promesse non potevano arrivare a tanto. Vero, quell'uomo era soltanto un vecchio un po' svanito che pensava di avere ancora sei anni e di poter giocare al dottore sotto le palme... ma aveva infranto la legge, aveva infranto anzi parecchie leggi, e quelli erano poliziotti, che avevano giurato di far rispettare quelle leggi.

— La aiuteranno — disse Eileen. — Cercheranno di aiutarla.

Era vero: osservazione psichiatrica, terapie, tutta la trafila, qualunque cosa fosse sembrata utile.

Ma il fucile era ancora sulle ginocchia dell'uomo, puntato verso di lei.

— Forza — disse Eileen. — Mettiamo giù quel fucile, okay?

— Digli che li voglio vedere. I poliziotti nel corridoio.

— Non ho nessuna autorità per dire ai poliziotti cosa devono fare.

— Chiediglielo. Ce l'hai l'autorità per chiederglielo?

Di nuovo il sorriso.

La stava predendo in giro?

— Vuole vedere chi c'è qui fuori — gridò Eileen a Brady, in piedi dietro quattro agenti del servizio emergenza con fucili antisommossa in mano e pistole alla cintura. Tutti indossavano giubbotti corazzati. "Allora cosa mi dici, ispettore?" pensò Eileen. "Vuoi tuffarti anche tu nell'acqua alta?"

È quello che promettiamo. Niente armi e nessuno si fa del male.

Solo che adesso era il momento di andare in scena.

— Fatevi vedere dal vecchio — disse Brady agli uomini del servizio.

Gli agenti, con i pesanti giubbotti antiproiettile addosso e i massicci fucili in mano, si mossero goffamente lungo il corridoio e si allinearono contro la parete alle spalle di Eileen, dove il vecchio poteva vederli.

— Ce ne sono degli altri? — domandò Valdez.

— Sì, ma non qui — rispose Eileen. — Sono sparsi in giro.

— Digli di mettere giù le armi.

— Io non posso dare ordini — disse Eileen.

— Dillo a quell'altro. Quello con cui hai parlato prima.

Eileen annuì, si voltò dalla porta e gridò: — Ispettore Brady!

— Sì?

— Vuole che mettano giù le armi.

Silenzio.

— Oppure ti sparo — disse il vecchio.

— Oppure mi spara — gridò a Brady. Poi sorrise e disse al vecchio: — Non lo farebbe mai, no?

— Sì, lo farei — rispose Valdez, e ricambiò il sorriso.

— Dice sul serio — gridò Eileen nel corridoio.

Dietro di lei, gli agenti cominciarono ad agitarsi. Ognuno di loro aveva una visuale perfetta del vecchio bastardo seduto là dentro con il fucile in grembo. Se mettevano giù le armi, come voleva che facessero, non c'era alcuna garanzia che non avrebbe cominciato a sparare. Un giubbotto era una cosa molto utile in una situazione del genere, ma non è che si possa mettere un giubbotto sopra la testa. Se il vecchio cominciava a dare i numeri, nessuno fuori della porta era al sicuro, a quella distanza. Gli agenti speravano che la rossa e il suo capo sapessero quello che stavano facendo.

— Uomini, mettete giù le armi — gridò Brady.

— Aspetta un momento, Bill — gridò un'altra voce.

Il vice-ispettore John Di Santis, comandante del servizio emergenza, si avvicinò a Brady nel corridoio. Eileen li sentì discutere. Sperava che l'udito del vecchio non fosse buono come il suo. Di Santis stava dicendo che era disposto ad accettare tutte quelle stronzate della negoziazione solo fino a un certo punto, ma quel punto non comportava che quattro dei suoi uomini se ne stessero impalati contro un muro davanti a un plotone di esecuzione. Brady gli rispose a voce più bassa. Eileen non riuscì a sentirlo. Anche Di Santis abbassò la voce. Adesso Eileen non sentiva più quello che dicevano. I sussurri rimbalzavano nel corridoio come piccole cascate. Sussurri acquei, bianchi. All'interno dell'appartamento, il vecchio la guardava. Improvvisamente Eileen seppe che le avrebbe sparato, se gli uomini dietro di lei non avessero deposto le armi.

— Cosa mi dice, ispettore? — gridò. — Quest'uomo sta diventando nervoso.

Valdez sorrise.

Sapeva cosa significava nervoso.

Eileen rispose al sorriso.

Uno scherzetto che dividevano tra loro. Quest'uomo sta diventando nervoso, sta per farmi esplodere la testa. Non è vero, tesoro? Sorridendo.

— Ispettore?

I sussurri cessarono. Eileen aspettò. Qualcuno, lei, o il vecchio, o uno o più dei poliziotti in piedi dietro di lei sarebbe finito male nei prossimi secondi, a meno che...

— Va bene, uomini. Fate quello che dice l'ispettore Brady.

Di Santis.

Dietro di lei, uno degli agenti borbottò qualcosa che Eileen non riuscì a capire, una parola in spagnolo che fece allargare il sorriso del vecchio. Eileen sentì il rumore di armi pesanti che venivano posate sul pavimento...

— Anche le pistole — disse il vecchio.

— Vuole anche le pistole — gridò Eileen nel corridoio.

— Tutte le armi — urlò Di Santis.

Altri borbottii dietro di lei, in inglese questa volta, grugniti di protesta a bassa voce. Avevano avuto una mano di carte completamente nuova, ma era ancora il vecchio ad avere tutti gli assi.

— Adesso tocca a lei — gli disse Eileen.

— No. Vieni dentro.

— Me lo aveva promesso.

— No — disse il vecchio sorridendo. — Sei tu quella che ha fatto tutte le promesse.

Era vero.

Le prometto che non le spareranno.

Nessuno le farà del male...

— Se mette giù il fucile — gli ricordò.

— No.

Scuotendo la testa.

— Io le ho promesso che nessuno le avrebbe fatto del male se metteva giù il fucile.

— Nessuno può più farmi del male — osservò il vecchio, sorridendo. — Adesso ci sono solo io armato.

Anche questo era vero.

— Be', pensavo di potermi fidare di lei — disse Eileen. — Ma vedo che mi sono sbagliata.

— Ti puoi fidare. Apri la camicetta.

— No.

— Apriti quella maledetta camicetta — sibilò uno degli agenti.

Eileen lo ignorò. — Adesso me ne vado — disse al vecchio. — Lei non mantiene la parola e io me ne vado. Non so cosa faranno questi uomini dopo che me ne sarò andata.

— Non faranno niente. Io ho il fucile.

— Ci sono altri poliziotti nel corridoio. Non posso prometterle più niente. Adesso vado.

— No!

Eileen esitò.

— Per favore — disse il vecchio.

I loro occhi si incontrarono.

— Hai promesso — disse Valdez.

Eileen sapeva cos'aveva promesso. Aveva promesso che nessuno si sarebbe fatto del male. Aveva promesso che sarebbe andata da lui se avesse messo giù il fucile. Gli aveva dato la sua parola. E lei era una che manteneva la parola.

— Metta giù il fucile — disse a Valdez.

— Se non entri subito, ti ammazzo.

— Metta giù il fucile.

— Ti ammazzo.

— E poi come faccio a entrare? — chiese Eileen, e il vecchio scoppiò a ridere perché la logica della situazione gli era diventata improvvisamente chiara. Se la uccideva, Eileen non avrebbe potuto andare da lui: semplice. Scoppiò a ridere anche Eileen. Sorpresi, alcuni degli agenti alle sue spalle cominciarono a ridere. Prima incerti e poi un po' più decisi. Giù, nel corridoio, Eileen sentì qualcuno bisbigliare: — Stanno ridendo. — Qualcun altro mormorò: — Cosa? — Anche questo sembrò buffo. I poliziotti nei loro giubbotti antiproiettile cominciarono a ridere più forte, come cavalieri in armatura cui avessero appena detto che il loro potente re era in effetti impotente. Indifesi, con le armi e le fondine e i cinturoni sul pavimento, chiusi in quel corridoio caldo e soffocante, erano scossi dalle risate e pensavano come sarebbe stato stupido se il vecchio avesse veramente fatto fuori la rossa, impedendole di andare da lui. Il vecchio stava pensando la stessa cosa: come tutto era diventato improvvisamente stupido. Stava anche pensando che forse avrebbe dovuto mettere giù il fucile e farla finita, piantarla con tutto il casino che aveva fatto. Gli occhi azzurri si sollevarono, mentre le lacrime delle risate gli correvano lungo il viso rugoso fin dentro la barba grigia. In fondo al corridoio ci furono altri mormorii perplessi.

— Oh Gesù — disse Eileen, ridendo.

— Dios mio — disse il vecchio, ridendo.

Uno qualsiasi degli agenti avrebbe potuto spararagli in quel momento. Il vecchio aveva abbassato il fucile, che adesso gli riposava sulle ginocchia come un bastone da passeggio. Il fucile non era più un pericolo per nessuno. Cautamente, Eileen fece un passo dentro la stanza, tendendo una mano verso il fucile.

— No! — scattò il vecchio, e il fucile si alzò di nuovo, puntato alla testa di Eileen.

— Ma dài — disse Eileen e fece una smorfia di disappunto come una bambina.

Il vecchio la guardò. Le lacrime gli scendevano ancora lungo il viso; ricordava ancora come tutto gli era sembrato buffo un momento prima.

— Signor Valdez? — lo chiamò Eileen.

Il vecchio continuava a guardarla.

— Per favore, mi dia il fucile.

Guardandola. Piangendo, adesso. Per tutte le risate che non c'erano più. Per tutte quelle giornate sulla spiaggia di tanto tempo fa.

— Per favore — gli disse Eileen.

Per tutte quelle bimbe carine, ormai sparite.

Il vecchio annuì.

Eileen tese le mani verso di lui, le palme in alto.

L'uomo le mise il fucile nelle mani.

I loro occhi si incontrarono.

Eileen entrò nell'appartamento, il fucile lungo il fianco, con la canna puntata verso il pavimento. Si piegò sul vecchio seduto, fragile e piangente sulla sedia dallo schienale duro, lo baciò su una guancia grigia e gli sussurrò: — Grazie. — E si chiese se, dopotutto, aveva mantenuto la parola che gli aveva dato.

7

Gloria Sanders era coperta di sangue.

Erano le dieci di mattina del 25 luglio e si trovavano nella sala infermiere del Farley General Hospital, in centro sulla Meriden Street. L'uniforme bianca della donna era coperta di sangue e c'erano schizzi di sangue anche sui capelli biondi e sul viso. Meno di dieci minuti prima, era arrivato al pronto soccorso uno che perdeva litri di sangue e Gloria aveva fatto parte della squadra di infermiere che, in collaborazione con il medico di turno, aveva tentato di arrestare l'emorragia. C'era stato sangue sul tavolo e sul letto, sangue sulle pareti, sangue dappertutto: Gloria in vita sua non aveva mai visto nessuno perdere tanto sangue.

— Si era preso una pugnalata — disse a Carella e a Brown. — Si è presentato con la ferita coperta da uno straccio. Appena l'abbiamo tolta, ha cominciato a spruzzare.

Adesso stava morendo dalla voglia di una sigaretta, disse ai poliziotti, ma il fumo era contro le regole dell'ospedale, anche se quelli che avevano fatto le regole non avevano mai lavorato in un pronto soccorso, e nemmeno avevano mai visto nessuno perdere tanto sangue come l'uomo di quella mattina. O come il ragazzino del giorno prima, caduto sotto un vagone della metropolitana che gli aveva amputato tutte e due le gambe sopra il ginocchio. Era un miracolo che quei due fossero ancora vivi. E non le lasciavano fumare una maledetta sigaretta.

La predilezione di Arthur Schumacher per le bionde con gli occhi azzurri sembrava risalire indietro nel tempo. Gli occhi della sua ex moglie avevano il colore del cobalto, i capelli erano di un giallo stravagante che dichiarava spudoratamente la sua origine in una bottiglietta. Snella, alta circa un metro e settanta, Gloria assomigliava molto alla figlia che i due poliziotti avevano già conosciuto, ma aveva qualcosa di più duro. Ne aveva viste tante, diceva il suo viso, diceva il suo corpo, diceva tutto il suo atteggiamento. La vita le aveva fatto cose peggiori che sporcarla con il sangue della vittima di una pugnalata, dicevano i suoi occhi.

— Allora, cosa posso fare per voi? — domandò. Le parole suonarono ostili e apertamente di sfida. Ho già visto tutto e ho già fatto tutto, per cui state attenti, ragazzi. Mi basta poco per mollarvi un calcio nelle palle. Gli occhi azzurri li studiavano con diffidenza. I capelli biondi, brillanti come ottone, tagliati cortissimi intorno alla testa, le davano un'espressione severa, arcigna. Non erano i capelli biondo-miele di sua figlia Lois: se quella donna ti fosse venuta incontro di notte, l'avresti vista a un isolato di distanza. A Carella ricordava certe sfatte matrone di prigione che aveva conosciuto. Allora, cosa posso fare per voi?

— Signora Sanders — disse Carella — siamo andati...

— Signorina Sanders — lo corresse la donna.

— Mi scusi.

— Mmm.

Sembrò un grugnito di disapprovazione.

— Questa mattina siamo andati a casa di sua figlia, sulla Rodman...

Gli occhi della donna studiavano i due poliziotti.

— ... e il portiere ci ha detto che non la vede da parecchi giorni.

— Betsy — disse la donna e annuì seccamente.

— Sì.

— Non mi sorprende. Betsy va e viene come il vento.

— Siamo ansiosi di parlare con lei — disse Carella.

— Perché?

Si sporse in avanti sulla poltrona di pelle. Le pareti della sala erano bianche. La donna non aveva potuto lavarsi prima di andare a parlare con loro; c'erano piccole macchie di sangue tra i capelli gialli. Sangue sul davanti dell'uniforme bianca. Sangue anche sulle scarpe bianche, notò Brown. Cercò di visualizzare l'uomo che perdeva tutto quel sangue. La maggior parte della gente che lui aveva visto perdere sangue era già morta.

— Sappiamo che sua figlia non andava d'accordo con il suo ex marito — disse Carella.

— E allora? — fece Gloria. — Neppure io andavo d'accordo con lui.

Di nuovo la sfida. È per questo che siete venuti qui? Perché non andavo d'accordo con il mio ex marito, che adesso è morto con quattro pallottole in testa?

— Però è vero, no? — chiese Carella. — Che sua figlia non...

— Non l'ha ucciso lei — disse Gloria con voce neutra.

— Nessuno ha detto che sia stata lei — disse Carella.

— Ah no? — Gloria fece una smorfia. — Al pronto soccorso ci sono sempre dei poliziotti, tutti i giorni della settimana. Sbirri in uniforme, in borghese, di tutti i tipi. Non c'è un solo poliziotto al mondo che non pensi alla famiglia, quando c'è qualche guaio. Sento le domande che fanno: vogliono sempre sapere chi va d'accordo con chi. Uno si becca una pallottola nella pancia e loro gli chiedono se va d'accordo con sua moglie. Perciò non venitemi a raccontare storie, okay? Non ditemi che noi non siamo sospettate. Sapete che lo siamo.

— Di chi parla, signorina Sanders?

— Parlo di Betsy e di me, e magari addirittura di Lois, per quello che ne so.

— Perché lo pensa?

— Io non lo penso. Siete voi che lo pensate.

— Perché dovremmo pensarlo?

— Non facciamo giochetti, agente. Un minuto fa, lei mi ha detto di sapere che Betsy non andava d'accordo con suo padre. Secondo lei, questo cosa significa? Lei cos'è? Un assistente sociale che lavora per la riconciliazione familiare? Lei è un poliziotto, giusto? Un detective che indaga su un omicidio. Arthur è stato ucciso e sua figlia non andava d'accordo con lui. Per cui troviamola e chiediamole dove si trovava quando è successo. Non lo so e non mi importa. Niente giochetti, per favore. Sono troppo stanca per i giochetti.

— Va bene, niente giochetti — disse Carella. Quella donna cominciava a piacergli. — Dov'è sua figlia? Domenica ha partecipato al funerale del padre e adesso se n'è andata. Dov'è?

— Non lo so. Gliel'ho detto: Betsy va e viene.

— Dove va? E da dove viene? — chiese Brown. A lui Gloria non piaceva per niente. In quarta elementare aveva avuto un'insegnante come lei che lo picchiava sempre sulle mani con un righello.

— Siamo in estate e in estate gli hippies emigrano. Si spargono sulla terra come locuste. Betsy è un'hippie di trentanove anni e siamo in luglio. Potrebbe essere ovunque.
— Per esempio? — insistette Brown.
— Come diavolo faccio a saperlo? È lei il poliziotto, la trovi lei.
— Signorina Sanders — disse Carella. — Niente giochetti, okay? Per favore. Sono troppo stanco per i giochetti. Sua figlia odiava il padre e odiava anche il cane e tutti e due sono stati...
— Chi glielo ha detto?
— Che cosa?
— Che odiava il cane.
— Lois. Sua figlia Lois. Perché? Betsy non odiava il cane?
— Sì, sembrava proprio che Betsy odiasse quel cane.
— Allora perché l'ha chiesto?
— Volevo solo sapere chi ve lo aveva detto. Ho pensato che forse era stata lei. — Lo disse quasi ringhiando il pronome.
— Di chi parla? — le domandò Brown.
— Non avete ancora parlato con lei? Con la preziosa finta bionda di Arthur?
"Senti chi parla" pensò Carella.
— Intende dire la signora Schumacher? — domandò.
— Sì, la signora Schumacher — confermò Gloria: quella parola le arricciava il labbro superiore in una smorfia. Per un attimo diventò rossa, come soffocando la rabbia, e poi disse: — Ho pensato che forse era stata lei a dirvi che Betsy odiava quello stupido cane.
— E lei come la pensava su quello stupido cane? — le domandò Carella.
— Mai avuto il piacere di conoscerlo. E pensavo che non avremmo fatto giochetti.
— Non li stiamo facendo.
— Bene. Mi stia a sentire: voglio semplificarle le cose, okay? Io odiavo Arthur per quello che mi aveva fatto, ma non l'ho ucciso. Betsy lo odiava praticamente per la stessa ragione, ma sono sicura che non l'ha ucciso neppure lei. So che verrete a sapere del testamento, quindi tanto vale che vi dica subito che non avrei mai concesso il divorzio senza assicurarmi che tutte e due le mie figlie fossero comprese nel testamento di mio marito per il cinquanta per cento del suo patrimonio. Significa il venticinque per cento a testa, cosa che, nel caso di Arthur, ammonta a un mucchio di soldi.
— Quanti soldi?

— Non so l'importo esatto. Un mucchio. Ma so che nessuna delle mie figlie l'ha ucciso per i soldi. Né per nessun'altra ragione, se è per questo.

Entrambi i detective pensavano che le uniche due ragioni per uccidere sono l'amore o i soldi. E l'odio è l'altra faccia dell'amore.

— E lei? — domandò Brown. — C'è anche lei in quel testamento?

— No.

— Sa per caso se l'attuale signora Schumacher...

— Non ne ho idea. Perché non lo chiedete a lei? O, meglio ancora, chiedetelo all'amato socio di Arthur, Lou Loeb. Sono sicura che lui sa tutto quello che c'è da sapere.

— Tornando a sua figlia — disse Brown. — Betsy. Ha parlato con lei, dopo il funerale di domenica?

— No.

— Quando le ha parlato per l'ultima volta?

— Penso il giorno dopo che Arthur è stato ucciso.

— Cioè sabato — disse Carella.

— Penso di sì. La notizia era in televisione, era su tutti i giornali. Betsy mi ha telefonato e mi ha chiesto cosa ne pensavo.

— E lei cosa le ha detto?

— Le ho detto meno male, una bella liberazione.

— Cosa ne pensava Betsy?

— Aveva un atteggiamento ambivalente. Voleva sapere se doveva andare al funerale. Le ho detto di fare quello che si sentiva.

— Evidentemente ha poi deciso di andarci.

— Evidentemente. Ma quando ne abbiamo parlato non ne era sicura.

— Per caso le ha detto dov'era la sera prima? — chiese Carella.

— Niente giochetti — gli ricordò Gloria.

Carella sorrise.

— E Lois? — le domandò. — Ha telefonato anche lei?

— Sì. Be', è stato sconvolgente. Sparare a un uomo proprio davanti a casa... Per quanto, in questa città, comincia a diventare la norma, no?

— In qualunque città — disse Brown, improvvisamente sulla difensiva.

— Mai come qui — disse Gloria.

— Sì, come qui — disse Brown.

— Quando le ha telefonato Lois? — chiese Carella.
— Sabato mattina.
— Per parlare di suo padre?
— Naturalmente.
— Lei cosa pensava del fatto che Lois continuasse ad avere un rapporto con il padre?
— Non mi piaceva. Il che non significa che l'abbia ucciso io.
— Come le è sembrata Lois quando ha telefonato?
— Sembrata?
— Piangeva, sembrava che...
— No, lei...
— ... si controllasse?
— Sì.
— Cosa le ha detto?
— Mi ha detto che aveva appena letto la notizia sul giornale. Era sorpresa che la sua matrigna — diede alla parola una nota di rabbia — non le avesse telefonato. Lois era sicura che dovesse esserne al corrente.
— La signora Schumacher non le è molto simpatica, vero?
— La odio. Mi ha rubato il marito. Ha rovinato il mio matrimonio e la mia vita.
Carella annuì.
— Ma non l'ho ucciso io.
— Allora non le dispiacerà dirci dove si trovava venerdì sera — disse Carella, e sorrise.
— Ancora giochetti — disse Gloria, senza contraccambiare il sorriso. — Ero a casa, ho guardato la televisione.
— C'era qualcuno con lei?
— No, ero da sola. Sono una vedova d'erba di sessant'anni, una donna amareggiata e poco simpatica che non riceve spesso inviti per uscire. È Arthur che mi ha fatto diventare così. Non glielo perdonerò mai e sono felice che sia morto. Ma non l'ho ucciso io.
— Cos'ha guardato alla televisione? — le domandò Brown.
— Una partita di baseball.
— Chi giocava?
— Yankee contro Minnesota Twins.
— Dove?
— In Minnesota.
— Chi ha vinto?

— I Twins. Due a uno. Dopo ho guardato il telegiornale. E poi sono andata a letto.

— Lei non ha proprio idea di dove possiamo trovare Betsy, vero? — chiese Carella.

— No.

— Se lo sapesse ce lo direbbe, giusto?

— Certamente.

— Allora penso che sia tutto. La ringraziamo molto per il tempo che ci ha concesso.

— Vi accompagno — disse Gloria. Si alzò con un movimento stanco e pesante. — Così mi faccio una sigaretta nell'atrio — aggiunse a bassa voce. E strizzò l'occhio.

Il guaio di un nome come Sonny era che c'erano troppi criminali che se lo sceglievano. Era un fenomeno che né Bent né Wade comprendevano del tutto. Come ragazzi cresciuti in città, avevano conosciuto la loro parte di neri di nome Sonny, ma fino a quel momento, non si erano mai resi conto di quanto fosse popolare quel soprannome. E neppure si erano resi conto che questa popolarità superava barriere etniche e razziali, creando tra i criminali una diffusa predilezione che era molto prossima a un'epidemia.

Bent e Wade stavano cercando un Sonny nero.

Questo rendeva il loro lavoro un po' più difficile.

Perché, anche se il computer aveva sputato fuori un'enorme quantità di Sonny che erano originariamente stati Seymours o Stanislaw o Sandor, sembrava che i neri e gli italiani guidassero il gruppo nel preferire Sonny a nomi di battesimo come Seward o Simmon o Salvatore o Silvano.

I detective, inoltre, cercavano un Sonny nero che poteva avere o non avere precedenti arresti per rapina a mano armata. Questo rese il lavoro ancor più difficile, in quanto il computer stampò un elenco di trentasette Sonny neri che nell'arco degli ultimi tre anni avevano fatto rapine nella città. A titolo informativo, solo sei di questi Sonny erano segnalati come provvisti di tatuaggi, una percentuale molto più bassa di quella della popolazione generale dei rapinatori a mano armata, bianca o nera che fosse. I detective non si presero la briga di una ricerca a livello nazionale, che avrebbe potuto tenerli davanti al computer per tutto il giorno.

Otto dei trentasette rapinatori neri di nome Sonny erano nati durante i due anni in cui Sonny Liston era stato il campione del mondo dei pesi massimi e veniva ancora considerato un modello valido. Adesso erano tutti sui ventotto, ventinove anni. Wade e Bent cercavano un Sonny nero che era stato descritto sotto la trentina. Sapevano che, per la maggior parte dei bianchi, i neri sembravano tutti uguali. Era questa la difficoltà maggiore per far identificare un nero da un bianco in base a una foto, in particolare una foto della polizia, che non si qualifica certo come un ritratto da studio. Dominick Assanti non era diverso da qualsiasi altro bianco. Per Dominick, erano soltanto due i neri riconoscibili istantaneamente: Eddi Murphy e Bill Cosby. Tutti gli altri si assomigliavano. Per Assanti, anche Bent e Wade probabilmente si assomigliavano.

Prima gli fecero vadere le otto foto segnaletiche una alla volta.

— Riconosci qualcuno? — gli domandarono.

Assanti non riconobbe nessuno.

A un certo punto dichiarò che non gli sarebbe per niente piaciuto incontrare quel tizio in un vicolo buio.

Wade e Bent si dichiararono d'accordo.

Poi i poliziotti misero tutte le otto foto sul tavolo, una di fianco all'altra, e chiesero ad Assanti di scegliere i tre Sonny che assomigliavano di più al Sonny che gli era passato davanti di corsa, con una pistola in pugno, la sera dell'omicidio Carella.

Assanti disse che nessuno degli otto assomigliava all'uomo che aveva visto lui.

— Sei sicuro? — gli chiese Bent.

— Assolutamente — rispose Assanti. — Quello che ho visto io aveva una cicatrice in faccia.

— Ah — disse Bent.

Di nuovo al computer, questa volta con una nuova informazione. Rendendosi conto della difficoltà di giudicare l'età di un uomo che ti corre incontro di notte con la pistola in pugno, dato che la pistola richiede un'attenzione più immediata che l'anno di nascita, i poliziotti lasciarono perdere il dato dell'età. Rendendosi conto inoltre che la rapina nel forno non indicava necessariamente dei precedenti per rapina a mano armata, lasciarono perdere anche questo dato e fecero una ricerca a livello cittadino per ogni nero condannato per un reato nell'arco degli ultimi cinque anni, a condizione che si chiamasse Sonny e avesse una cicatrice in faccia. Ne trovarono sessantaquattro. Non era sorprendente.

È quasi impossibile essere nero e crescere nella città senza procurarsi un bel giorno una cicatrice di un tipo o dell'altro. E dato che i cheloidi, cicatrici che si estendono e si espandono oltre la ferita originaria, sono più evidenti sulla pelle nera che su quella bianca, queste cicatrici sono di solito altamente visibili. La cicatrice da coltello sopra l'occhio sinistro di Wade era un cheloide. Gli avevano detto che poteva eliminarlo con una terapia di radiazioni, un intervento chirurgico e iniezioni di steroidi nella lesione. Wade aveva deciso di tenersi la sua cicatrice per il resto della vita. In effetti non guastava, nel suo mestiere.

Adesso avevano sessantaquattro nuove foto segnaletiche da mostrare ad Assanti, che le studiò a lungo e con attenzione. Stava veramente cercando di collaborare, ma era gravemente limitato dal fatto di essere bianco. Alla fine, semplicemente rinunciò.

Bent e Wade si rimisero a lavorare per strada.

Quando Kling arrivò allo studio, alle cinque e dieci di quel mercoledì pomeriggio, Eileen era già lì. Kling si scusò per il ritardo e poi sedette sulla sedia che Karin Lefkowitz gli aveva indicato. Trovò difficile tenere gli occhi staccati da Eileen. Era vestita in modo informale, quasi sciatto, con una gonna jeans sbiadita e una maglia di cotone del colore dei suoi occhi, ma sembrava fresca, bella e radiosamente felice. Karin spiegò a Kling che, quando era arrivato, stavano parlando del primo successo di Eileen con la squadra ostaggi. La sera prima, Eileen...

— Be', non è che sia stato un trionfo o roba del genere — disse subito Eileen.

— Un battesimo del fuoco, più o meno — disse Karin, e sorrise.

— Brutta parola — disse Eileen. — Fuoco.

Adesso sorridevano tutte e due. Kling si sentì improvvisamente un estraneo. Non sapeva in che senso Eileen avesse usato quella parola e si sentiva quasi come uno straniero nel proprio paese. Fuoco significa combustione. Fuoco significa anche sparare. Ma Karin sembrava sapere esattamente quale significato o significati Eileen avesse inteso e questo senso di intimità condivisa lo metteva a disagio.

— Bene — disse Karin. — Sono contenta che lei sia venuto.

Ma cos'era successo la sera prima? Non potevano dirglielo?

— Sono contento di essere qui — rispose Bert con un sorriso.

— Adesso le dirò a che punto siamo — disse Karin. — Così forse potrà aiutarci.

— Ne sarò lieto — replicò Kling e si rese conto di essersi ripetuto, o quasi, e improvvisamente si sentì un idiota. — Se posso — aggiunse imbarazzato. Aiutarle a far cosa?

Karin gli spiegò a che punto erano.

Raccontò tutta la confusa storia della notte di Halloween, che era stata soltanto l'anno prima ma che sembrava lontana secoli, quando Kling aveva ficcato il naso in qualcosa che dichiaratamente non era affatto affar suo, facendo sì che Eileen perdesse i due colleghi di supporto e mettendola in una posizione estremamente pericolosa e vulnerabile con un assassino.

— Da allora — spiegò Karin — Eileen ha dato la colpa a lei per...

— Be', sa... — cominciò Kling. — Io volevo solo..

— Lo so — disse Eileen.

— Voglio solo dire che l'ultima cosa che avrei voluto fare era mettermi tra te e i tuoi rinforzi. Conosco Annie Rawles — disse, rivolgendosi di nuovo a Karin. — È un poliziotto in gamba. E anche se l'altro tizio...

— Shanahan — suggerì Eileen.

— Shanahan — ripeté Kling, ringraziandola con un cenno... — non lo conoscevo...

— Mike Shanahan.

— È per questo che è successo tutto il casino. Io non conoscevo lui, lui non conosceva me...

— Lo so — disse Eileen.

— Quello che voglio dire è che avrei preferito tagliarmi il braccio destro, piuttosto che metterti in una situazione in cui avresti dovuto affrontare un assassino.

La stanza diventò silenziosa.

— Penso che Eileen lo sappia — disse Karin.

— Lo spero — borbottò Kling.

— Eileen sa che, anche se la perdita dei colleghi è stata colpa sua...

— Come le ho detto...

— ... non è stata colpa sua se Eileen ha dovuto uccidere Bobby Wilson.

— Be'... E chi ha detto che era colpa mia?

— Eileen lo pensava.

— Tu non lo credevi sul serio, vero? — chiese Kling, voltandosi verso Eileen.

— Sì, lo credevo.
— Come hai potuto pensarlo? Insomma, quel tizio ti stava saltanto addosso...
— Lo so.
— Con un coltello...
— Lo so.
— Perciò come potevo entrarci io? Voglio dire che chiunque... qualsiasi poliziotto...
— Sì, Bert. Adesso lo so.
— Gesù, davvero non pensavo che tu dessi la colpa a me di questo, Eileen.
— È complicato.
— Lo so. Ma tu non puoi dare la colpa a...
— C'entra anche lo stupro.
— Be', sì, certo — disse Kling.
Eileen lo guardò.
— Bert — gli disse. — Non sottovalutarlo.
— Non lo sto sottovalutando, Eileen. Lo sai.
— Solo non sottovalutarlo, okay?
Kling si sentì come se gli avessero dato uno schiaffo in faccia. La guardò, meravigliato.
— Non è stato un... be', sì, certo — disse Eileen. — È stato uno stupro!
— Eileen, io non intendevo in quel senso. Io intendevo...
Si interruppe, scuotendo la testa.
— Sì? Cosa intendeva, signor Kling? — gli chiese Karin.
— Non importa, lasci perdere.
— No. Penso che possa essere utile.
— Utile a chi? — chiese Kling. — State cercando di essere utili anche a me, oppure volete darmi la colpa per tutto quello che è successo dopo lo stupro? O magari addirittura per lo stupro stesso? Visto che date la colpa a me per tutto il resto, perché non per lo stupro?
— Nessuno afferma che lo stupro sia stato colpa tua — disse Eileen.
— Grazie tante.
— Però penso che tu c'entri parecchio in...
— Oh, senti...
— ... quello che è successo dopo lo stupro, sì.
— Okay, ti ho fatto perdere i rinforzi, lo ammetto. Non sarei

dovuto essere lì, avrei dovuto lasciare che se ne occupassero loro. Ma questo non è il reato del secolo...

— Lo stai rifacendo — l'interruppe Eileen.

— Facendo cosa, per amor del cielo?

— Non se ne accorge neppure — disse Eileen, rivolta a Karin.

— Di che cosa non mi accorgo? Cosa volete che dica? Che sono stato io ad uccidere quel rottin...

Si interruppe di colpo.

— Sì? — lo sollecitò Karin.

— Io non ho ucciso Bobby Wilson — disse Kling. — Ma se pensare che il responsabile sia io vi rende più felici, mi prendo la colpa, okay?

— Come lo sta chiamando?

Kling esitò.

— Forza — disse Karin.

— Rottinculo — rispose Kling.

— Perché si è interrotto?

— Perché non la conosco abbastanza da usare un linguaggio del genere in sua presenza.

Eileen cominciò a ridere.

— Cosa c'è di buffo? — chiese Kling.

— Non hai mai usato quella parola neppure in mia presenza.

— Be', si vede che anche questo è un peccato. Stare attento a come parlo quando c'è una signora.

— Se solo tu potessi sentirti — disse Eileen, continuando a ridere.

— Non capisco cosa ci sia di così buffo — osservò Kling, sentendosi di nuovo irritato. — Lei capisce cosa c'è di così buffo? — domandò a Karin.

— Perché quella sera lei è andato nella Canal Zone? — chiese Karin.

— Gliel'ho già detto.

— No, non l'hai detto — intervenne Eileen.

— Ci sono andato perché non pensavo che Annie e Shanahan fossero all'altezza...

— No — lo interruppe Eileen.

— Allora perché ci sarei...?

— Tu pensavi che io non fossi all'altezza.

— No. Io non volevo affidare la tua sicurezza a due persone...

— Non volevi affidare la mia sicurezza a me.

— Eileen, nessun poliziotto confida soltanto in se stesso in una situazione che...
— Lo so.
— È per questo che ci sono i rinforzi...
— Lo so.
— E tanto più numerosi sono i rinforzi, tanto meglio.
— Ma tu non ti fidavi di me, Bert. Dopo lo stupro...
— Oh, Gesù, riecco lo stupro! Dopo lo stupro, dopo lo stupro...
— Sì, maledizione!
— No, maledizione! Vuoi parlare di fiducia? Bene, allora chi non si fidava di chi? Non mi va di sentirmi rinfacciare qualcosa che...
— Io ti rinfaccio di non aver avuto fiducia in me.
— No. Tu mi rinfacci di aver voluto proteggerti.
— Io non avevo bisogno della tua protezione. Avevo bisogno della tua comprensione.
— Ma dài, Eileen. Un altro po' di comprensione e potevo farmi prete.
— E questo cosa significa?
— Prova a indovinare, okay?
— No. Cosa significa?
— Significa: chi è che non si lasciava più toccare da me dopo lo stupro?
— Ah, è questo il punto, vero?
— Penso che il punto sia che non sono stato io a violentarti, Eileen. Io non ti ho violentato e non ti sono neppure saltato addosso con un coltello, e se tu, nella tua testa, mi hai confuso con uno di quei due... rottinculo, okay? Allora non posso fare proprio niente per aiutarti.
— E chi ha chiesto il tuo aiuto?
— Pensavo di essere venuto qui per...
— Nessuno ha bisogno del tuo maledettissimo aiuto.
— Va bene. Si vede che ho capito male.
— E chiariamo una cosa. Io non ho chiesto di diventare una vittima.
— Neppure io — disse Kling.
Eileen lo guardò.
— L'unica differenza tra noi due è che io non ne ho fatto una carriera — aggiunse Kling.

— Mi dispiace — disse Karin. — Il tempo è finito.

La casa dove adesso viveva Tommy distava meno di due chilometri dalla chiesa che Steve Carella aveva frequentato dopo che la famiglia si era trasferita a Riverhead. Nostra Signora dei Dolori, si chiamava la chiesa. Steve aveva smesso di andare a messa verso i quindici o sedici anni, non ricordava bene, a causa di una frase stupida che gli aveva detto uno dei preti. Ma questo non gli aveva impedito di andare ai balli del venerdì sera nel seminterrato della chiesa. Ripensandoci adesso, gli sembrava che le prime fasi della sua vita sessuale fossero definite da quei balli nel seminterrato della chiesa. Ma Dio sapeva cosa succedeva su quella pista da ballo? Tutta quella torrida attività adolescenziale... Dio sapeva cosa stava succedendo? E, se sì, come mai non aveva scagliato una saetta o qualcosa del genere?

E se Dio non se ne accorgeva, se era occupato da qualche altra parte, a visitare posti infestati dalla peste o simili, come mai non se ne accorgeva il prete? Non vedeva tutti quegli sfregamenti febbrili, tutto quel tastare furtivo di seni e sederi, tutto quello scopare a secco nella semioscurità? Mentre osservava raggiante il suo gregge che ballava i lenti fino a un virtuale orgasmo, il prete non sospettava almeno che nessuno stava recitando silenziosamente cinque Ave Maria? Padre Giacomello, si chiamava. Il prete più giovane. Sempre sorridente. Il più vecchio era quello che aveva rimproverato Carella per essere andato a confessarsi nel periodo più affollato dell'anno.

A meno di due chilometri da dove Steve si trovava quella sera, intento a sorvegliare il garage dall'ombra degli alberi sul lato opposto della strada, in attesa che Tommy uscisse. Se fosse uscito. Angela aveva detto che suo marito aveva una puttanella. Be', okay: se c'era una puttanella, quello era un momento buono come qualsiasi altro per andarla a trovare. Cacciato fuori dal nido, quello era un momento buono come un altro per cercare sollievo e conforto. Se c'era una puttanella.

Steve aspettò nel buio.

Giocando al poliziotto con suo cognato.

C'erano rose in fiore, ne sentiva il profumo nell'aria immobile della sera. Tornavano a casa a piedi da quei balli del venerdì sera, con le rose in fiore nelle dolci sere d'estate, lui e sua sorella, quando lei era diventata abbastanza grande per questo. Tornavano a casa insieme, chiacchierando, parlando di tutto. A quel tempo, Steve si sentiva più vicino a sua sorella che a qualsiasi altro essere umano al mondo, ma detestava comunque che Angela andasse ai balli perché gli sembrava che si intromettesse nella sua libertà sessuale. Come fa un ragazzo a pomiciare con Margie Gannon quando la sorella di quel ragazzo sta ballando a meno di quattro metri? E poi, come fai a tenere d'occhio tua sorella, per assicurarti che un qualche maniaco sessuale non la stia tastando, mentre sei indaffarato a tastare Margie Gannon? A volte la vita è complicata. L'adolescenza è complicata.

Ricordava di aver parlato con suo padre.

Ricordava che una volta aveva raccontato a suo padre (era sera tardi e c'erano solo loro due in negozio, con il profumo delle cose buone che cuocevano nel forno, pane e dolci e pasticcini e focacce e brioches, odori che non avrebbe dimenticato finché fosse vissuto) che la camminata più lunga della sua vita era attraversare la pista da ballo per andare a invitare una ragazza. Qualunque ragazza, bella, brutta... Attraversare la pista fino al posto dove sedeva la ragazza era la più lunga camminata del mondo.

"È una specie di tortura" aveva detto a suo padre. "Mi sembra di camminare per chilometri in mezzo al deserto, capisci?"

"Lo so."

"Sulla sabbia bollente, capisci?"

"Sì, naturalmente."

"Fino davanti alla ragazza, papà. E poi le tendo la mano e le dico: Ti va di ballare? Oppure: Cosa ne dici del prossimo ballo? O una cosa del genere. Sono lì in piedi, mentre tutti mi guardano e tutti sanno che entro i prossimi dieci secondi lei mi dirà: Sparisci, idiota..."

"No, no" aveva detto suo padre.

"Certe volte sì, papà. Sul serio. Be', non proprio con quelle parole, ma capisco che stanno per dirmi: Mi dispiace, o: Adesso sono stanca, oppure: Ho già promesso questo ballo, ma in realtà significa: Sparisci, idiota. E allora, papà, devi tornare da dove sei venuto, solo che adesso tutti sanno che lei ti ha detto di no..."

"Terribile" aveva detto suo padre, scuotendo la testa.

"... e il ritorno è addirittura più lungo dell'andata. A quel punto il deserto è lungo cento chilometri, c'è il sole che ti arrostisce, sai che cadrai morto per terra prima di arrivare nell'ombra e tutti stanno ridendo di te..."

"Terribile, terribile" aveva detto suo padre, cominciando a ridere tra sé.

"Ma le ragazze non lo sanno?" gli aveva chiesto Steve. "Non se ne rendono conto, papà?"

"No, non lo sanno" aveva risposto suo padre, scuotendo la testa. "Ma sono così belle... anche quelle brutte."

C'era del movimento dall'altra parte della strada. La porta della stanza sopra il garage che si apriva, un rettangolo di luce che si proiettava sul pianerottolo fuori della porta. Tommy. Che allungava una mano dentro la stanza per spegnere la luce. Adesso l'unica luce era quella del faretto sopra i gradini. Tommy chiuse la porta a chiave e cominciò a scendere la scala. Indossava jeans e una polo a righe. A testa china, guardava gli scalini mentre scendeva. Steve si tuffò ancora di più nell'ombra.

C'era una puttanella?

Gli diede un ragionevole vantaggio e poi lo seguì. Non troppo da vicino, per non essere visto, non troppo da lontano, per non perderlo.

Una volta aveva parlato con suo padre della fedeltà. O meglio: aveva ascoltato suo padre che ne parlava. Aveva ascoltato attentamente ogni parola, perché all'epoca era abbastanza grande da capire che suo padre aveva passato parecchie di quelle stesse cose e che era in grado di discuterne senza sembrare il Grande Vecchio Saggio. Senza sembrare... un padre. Solo un altro uomo, che per caso ti è anche molto simpatico. Un amico. Forse il miglior amico che Steve aveva o avrebbe mai avuto.

Era successo pochissimo tempo prima che si sposasse con Teddy. Una settimana prima del matrimonio. Lui e suo padre erano nel negozio. Sembrava che tutte le conversazioni importanti si fossero svolte accanto ai forni, con l'aroma del pane in cottura che fluttuava nell'aria. Steve stava passando attraverso quello che pensava potesse definirsi panico prenuziale e si chiedeva ad alta voce se non potesse stipulare un contratto che poteva essere un po' troppo limitante.

Troppo restrittivo, capisci, papà?

A Steve pareva quasi di sentirsi come quando Angela aveva cominciato ad andare ai balli del venerdì sera con lui: veniva invaso il suo territorio, minacciato il suo spazio. Non aveva mai detto a suo padre che era solito pomiciare con Margie Gannon sulla pista da ballo, né che la presenza di sua sorella aveva in un certo senso impacciato il suo stile. E neppure gli aveva mai detto che, in seguito, era arrivato alla celestiale realtà di farsi veramente Margie sul sedile posteriore della Dodge di famiglia, ma sospettava che suo padre sapesse tutto, che sapesse che il suo unico figlio maschio aveva vissuto una vita sessuale discretamente attiva con un'ampia varietà di donne, prima di incontrare Teddy Franklin, la donna che adesso stava per sposare, la donna alla quale stava per dedicare il resto della vita.

Era preoccupato, e suo padre se ne rendeva conto.

Steve non aveva mai firmato alcun tipo di contratto in vita sua, né per una macchina, né per un appartamento, né per altro, e adesso stava per sottoscriverne uno che l'avrebbe impegnato per sempre. Non aveva mai giurato niente in pubblico, tranne che di far rispettare le leggi della città, dello stato e del paese, quando aveva prestato giuramento come poliziotto, ma adesso stava per giurare davanti ai suoi parenti e amici, e davanti a quelli di Teddy, che l'avrebbe amata e rispettata e tutto il resto finché morte non li avesse separati. Era spaventoso. Anzi, era terrificante.

"Tu l'ami?" gli aveva chiesto suo padre.

"Sì, papà. L'amo moltissimo."

"Allora non c'è niente da aver paura. Ti dirò una cosa, Steve: l'unico momento in cui un uomo pensa di prendersi un'altra donna è quando non ama più quella che ha già. Pensi che succederà? Hai paura che arrivi un momento in cui non amerai più Teddy?"

"Come posso saperlo?"

"Puoi: si sente nelle ossa e nel sangue. Tu puoi sapere se amerai quella donna fino al giorno in cui morirai e se non vorrai un'altra donna che non sia lei. E se non lo sai adesso... allora non sposarla."

"Adesso non è domani" aveva detto Steve.

"Sì, adesso è domani. Adesso è sempre."

Il forno era silenzioso.

"Ascolta" aveva detto suo padre.

"Sì, papà."

Suo padre gli aveva messo le mani sulle spalle. Grandi mani coperte di farina. L'aveva guardato negli occhi.

"Come ti senti pensando a un altro uomo che la tocca?" gli aveva chiesto.

"Lo ucciderei."

"Sì" aveva detto lui, annuendo. "Non hai niente di cui preoccuparti, allora. Sposala. Amala. Sta' con lei e con nessun'altra. Altrimenti ti rompo la testa" aveva concluso, sorridendo.

E adesso, tanti anni dopo, Carella stava seguendo il marito di sua sorella, perché esisteva la possibilità che fosse arrivato il momento in cui suo cognato non amava più Angela. Carella pensava che un momento del genere potesse arrivare per chiunque. Non pensava che sarebbe mai arrivato per lui. Ma si chiese se era perché amava veramente Teddy da morire, o soltanto perché suo padre aveva minacciato di rompergli la testa. Nel buio, accelerando il passo mentre Tommy davanti a lui voltava un angolo, sorrise tra sé.

Doveva aver seguito Tommy per almeno un chilometro, dieci isolati più o meno, e la zona, da strettamente residenziale, era diventata commerciale. Qui c'erano i binari della sopraelevata, e negozi ancora aperti in quella chiassosa serata d'estate, di un luglio che nuovamente si gloriava della propria forza, uomini e donne nelle strade... Tommy stava pensando di prendere un treno?

No: Tommy passò davanti alle scale che portavano alla stazione e ai binari e continuò a camminare sul marciapiede, il passo deciso di un uomo che sa dove sta andando, di un uomo che ha una destinazione. Erano le nove passate da poco; il lungo, lento crepuscolo si era spento come una candela, il cielo, senza luna, era nero e le uniche luci erano quelle che venivano dai negozi e dai lampioni e dai semafori rossi e verdi sui binari in alto e sulla strada in basso. Tommy adesso camminava velocemente, guardando ogni tanto l'orologio. Risalì il viale fino alla Brandon e poi voltò a sinistra nella Willow, dove, sul lato sud della strada, c'era la biblioteca in mattoni che Steve aveva frequentato da ragazzino e che adesso era avvolta nel buio.

C'era un'auto parcheggiata in strada, a poca distanza dalla biblioteca.

Tommy andò direttamente verso la macchina.

Aprì la portiera sul lato del passeggero, attivando la luce interna, che si spense nell'istante in cui lo sportello si richiuse. I fari si accesero. Carella si scostò dalla luce improvvisa. L'autista avviò il motore e partì. Steve si spostò ancora di più nell'ombra mentre l'auto si avvicinava all'angolo. Una Honda Accord rossa gli sfrecciò davanti.

Al volante c'era una donna.

8

— Voleva tagliarti — disse Goodman. — L'ho convinto a darti un periodo di prova di trenta giorni.

— Tagliarmi? — ripeté Eileen. — Ma perché?

Stavano pranzando in un ristorante specializzato in pesce, non distante dalla Centrale. Le forze speciali erano al decimo piano, l'ufficio di Goodman al quarto. Il ristorante era comodo. Ma Eileen aveva pensato, fino a quel momento, che Goodman l'avesse invitata a pranzo per farle le congratulazioni.

— Devi capire Brady — disse Goodman.

— Oh, io lo capisco benissimo.

— Be', sì, certo.

Eileen adorava il modo in cui gli uomini minimizzano questioni di enorme importanza per le donne. Il giorno prima Bert con il suo "Be', sì, certo", riferendosi a quella che era stata l'esperienza più traumatica della sua vita, e adesso Goodman con il suo "Be', sì, certo", quando sapeva che lei si riferiva all'atteggiamento manifestamente sessista di Brady.

— Lui adora il pagliaccio della classe — disse Eileen — e...

— Be', devi ammettere che Materasso è un tipo divertente.

— E cosa mi dici di Pellegrino? O di Riley? Loro non sono troppo divertenti, ma Brady li tratta come due fratelli a lungo perduti e ritrovati. Ha due donne in squadra soltanto perché...

— Dagli credito del dovuto, Eileen. È stato lui a mettere le donne in squadra, tanto per cominciare.

— Mi chiedo perché.

— Di sicuro non perché è maschilista.

— Allora perché quel "Be', sì, certo"?

— Pensavo che lo sapessi.
— No, Mike. Non lo so.
Chiamandolo per la prima volta per nome, si rese conto che, fino a quel momento, non l'aveva chiamato in nessun modo: non dottor Goodman, non Michael, e certamente non Mike. Ma adesso le era uscito così: Mike.
— Scommetto che in vita sua non si è mai fidato di una donna — disse Eileen.
— Perderesti.
— Davvero?
— Sto morendo di fame — disse Goodman. Improvvisamente la fissò da dietro le lenti, inarcando le sopracciglia e somigliando moltissimo a un ragazzino affamato. — E tu?
— Posso mangiare.
— Bene, allora ordiniamo.
Ordinarono entrambi aragosta al vapore. Come contorno Eileen scelse una patata al forno, Goodman patatine fritte. Eileen chiese per l'insalata una salsa Roquefort e lui un condimento italiano. Arrivarono le insalate. Mike cominciò a mangiare come un disperato. Osservarlo era quasi comico: niente buone maniere, solo voracità. Eileen si chiese se Goodman veniva da una famiglia numerosa.
— Allora, raccontami — lo sollecitò.
— Una volta ne ha persa una — rispose Goodman.
— Cosa vuoi dire?
— Un negoziatore. Una donna.
— Ma cosa stai dicendo?
— All'inizio. La prima donna che aveva messo in squadra.
— Mi stai prendendo in giro?
— È stato molto tempo fa, tu probabilmente non eri ancora nel mestiere. La donna si chiamava Julie Gunnison, lavorava con la squadra furti auto. Buon poliziotto, detective di secondo grado. Era estate, proprio come adesso. Era la prima volta che la Gunnison lavorava la porta. Nell'appartamento c'era una donna con i suoi tre figli: era impazzita improvvisamente, prima che arrivasse la polizia aveva buttato uno dei bambini fuori dalla finestra e minacciava di fare la stessa cosa con gli altri due, se non se ne andavano. Brady aveva messo Julie sulla porta perché dentro c'era una donna. All'epoca avevamo una teoria secondo cui una donna si confida più liberamente con un'altra donna. Adesso

sappiamo che non sempre funziona così. Ma allora ne eravamo convinti. La negoziazione degli ostaggi era una cosa nuova. Se il sequestratore era una donna, le davi un negoziatore donna.

— Cos'è successo? — chiese Eileen.

— Per chi è la patata al forno? — chiese la cameriera.

— Per me.

La ragazza servì i piatti.

— Da bere? — domandò.

— Eileen, vuoi vino? Birra?

— Sono in servizio.

— Giusto. Coca? Pepsi?

— Coca.

— Per me una Heineken — disse Goodman.

— Una Coca e una Heineken — ripeté la cameriera, e si allontanò in fretta con aria indaffarata.

— Ti sto ascoltando — disse Eileen.

— Julie è rimasta su quella porta per sei ore di fila, facendo dei numeri di equilibrismo che sfidavano tutte le leggi della gravità. Ogni cinque minuti, la signora là dentro afferrava uno dei bambini, correva alla finestra e lo metteva fuori, a testa in giù, tenendolo per le caviglie. Lo faceva dondolare e gridava che l'avrebbe lasciato andare se i poliziotti non se ne andavano. In strada c'erano agenti e vigili del fuoco dappertutto che cercavano di indovinare dove dovevano correre con la rete. E Julie era sulla porta e ogni volta riusciva a convincere la donna a non farlo, dicendole che loro volevano solo aiutarla, aiutare i bambini, aiutarsi a vicenda: vieni fuori, ne parliamo. La donna aveva una mannaia in mano. Suo marito faceva il macellaio. Al bambino che aveva gettato dalla finestra prima che arrivasse la polizia aveva tagliato le mani all'altezza del polso.

— Dio... — disse Eileen.

— Una Heineken e una Coca — disse la cameriera. Mise i bicchieri sul tavolo e si allontanò di corsa.

— Comunque — continuò Goodman — Julie cominciava a pensare di aver fatto qualche progresso. Nelle ultime quattro ore — ormai erano le otto di sera, Julie era sulla porta dalle due del pomeriggio — avevano già mandato a prendere pizze e bibite. La donna aveva chiesto della birra, ma tu sai che non diamo mai alcolici...

Eileen annuì.

— ... aveva già mangiato, aveva dato da mangiare ai bambini e cominciava ad aver voglia di chiacchierare. E, almeno nell'ultima ora, non aveva cercato di gettare nessuno dalla finestra. Così Julie comincia a parlarle dei suoi bambini, proprio come ha fatto Mary Beth la settimana scorsa con quella del negozio di biancheria. Parlano amichevolmente e Julie la convince di non essere armata. Si toglie la giacca, si dà qualche pacca sul petto... niente armi, vedi? Nessuno si fa del male, giusto? E decide di tentare: chiede alla signora di far uscire uno dei bambini, nessuno le farà del male. I bambini devono aver sonno, c'è una brandina pronta nel corridoio, perché non fa uscire uno di loro? E la signora dice: Fammi vedere di nuovo che non sei armata e Julie le fa vedere che non ha nessuna pistola, e la signora dice: Okay, ti do uno dei bambini, apre la porta e, con la mannaia, spacca in due la testa di Julie.

— Gesù! — disse Eileen.

— Già. A quel punto gli agenti del servizio emergenza hanno fatto irruzione e hanno ucciso la donna. Fine della storia. Solo che Brady è stato chiamato al comando; il commissario voleva sapere cos'era successo. Un bambino morto, una donna morta, un'agente di polizia morta: cosa accidenti era successo? Se c'era già un morto quando la squadra era arrivata sul posto, perché non avevano fatto subito irruzione? Brady ha spiegato che noi non lavoriamo in quel modo: qualunque cosa sia accaduta prima del nostro arrivo non importava, si riparte da zero. Il nostro compito era fare in modo che nessuno si facesse del male dopo il nostro arrivo sulla scena. Il commissario deve aver pensato che fosse una spiegazione ridicola, perché c'era stata gente che si era fatta del male, c'erano tre morti e quelli della televisione avevano avuto una giornata campale.

"Quelli della televisione erano arrabbiati perché Brady non aveva permesso a nessuno di avvicinarsi al luogo dove la donna era contenuta. Be', è una regola tuttora valida: niente telecamere. Così hanno cominciato a mettere in discussione tutta la validità del programma. Anzi, l'hanno quasi fatto naufragare. Tutto il lavoro che aveva fatto il capo McCleary per avviarlo, tutti i progressi che aveva fatto Brady quando era subentrato... per poco non è finito tutto giù per il cesso. Anche i giornali gli hanno dato addosso. Avevano tutti sostenuto un aspirante sindaco, che aveva perso le elezioni, il nuovo sindaco aveva nominato un nuovo commissario, che adesso si prendeva la colpa per quello che aveva fatto Brady. Naturalmente il cerino acceso si è fermato in mano a Brady: era il suo programma, era lui al comando della squadra. È stato un vero casino, credimi."

Mentre raccontava, Goodman non aveva smesso di lavorare sulla sua aragosta, facendola delicatamente a pezzi con schiaccianoci, dita e forchetta, tuffando la polpa succulenta nella salsa di burro, masticando, cacciandosi una patatina fritta in bocca, tornando all'aragosta, stavolta per dedicarsi alle chele. Un sorso di birra, un'altra patatina. Mangiando, parlando.

— Brady ha incolpato se stesso, naturalmente. È fatto così. Si era messo in testa di non avere addestrato Julie in modo adeguato... il che non è vero: da allora abbiamo imparato che in classe si può insegnare solo fino a un certo punto. E comunque Julie era veramente un negoziatore di altissimo livello, con parecchia esperienza. In effetti si era comportata esattamente come avrebbe dovuto fare. Aveva solo avuto la sfortuna di trovarsi di fronte una signora che avrebbe dato i numeri in qualunque circostanza.

Goodman restò in silenzio. Eileen lo osservò demolire quello che restava dell'aragosta. Un enorme sorso di birra. Un'altra patatina fritta.

— Famiglia numerosa? — gli domandò.

— Solo i tre bambini.

— Parlavo di te.

— No, io... Perché?

— Per il modo come mangi.

— Ah. No... Io ho sempre mangiato così. — Si strinse nelle spalle. — Mi viene fame a mano a mano che mangio.

— Lo vedo.

— Già. — Si strinse di nuovo nelle spalle e bevve il resto della birra. — Brady ci ha messo parecchio per superare quell'episodio. Per un po' di tempo non ha più voluto donne in squadra. Poi ha preso Georgia... non credo che tu l'abbia conosciuta... e Mary Beth. Ignoro perché l'abbia tagliata; a me sembrava che stesse facendo un buon lavoro. Forse Brady si è sentito di nuovo impossibilitato ad agire. Una donna alla porta, un'altra donna contenuta... una situazione molto pericolosa. Forse ha tagliato Mary Beth perché temeva che potesse succederle qualcosa.

— Mike...

Di nuovo il nome, stava di nuovo abituandosi al nome.

— ... comunque tu la metta, è ugualmente un atteggiamento sessista. Ha mai tagliato qualche uomo?

— Uno. Ma aveva un problema di alcol.

— Ecco, vedi.

— Non sono sicuro che sia così semplice.

— Pensi che taglierà anche me?

— Non lo so.

— Be'... Brady pensava che io fossi in pericolo ieri?

— Tu eri in pericolo. Non avrebbe dovuto metterti sulla porta. Io ero contrario. A mandare te o Martha.

— Perché?

— Era troppo presto. Non avevate ancora sufficiente osservazione, sufficiente addestramento.

— Però ha funzionato.

— Fortunatamente. Per inciso, non credo che Martha avrebbe avuto successo. È stato un bene che il vecchio l'abbia rifiutata.

— Perché dici così?

— Martha è troppo ansiosa, troppo aggressiva. Non sono certo che possa diventare un buon negoziatore.

— L'hai detto a Brady?

— Sì.

— E io? Pensi che diventerò brava?

— Sei già abbastanza in gamba. In alcune cose sei stata un po' maldestra, ma era una situazione enormemente difficile. A me piace dire vino o al vino, Eileen. Un negoziatore della polizia è un negoziatore della polizia e noi non dovremmo mai mentire su questo punto, qualunque cosa possa volere il sequestratore. Fingere di essere una prostituta... — Scosse la testa. — Ho detto a Brady che l'idea non mi piaceva e quando lui ha insistito gli ho proposto di chiamare Georgia. Se proprio dovevamo mentire al sequestratore, allora avevamo bisogno di un negoziatore esperto per cavarcela. Tra l'altro, Georgia ha svolto incarichi in travestimento, anche incarichi da esca. Strano che tu non la conosca.

— Come si chiama di cognome?

— Mobry. Georgia Mobry.

— Non mi dice niente.

— Lavora per lo più con la Narcotici.

— No, non la conosco.

— Comunque poteva cavarsela bene, ieri. Purtroppo, Georgia era in vacanza. Ma, come hai detto tu, ha funzionato.
— Per fortuna. Come hai detto tu.
— Be'... sia come sia.
— Ho avuto fortuna, vero?
— Poteva finire in qualsiasi modo. Non avremmo dovuto mentirgli. Se se ne fosse accorto...
— Ho cercato di essere ambigua. Se è questa la parola.
— La parola è quella. Ma il fatto è che ti stavamo facendo passare per una battona... e se il vecchio si fosse accorto che lo stavamo ingannando... — Goodman scosse la testa. — C'era una bambina in quell'appartamento. E un fucile.
— Perché Brady ha corso il rischio?
— Con te? O per quanto riguarda tutta la bugia?
— Tutte e due.
— Con te, perché il vecchio non ha voluto Martha. Brady preferiva lei, era Martha la prima scelta. La bugia? Non lo so. Probabilmente ha pensato che avrebbe funzionato. E se poteva salvare la vita di quella bimba...
— Le ha salvato la vita.
— Per come è andata, sì.
— E allora perché vuole tagliarmi?
— Non so come funziona il suo cervello. Ormai sono dieci anni che lavoro con lui...
— Così tanto?
— Sì. Perché?
— Sembri più giovane.
— Ho trentotto anni.
— Sembri comunque più giovane. Allora, perché vuole tagliarmi?
— Non lo so. Per me è stata una sorpresa. Prima preferisce Martha a te, poi accetta le tue condizioni per lavorare la porta. Tu riesci a tirare fuori il vecchio e la bambina senza che nessuno si faccia male e lui decide di tagliarti. *Meshugge*. Capisci l'yddish?
— So cosa vuol dire *meshugge*. E penso di sapere anche perché vuole tagliarmi.
— Perché?
— Perché non ho fatto a modo suo.
— Brady sapeva che non avresti fatto a modo suo fin da quan-

do gli hai detto che nessuno sarebbe entrato là dentro prima che il vecchio lasciasse andare la bambina e rinunciasse al fucile. Quello non era il modo di Brady, era il tuo modo. Il suo modo era: esce la bimba ed entri tu, uno scambio alla pari.

— È esattamente quello che ho...

— Non capisci il punto. Se Brady voleva tagliarti perché non hai fatto a modo suo, allora perché non ti ha messo fuori immediatamente, sul posto, quando hai rifiutato di fare a modo suo?

— Non lo so. Perché?

— Forse ha capito che avevi ragione tu. Ma poi, una volta finito tutto, doveva tagliarti per far vedere che il boss è ancora lui.

— Ma non mi ha tagliata.

— Solo perché l'ho convinto a non farlo.

— E come hai fatto?

— Gli ho detto che tu sei coraggiosa, onesta, comprensiva e intelligente e che probabilmente diventerai il miglior negoziatore che la squadra abbia mai avuto, maschio o femmina che sia.

— Coraggiosa, eh? Se tu sapessi...

— Coraggiosa — confermò Goodman. — E anche tutte quelle altre cose.

— E così Brady m'ha dato un periodo di prova di trenta giorni.

— Be', gli ho detto anche che sei bella.

— Non è vero.

— È vero. Ti va di andare al cinema questa sera?

Eileen lo guardò.

— Cosa mi dici? — le chiese Goodman.

— Che film proponi? — domandò Eileen.

Louis Loeb disse a Carella al telefono che il testamento del suo socio era già stato registrato, che era solo questione di tempo e che lui non aveva né tempo né voglia di parlarne in dettaglio con i detective che indagavano sull'omicidio, e certamente non dopo che gli stessi avevano violato i diritti civili della vedova del signor Schumacher, reato per il quale lui stava ancora aspettando delle scuse. Carella disse: — Grazie, signor Loeb — e riattaccò.

Alle due di quel pomeriggio, dopo aver passato un'ora e mezza a studiare attentamente il testamento in quello che nella città veniva chiamato Tribunale di registrazione, ma che in molte altre città veniva detto Tribunale omologazione testamenti, Carella e

Brown si diressero in auto verso nord, arrivarono sulla Jefferson Avenue e parcheggiarono in una zona piena di negozi di antiquariato, boutiques, saloni di bellezza e gallerie d'arte. Annidato tra due di queste gallerie, c'era un negozio che si chiamava Bide-A-Wee Pets. La proprietaria del negozio si chiamava Pauline Weed. Era lei che aveva venduto un cucciolo nero di labrador retriever a Margaret Schumacher, la quale l'aveva poi regalato a suo marito in occasione del loro primo Natale. Pauline Weed era stata nominata nel testamento di Arthur Schumacher come beneficiaria di diecimila dollari.

La donna era stupefatta.

Bionda, bella, sui trent'anni, pensò Carella, snella e alta, in calzamaglia nera da ballerina, scarpe nere e un grembiule azzurro come gli occhi, accolse la notizia prima con incredulità, chiedendo ai poliziotti se non le stessero facendo uno scherzo, poi guardando con maggiore attenzione i distintivi d'oro e smalto azzurro che i detective le mostrarono di nuovo, e infine portandosi una mano davanti alla bocca, ridacchiando dietro la mano e scuotendo la testa, il tutto in quella che sembrava essere una genuina manifestazione di gioia e sorpresa.

— Non ci posso credere. È impossibile.

— Lei non ne aveva idea, eh? — le domandò Brown.

— Per niente! È una sorpresa del tutto impensabile... Diecimila dollari.... è una fortuna. Ma per cosa? Io lo conoscevo appena. Siete sicuri che non ci sia un errore?

Le assicurarono che non c'era nessun errore.

Le mostrarono il paragrafo che avevano copiato dal testamento.

In segno di riconoscenza per le eccellenti cure mediche prestate al mio amato labrador retriever, Amos, dall'NBB Veterinary Hospital, situato al 731 di Derwood Street, Isola, lascio al dottor Martin Robert Osgood la somma di dollari diecimila ($10,000.00) per incoraggiare la sua opera a favore degli animali. In segno di analogo apprezzamento per l'eccellente consulenza e i consigli datimi in relazione alle cure del sopracitato Amos, lascio a Pauline Byerly Weed, proprietaria del Bide-A-Wee Pets, situato al 602 di Jefferson Avenue, Isola, la somma di dollari diecimila ($10,000.00). Avendo stipulato preventivi accordi con l'Hollybrook Pet Cemetery and Crematory, situato al 4712 di Liberty Road, Pinesdale, per la sepoltura e la cura perpetua della tomba

> del sopracitato Amos, richiedo che mia moglie, Margaret, nel caso mi sopravviva, o mia figlia Lois Stein, nel caso sopravviva a mia moglie, si accertino che l'Hollybrook Pet Cemetery and Crematory onori gli obblighi contrattuali sottoscritti.
> Per il rimanente del mio patrimonio, al netto dei pagamenti dei legati, debiti, tasse...

— È incredibile — ripeté Pauline. — Davvero. Non so cosa dire. Non lo vedevo da... devono essere passati sei, sette mesi dall'ultima volta che è venuto in negozio. Incredibile. Scusatemi, ma proprio non riesco a crederci.

— Che tipo di consulenza e che consigli gli aveva dato? — le chiese Carella.

— Be', la prima volta che è venuto... Accidenti, deve essere passato almeno un anno. Sentite, siete sicuri che non sia uno scherzo? Insomma, io ho solo venduto un cane a sua moglie.

— Si ricorda del cane?

— Amos? Oh certo, era un cucciolo adorabile. Be', sapete come sono i labrador: sono i cani più dolci che ci siano sulla faccia della terra. Ne ho due o tre neri in negozio, venite a vederli.

Li guidò attraverso il negozio, passando davanti a gabbie di cuccioli e micini, davanti a gabbie di uccelli dai colori brillanti e vasche di pesci tropicali, ad altre gabbie con criceti che pedalavano all'infinito dentro le loro ruote. C'era un aroma di penne e pellicce e un quasi impercettibile sentore attenuato dalla sabbietta, di quella che poteva essere pipì di gatto. I cuccioli di labrador retriever erano in una gabbia in fondo al negozio. Erano due e guardarono pieni di eccitazione e... be', sì, gioia Pauline che si avvicinava a loro.

— Ciao, piccolini. Qui ci sono due signori che oggi mi hanno portato delle ottime notizie.

Infilò l'indice tra le sbarre della gabbia e lo agitò verso i cani; grattò la testa prima di uno e poi dell'altro e permise a entrambi di mordicchiarle e leccarle il dito. I cuccioli stavano ancora giocando nella gabbia quando Pauline riaccompagnò i poliziotti nella parte anteriore del negozio, spiegando che non le piaceva allontanarsi troppo dalla cassa quando era sola in negozio... Be', pensava che loro sapessero com'era la città.

— Dunque, la prima volta che il signor Schumacher è venuto in negozio... — la sollecitò Carella.

— È stato per un collare antipulci. Voleva sapere che età doveva avere il cane per potergli mettere il collare antipulci. Aveva già dato un nome al cane, al telefono continuava a chiamarlo Amos. Un nome carino...

Brown aggrottò la fronte.

— ... Amos questo e Amos quello. Io gli ho detto che se pensava di portare il cane in spiaggia o in qualunque altro posto dove ci fosse della vegetazione e di conseguenza pulci o zecche, allora doveva mettergli subito il collare. Il cane aveva già tre mesi. Così in settimana è passato in negozio e io gli ho venduto un collare specifico per cuccioli. Sapete, ce ne sono di diversi tipi. Quello era un collare Zodiac per cuccioli... Non riesco ancora a crederci, scusatemi — disse Pauline, scuotendo la testa. — Solo a raccontarlo... voglio dire, lo conoscevo appena.

— Lei ha detto che il signor Schumacher ogni tanto passava in negozio...

— Sì. Oh, una volta al mese, una volta ogni sei settimane, più o meno. Passava di qui e... sapete, ci sono dei negozi stupendi nel quartiere... si fermava qui e comperava una cosina per Amos. Un osso di pelle, un giocattolo... Abbiamo continuamente consegne di giocattoli nuovi. Parlavamo del cane. Mi raccontava del suo cane, di come Amos faceva questo e di come Amos faceva quello...

— Il signor Schumacher nel testamento dice che lei gli ha fornito consulenza e consigli...

— Be', non direi proprio consulenza. Ma consigli sì, credo di sì. Insomma, gli ho dato qualche piccolo suggerimento, dei consigli per fare felice un cane. Be', qualsiasi animale. Sapete, gli animali sono come le persone. Sono individui diversi e ognuno deve essere trattato in modo diverso. Ogni tanto il signor Schumacher portava qui Amos e io lo guardavo, gli dicevo: Che bravo cane sei, cose così. Mi ricordo che una volta... Be', in realtà non dovrei vantarmi troppo di questo, perché sono sicura che il veterinario se ne sarebbe accorto la prima volta che il signor Schumacher gli avesse portato Amos. Comunque, stavo accarezzando Amos sulla testa e lui aveva la lingua penzoloni, ansimava e mi fissava. Non so cosa mi abbia spinto a guardargli in bocca; forse volevo vedergli i denti. Si può capire molto della salute di un cane controllando denti e gengive. E ho visto... all'inizio non capivo cosa fosse... una specie di ponte sul palato, come un arco sottile. Così gli ho messo le dita in bocca ed era... non ci crederete: Amos aveva morso un rametto, che gli si era incastrato sul palato. Il bastoncino andava da un lato all'altro della bocca, fissato attraverso il palato dai denti che lo avevano morsicato e lo tenevano bloccato. Così gliel'ho tolto... Gesù, non ha perso neppure un po' di sangue. Mi sono ritrovata con il bastoncino in mano e il cane che sembrava sul punto di alzarsi sulle zampe posteriori per baciarmi... Vi immaginate il dolore che doveva aver patito? Con quel rametto incastrato in bocca? Doveva essere come avere mal di denti giorno e notte. Povero cagnone. Comunque... non valeva certo diecimila dollari. Voglio dire: niente di quello che ho fatto vale diecimila dollari.

— Evidentemente il signor Schumacher pensava di sì — disse Carella.

— E lei non sapeva di essere nel testamento, giusto? — le chiese Brown.

— Oh, mio Dio, no! Aspettate che lo dica a mia madre. Le verrà un colpo.

— Il signor Schumacher non gliene aveva mai accennato?

— Mai.

— In nessuna delle volte in cui è passato...

— Mai.

— Quando ha detto che è stato l'ultima volta? — le domandò Brown.

— Che è venuto qui in negozio? Gennaio... Febbraio? Proprio non riesco a crederci...

— E la moglie? È mai venuta in negozio?

— No. Dopo aver comprato il cane, no.

— Dopo di allora non ha più parlato con lei?

— Mai.

— Non l'ha mai vista?

— Mai. Mi guardi: sto tremando. Sono davvero in stato di shock.

Brown si stava chiedendo come mai lui non conoscesse nessuno che potesse lasciargli diecimila dollari.

Arthur Schumacher aveva davvero voluto bene a quel cane.

Non poteva sapere che sarebbero morti insieme nella stessa, rabbiosa sparatoria, ma nel testamento aveva dato disposizioni per "la sepoltura e la cura perpetua della tomba del sopracitato

Amos", oltre ai dieci bigliettoni che aveva lasciato rispettivamente al dottor Martin Osgood e alla signorina Pauline Weed per piccole cortesie e servizi che non aveva dimenticato.

Per il resto, rimanente e residuo (al netto di tasse, legati, debiti ecc.) del suo patrimonio, di qualsiasi natura e ovunque situato, andava per il cinquanta per cento a sua moglie, Margaret Schumacher, per il venticinque per cento a sua figlia Lois Stein e per il venticinque per cento a sua figlia Betsy Schumacher. I detective non conoscevano ancora il valore totale del patrimonio, ma, secondo Gloria Sanders, l'acida vedova d'erba, era considerevole.

Non c'era alcun accenno a Susan Brauer nel testamento.

Ma, oltre alla cassetta di sicurezza che Schumacher aveva tenuto presso la Union Savings, vicino al suo studio in centro, esisteva anche un conto corrente a suo nome. Un controllo degli estratti conto aveva rivelato che Schumacher prelevava da quel conto cinquemila dollari in contanti all'inizio di ogni mese e ormai sembravano esserci pochi dubbi sul fatto che quei soldi finissero poi sul conto corrente personale di Susan. Però erano ancora senza spiegazione i dodicimila dollari che i poliziotti avevano trovato nella cassetta della ragazza. Schumacher le aveva dato soldi extra? E, se era così, da dove venivano?

Forse Schumacher li rubava, disse Teddy a segni.

Carella la guardò, chiedendosi come una persona così generosa e buona potesse uscirsene con pensieri che attribuivano atti talmente tortuosi agli esseri umani.

Dal suo studio, disse Teddy a segni. O dal conto della moglie, se esiste.

— Non credo che rubasse — rispose Steve, a voce e a segni contemporaneamente.

Ma da dove venivano quei soldi?

— Forse Schumacher aveva altri conti correnti. Teneva nascosto questo conto alla moglie: perché non altri? Voglio dire: il defunto non era proprio quello che si definisce un uomo degno di fiducia, no? Divorzia da Gloria per sposare una bionda e poi comincia una storia con un'altra bionda. Perciò forse per lui tenere dei conti correnti segreti era uno stile di vita, capisci?

Teddy osservava le mani di Steve come se stesse guardando una telenovela: le parole del marito evocavano immagini di banche sparse per tutta la città, alti pilastri di granito e sportelli d'ottone, lunghe limousine nere, donne bionde e belle, champagne in secchielli d'argento, passioni clandestine su lenzuola di seta rossa.

Però voleva bene al suo cane, segnalò Teddy, le mani che in un certo senso riuscivano a trasmettere la causticità delle parole.

— Questo sì — rispose Steve. — E anche al veterinario che si prendeva cura del cane, e alla donna che aveva venduto il cane a Margaret. Diecimila a testa, ci pensi?

Forse dovrei aprire un negozio di animali, disse Teddy a segni. O fare il veterinario.

— Buona idea, i soldi ci servirebbero. È stata molto previdente, vero? Parlo di Gloria, la prima moglie. Quella ossigenata, a stabilire nell'accordo di separazione che Schumacher lasciasse alle figlie il cinquanta per cento del patrimonio. Un mucchio di uomini si risposa e si dimentica addirittura di aver avuto dei figli. Il che mi fa venire in mente... Mark! — gridò. — April! Cinque minuti.

— Ah, merda! — gridò Mark dal corridoio.

— Non siamo ancora riusciti a trovare la figlia hippie — disse Steve. — Ricordi che ti ho detto...

Teddy annuì.

— È scomparsa — riprese. — Vado a metterli a letto, torno subito. Ti devo parlare di un'altra cosa.

Teddy lo guardò.

— Quando si saranno addormentati.

Teddy aggrottò la fronte, perplessa.

Steve con la bocca articolò: Tommy.

Teddy sospirò.

I gemelli erano in bagno e si stavano lavando i denti. Già undici anni. Gesù come vola il tempo.

— Mark ha detto merda — disse April.

— L'ho sentito.

— Devi fargli la multa.

— Lo farò. Fanno dieci cent, Mark.

— La mamma ha sentito?

— No.

— Allora sono solo cinque.

— Chi l'ha detto?

— Se sente uno solo di voi, è metà prezzo.

— Se lo sta inventando, papà — disse April.

— Lo so. Dieci cent. Mark.

— Merda — disse Mark, e sputò nel lavandino.

— Venti cent — disse Steve. — Vai a dare un bacio alla mamma e poi a letto.

— Perché tu non dici mai parolacce? — chiese Mark alla sorella, uscendo dal bagno.

— Le dico anch'io — rispose April. — Conosco delle parole anche più sporche delle tue.

— E allora come mai non te le sento mai dire?

— Perché io le dico al buio.

— È ridicolo — disse Mark.

— Forse, ma almeno non pago.

Mentre li aspettava nell'ingresso, Carella li sentì dare la buonanotte a Teddy in soggiorno. Improvvisamente si sentì molto stanco e ripensò di colpo a suo padre. Quando lui e Angela erano piccoli, tutte le sere suo padre leggeva per loro finché non si addormentavano. A volte Steve pensava che le favole della sera piacessero più a suo padre che a loro due. Adesso c'era solo la televisione.

— Ci vediamo domattina — disse April. Per lei era un rituale. Dirlo l'avrebbe reso vero: alla mattina li avrebbe certamente rivisti, se solo lo diceva tutte le sere. Steve accompagnò i gemelli nelle loro camere, adesso separate. Mise a letto Mark per primo.

— Mi piace dire parolacce — disse Mark.

— Okay, allora paga.

— Non è giusto.

— Niente lo è.

— Il nonno diceva che bisogna comportarsi sempre in modo giusto.

— Aveva ragione. Dovresti farlo.

— Ti manca?

— Sì. Moltissimo.

— Anche a me.

Steve gli diede un bacio sulla fronte.

— 'Notte, papà.

— Ti voglio bene.

— Ti voglio bene anch'io.

Andò nella stanza accanto, ascoltò le preghere di April e alla fine disse: — Buonanotte, angelo. Dormi bene.

— Ci vediamo domattina — disse April.

— Ci vediamo domattina.
— Sai, non è vero — disse la bambina — che dico le parolacce al buio.
— Molto meglio accendere una candela — rispose Steve, e sorrise.
— Eh?
— Ti voglio bene — disse Steve, e la baciò sulla fronte.
— Ti voglio bene anch'io. A domattina.
— A domattina.
Teddy lo aspettava in soggiorno. Seduta sotto la lampada stile Tiffany, stava leggendo. Mise giù il libro nel momento stesso in cui entrò Steve. Le mani chiesero Dimmi.
Steve le raccontò di aver seguito Tommy la sera prima. Le raccontò di averlo visto salire su una Honda Accord rossa guidata da una donna.
— Non so cosa dire ad Angela — disse.
Solo, prima accertati bene, gli fece segno Teddy.

L'informatore aveva detto di aver visto quei due di Washington, DC, uno di nome Sonny e l'altro di nome Dick, in un edificio abbandonato nei pressi della Ritter. Con loro c'era una ragazza. Non sapeva il nome della ragazza, che però non era di Washington, ma della città. Tutti e tre erano crack-dipendenti.
Era questa l'informazione in possesso di Wade e Bent.
L'avevano avuta poco dopo le nove di quella sera da un uomo che era lui stesso crack-dipendente e che aveva fornito volontariamente l'informazione perché la polizia l'aveva in pugno per una rapina in una farmacia della settimana prima. Aveva detto che in giro si diceva che la polizia stava cercando un tizio di nome Sonny, e che lui l'aveva visto in serata. Sonny, e quell'altro tizio, più una ragazza che non poteva avere più di sedici anni: stava collaborando, sì o no? Wade e Bent gli dissero che in effetti stava proprio collaborando, poi lo chiusero in una cella al piano di sotto ad aspettare il cellulare delle dieci.
L'edificio era dietro l'angolo della Ritter Avenue, in una via un tempo fiancheggiata da case eleganti, abitate per lo più da ebrei che si erano trasferiti lì una generazione dopo che i loro genitori avevano fatto il lungo viaggio dalla Polonia e dalla Russia per stabilirsi nelle strade laterali di Lower Isola. Gli ebrei se ne erano andati da molto tempo da quella zona di Riverhead. Il

quartiere era diventato portoricano, poi anche i portoricani se ne erano andati a causa dei proprietari che trovavano più conveniente abbandonare gli edifici a fitto bloccato piuttosto che mantenerli. Adesso Ritter Avenue e le laterali circostanti sembravano Londra, o Tokio o Berlino dopo la seconda guerra mondiale... solo che l'America non aveva mai subito bombardamenti aerei. Quella che una volta era stata una fiorente comunità commerciale e residenziale adesso era spoglia come un panorama lunare. C'era soltanto un precario miscuglio di rovine e di edifici sul punto di crollare. Qui non c'era alcuna finzione di recupero, nessun adesivo fantasioso di vasi di fiori che promettesse una futura ricostruzione; la giungla aveva già reclamato quello che un tempo era stato un quartiere ricco e vibrante.

Sonny e Dick e la ragazzina sedicenne erano presumibilmente imbucati al 3341 della Sloane, l'unico edificio ancora in piedi in mezzo a un campo di mattoni sbrecciati e cemento spaccato, materassi buttati via e rifiuti, cani randagi e ratti zampettanti. Le nuvole correvano veloci nel cielo con la luna sottile mentre gli agenti scendevano dall'auto e alzavano gli occhi sul palazzo. Qualcosa si mosse in una delle finestre sventrate.

Terzo piano.

Wade fece un segno.

Bert annuì.

Pensavano entrambi che ci fosse una candela accesa lassù. Troppo caldo per un fuoco, a meno che non stessero cuocendo qualcosa. Probabilmente se ne stavano semplicemente seduti attorno a una candela, a fumare erba. Sonny e Dick e la ragazzina sedicenne. Sonny, che aveva la pistola la sera in cui era stato ucciso Anthony Carella. Sonny, che forse aveva ancora quella stessa arma, a meno che non l'avesse venduta per comprarsi dell'altro crack.

Né Wade né Bent dissero una parola. Estrassero la pistola ed entrarono nell'edificio. Gli spari esplosero quando arrivarono sul pianerottolo del secondo piano. Quattro di fila, che frantumarono l'aria della sera, che spaccarono il silenzio, che fecero volare i due poliziotti uno a destra e l'altro a sinistra della scala, per togliersi dalla linea di fuoco. C'era qualcuno in cima alle scale. Passò una nuvola, che scoprì uno scampolo di luna e rivelò un uomo controluce al piano di sopra, enorme contro il cielo, con la pistola in mano. Ma fu solo un istante. La figura si rituffò nel buio. Ci furono dei rumori, uno scalpiccio frenetico, la risata nervosa di una ragazza, un mormorio sottovoce, e poi rapidi passi nel buio. Nessuno però scendeva la scala. Wade si mosse. Bent lo coprì, sparando in rapida successione tre colpi verso l'alto, nel vano delle scale. Poi i due poliziotti cominciarono a salire di corsa gli scalini, con le pistole che tagliavano l'aria davanti a loro. L'appartamento a destra delle scale era completamente vuoto, a parte una manciata di fiale vuote di crack e una gocciolante candela votiva in un portacandela rosso di vetro. I detective ci misero solo un istante per capire da dove fossero scappati tutti: c'era una scala antincendio sul retro del palazzo.

Ma in cima alle scale c'erano dei bossoli e adesso i poliziotti avevano qualcosa da confrontare con quelli che avevano trovato sul pavimento della A & L Bakery la sera in cui Anthony Carella era stato ucciso.

9

Il venerdì non riusciva a decidersi. Aveva minacciato pioggia fin dalla prima mattinata, con il cielo grigio color scarico-di-lavastoviglie che ogni tanto si trasformava in un pallido giallo mostarda che prometteva sole e che invece si scioglieva di nuovo in grigiastro. Alle sei di sera, il caldo e l'umidità tenevano ancora compagnia alla popolazione sofferente. Non c'era la minima traccia di vento che indicasse un temporale in arrivo, eppure il cielo sembrava rotolare con la promessa di pioggia.

Davanti al vecchio palazzo in pietra grigia della Centrale in High Street, Kling aspettava sul marciapiede davanti agli scalini bassi e piatti, osservando le truppe dirette a casa che uscivano dall'edificio. Tutti, invariabilmente, nell'attimo stesso in cui varcavano le grandi porte di bronzo in cima agli scalini alzavano gli occhi verso il cielo. Karin Lefkowitz emerse alle cinque e venti. Non guardò il cielo. Aveva uno di quei piccoli ombrelli pieghevoli e probabilmente del tempo non le importava niente. Aveva anche una borsa a tracolla, dove indubbiamente aveva messo le Reebok; al loro posto, adesso aveva scarpe di pelle con il tacco alto, blu per intonarsi all'abito di lino. Kling le si affiancò.

— Salve — le disse.

Sorpresa, Karin si voltò verso di lui con la mano stretta sull'ombrello, come preparandosi a sferrare un colpo.

— Oh, salve — rispose, riconoscendolo. — Mi ha spaventata.

— Mi dispiace. Avrebbe tempo per una tazza di caffè?

Karin lo guardò.

— Signor Kling... — cominciò.

— Bert — disse Kling, e sorrise.

— Riguarda il nostro colloquio di mercoledì?
— Sì.
— Allora devo dirle due cose. La prima è che, di qualunque cosa si tratti, ne vorrei discutere nel mio ufficio...
— Okay, quando vuole...
— ... e vorrei che fosse presente anche Eileen.
— Be', sono venuto qui da solo proprio perché non volevo che Eileen fosse presente.
— Discutere qualcosa che riguarda Eileen...
— Sì, riguarda proprio...
— ... sarebbe scorretto.
— E non è scorretto che lei ed Eileen discutiate di me?
— Lei non è mio cliente, signor Kling.
— Voglio solo raccontarle la mia versione.
Karin lo guardò.
— Solo una tazza di caffè, okay? — le disse Bert. — Dieci minuti.
— Be'...
— Per favore.
— Dieci minuti — disse Karin, e guardò l'orologio.

Era dalle tre che Steve Carella aspettava davanti alla banca e si chiedeva se e quando avrebbe cominciato a piovere. Adesso erano già le sei e mezzo e ancora niente pioggia. Non si era aspettato che Tommy uscisse alle tre, perché Tommy era un dirigente e partecipava a riunioni che a volte duravano anche fino a notte. Il lavoro di Tommy consisteva nel cercare di riscuotere prestiti concessi dalla banca. Se la banca faceva un prestito di tre milioni di dollari al proprietario di una fabbrica di cuscinetti a sfera di Pittsburgh e l'amico cominciava a saltare i pagamenti, spediva Tommy a vedere cosa potevano fare per aiutare quel tale a pagare il prestito. Alla banca non interessava diventare proprietaria di una fabbrica di cuscinetti a sfera, la banca lavorava per i soldi. Quindi, se riuscivano a trovare una soluzione con il debitore, tutti sarebbero stati contenti. Era quello il lavoro di Tommy, lavoro che lo portava in giro per tutto il paese, a volte perfino in Europa. Steve poteva capire come un'attività del genere potesse offrire occasioni per folleggiare. Sempre che uno ne avesse l'inclinazione, naturalmente.
Tommy uscì dalla banca alle sei e quaranta. C'era una donna

con lui, una brunetta attraente sui ventotto, ventinove anni. Era elegante, in tailleur e scarpe con il tacco alto; in mano aveva una valigetta. Guardandola dall'altro lato della strada, Steve non poteva dire se era la stessa donna che aveva visto in macchina la sera prima. Lasciò un vantaggio ai due e poi cominciò a seguirli, restando sull'altro lato della strada, camminando parallelamente e quasi al passo con loro.

Sembrava che non avessero niente da nascondere. Pensò che la donna fosse una collega. Passarono davanti al chiosco della metropolitana; nessuno dei due aveva in programma di prendere un treno. Continuarono a risalire la strada, passarono davanti a un garage senza fermarsi e continuarono a camminare per parecchi isolati, fino a un secondo garage. La donna entrò, con Tommy di fianco a lei. Aprì la borsetta e gli porse un biglietto giallo.

Steve fermò immediatamente un taxi.

Salì e mostrò il distintivo all'autista.

— Rimanga fermo qui — gli ordinò.

L'autista fece un sospiro. Poliziotti, pensò.

Tommy, davanti al gabbiotto del cassiere, pagò per ritirare l'auto parcheggiata nel garage. Tornò accanto alla donna. Ricominciarono a parlare. Steve li osservava dal sedile posteriore del taxi fermo sull'altro lato della strada.

Circa due minuti dopo, una Honda Accord rossa sbucò dalla rampa.

Era la stessa auto su cui Tommy era salito la sera prima.

In quella zona di tribunali e di edifici statali e municipali, non c'erano molti posti che restassero aperti dopo le cinque, le sei, quando le strade del quartiere diventavano deserte come quelle di una città fantasma. Ma in fondo all'isolato, più vicino a un'area residenziale, c'era una tavola calda nella cui vetrina un cartello annunciava l'apertura fino alle ore 21.

Kling sollecitò Karin a ordinare qualcosa da mangiare.

Gli odori che venivano dalla cucina erano estremamente invitanti.

Karin ammise che stava morendo di fame e disse che le ci sarebbe voluta un'ora o più per tornare a casa; abitava al di là del fiume, nello stato vicino.

Kling le suggerì il *pastrami* caldo.

Karin gli disse che adorava il *pastrami*. Gli disse anche che, da bambina, sua madre la portava sempre a passeggio nel quartiere...

— Sa, io sono ebrea...

— Sul serio?

— Sì. Passavamo davanti a quelle meravigliose tavole calde. Ma non mi lasciava mai mangiare niente di quello che servivano là dentro. Mi era permesso soltanto di fermarmi fuori ad annusare. "Annusa" mi diceva. "Annusa bene, Karin."

Sorrise al ricordo, sebbene a Kling questa sembrasse una punizione insolita e straordinariamente crudele.

— Allora, cosa prende? — le domandò.

Karin ordinò un sandwich di pane di segale e *pastrami* caldo, Kling un panino con semi di sesamo e *pastrami*. Tutti e due ordinarono birra alla spina. Sul tavolo c'era una grossa ciotola di cetriolini sottaceto. Mangiarono i sandwich, allungando ogni tanto una mano per i cetriolini, bevendo birra. C'era solo una manciata di clienti nel locale: uomini in camicia con le maniche corte e donne in abiti estivi. L'atmosfera era quieta nell'attesa della pioggia.

— Allora, perché voleva parlarmi? — chiese Karin.

— Non mi piace quello che è successo mercoledì.

— Che cosa non le è piaciuto?

— Il modo in cui lei ed Eileen vi siete coalizzate contro di me.

— Nessuna di noi due ha...

— Perché non è vero, sa? Che quello che è successo a Eileen sia stata tutta colpa mia, voglio dire.

— Nessuno lo ha detto, signor Kling.

— E vorrei tanto che mi chiamasse Bert.

— Non credo che sarebbe opportuno.

— Come chiama Eileen?

— Eileen.

— Allora perché non è opportuno chiamarmi Bert?

— Gliel'ho detto: Eileen è mia cliente. Lei no. E anche se può essere vero che lei non è responsabile di...

— Lasci perdere i ma: non è vero.

— Non sto dicendo che lo sia. Sto dicendo solo che quella era la percezione di Eileen. Cosa che, per inciso, adesso è finita.

— Be', lo spero. Se a Eileen piace pensare a se stessa come a una specie di damigella in pericolo...

— Sono sicura di no. Anzi, non lo ha mai fatto.

— Io penso di sì, per quanto riguarda il fatto che io ho dovuto eliminare quel tale. Damigella in pericolo, donna in situazione rischiosa... come preferisce. Quando la semplice verità è che Eileen era un poliziotto di fronte a un omicida plurimo. Era suo dovere eliminarlo. Ha fatto solo il suo maledetto mestiere.

— Sarebbe bello se fosse così semplice — disse Karin, e diede un morso al sandwich. — Ma non lo è. Eileen era stata violentata. E, sfortunatamente, lo stupratore assomigliava a lei. Per cui, quando in seguito lei si è immischiato in una situazione che...

— Non lo sapevo.

— Lo stupratore era biondo. Come lei.

— Non lo sapevo.

— Ed era armato con un coltello. L'ha anche ferita. Eileen era assolutamente terrorizzata.

— Sì, lo so.

— E adesso ecco un secondo uomo armato di coltello che sta per aggredirla. Ed Eileen è sola con lui perché lei le ha fatto perdere i rinforzi...

— Io non ho deliberatamente...

— Però l'ha fatto. Questa non è solo la percezione di Eileen: è la realtà. Se lei quella sera se ne fosse rimasto a casa, Eileen avrebbe avuto due detective abili e esperti che la seguivano, ed è probabile che non si sarebbe trovata in una situazione di pericolo. Però ci si è trovata. A causa sua.

— Okay. Mi dispiace che sia successo. Ma...

— E si sbaglia quando dice che Eileen doveva eliminarlo. Non ce n'era bisogno. La sua percezione era che quell'uomo l'avrebbe ferita con il coltello, se non l'avesse fermato. Ma non c'era bisogno di ucciderlo per fermarlo. L'uomo aveva soltanto un coltello, mentre Eileen aveva il suo revolver di servizio, una Smith & Wesson calibro 44, più un'Astra Firecat calibro 25 nella fondina fissata alla caviglia, più un coltello a serramanico nella borsetta. Avrebbe potuto spararg li a una spalla, a una gamba. Sarebbe stato più che sufficiente per fermare quell'uomo. Il punto è che Eileen voleva ucciderlo.

Kling stava scuotendo la testa.

— Sì — disse Karin. — Voleva ucciderlo. Anche se quello non era l'uomo che lei voleva veramente uccidere. Quello che voleva uccidere davvero era l'uomo che l'aveva violentata e ferita e che somigliava a lei. Se non fosse stato per lo stupratore biondo, Eileen non avrebbe dovuto uccidere quell'uomo. Se non fosse stato per lei...

Kling scuoteva la testa. No, no, no.

— Se non fosse stato per lei, signor Kling, Eileen non avrebbe ucciso quell'uomo. Ti avevo dato una possibilità, continuava a dirgli Eileen, e intanto gli sparava nella schiena. Intendeva dire che aveva dato una possibilità a lei, signor Kling. Per dimostrare che credeva ancora in lei...

— Ma io credevo in lei. Io credo in lei.

— Non è vero. Lei l'ha seguita nella Canal Zone...

— Sì, ma solo per...

— Perché non si fidava di lei, Bert. Non pensava che Eileen potesse badare a se stessa. È stata la sua mancanza di fiducia che ha provocato il malinteso con i rinforzi, che ha provocato il confronto con l'assassino e che in seguito ha provocato l'omicidio.

— Non è stato omicidio, è stata legittima di...

— È stato omicidio.

— Giustificato.

— Forse.

Fuori ci fu il rumore dolce della pioggia che picchiettava il marciapiede. Tutti e due alzarono gli occhi.

— Piove — disse Kling.

— Sì — disse Karin.

— Vanno nella zona residenziale — osservò il tassista.

— Non li perda — disse Steve Carella.

I tergicristalli spazzavano la pioggia leggera. I pneumatici sibilavano sull'asfalto. Davanti a loro, la Honda rossa marciava regolare attraverso la cortina grigia della pioggerellina e del crepuscolo. Steve era piegato in avanti, appoggiato allo schienale del sedile anteriore, e guardava attraverso il parabrezza.

— Si fermano — annunciò il tassista.

— Arrivi fino all'angolo.

Carella girò la testa mentre passavano di fianco alla Honda e poi guardò dal lunotto posteriore per non perderla di vista. Adesso la donna stava parcheggiando lungo il marciapiede, di fronte a un campo giochi dove i bambini si erano riparati sotto gli alberi e guardavano la pioggia.

Carella pagò il tassista, gli diede la mancia, scese e si tuffò nel vano di un portone proprio mentre Tommy scendeva dalla Honda. Un momento dopo la donna lo raggiunse sul marciapiede. Insieme, corsero sotto la pioggia fino a una casa d'arenaria che distava circa sei metri da dove avevano parcheggiato. Li osservò entrare nell'edificio. Risalì la strada.

Il cercapersone ronzò mentre stava prendendo nota dell'indirizzo.

Brown l'aspettava sotto la pioggia.

La donna era distesa sul marciapiede, sotto gli alberi. Il sangue colava dal corpo, si mescolava alla pioggia e, diluito dall'acqua, correva in piccoli rivoli nella cunetta di scolo. I lunghi capelli biondi si aprivano a ventaglio attorno alla testa. Le gocce di pioggia cadevano negli occhi azzurri spalancati. Pioveva anche quando il padre di Carella, tre anni prima, era stato portato in ospedale per un attacco di cuore. Una delle infermiere che camminavano di fianco alla barella, dopo che l'avevano scaricata dall'ambulanza, aveva detto: "Non gli piace". L'altra infermiera aveva detto: "Gli piove in faccia", e aveva coperto il viso di Anthony Carella con un giornale. Suo padre aveva sempre raccontato quella storia con divertimento. Perché lui aveva un grave attacco di cuore e le infermiere si preoccupavano per la pioggia che gli cadeva in faccia. Grande capo Pioggia in Faccia, diceva scherzando.

Distesa sulla schiena con i capelli biondi sparsi sull'asfalto viscido e grigio, il viso devastato dall'impatto dei proiettili, Margaret Schumacher non si preoccupava della pioggia in faccia.

— Quando è stato? — chiese Carella.

— Boy One ha chiamato un'ora fa.

— Chi l'ha trovata?

— Quel ragazzino laggiù, sotto il tendone del palazzo.

Carella guardò più su nella strada, verso un ragazzo bianco sui sedici anni in piedi vicino al portiere.

— Ha visto tutto — disse Brown. — Ha gridato all'assassino, si è anche fatto sparare. È corso dentro il palazzo e ha fatto chiamare il 911 dal portiere. Boy One ha risposto alla chiamata.

— Quelli della Omicidi sono già arrivati?

— No, grazie a Dio — rispose Brown, roteando gli occhi.

— Andiamo a parlargli.

Sotto la pioggia, si avvicinarono al portiere che stava dando consigli al ragazzo su come gestire i colloqui con i poliziotti. Era lo stesso portiere di servizio la sera in cui erano stati uccisi Arthur Schumacher e il suo cane. Adesso la moglie di Schumacher giaceva morta sul marciapiede, quasi nello stesso punto; stava diventando una vera e propria epidemia. Carella si presentò e poi disse: — Vorremmo farti qualche altra domanda, se sei d'accordo.

Non stava parlando al portiere, che tuttavia intervenne immediatamente: — Ho chiamato il 911 appena il ragazzo è corso dentro.

— Grazie, gliene siamo grati — disse Carella, e poi, rivolto al ragazzo: — Come ti chiami, figliolo?

— Penn Halligan.

— Puoi dirci cos'è successo?

Il ragazzo era tanto bello da sembrare quasi effeminato: grandi occhi scuri con lunghe ciglia nere, un viso di porcellana con zigomi alti e una bocca da arco di Cupido, lunghi capelli neri molli di pioggia sulla fronte. Alto e snello, era in piedi sotto il tendone con il portiere e i detective, le mani nelle tasche della giacca a vento di nylon blu. Tremava visibilmente; l'aveva scampata per un pelo.

— Stavo tornando a casa dalla lezione — rispose. — Io prendo lezioni di recitazione.

Carella annuì. Stava pensando che Halligan era abbastanza bello da diventare una stella del cinema. Anche se ormai la bellezza non era più un requisito essenziale.

— Sullo Stem — proseguì il ragazzo, indicando la direzione con un movimento della testa. — Sopra il cinema Orpheum. Ci vado al lunedì, mercoledì e venerdì pomeriggio, dalle cinque alle sette. Stavo tornando a casa quando… — Scosse la testa. Il ricordo lo fece tremare di nuovo.

— Dove abiti? — gli domandò Brown.

— In fondo all'isolato. 1149 Selby.

— Okay. Cos'è successo?

— Sto voltando l'angolo quando vedo un tale che parte da quegli alberi — si voltò per indicare con il dito — e attraversa di corsa la strada. La signora bionda stava camminando verso di me, su questo lato della strada, e quell'uomo ha attraversato quasi in diagonale, correndo dagli alberi verso di lei, in rotta di collisione. Io stavo giusto voltando l'angolo, ho visto tutto.

— Raccontaci quello che hai visto — gli disse Carella. — Non tralasciare niente.

Con la testa incassata nelle spalle per la pioggia, una pioggia gentile e dolce, Penn Halligan ha camminato fino alla Selby e sta voltando l'angolo della sua strada quando vede questa signora bionda che viene verso di lui. Una bionda alta e attraente, che indossa una mini corta e aderente e corre nella pioggia, anche se sopra la testa ha un ombrello bianco e arancione brillante, uno di quegli ombrelli enormi che sembrano fatti per riparare un baracchino di hot dog. I tacchi alti ticchettano sul marciapiede, la pioggia cade dappertutto e Penn pensa che si tratta proprio di una giovane mamma sexy, che, gli hanno detto, è il tipo di donna più appassionato che si possa trovare, una giovane mamma...

Carella improvvisamente si chiede se i lineamenti delicati del ragazzo non abbiano mai sollevato interrogativi sulla sua virilità. Altrimenti perché quel commento gratuito su una donna che adesso è distesa sul marciapiede, morta, a meno di sei metri?

... viene verso di lui nella pioggia, le lunghe gambe che volano nella pioggia, e Penn all'improvviso vede un movimento con la coda dell'occhio, alla sua sinistra. All'inizio solo una macchia confusa, quasi un'ombra, un'ombra nera che esce dall'ombra ancor più nera degli alberi dall'altra parte della strada che vola sull'asfalto nero e bagnato, che quasi si confonde con il nero dell'asfalto e il grigio della pioggia. C'è una pistola nella sua mano.

L'uomo è vestito completamente di nero. Indossa una specie di tuta come quelle che portano i meccanici, tutte sporche di grasso, solo che questa è completamente nera e l'uomo ha anche i calzini neri e le scarpe nere da corsa, e un berretto di lana nero calato fin quasi sugli occhi e ha la pistola tesa in avanti. Avete mai visto *Psycho*? Vi ricordate quando Tony Perkins esce da quella porta al piano di sopra, con quel coltello per il pane sollevato sopra la testa, e corre sul pianerottolo per pugnalare Martin Balsam? È travestito da donna, vi ricordate? Perché il pubblico deve pensare che sia la madre pazza di Anthony Perkins che si precipita fuori, ma è il coltello tenuto sopra la testa in quel modo rigido che ti spaventa da morire. Be', questo tizio in nero...

E Carella improvvisamente sa che il ragazzo ha visto una donna.

... attraversa di corsa la strada con la pistola già puntata sulla bionda, tiene la pistola tesa in avanti in un modo rigido, la pistola sembra seguire la bionda che cammina, come seguendola su un radar, come l'ago di una bussola o qualcosa del genere. La donna non vede l'uomo, che si muove molto velocemente, come un ballerino, come un torero...

E Carella adesso è sicuro che è di una donna che il ragazzo sta parlando...

... Va verso di lei, che è coperta dall'ombrello bianco e arancione, che non lo vede nemmeno. Penn Halligan è il solo a vederli tutti e due: la bionda che viene verso di lui e il tizio che attraversa la strada di corsa con la pistola in pugno. È il solo che sa cosa sta per succedere. È come una macchina fotografica. La sua prima reazione è di gridare...

"Ehi!" grida il ragazzo. "Ehi!"

L'uomo continua a correre. La bionda alza lo sguardo perché sente il grido. All'inizio pensa che sia Halligan quello di cui preoccuparsi, è lui quello che sta urlando. Halligan è un pazzo maniaco in quella città piena di pazzi maniaci. Halligan sta venendo verso di lei dall'angolo e urla. La bionda non ha ancora visto l'uomo in nero, non sa ancora che c'è una pistola puntata alla sua testa, non si rende ancora conto che la minaccia sta venendo verso di lei in diagonale dall'altro lato della strada, e adesso è a tre metri da lei, due...

"Ehi!" urla di nuovo Halligan. "Fermati!"

... due metri, uno...

E la pistola spara. Bam, bam, nell'aria bagnata della sera, ancora bam, e ancora. Quattro spari che spezzano il battito regolare della pioggia. "Ehi!" urla Halligan, e l'uomo si volta calmo a guardarlo, mentre la bionda cade al rallentatore sul marciapiede dietro di lui. L'uomo si volta, anche lui al rallentatore, improvvisamente tutto è al rallentatore: la bionda che cade, quasi sgretolandosi al rallentatore, la pioggia che cade al rallentatore e ogni goccia d'argento è netta e nitida contro il nero della sera, la pistola che si gira al rallentatore, poi un lampo giallo e lo scoppio che segue, con un riverbero nell'aria pesante di pioggia. Halligan pensa: Gesù Cristo! E la pistola spara di nuovo.

Halligan si è già buttato a terra, sul marciapiede, e sta rotolando; ha visto un mucchio di film, non per niente studia recitazione. Rotola nella direzione opposta alla mano con la pistola. Il killer è destro, la pistola è nella mano destra e Halligan non rotola verso la pistola, ma dall'altra parte. Bisogna guardarli con attenzione, i film. Si aspetta un altro sparo, non ha contato i colpi:

quando stai per fartela addosso non conti gli spari che esplodono nella sera. Sa che morirà entro i prossimi dieci secondi, sospetta che la bionda rattrappita in un mucchietto scomposto e sanguinante sul marciapiede sia già morta, sente i passi dell'uomo che martellano nella pioggia martellante...

Una donna, pensa Carella.

... verso il punto dove Halligan è disteso, contro la parete in mattoni del palazzo, in attesa dello sparo fatale, è un miracolo che non sia stato ancora colpito, è un miracolo che non sia già morto...

Sente un click e un altro click e un'imprecazione sibilata nella sera. L'uomo si volta e corre via. Halligan non lo vede correre, sente soltanto i passi nella sera, nella pioggia, che corrono via e si allontanano, si allontanano e finalmente svaniscono. Halligan se ne sta disteso contro la parete a tremare, poi finalmente si alza in piedi e si accorge che se l'è fatta addosso davvero, oppure si era disteso in una pozzanghera. Guarda nel buio, nella pioggia. L'uomo se ne è andato.

— Poteva essere una donna? — chiese Carella.

— No. Era certamente un uomo — rispose Halligan.

— Sei sicuro che non fosse mancino? — gli domandò Brown.

— Assolutamente.

— Teneva la pistola con la destra?

— Sì.

— Poi cos'hai fatto? — chiese Brown. — Dopo che se ne è andato?

— Sono venuto qui e ho raccontato al portiere quello che avevo visto.

— Io ho chiamato subito il 911 — intervenne il portiere.

— Tu sei proprio sicuro che non era una donna, eh? — domandò Carella.

— Sicurissimo.

— Okay — disse Carella, e pensò che forse era stato soltanto per il riferimento a Tony Perkins travestito da donna.

— Ho chiamato subito il 911 — ribadì il portiere.

Trovarono Betsy Schumacher il giorno dopo.

O meglio: fu lei a trovare loro.

Stava ancora piovendo.

Brown e Carella erano sul punto di andarsene. Il turno era finito alle quattro meno un quarto e, quando la ragazza entrò in sala agenti, erano già le quattro e un quarto. Gocciolava acqua nel suo impermeabile giallo e berretto giallo, con i capelli biondi e diritti che le ricadevano ai lati del viso.

— Sono Betsy Schumacher — annunciò. — Ho saputo che mi stavate cercando.

Betsy Schumacher. La figlia ostile di Arthur Schumacher. Che Brown e Carella avevano cercato di trovare a partire dal momento dell'omicidio del padre, perché, tanto per dirne una, era stata nominata nel testamento come beneficiaria del venticinque per cento del patrimonio.

Ed eccola lì.

— Ho saputo di Margaret dal giornale — disse.

Come tutti in città. Per i giornali era chiaramente festa grande. Prima una bella amante bionda in un nido d'amore, poi il suo più anziano amante, e poi l'ugualmente bella ed egualmente bionda moglie dell'anziano amante. Era quello il materiale di cui erano fatti i titoli dei giornali in America. Ma quando si è innamorati, tutto il mondo è biondo, pensò Carella. Perché ecco qui un'altra bellezza senza rossetto e senza ombretto, con un impermeabile e un berretto di un giallo più brillante dei capelli color miele e gli occhi color fiordaliso spalancati in un viso come quello della sorella e, pensandoci bene, anche come quello della madre.

— Ho pensato che avrei fatto meglio a venire qui — disse la ragazza, e si strinse teatralmente nelle spalle. — Prima che cominciassero a venirvi delle idee.

Il gesto di stringersi nelle spalle sembrò ancor più fanciullesco, considerando che Betsy Schumacher aveva trentanove anni. Non era una ragazzina, quella donna in piedi, nonostante la carnagione rugiadosa e l'aspetto fresco. Suo padre l'aveva definita come un'anziana hippie e sua madre aveva corroborato la descrizione: "Betsy è un'hippie di trentanove anni e siamo in luglio. Potrebbe essere ovunque".

— Dov'era, signorina Schumacher? — le chiese Carella.

— Nel Vermont.

— Quando ci è andata?

— Domenica scorsa. Subito dopo il funerale. Doveva riflettere.

Carella si chiese se avesse riflettuto su come spendere i soldi.

— Come ha saputo che la stavamo cercando?

— Me lo ha detto la mamma.

— Le ha telefonato o cosa? — domandò Brown.

Una domanda trabocchetto. Gloria Sanders aveva dichiarato di non sapere dove si trovasse sua figlia.

— Le ho telefonato io — disse Betsy. — Quando ho letto di Margaret.

— Cioè quando?

— Ieri.

— Sua madre come ha reagito alla notizia?

— Con gioia — rispose Betsy e sorrise maliziosamente. — E anch'io.

— Quindi sua madre le ha detto che volevamo parlare con lei?

— Sì. Così ho pensato che avrei fatto meglio a venire. Posso togliermi l'impermeabile?

— Certo — disse Carella.

Betsy aprì i fermagli dell'impermeabile e se lo fece scivolare dalle spalle e dalle braccia. Indossava una mini in tessuto jeans sbiadito, sandali un po' malconci e una maglietta bianca e sottile con le parole SALVATE LE BALENE stampate sul davanti. Non indossava reggiseno. I capezzoli increspavano le parole SALVATE sul seno destro e BALENE su quello sinistro. L'articolo LE ricadeva sullo sterno neutrale. Non si tolse il cappello, floscio sulla testa come un girasole avvizzito e bagnato i cui petali le incorniciavano il viso. Si guardò intorno, cercando un posto dove appendere l'impermeabile, vide un attaccapanni nell'angolo, accanto alla fontanella dell'acqua, e andò ad appendere l'impermeabile a uno dei pioli. Già che era lì, bevve un sorso d'acqua, chinandosi sulla fontanella con la gonna jeans che si tendeva sulle natiche, e poi tornò dai detective che l'aspettavano. Sul viso aveva un sorriso leggero e segreto, come se avesse saputo che i due uomini le avevano ammirato il sedere. Cosa che in effetti avevano fatto.

— Allora, cosa volete sapere? — domandò Betsy, accomodandosi sulla sedia di fianco alla scrivania di Carella e accavallando le gambe, con la gonna che saliva incurante. — Non ho ucciso la puttanella, e non ho ucciso neppure la signora Schumacher...

Lo stesso accento malevolo al titolo formale e reale della donna morta.

— E di sicuro non ho ucciso quel fottuto bastardo.

Povero Amos, pensò Brown.
— Ho tralasciato qualcuno? — chiese Betsy, e sorrise in quella che Carella poteva solo interpretare come una sfida da hippie stronza, una sfida di quelle che Betsy doveva aver esibito fin troppo spesso a partire dall'epoca in cui il mondo era giovane, nessuna donna portava il reggiseno, tutti avevano lunghi capelli biondi e tutti i poliziotti erano dei porci.
— Nessuno, mi pare — le rispose, e si voltò verso Brown. — Ti viene in mente nessun altro, Artie?
— Accidenti, no. A parte forse suo padre.
— Ah, giusto, giusto — disse Carella. — È stato ucciso anche lui, no? Suo padre, intendo.
Betsy lo guardò accigliata.
— Ma cominciamo con il primo omicidio — proseguì Carella. — L'amante, Susan Brauer. È successo martedì sera, il diciassette. Ci può dire...
— Ho bisogno di un avvocato? — domandò Betsy.
— No, a meno che non ne desideri uno — rispose Carella. — Ma sta solo a lei decidere.
— Perché, se volete chiedermi dov'ero e tutte quelle altre stronzate...
— Sì, vogliamo chiederle dov'era — confermò Brown.
E anche tutte quelle altre stronzate, pensò.
— Allora forse ne ho bisogno — disse Betsy.
— Perché? Era dove non sarebbe dovuta essere?
— Non ricordo dov'ero. Non so neppure quando è stato.
— Oggi è sabato ventotto — disse Carella. — È successo undici giorni fa.
— Martedì sera — aggiunse Brown.
— Il diciassette — disse Carella.
— Allora ero nel Vermont.
— Pensavo che fosse andata nel Vermont dopo il funerale di suo padre.
— Ci sono tornata. Sono là dall'inizio di luglio.
— Sua madre lo sapeva?
— Io non dico a mia madre tutto quello che faccio.
— Dov'era, nel Vermont? — chiese Brown.
— Ho una casetta che mi ha regalato mio padre dopo il divorzio. Penso che cercasse di ammorbidirmi. Così mi ha regalato la casetta.

— Dove?
— Nel Vermont, ve l'ho già detto.
— Dove, nel Vermont?
— Green River. È una casetta nei boschi. Penso che gliel'abbia data un suo cliente anni fa, invece di pagargli la parcella. È successo ancor prima che sposasse la mamma. Io ero a pezzi, lì in mezzo ai boschi, e papà mi ha chiesto se la volevo. Certo, gli ho risposto. A caval donato non si guarda in bocca, no?
Carella stava pensando che Betsy non avrebbe mai detto a suo padre neppure l'ora, però aveva accettato una casetta da lui.
— Comunque ci vado spesso — disse Betsy. — Per allontanarmi dalla corsa dei topi.
— E sua madre non ne è al corrente, eh? — disse Brown. — Non sa che lei va spesso nel Vermont per allontanarsi dalla corsa dei topi?
— Sono sicura che la mamma sa che vado nel Vermont.
— Ma non sapeva che lei c'era andata il primo luglio...
— All'inizio di luglio. Il cinque, per l'esattezza. E non ricordo se l'avevo detto o no alla mamma.
— Comunque lei era là quando è stata uccisa Susan Brauer, giusto?
— Se è stata uccisa il diciassette, sì, ero là.
— C'era qualcuno con lei?
— No. Ci vado sempre da sola.
— Come ci arriva? — le chiese Carella.
— In macchina.
— La macchina è sua? Oppure ne noleggia una?
— Ho la mia macchina.
— Così lei va nel Vermont con la sua auto.
— Sì.
— Tutta sola?
— Sì.
— Quanto tempo ci mette per andarci?
— Tre ore, tre ore e mezzo. Dipende dal traffico.
— E ci mette lo stesso tempo per tornare indietro, suppongo.
— Sì.
— Quand'è tornata in città?
— Cosa vuol dire?
— Lei ha detto di essere andata nel Vermont il cinque...
— Sì, sono tornata subito dopo la telefonata di mia sorella.

— Quando è stato?
— Il giorno dopo che mio padre è stato ucciso. Mi ha telefonato per darmi la notizia.
— Che suo padre era stato assassinato.
— Sì.
— Perciò sua sorella sapeva che lei era nel Vermont.
— Sì.
— Quindi sia sua madre sia sua sorella hanno il numero di telefono del Vermont.
— Sì, ce l'hanno tutte e due.
— E così, il giorno dopo che suo padre è stato ucciso, sua sorella le ha telefonato.
— Sì.
— Dovrebbe essere stato sabato ventuno.
— Se lo dite voi.
— Che ore erano?
— Mi ha telefonato di mattina presto.
— E lei dice di essere tornata in città subito dopo la telefonata di sua sorella?
— Be', prima ho telefonato a mia madre. Dopo aver parlato con mia sorella.
Cosa che corrispondeva a quanto aveva dichiarato Gloria Sanders.
— Di che cosa avete parlato?
— Se dovevo andare o no al funerale.
Anche questo corrispondeva.
— E così ha deciso?
— Di andare.
— A che ora è partita dal Vermont?
— Ho fatto colazione, mi sono preparata e ho fatto il bagaglio... Dovevano essere all'incirca le undici quando sono uscita.
— Ed è venuta dritta in città, vero?
— Sì.
— E ci ha messo tre ore, tre ore e mezzo, giusto? — le chiese Brown.
— Più o meno. Sì.
Brown e Carella stavano pensando entrambi che il Vermont non è alla fine del mondo. Ci si può arrivare in tre ore. Si può essere in città ad ammazzare qualcuno la sera ed essere di nuovo

nel Vermont la mattina dopo per ricevere una telefonata. La gente può vederti andare e venire dal Vermont, in un negozio, in un forno, in una libreria, in un bar, e nessuno saprebbe se te ne stai nella tua casetta nel bosco o se fai il pendolare avanti e indietro in città per uccidere.

— Sapeva che, in base alle disposizioni di suo padre, lei eredita il venticinque per cento del patrimonio? — domandò Carella.

— Sì, lo sapevo.

— Come faceva a saperlo?

— La mamma ce lo ripeteva continuamente.

— Cosa intende con "continuamente"?

— Be', sempre. Di sicuro ce ne parlava sempre all'epoca in cui lei e papà stavano discutendo l'accordo di divorzio... Non eravamo bambine, è successo soltanto due anni fa. La mamma ci diceva che non gli avrebbe mai concesso il divorzio se non ci avesse nominato tutte e due nel testamento. Io e Lois. Per metà del patrimonio. Insieme, cioè. Per dividere tra noi metà del patrimonio. L'abbiamo saputo allora, e da quel momento la mamma non ha mai smesso di ripeterci la storia, con grande soddisfazione e orgoglio. Perché pensava di aver fatto qualcosa di molto buono per noi. Il che era vero.

— Dove si trovava venerdì sera, signorina Schumacher? — le chiese Brown.

— Nel Vermont. Gliel'ho già detto.

Di nuovo il sorriso hippie. Certamente la figlia di sua madre. Niente giochetti, prego. Solo fatti.

— Non era qui in città?

— No. Ero nel Vermont.

— C'era qualcuno con lei?

— Gliel'ho detto: ci vado sempre da sola.

— Non le ho chiesto se ci è andata con qualcuno — ribatté Brown gentilmente. — Le ho chiesto se c'era qualcuno con lei la sera in cui Margaret Schumacher è stata assassinata.

— No. Ero in casa da sola. A leggere.

— Cosa ha letto? — le domandò Carella.

— Non mi ricordo. Io leggo molto.

— Che tipo di libri?

— Narrativa, per lo più.

— Legge romanzi gialli?

— No. Io odio i gialli.

— Lei ha detto di aver letto dell'omicidio di Margaret Schumacher sul giornale...
— Sì.
— Un giornale del Vermont?
— No. Ho preso uno dei nostri giornali al...
— Nostri giornali?
— Sì. Un giornale di qui, della città. Arrivano anche su da noi nel Vermont, sa?
— Così lei ha visto il titolo in prima pagina...
— Non c'era il titolo in prima pagina. Non nel giornale che ho comprato io. La notizia era a pagina quattro della cronaca cittadina.
— L'articolo sull'omicidio della signora Schumacher.
— Sì. L'omicidio della signora Schumacher.
Il titolo ripetuto con disprezzo, tanto da farlo sembrare quasi sporco.
— E dice di essersi sentita felice...
— Be', forse ho usato un termine un po' troppo forte.
— Che termine userebbe adesso?
— Contenta. Quell'articolo mi ha reso contenta.
— Leggere del brutale assassinio di una donna...
— Sì.
— Le hanno ripetutamente sparato alla testa e al petto...
— Già.
— E leggere questo l'ha resa contenta.
— Sì — ripeté Betsy. — Sono contenta che qualcuno l'abbia uccisa.
I due detective la guardarono.
— Era una lurida cagna che ci ha distrutto la vita. Pregavo sempre che cadesse da una finestra o finisse sotto un autobus, ma non è mai successo. Be', adesso qualcuno l'ha fatta fuori. Qualcuno l'ha sistemata. E questo mi rende contenta, sì. Anzi, mi riempie di gioia, sì, è questo il termine giusto. Sono sopraffatta dalla gioia perché è morta. Vorrei solo che le avessero sparato una ventina di volte e non soltanto quattro.
C'era un sorriso soddisfatto in viso.
Non si discuteva con un sorriso del genere.
Ci si poteva soltanto chiedere se i giornali avevano pubblicato davvero l'informazione che Margaret Schumacher era stata uccisa con quattro colpi.

Si stava facendo tardi.

Stavano parlando nel soggiorno della casa che Angela aveva diviso con Tommy fino a poco tempo prima, mentre Tess, la loro bimba di tre anni, dormiva nella stanza sul retro. Angela stava dicendo a suo fratello che moriva dalla voglia di una sigaretta, ma che il dottore le aveva proibito di fumare, dato che era incinta. Improvvisamente Carella pensò a Gloria Sanders, che moriva dalla voglia di una sigaretta quando l'avevano interrogata all'ospedale. Non riusciva a scuotersi di dosso la sensazione persistente che Penn Halligan avesse descritto una donna che correva sotto la pioggia. O forse quell'immagine era determinata dal fatto di sapere che tre donne erano sopravvissute ad Arthur Schumacher: due figlie e un'ex moglie che lo odiava.

— Ma ormai non manca molto — disse Angela.

— Dovresti smettere comunque di fumare — disse Steve.

— È difficile smettere — disse Angela e si strinse nelle spalle.

Il padre non aveva mai saputo che Angela fumasse. O almeno aveva fatto finta di non saperlo. Steve ricordava una domenica pomeriggio, con tutta la famiglia riunita... Questo accadeva quando anche lui fumava ancora. Molto tempo prima. Poco dopo il matrimonio di Angela e Tommy. Era stata una domenica di Pasqua? O per Natale? C'era tutta la famiglia riunita. Avevano appena terminato il grande pranzo del pomeriggio, che nelle famiglie italiane è sempre una festa, e lui, Steve, si era passato una mano sulle tasche e si era accorto di aver finito le sigarette. Aveva attraversato la stanza e si era avvicinato ad Angela, seduta davanti al vecchio pianoforte verticale. Stava suonando tutte le canzoni che aveva imparato da bambina, anche se era una donna adulta ormai, con un marito. Steve le aveva chiesto: "Sorellina, hai una sigaretta?". E Tony Carella, seduto sulla sedia a dondolo ad ascoltare la figlia che suonava, aveva scosso di colpo la testa e si era messo un dito sulle labbra, zittendo Steve, facendogli capire che suo padre non doveva sapere che la sua adorata bambina fumava. Quel vecchio ipocrita furbastro.

Carella sorrise al ricordo.

— Dicono che è più facile smettere la cocaina che la nicotina — disse Angela.

— Ma tu hai già smesso — le disse Steve. — Ormai sono passati otto o nove mesi. Questo significa smettere.

— Ho ancora voglia di una sigaretta.
— Anch'io.
— E me ne farò una. Appena nasce il bambino...
— Vorrei che non lo facessi.
— E perché cavolo no?
E improvvisamente stava piangendo.
— Ehi — le disse Steve.
Angela scosse la testa.
— Ehi, su...
Angela alzò una mano in un gesto di blanda protesta, continuando a scuotere la testa. Steve le si avvicinò lo stesso e le mise un braccio attorno alle spalle. Le porse il suo fazzoletto.
— Ecco. Asciugati gli occhi
— Grazie.
Angela si asciugò gli occhi.
— Posso soffiarmi il naso? — gli domandò.
— E da quando me lo chiedi?
Angela si soffiò il naso e tirò su. Si asciugò di nuovo gli occhi.
— Grazie — ripeté, e gli restituì il fazzoletto.
— Le sigarette significano tanto per te, eh?
— Non le sigarette — disse Angela, e scosse la testa.
— Dimmi.
— È che ho pensato: a cosa serve? Se anche mi fumo il cervello, se muoio di cancro, a chi importa?
— A me, per esempio.
— Già, a te. — Sembrò di nuovo sul punto di piangere.
— Perché credi che Tommy abbia una storia? — le domandò Steve.
— Perché lo so.
— Come fai a saperlo?
— Per il modo in cui si comportava ultimamente. Non ho trovato fazzoletti sporchi di rossetto in giro e non è che avesse addosso un profumo strano quando tornava a casa, però...
— Però, cosa?
— Lo so e basta, Steve. Si comporta in modo diverso. Ha la testa da un'altra parte, ha un'altra donna. Lo so.
— In che senso si comporta in modo diverso?
— È... diverso. Si agita e si rivolta nel letto per tutta la notte... come se stesse pensando a un'altra, come se non riuscisse a togliersela dalla testa e non potesse dormire...

— Cos'altro?
— Io gli parlo e lui si distrae. Lo guardo e vedo che non riesce a concentrarsi su quello che sto dicendo perché sta pensando a lei.
Steve annuì.
— E poi... No, non voglio parlarne.
— Dimmelo — disse Steve.
— No, sul serio. Non voglio.
— Angela...
— Va bene, non vuole fare più l'amore con me, okay? — disse Angela. — Oh! — E improvvisamente si mise le mani sulla pancia. — Oh! — ripeté.
— Cosa c'è?
— Credo che... Oh!
— È il bambino?
— Sì. Io... Oh! — si mise di nuovo le mani sulla pancia.
— Qual è l'ospedale? — chiese subito Steve.

Se avesse telefonato dalla sala agenti, avrebbe usato il TDD sulla scrivania, "parlando" direttamente con Teddy, battendo i caratteri del messaggio sulla tastiera, premendo il tasto GA per GO AHEAD e leggendo poi la risposta di Teddy. Ma stava telefonando a casa dalla sala d'attesa dell'ospedale e i telefoni pubblici non si erano ancora messi al passo con la tecnologia più aggiornata. Fu Fanny Knowles a rispondere al telefono.
— Casa Carella — annunciò.
Steve la visualizzò accanto al mobile della cucina: sui cinquant'anni e rotti, capelli tinti in un fiammeggiante color rosso, il pince-nez e una mano sul fianco, come sfidando chiunque stesse chiamando a dire che si trattava di una questione di polizia che voleva intromettersi nella santità della casa.
— Fanny, sono io.
— Sì, Steve.
— Sono al Twin Oaks. Teddy conosce l'ospedale: è dove sono nati i gemelli.
— Sì, Steve.
— Puoi dirle di prendere un taxi e venire qui? Angela è già in sala parto.
— Vuoi che telefoni a tua madre?
— No, lo faccio io adesso. Twin Oaks, reparto maternità.

— Capito.
— Grazie, Fanny. Tutto bene?
— Sì, benissimo. Avverto subito Teddy.
— Grazie — disse Steve. Si frugò in tasca in cerca di un'altra moneta da venticinque cent e poi fece il numero di sua madre.
— Pronto? — rispose la donna.
La voce aveva il timbro sordo e monotono che Steve le sentiva dopo la morte del padre.
— Mamma, sono io Steve.
— Sì, tesoro.
— Sono qui all'ospedale, con Angela...
— Oh Signore!
— Va tutto bene, adesso è in sala parto. Vuoi...
— Vengo subito.
— Twin Oaks Hospital, reparto maternità. Prendi un taxi.
— Arrivo immediatamente — disse la madre, e riattaccò.
Riattaccò anche Steve. Andò a sedersi accanto a un uomo con pochi capelli che sembrava estremamente preoccupato.
— È il primo anche per lei? — domandò l'uomo.
— Sono qui per mia sorella — rispose Carella.
— Ah — disse l'uomo. — Per me è il primo.
— Andrà tutto bene, non si preoccupi. Questo è un ottimo ospedale.
— Già.
— I miei gemelli sono nati qui.
— Già — ripeté l'uomo.
Così tanti anni fa, pensò Steve. Meyer e Hawes che passeggiavano avanti e indietro con lui, Meyer che lo consolava, che gli diceva di esserci già passato tre volte e che non c'era niente di cui preoccuparsi. Teddy in sala parto per quasi un'ora. Gemelli. Oggi...
— Noi avremo un maschio — disse l'uomo con pochi capelli.
— Che bello.
— Mia moglie voleva una bambina.
— Be', sono carini anche i maschi — disse Steve.
— Lei cos'ha?
— Un maschio e una femmina.
— Lo chiameremo Stanley — disse l'uomo. — Come mio padre.
— Bel nome.

— Mia moglie voleva chiamarlo Evan.
— Stanley è un nome bellissimo.
— Credo di sì — disse l'uomo.
Steve guardò l'orologio sulla parete.
Angela era lassù da venti minuti. Improvvisamente Steve pensò a Tommy. Tommy sarebbe dovuto essere lì. Quali che fossero i loro problemi, Tommy doveva essere lì. Steve andò di nuovo al telefono, estrasse la rubrica dalla tasca, trovò il numero della stanza sopra il garage e lo fece. Lasciò suonare il telefono una decina di volte. Nessuna risposta. Riattaccò e tornò a sedersi con l'uomo preoccupato e con pochi capelli.
— Cosa avrà sua sorella?
— Non lo so.
— Non ha fatto tutti i test?
— Penso di sì. Ma non mi ha detto cosa...
— Avrebbe dovuto fare i test. I test dicono tutto.
— Sono sicuro che li ha fatti.
— È sposata sua sorella?
— Sì.
— E dov'è il marito?
— Ho appena provato a telefonargli — rispose Carella.
— Ah — disse l'uomo, guardandolo sospettosamente.
Teddy arrivò circa dieci minuti dopo. L'uomo li fissò mentre si scambiavano informazioni con il linguaggio dei segni, le dita che si muovevano agili. I segni attraggono sempre una folla. Un coccodrillo che uscisse dalle fogne nel centro di Isola non attirerebbe una folla maggiore del linguaggio dei segni. L'uomo osservava, affascinato.
Teddy stava chiedendo a Steve se aveva chiamato sua madre.
Steve le rispose di sì.
Sarei potuta passare a prenderla mentre venivo qui, disse Teddy a segni.
— È più semplice così — rispose Steve, ripetendo contemporaneamente la frase a segni.
L'uomo li guardava con gli occhi sbarrati. Tutte quelle dita che volavano l'avevano distolto dalle preoccupazioni per il suo imminente figlio Stanley.
La madre di Steve entrò nella sala qualche minuto dopo. Sembrava preoccupata. Era venuta in quello stesso ospedale undici giorni prima, per identificare suo marito all'obitorio. Adesso sua

figlia era qui, in sala parto... e a volte le cose vanno male, in sala parto.

— Come sta? — domandò. — Ciao, tesoro — disse a Teddy, e la baciò sulla guancia.

— L'hanno portata dentro circa quaranta minuti fa — rispose Steve, guardando l'orologio alla parete.

— Dov'è Tommy? — domandò sua madre.

— Non l'ho trovato — rispose Carella.

Tra lui e Teddy passò un'occhiata, che sua madre non notò.

Teddy segnalò che quaranta minuti non erano tanti.

— Dice che quaranta minuti non sono tanti — ripeté Steve per sua madre.

— Lo so — disse la donna, e diede un colpetto sul braccio di Teddy.

— Angela ti ha detto se è maschio o femmina? — domandò Steve.

— No. A te l'ha detto?

— No.

— Segreti — disse la madre, roteando gli occhi. — Con Angela era tutto un segreto. Fin da quando era piccola, ti ricordi?

— Mi ricordo.

— Segreti — ripeté per Teddy, voltandosi verso di lei in modo che potesse leggerle le labbra. — Mia figlia. Sempre segreti.

Teddy annuì.

— Signor Gordon?

Tutti si voltarono.

C'era un medico, con il camice da chirurgo sporco di sangue.

L'uomo calvo e preoccupato scattò in piedi.

— Sì?

— Va tutto bene — disse il dottore.

— Sì?

— Sua moglie sta bene...

— Sì?

— E lei ha un bel maschietto robusto.

— Grazie — disse l'uomo, raggiante.

— Li potrà vedere tutti e due tra dieci minuti circa. La farò chiamare da un'infermiera.

— Grazie — ripeté l'uomo.

Il medico di Angela arrivò mezz'ora dopo. Sembrava molto stanco.

— Va tutto bene — disse.
Cominciano sempre così...
— Angela sta bene — disse.
Prima ti rassicurano sempre sulla madre...
— E stanno bene anche le gemelle.
— Gemelle? — balbettò Steve.
— Due belle bambine robuste — disse il dottore.
— Sempre segreti — disse la madre, rassegnata. E poi, a Steve. — Dov'è Tommy?
— Vado a cercarlo.

Andò prima alla casa che Tommy aveva ereditato alla morte dei genitori. Dalla stanza sopra il garage non usciva nessuna luce. Salì comunque la scala e bussò alla porta. Erano solo le undici e un quarto, ma forse Tommy era già a letto. Nessuna risposta. Tornò alla macchina, rifletté per un momento prima di mettere in moto e poi cominciò il lungo viaggio verso il centro.

Sperava che Tommy non fosse con la sua amichetta proprio la sera in cui erano nate le sue due gemelle.

Il campo giochi di fronte alla casa d'arenaria era deserto. Le gocce di pioggia cadevano con un suono sordo sulle altalene e gli scivoli di metallo. Era una strada con parcheggio a giorni alterni. La pioggia scendeva a fiumi dalle auto rigate dai rivoli d'acqua, allineate lungo il marciapiede che costeggiava il campo giochi recintato. Carella trovò un posto libero, pericolosamente vicino a un idrante. Abbassò il parasole mettendo in mostra il logo della polizia, chiuse a chiave l'auto e cominciò a risalire di corsa la strada sotto la pioggia.

Faceva il poliziotto da troppo tempo per non aver notato, e riconosciuto immediatamente, i due uomini seduti nella berlina parcheggiata di fronte alla casa d'arenaria. Si avvicinò all'auto e bussò sul finestrino del passeggero. Il vetro si abbassò.
— Sì? — chiese l'uomo seduto all'interno.
— Carella, Ottantasettesimo — disse, mostrando il distintivo, le spalle inarcate nella pioggia. — Cosa succede?
— Salta dentro — disse l'uomo.

Carella aprì lo sportello posteriore e salì. La pioggia picchiava sul tetto dell'auto. Serpenti d'acqua scivolavano lungo i finestrini.
— Peters, Ventunesimo — si presentò l'uomo al volante.

— Macmillen — disse il suo socio.

Tutti e due avevano la barba lunga. Era il look coltivato dai detective quando dovevano stare in appostamento. Li faceva sembrare distrutti dal lavoro e sottopagati. Cosa che era comunque vera, anche senza la barba lunga.

— Abbiamo delle cineprese in funzione nel furgone più avanti — disse Peters, facendo un cenno con la testa verso il parabrezza. Attraverso la pioggia, Carella riuscì a distinguere un furgone verde parcheggiato poco più avanti della macchina. Sul pannello posteriore, sotto il lunotto azzurrato, spiccavano le parole HI-HAT DRY CLEANING.

— Ormai è una settimana che teniamo d'occhio la casa — disse Macmillen.

— Quale casa?

— Quella d'arenaria — disse Peters.

— Perché? Cosa succede là dentro? — chiese Carella.

— Cocaina, ecco cosa succede là dentro — rispose Macmillen.

10

Era lunedì mattina e tutti gli esperti di football del giorno dopo erano in piena azione. O almeno uno di loro. Si chiamava tenente Peter Byrnes e stava ripetendo ai suoi detective quello che aveva sperato che a quel punto sapessero già.

— Quando si arriva a un punto morto — disse Byrnes — bisogna ripartire dall'inizio. Si ricomincia da dove tutto è cominciato.

Era seduto dietro la scrivania, nell'ufficio d'angolo che gli competeva nella sua qualità di comandante dell'87° distretto, un uomo compatto coi capelli argentati e gli occhi azzurri duri come selce. C'erano sei detective nel suo ufficio. Quattro di loro l'avevano già aggiornato sui vari casi su cui stavano indagando. Il caso "grosso" aveva aspettato pazientemente dietro le quinte fino a quel momento. Come un manager di una televisione privata che indottrinasse sei vecchi sceneggiatori esperti su argomenti fondamentali come motivazioni e simili, il tenente stava dicendo ai suoi uomini come dovevano svolgere il loro lavoro.

— Il caso è cominciato con la ragazza morta — disse.

Susan Brauer. La ragazza morta. Ventidue anni, proprio una ragazza, anche se di sicuro Arthur Schumacher l'aveva considerata una donna.

— È da lì che dovete ricominciare — disse Byrnes. — Dalla ragazza morta.

— Se volete la mia opinione — disse Andy Parker — avete già il vostro colpevole.

Carella stava pensando la stessa cosa.

— Il colpevole è la figlia hippie — disse Parker.

Giusto, pensò Carella.

Mentre guardava Parker nel suo vestito stropicciato, camicia spiegazzata, cravatta macchiata, guance e mascelle mal rasate, Carella ripensò per la centesima volta ai due poliziotti davanti alla casa d'arenaria.

Non aveva ancora parlato con suo cognato perché non aveva ancora deciso come diavolo affrontare l'argomento. E neppure aveva ancora detto ad Angela che gli improvvisi cambiamenti comportamentali di suo marito non avevano niente a che fare con attività sessuali con sconosciute, ma erano invece imputabili a ciò che la maggior parte dei cocainomani considera di gran lunga più soddisfacente perfino del miglior sesso. Sperava che né Peters né Macmillen avessero delle foto di Tommy mentre entrava e usciva da una casa sotto sorveglianza per droga. Come aveva potuto essere così maledettamente idiota?

— ... c'è il testamento per un quarto del patrimonio, tanto per cominciare — stava dicendo Parker. — Una ragione sufficiente per uccidere il vecchio...

— Questo non è cominciare dalla ragazza morta — gli ricordò Byrnes.

— La ragazza morta è stata solo uno schermo fumogeno, puro e semplice — dichiarò Parker, sicuro e disinvolto.

— C'era anche lei nel testamento? — chiese Kling. — La ragazza morta?

Stava pensando a Eileen Burke. Al lunedì mattina a volte è difficile tornare a concentrarsi sul lavoro in corso, specie se il lavoro è costituito dal crimine ogni giorno dell'anno.

— No — rispose Brown. — Le uniche persone nel testamento sono le due figlie, la seconda moglie...

— Che adesso è morta anche lei... — disse Parker, sempre più convinto.

— ... il veterinario e la proprietaria del negozio d'animali — concluse Brown.

— Per quanto? — chiese Hawes. — Gli ultimi due?

— Diecimila a testa — disse Carella.

Hawes annuì, lasciando perdere.

— Il punto è — disse Parker — che tra loro le due ragazze si prendono il cinquanta per cento del patrimonio. Se questo non è un motivo abbastanza valido...

— Quanto hai detto? — chiese Hawes. — Quant'è tutto il patrimonio?

— Cosa cavolo hai questa mattina? — gli chiese Parker. — Sei diventato improvvisamente ragioniere?

— Voglio sapere a quanto ammonta il patrimonio, okay? — disse Hawes.

— Dev'essere un mucchio di soldi — disse Carella. — Ma non abbiamo un importo esatto.

— Comunque sia — disse Parker, e annuì di nuovo con aria saputa — è certo abbastanza per far salivare quella figlia hippie.

Era una parola grossa per lui, salivare. Si guardò intorno, quasi aspettandosi l'approvazione generale.

— È vero che la figlia hippie sapeva che la moglie è stata uccisa con quattro pallottole?

— Sì — disse Carella.

— Era sui giornali?

— No, però l'hanno detto in un notiziario alla televisione.

— Chi ha dato l'informazione alla stampa? — chiese Byrnes.

— Stiamo cercando di scoprirlo — rispose Brown. — Possono essere stati gli M & M. O chiunque dell'Omicidi, se è per questo.

— Omicidi — disse Byrnes e scosse la testa acidamente.

— Questo non significa che non sia stata lei a piantare quei quattro proiettili nella donna — disse Parker. — Per sbarazzarsi anche di lei, per fare piazza pulita. Uccide il suo vecchio per prendersi un quarto della torta...

— Sempre supponendo che lo sapesse — osservò Byrnes.

— Lo sapeva, Pete.

— Fin da quando stava ancora sulle ginocchia della mamma — disse Parker.

— Be', tutte e due le figlie erano adulte all'epoca del divorzio. È successo solo due anni fa. Comunque le figlie sapevano che avrebbero ereditato un quarto del patrimonio a testa.

— A chi va la parte della moglie? — chiese Kling. — Adesso che è morta?

— Ha lasciato tutto a un fratello che vive a Londra.

— Unico erede.

— Sì. Ma gli abbiamo telefonato e lui è proprio là, a Londra. Sono quattro anni che non viene negli Stati Uniti.

— Lasciatelo perdere — disse Parker. — Londra non c'entra niente. La figlia hippie voleva i soldi, caso chiuso.

— Allora perché ha ucciso anche le altre due? — domandò Kling.

— Puro e semplice odio — rispose Parker.

— Dovreste sentire come dice “signora Schumacher” — disse Carella.

— Anche la prima moglie — intervenne Brown. — Lo dice allo stesso modo. Signora Schumacher. Li odiava tutti e due: il marito e la nuova moglie...

— Li odiava anche la figlia hippie — disse Parker, difendendo la propria tesi.

— No, aspettate un momento. Non lasciamo perdere subito la prima moglie — affermò Willis. — La ex moglie odia Schumacher...

— Giusto — disse Kling, annuendo.

— Così non solo fa fuori lui, ma anche tutte le donne della sua vita.

— Due piccioni con una fava — disse Kling. — Fa fuori l’amante e l’attuale moglie...

— Tre piccioni — lo corresse Hawes. — Se conti anche Schumacher.

— Be’, sì. Ma non sto facendo il conto dei morti. Quello che voglio dire è che la ex moglie elimina le due donne e contemporaneamente mette le figlie in fila per incassare.

— Sì, ma prima deve uccidere Schumacher.

— Be’, certo.

— È quello che dico io — disse Hawes.

— Certo.

— E se quelle tre avessero agito in concerto? — suggerì Willis. — Forse abbiamo tre assassini, non uno soltanto. Come sull’Orient Express.

— Cosa cazzo è l’Orient Express? — chiese Parker.

— Sai Agatha Christie...

— E chi cazzo è Agatha Christie? — chiese Parker.

— Lascia perdere — disse Willis.

— Comunque sull’Orient Express gli assassini erano più di tre — disse Hawes.

— E la figlia più giovane voleva bene a Schumacher — disse Carella. — Io non credo che avrebbe...

— Dice di avergli voluto bene — spiegò Willis.

— Sì, è vero, ma...

— Ha un’aria da santarellina — disse Brown.

— Certe volte quelle sono le peggiori — disse Willis. — E lo so che erano più di tre gli assassini dell'Orient Express, Cotton. L'ho usato solo come esempio.

— Dove pensate di essere, alla biblioteca pubblica? — chiese Byrnes.

— E la signora del negozio d'animali? — chiese Kling.

— Cosa vuoi sapere?

— Sapeva di essere nel testamento?

— Ha detto che non ne aveva idea — disse Carella.

— Ci è sembrata sinceramente sorpresa — aggiunse Brown.

— In ogni caso — disse Hawes — chi ucciderebbe qualcuno per dieci pidocchiosi bigliettoni?

— Io — dichiarò Parker, e tutti risero.

— E poi conosceva appena Schumacher — disse Brown.

— Gli ha dato soltanto qualche consiglio per il cane — aggiunse Carella.

— Inoltre conosceva il cane fin da quando era un cucciolo — disse Hawes. — Chiunque abbia sparato al cane evidentemente lo odiava.

— Giusto: la figlia hippie — disse Parker, annuendo. — Se io fossi in voi, la porterei qui e la lavorerei con un tubo di gomma.

Tutti risero di nuovo. Tranne Byrnes.

— Da dove venivano quei dodicimila dollari? — chiese il tenente.

— Quali dodicimila dollari? — aggiunse Hawes.

— Quelli nella cassetta nel ripostiglio della Brauer — disse Byrnes. — E com'è entrato l'assassino nell'appartamento?

— Be', non è che abbiamo proprio...

— Qualcuno ha parlato con il portiere in servizio in quel momento?

— Sì, signore — disse Kling. — Io e Artie.

— E cosa ha detto?

— Non ha visto nessun sospetto.

— Ha fatto salire qualcuno in quell'appartamento?

— Ha detto che c'erano continuamente consegne e che non si ricordava se era salito qualcuno o no.

— Non si ricordava — ripeté Byrnes neutro.

— Sì, signore. Ha detto proprio così. Che non riusciva a ricordarsi.

— Avete cercato di stimolargli la memoria?

— Sì, signore. Abbiamo passato un'ora, forse più, a parlare con lui. La sua deposizione è agli atti.

— Non parla quasi inglese — disse Brown. — Viene da qualche parte del Medio Oriente.
— Parlategli di nuovo — disse Byrnes. — Ricominciate dall'inizio.

L'inizio era la ragazza morta.
Occhi azzurri spalancati. Gola tagliata. Viso più volte sfregiato. Diciannove, vent'anni, lunghi capelli biondi e incredibili occhi azzurri, spalancati. Un corpo giovane e bello sotto il kimono strappato, nero e con i papaveri color sangue.
Erano di nuovo nell'attico, proprio come la sera del 17 luglio, in piedi nella stessa stanza dove la ragazza morta era distesa davanti al tavolino. C'era un Martini sul tavolino, con la scorza di limone arricciata sul fondo del bicchiere, il coltello per terra, accanto al cadavere, con la lama sporca di sangue, e lei sanguinava da quelli che sembravano cento tagli e ferite.
Questa volta con loro c'era il portiere.
Si chiamava Ahmad Qualcosa. Carella aveva scritto il cognome, ma non lo sapeva pronunciare. Basso e tozzo e color polvere, baffetti sottili, sembrava una guardia di palazzo nella sua uniforme grigia con le finiture rosse. Stringendo gli occhi, ce la metteva tutta per capire quello che dicevano i poliziotti.
— Ha fatto salire qualcuno nell'appartamento?
— No ricorda.
Marcato accento mediorientale. Non gli avevano chiesto da dove veniva. Carella si stava chiedendo se non sarebbe stato il caso di chiamare un interprete.
— Provi a ricordare — lo incitò.
— Sempre molto pechi — disse l'uomo e si strinse nelle spalle, impotente.
— Le sto parlando del tardo pomeriggio, prima serata.
Il medico legale aveva fissato l'intervallo postmortem in due, tre ore. Questo significava che l'omicidio era stato commesso tra le cinque e le sei. Il portiere sembrava solo perplesso. Carella pensò che forse non conosceva bene le parole "pomeriggio" e "sera".
— Le cinque, le sei del pomeriggio. Lei stava lavorando, a quell'ora?
— Sì, lavorando.
— Okay. È venuto qualcuno a chiedere della signorina Brauer?
— No ricorda.

— È importante — gli disse Brown.
— Sì.
— Quella donna è stata uccisa.
— Sì.
— Noi stiamo cercando chi l'ha uccisa.
— Sì.
— Allora ci dia una mano, per favore. Provi a ricordare se ha fatto salire qualcuno.
C'era qualcosa nei suoi occhi. Carella se ne accorse per primo. Brown una frazione di secondo dopo.
— Di cos'ha paura?
Il portiere scosse la testa.
— Ce lo dica.
— Io visto nessuno — disse il portiere.
Invece sì. Carella e Brown lo sapevano.
— Cosa c'è? — gli chiese Carella.
Il portiere scosse di nuovo la testa.
— Vuoi venire alla centrale con noi? — disse Brown.
— Aspetta un secondo, Artie — gli disse Carella.
Poliziotto Buono/Poliziotto Cattivo. Nessun bisogno di segnali per alzare il sipario, tutti e due conoscevano la parte a memoria.
— Aspetta un cazzo — disse Brown, nella sua miglior imitazione da Big Bad Leroy. — Quest'uomo sta mentendo.
— Quest'uomo ha paura, ecco tutto — disse Carella. — Non è vero, signore?
Il portiere annuì. Poi scosse la testa. Poi annuì di nuovo.
— Andiamo, amico — disse Brown, e prese le manette che gli pendevano dalla cintura.
— Aspetta, Artie — lo fermò Carella. — Di cosa si tratta, amico? — chiese con gentilezza. — Per favore, mi dica perché è così spaventato.
Il portiere sembrava sul punto di mettersi a piangere da un momento all'altro. I baffi sottili tremarono, gli occhi si inumidirono.
— Si sieda, signore — disse Carella. — Artie, metti via quelle maledette manette!
Il portiere sedette sul divano di pelle nera. Carella passò accanto a lui. Brown, accigliato, riattaccò le manette alla cintura.
— Adesso mi dica — disse Carella con dolcezza. — Per favore.
Il punto era che il portiere era un immigrato clandestino. Aveva comprato una carta verde falsa e una carta dell'assistenza sociale

falsa per venti dollari l'una e moriva di paura all'idea di ritrovarsi immischiato in quella storia, perché le autorità l'avrebbero scoperto e rimandato a casa sua. Casa sua era l'Iran. Sapeva come la pensavano gli americani a proposito degli iraniani. Se si fosse trovato coinvolto in quella storia, avrebbero dato la colpa a lui di quello che era successo alla ragazza. Non voleva farsi coinvolgere. Spiegò il tutto in un inglese monco e spezzettato, sull'orlo delle lacrime. Carella stava pensando che, per essere un immigrato clandestino, Ahmad stava imparando molto in fretta: nessuno in città voleva farsi coinvolgere.

— Allora, mi dica: ha fatto salire qualcuno nell'appartamento della signorina Brauer?

Ahmad aveva già detto tutto quello che intendeva dire. Adesso guardava nello spazio come un mistico.

— Non le daremo guai per la carta verde — gli disse Carella. — Non deve preoccuparsi per la carta verde. Ci dica solo cos'è successo quel pomeriggio.

Ahmad continuò a fissare il vuoto.

— Okay, stronzo — intervenne Brown. — Adesso ce ne andiamo alla centrale. — E prese di nuovo le manette.

— Be', io ho fatto del mio meglio — disse Carella, e sospirò. — È tutto tuo, Artie.

— Vittoria — disse Ahmad.

— Come? — chiese Carella.

— Nome — disse Ahmad.

— Nome di chi?

— La donna che viene.

— Quale donna che viene? — domandò Brown.

— Quel giorno.

— È venuta una donna, quel giorno?

— Sì.

— Ripeta il nome.

— Vittoria.

— Sta dicendo Victoria?

— Sì. Vittoria.

— Si chiamava Victoria?

— Sì.

— Vittoria e poi?

— Seegah.

— Come si scrive?

Ahmad lo guardò senza capire.
— Tu come lo scriveresti, Steve?
— È con la "S"? — chiese Carella.
Ahmad si strinse nelle spalle. — Seegah — ripeté.
— Com'era questa donna?
— Alta — disse Ahmad. — Nella.
— Snella?
— Sì, nella.
— Bianca o nera?
— Bianca.
— Colore dei capelli?
— Non so. Aveva...
Cercò la parola, ci rinunciò e mimò un fazzoletto sulla testa, legandoselo sotto il mento.
— Un foulard? — chiese Brown.
— Sì.
— Di che colore aveva gli occhi? — domandò Carella.
— Ha occhiali.
— Be', ma lei non ha visto il colore degli occhi...
— Occhiali scuri.
— Da sole? Aveva gli occhiali da sole?
— Sì.
— Com'era vestita?
— Pantaloni. Camicia.
— Di che colore?
— Colore sabbia.
— Cos'ha detto questa donna?
— Detto Vittoria Seegah. Dire signorina Brauer.
— Dire cosa?
— Che Vittoria Seegah è qui.
— E lei lo ha detto alla signorina Brauer?
— Detto, sì.
— E poi?
— Signorina detto mandarla su.
— E la donna è salita?
— Sì. Preso ascensore.
— Come si scrive? — chiese di nuovo Brown. — S-E-E-G?
— Seegah — disse Ahmad.
— Che ora era? — domandò Carella. — A che ora è salita quella donna?

— Cinque. Poco dopo.
— Poco dopo le cinque?
— Sì. Poco dopo.
— L'ha vista quando è scesa di nuovo?
— Sì.
— A che ora?
— Sei.
— Perciò è rimasta su per un'ora intera, eh?
Ahmad guardò senza capire.
— Lei ha guardato l'orologio?
— No.
— Quindi la sua è un'approssimazione?
Espressione vacua.
— C'era sangue sui vestiti?
— No.
— Cos'altro ricorda della donna?
— Borsa. Borsa spesa.
— Aveva una borsa?
— Sì.
— Una borsa come? — chiese Brown.
— Borsa negozio.
— Vuole dire la sportina di un negozio?
— Sì, sportina.
— Ha visto cosa c'era nella sportina?
— No.
— La donna aveva la sportina quando è salita?
— Sì.
— L'aveva anche quando è scesa?
— Sì.
— Può provare a dirci come si scrive quel nome? — chiese Carella.
Ahmad riprese l'espressione vacua.
Brown scosse la testa. — Seeger — disse.
Che ci andava vicino, ma non abbastanza.

C'erano trentotto Seeger, Seiger e Siegers negli elenchi telefonici delle cinque aree della città, ma nessuno di loro era una Victoria. C'erano otto Seager e undici Seagram. Di nuovo, nessuna Victoria. C'erano centinaia e centinaia di Seegal e Seagl e Segel e Seigals e Seigel e Siegels e Siegles e Sigals e Sigall. C'era una Victoria e sette erano elencati semplicemente come V., ma esisteva sempre la possibilità che una Victoria potesse abitare presso uno qualunque degli indirizzi indicati per un Mark o un Harry o una Isabel.

— Occorrerebbero quaranta agenti che lavorassero ventiquattro ore al giorno per sei mesi per controllare tutta questa gente — disse Byrnes. — E non sappiamo neppure se l'arabo ha detto il nome giusto.

Quel lunedì pomeriggio tornarono di nuovo nell'appartamento. In piedi nel soggiorno dove Susan Brauer era morta, con le ferite che urlavano silenziosamente alla notte, le pugnalate e i tagli sul seno e sul ventre e all'interno delle cosce, sangue dappertutto, carne bianca lacerata e sangue rosso brillante. Che urlava.

L'appartamento era silenzioso.

Il sole del primo pomeriggio entrava obliquo dalle finestre.

Avevano controllato l'agenda della ragazza e non avevano trovato nessun Seeger o Seigel o relative variazioni, Victoria o altro. Niente di niente.

Adesso stavano cercando...

Qualsiasi cosa.

Erano a quel punto.

Era stato detto loro di ricominciare dall'inizio, ed era esattamente lì che si trovavano. Casella uno. Elevazione zero. La cassetta era stata rinvenuta nel ripostiglio-armadio della camera da letto. Dodicimila dollari, dentro quella cassetta. In banconote da cento. Tornarono di nuovo nel guardaroba e frugarono di nuovo tra fronzoli e pellicce, satin e seta, piume e cianfrusaglie, abiti firmati e valigie con le iniziali, file e file di scarpe con il tacco alto di vernice e di lucertola e di coccodrillo. Non trovarono nulla che Kling e Brown non avessero già visto la prima volta.

Così riesaminarono la scrivania e il cestino dei rifiuti sotto la scrivania. Lisciarono fogli di carta accartocciati, studiarono attentamente ogni frammento in cerca di qualcosa che potesse essere sfuggito, staccarono un pezzetto di carta da una pallina di vecchio chewing gum, leggendone lo scarabocchio, gettandolo via di nuovo perché privo di importanza.

C'era ancora la cucina.

L'immondizia li aspettava nel bidone sotto l'acquaio.

Non aveva un odore migliore di tredici giorni prima. Di nuovo, rovesciarono tutto sui giornali distesi sul pavimento e cominciarono a riesaminarla, un pezzo alla volta, tutto il mucchio disgustoso, il pane ammuffito e le banane marce, la scatola vuota di cereali, i fondi di caffè, il contenitore del latte, le scatolette di minestra, la carta da cucina accartocciata, il melone dall'odore dolciastro, il pezzo di burro rancido, le verdure avvizzite e la frutta raggrinzita, il vecchio...

— Cos'è quello? — chiese Brown.

— Cosa?

— Lì, nel contenitore.

Un lampo di bianco. Un pezzetto di carta bianca accartocciata. Appiccicato sul fondo di un contenitore bianco, rotondo, che una volta era stato pieno di yogurt. Il vasetto puzzava da morire. Puzzava anche la pallina di carta accartocciata, perfettamente mimetizzata, bianca su bianco. Era facile capire come fosse sfuggita al primo controllo. Ma non era sfuggita, questa volta.

Carella la prese in mano.

Bianca come neve.

La dispiegò, lisciò le grinze e le pieghe, la trasformò dalla pallina compressa che era stata un istante prima in una striscia di carta lunga diciotto centimetri e larga forse quattro. Sopra non c'era niente. Una semplice striscia di carta bianca. Carella la voltò. Lungo i lati della striscia c'erano due sottili bordi viola. In neretto, stampata da un lato all'altro della striscia, c'era la cifra $2000, ripetuta cinque volte, a intervalli regolari per tutta la lunghezza. Timbrata a inchiostro, tra due di queste cifre in neretto, c'era quella che a prima vista sembrava una sigla criptica:

Is. Bk. & Tr. Co., N. A.
Jeff. Ave. Br.

09 luglio
WL

Carella e Brown stavano guardando quella che le banche chiamano una fascetta per contanti.

Il direttore della filiale di Jefferson Avenue dell'Isola Bank & Trust Company si chiamava Avery Granville. Era sui cinquant'anni, stava perdendo i capelli e indossava un abito leggero marrone, una camicia beige con colletto coi bottoni e un'oltraggiosa cravatta a strisce verdi e arancio. Con tutta l'intensità di un archeologo che studia un papiro dall'aria sospetta, esaminò la striscia di carta dai bordi viola, alzò gli occhi e disse: — Sì, è una delle nostre fascette. — Sorrise compiaciuto, come se avesse appena approvato la richiesta di un prestito.

— Cosa significa quell'NA? — domandò Brown.

— National Association — rispose Granville.

— E il WL?

— Sta per Wendell Lawton. È uno dei nostri cassieri. Ogni cassiere ha il proprio timbro personale.

— Come mai? — chiese Brown.

— Perbacco, perché il cassiere è responsabile di quello che è stampato sulla fascetta — rispose Granville, sorpreso. — Il timbro personale conferma che il cassiere ha effettivamente contato quella somma e che nella fascetta ci sono cinquanta dollari, cento dollari, cinquecento dollari... quello che è stampato sulla fascetta.

— Per cui, se questa dice duemila dollari...

— Sì, qui c'è scritto così. E il bordo viola conferma l'importo. Viola significa duemila dollari.

— Allora questa striscia...

— Be', noi la chiamiamo fascetta.

— Questa fascetta, in un determinato momento, è stata avvolta attorno a duemila dollari.

— Sì. Abbiamo anche fascette per importi minori, naturalmente, ma questa è una fascetta da duemila dollari.

— Fino a che importo arrivano le vostre fascette?

— Questa è la più alta. Di solito in banconote da cento. Tutte le fascette hanno colori diversi. Qui all'IBT, la fascetta da mille dollari è gialla, quella da cinquecento è rossa e così via. Il colore varia a seconda delle banche: ognuna ha il proprio codice-colori.

— E la data qui sopra...

— Anche quella viene timbrata dal cassiere. Prima mette il suo timbro personale sulla fascetta e poi usa il timbro a stampigliatura per la data.

— Per cui questo timbro significa...

— Significa nove luglio, esattamente. Le fascette sono temporanee e a perdere, ci stampiamo sopra mese e giorno. È più semplice così.

— Il signor Lawton è qui?
— Credo di sì — rispose Granville guardando l'orologio. — Però è piuttosto tardi e in questo momento sta chiudendo la cassa.
L'orologio alla parete indicava le quattro meno dieci.
— Quello che ci interessa — disse Brown — è sapere chi può aver prelevato quei duemila dollari il nove luglio. Esiste una registrazione qualsiasi di questa operazione di cassa? Del prelievo dei duemila dollari in contanti?
— Signori, veramente...
— È molto importante — l'interruppe Brown.
— Potrebbe essere collegato all'omicidio di una giovane donna — disse Carella.
— Credetemi, sarei lieto di aiutarvi, ma...
Guardò di nuovo l'orologio.
— Significherebbe dover controllare il nastro di cassa di Lawton per quel giorno e...
— Che cos'è il nastro di cassa?
— È un printout di computer di tutte le operazioni effettuate al suo sportello. All'aspetto sembra più o meno la striscia di una calcolatrice.
— E questo nastro mostrerebbe il prelievo dei duemila dollari in contanti?
— Be', sì, se è stato fatto. Però, vedete...
Un'altra occhiata all'orologio.
— Un cassiere può effettuare fino a duecentocinquanta operazioni in ogni dato giorno della settimana. Controllare tutte quelle che...
— Sì, ma un prelievo di duemila dollari in contanti dovrebbe essere insolito, no?
— No, non necessariamente. Potrebbero essercene diversi in qualsiasi giorno.
— Di duemila dollari esatti? — chiese Carella scettico. — In contanti?
— Be'...
— Potremmo dare un'occhiata a quel nastro, signor Granville? — domandò Brown. — Quando il suo cassiere ha finito il controllo?
— La chiusura di cassa — lo corresse Granville e sospirò. — Penso di sì... Sì.
Wendell Lawton era sui trent'anni; indossava un leggero blazer

blu, una camicia bianca e una cravatta rossa che lo faceva sembrare un commentatore televisivo, o un membro dello staff della Casa Bianca. Confermò che quello sulla fascetta da duemila dollari era in effetti il suo timbro personale, ma disse ai poliziotti che ogni giorno della settimana gli passavano per le mani moltissime mazzette del genere e che non ci si poteva veramente aspettare da lui che ricordasse se quella particolare striscia era stata consegnata dal suo sportello nelle mani di qualcuno in particolare...

— Però ci sembra di aver capito che esiste un nastro di cassa — gli disse Carella.

— Be', sì — disse Lawton e guardò l'orologio sulla parete. Carella pensò che doveva essere stata una giornata lunga e difficile.

— Allora, se guardassimo quel nastro forse...

— Be'... — disse di nuovo Lawton.

— Stiamo indagando su un omicidio — disse Brown, e fissò Lawton con un cipiglio che era di per se stesso omicida.

I nastri di cassa di Lawton erano conservati in un cassetto chiuso a chiave sotto lo sportello. Il suo timbro personale era nello stesso cassetto. Lawton lo aprì, frugò tra quelli che lui definì i fogli di cassa, cercò e finalmente trovò quello datato 9 luglio. Fissata con un punto di cucitrice, c'era una striscia che sembrava effettivamente quella di una calcolatrice. Quel giorno Lawton aveva effettuato centotrentasette operazioni al suo sportello. Nessuna riguardava un prelievo in contanti di duemila dollari esatti. Ma una registrazione particolare fece risuonare un campanellino.

Il printout del computer indicava la data, l'ora e poi:

113-807-40 162 772521
SW $2400

— Il primo numero è quello del conto corrente — spiegò Lawton. — Il numero seguente è quello della nostra filiale, 162. L'ultimo numero è quello del mio sportello.

— Cosa significa quell'sw? — domandò Brown.

— Savings Withdrawal, prelievo da deposito vincolato, e 2400 è la somma che il cliente ha prelevato dal conto. È probabile che io gli abbia dato una mazzetta da duemila e quattrocento dollari in banconote sciolte, senza fascetta.

— Potrebbe rintracciare quel numero di conto...
— Sì.
— ... e dirci il nome del cliente?
— Se il signor Granville mi dà l'okay.
Il signor Granville disse che poteva.
Quando il computer lo sputò, Lawton disse: — Ah già.
— Ah già cosa? — gli chiese Brown.
— È da marzo che preleva duemilaquattrocento dollari in contanti tutti i mesi.
Il nome del cliente era Thomas Mott.

Non capiva di cosa stessero parlando.
— Ci dev'essere un errore — disse.
Dicono sempre così.
— No. Non c'è nessun errore — gli disse Carella.
Erano nel corridoio centrale del negozio di antichità nella Drittel Avenue. Un orologio a pendolo tedesco suonò l'ora: le sei del pomeriggio. Di nuovo. Erano sempre le sei del pomeriggio lì dentro. Mott sembrava irritato dal fatto che i poliziotti si fossero presentati proprio quando stava per chiudere. Quel giorno tutti sembravano irritati dal lavoro. Ma i due poliziotti stavano lavorando su quel caso dalle sette e quarantacinque del mattino.
— Lei ricorda di aver prelevato duemilaquattrocento dollari in contanti il nove di questo mese, vero? — chiese Carella.
— Be', sì. Ma era una circostanza molto particolare. Si era presentato un tizio, qui in negozio, con un raro boccale William e Mary che era disposto a vendermi, ma solo in contanti. Non sapeva cos'aveva in mano, era davvero un furto. Sono andato in banca...
— Alle dodici e ventisette — l'interruppe Brown, esibendosi.
— Sì, verso quell'ora — disse Mott.
— È quello che dice il nastro di cassa — disse Brown.
— Allora dev'essere stato a quell'ora.
— Chi è quest'uomo con il raro boccale William e Mary? — chiese Carella.
— Sono sicuro di avere il suo nome da qualche parte in archivio.
— Allora vorrei che ce lo trovasse — disse Carella. — E, già che c'è, forse potrebbe controllare i suoi libri contabili per i prelievi che ha effettuato il primo giugno, che era un venerdì, e il primo maggio, che era un martedì, e il due aprile, che era un lunedì...

— Non ricordo nessuno di questi prelievi — disse Mott.
— I nastri di cassa — gli ricordò Brown con un sorriso cordiale.
— È stato allora che sono cominciati i prelievi. In marzo.
— Duemilaquattrocento dollari tutti i mesi.
— Per un totale di dodicimila dollari.
— Adesso si ricorda?
— Sì, adesso che me lo dite...
Dicono sempre così.
— ... in effetti mi ricordo di aver prelevato quell'importo tutti i mesi. Nel caso mi capitasse un'occasione come quella del boccale William e Mary.
— Ah, ecco — disse Brown.
— Questo spiega tutto — disse Carella.
— Quello che però non spiega — disse Brown — è come quei dodicimila dollari sono finiti nella cassetta di Susan Brauer.
Mott sbatté le palpebre.
— Susan Brauer — disse Brown, e sorrise di nuovo con cordialità.
— Se la ricorda? — chiese Carella.
— Sì, ma...
— Ogni tanto passava qui in negozio, ricorda?
— È venuta anche il nove, ricorda?
— Per dare un'occhiata al tavolo da maggiordomo di cui lei le aveva parlato...
— Sì, naturale che mi ricordo.
— Si ricorda anche di averle dato duemilaquattrocento dollari in contanti ogni mese?
— Non ho mai fatto niente del genere.
— A partire da marzo — disse Brown.
— Naturalmente no. Perché mai avrei dovuto fare una cosa del genere?
— Cavolo, io non lo so — disse Brown. — Perché?
— Quella donna era una cliente, perché avrei...
— Signor Mott, abbiamo trovato una fascetta contanti nell'appartamento della Brauer...
— Non so nemmeno cos'è una fascetta con...
— ... e da lì siamo risaliti fino al suo conto corrente. I soldi venivano dal suo conto corrente, signor Mott, non c'è alcun dubbio in merito. Adesso vogliamo che lei ci dica perché pagava duemilaquattrocento dollari al mese a Susan Brauer.

— Per gli ultimi cinque mesi...
— Duemila dollari in una mazzetta...
— E il resto in banconote da cento sciolte...
— Perché, signor Mott?
— Non l'ho uccisa io — disse Mott.

Aveva conosciuto Susan...

La chiamava Susan in omaggio ai suoi desideri: nessuno mi chiama Suzie, gli aveva detto.

... lì, in negozio, un giorno di gennaio, quando era entrata per curiosare in giro. Abitava in un attico in affitto sul Silvermine Oval e sebbene l'appartamento fosse ammobiliato, le mancavano quei piccoli tocchi che fanno di un appartamento una casa, così era sempre in cerca di qualcosina che potesse personalizzare quel posto. Lui le aveva chiesto che tipo di cose avesse in mente e Susan gli aveva risposto che non cercava niente di grandioso. Niente credenze, o tavoli per sala da pranzo, o comò gallesi o roba del genere.

Ma se ci fosse stato un piccolo poggiapiedi, per esempio, o una bella lampada che avrebbe potuto portare con sé quando avesse traslocato... Susan sperava di trasferirsi in un appartamento più grande non appena certi accordi fossero stati conclusi, così gli aveva detto, ma gli appartamenti erano diventati tutti così cari, non è vero?

Mott le aveva telefonato verso la fine del mese: aveva appena ricevuto una spedizione dall'Inghilterra. Doveva essere la fine di gennaio; aveva passato una settimana in Giamaica con sua moglie e si ricordava di aver telefonato a Susan poco tempo dopo il rientro, perché nella consegna c'era una bella serie di candelabri Sheffield. Il rame non si vedeva, cosa rara per gli Sheffield, e il prezzo era molto ragionevole e pensava che forse le sarebbe piaciuto passare a dare un'occhiata. Susan era passata in negozio nel pomeriggio e naturalmente si era innamorata dei candelabri, che erano veramente belli, ma poi aveva espresso qualche dubbio sul fatto che potessero adattarsi all'arredamento di casa sua, che era sostanzialmente moderno, tutto pelle e acciaio, con enormi cuscini sul pavimento, quadri astratti e così via. Così Mott le aveva detto che sarebbe stato lieto di prestarle i candelabri finché non avesse deciso. Susan lo aveva ringraziato e lui glieli aveva fatti recapitare il giorno dopo.

Susan l'aveva chiamato un sabato, doveva essere la prima settimana di febbraio, e gli aveva chiesto se per caso non avrebbe potuto passare a casa sua per dare un'occhiata ai candelabri. Li aveva messi sul tavolo della sala da pranzo, che era tutto in vetro e acciaio, e pensava che forse l'ottone faceva a pugni con l'acciaio, per cui avrebbe davvero apprezzato un suo parere. Così, a fine giornata, era passato a casa di Susan.

Susan aveva preparato una caraffa di Martini: il Martini le piaceva moltissimo.

Mott le aveva detto francamente che, a suo parere, i candelabri sembravano veramente fuori posto su quel tavolo. Susan l'aveva ringraziato per l'onestà, l'aveva ringraziato di nuovo per essere andato fino a casa sua e poi gli aveva offerto un drink, che Mott aveva accettato. Erano circa le sei e mezzo, pensava Mott. Un freddissimo sabato pomeriggio di febbraio. Susan aveva messo su un po' di musica. Avevano bevuto qualche drink. Avevano ballato. Era cominciata così. Era sembrato tutto così naturale.

Verso la fine di febbraio...

A quel punto erano già stati a letto insieme almeno cinque o sei volte...

Verso la fine del mese, Susan gli aveva detto che aveva qualche problema a pagare l'affitto dell'appartamento e che il proprietario minacciava di gettarla sulla strada. Gli aveva detto che l'affitto era di duemilaquattrocento dollari al mese, cosa che Mott trovava assolutamente scioccante, considerando il fatto che l'ipoteca sulla sua casa a Locksdale era soltanto di tremila dollari e rotti al mese, e lei gli aveva detto che sarebbe stato un peccato se avesse perso l'appartamento, perché era così bello poter stare insieme in un ambiente così carino. Non gli stava chiedendo di darle i soldi...

— All'inizio non capivo cosa intendeva dire — disse Mott.

... ma solo di prestarglieli.

Temporaneamente.

Solo per l'affitto di marzo. Perché entro poco tempo avrebbe avuto quei lavori da modella, che le sarebbero stati pagati prima della scadenza di aprile, e allora avrebbe avuto abbastanza soldi per saldare il debito. Se solo lui avesse potuto prestarle i duemilaquattrocento dollari. Perché lei adorava stare con lui e fare tutte le cose che facevano insieme. A lui non piacevano da morire le cose che facevano insieme?

— Era così bella — disse Mott.

Così assolutamente bella. E notevolmente...

— Anzi, in realtà sorprendentemente...

Non trovava la parola. O forse sapeva la parola, ma si rifiutava di condividerla con i poliziotti.

— Le ho dato i soldi — disse Mott. — Li ho presi da un mio conto vincolato e glieli ho dati. Mi ha chiesto se volevo un pagherò scritto e io le ho risposto di no naturalmente. E poi...

Quando era arrivato il momento di pagare l'affitto di aprile, Susan non aveva avuto i soldi neppure per quello e così Mott le aveva prestato altri duemilaquattrocento dollari, e poi altri duemilaquattrocento in maggio e, quando era arrivato giugno, Mott aveva capito che era diventata una scadenza fissa: lui le stava pagando l'affitto dell'appartamento, la stava mantenendo, Susan era quasi la sua...

— Be', lasciamo perdere il quasi — disse. — Era proprio quello: la mia mantenuta.

Tua e anche di Schumacher, pensò Carella.

— Dio, l'amavo così tanto — disse Mott.

In luglio, lui e la moglie erano andati via per la festa del... Be', per l'esattezza avevano lasciato la città il 30 giugno, che era un sabato, avevano passato tutta la settimana seguente a Baltimora con la sorella della moglie ed erano rientrati soltanto la domenica dopo. Susan si era presentata in negozio il giorno seguente. Il lunedì. Il 9. Era arrivata verso l'ora di pranzo e voleva sapere se lui per caso non si era dimenticato una cosina. Mott all'inizio non aveva capito cosa volesse dire Susan. Ah sì? aveva detto Susan. Non lo sapeva? Forse lui pensava che una ragazza come lei gli capitasse tutti i giorni della settimana, vero?

— Be', ha parlato di... quello che noi... quello che noi... Insomma, di ciò che lei... uh. Ha detto che avrei... ha detto che avrei dovuto pensarci, la prossima volta che le chiedevo di... insomma, avete capito. Perché, se io mi dimenticavo dell'affitto, allora lei avrebbe fatto meglio a cominciare a cercarsi qualcuno che la apprezzasse, invece di approfittarsi di lei in quel modo. Era furiosa. Non l'avevo mai vista così. Io non avevo mai pensato di approfittarmi di lei, io pensavo che a lei piacesse. Ho cercato di spiegarle...

Aveva cercato di spiegarle. Era stato per via delle feste, del Quattro Luglio, la banca il mercoledì era comunque chiusa e lui aveva dovuto partire con sua moglie. Susan sapeva che era sposato, sapeva che aveva una moglie. Susan gli aveva chiesto se riusciva a immaginare com'era stato umiliante ricevere la telefonata della proprietaria dell'appartamento che le chiedeva dov'erano i soldi. Se ne rendeva conto? Mott era andato in banca mentre lei lo aspettava in negozio...

— Era circa mezzogiorno e mezzo, la registrazione della banca è esatta — disse Mott.

... le aveva portato i soldi e improvvisamente lei era diventata una persona diversa, la stessa Susan che Mott aveva sempre conosciuto. Anzi, proprio lì, in negozio, lei si era...

— Be'... — disse Mott.

Carella e Brown non gli chiesero cosa avesse fatto Susan, proprio lì in negozio.

Carella gli domandò invece: — Lei dove si trovava la sera in cui Susan Bauer è stata uccisa?

— A casa, con mia moglie.

Isabelle Mott era tra i quarantacinque e i cinquant'anni, alta circa un metro e settanta, aveva capelli neri, lunghi e lisci e occhi marrone scuro che, uniti ai gioielli d'argento e turchese che aveva addosso, le davano un sensazionale, attraente aspetto da indiana americana, cosa che lei non era. Isabelle Mott in realtà era di origine scozzese-irlandese, figurarsi.

Non le dissero che suo marito, Thomas, aveva di recente vissuto una storia con una bella bionda ventiduenne che era stata assassinata solo otto giorni dopo che lui l'aveva vista per l'ultima volta. I due poliziotti pensavano che non ci fosse ragione di creare più guai di quanti ne esistessero già. Le chiesero semplicemente se sapeva dove si trovava suo marito la sera del 17 luglio. Era un martedì sera. Quando la donna chiese perché volevano saperlo, le risposero quello che dicevano a qualsiasi civile che volesse sapere il perché di certe domande: Indagini di routine, signora.

— Era qui — disse la donna.

— Come fa a ricordarselo? — le domandò Carella.

La donna non aveva guardato il calendario, non aveva consultato l'agenda...

— Quella sera ero a letto, ammalata.

— Ammalata di cosa, signora? — le chiese Brown.

— Avevo subito un intervento.

— Che tipo di intervento, signora? — domandò Brown.

— Un piccolo intervento chirurgico.
— È stata ricoverata in ospedale? — chiese Carella.
— No. L'intervento si è svolto in mattinata e Tommy è passato a prendermi nel pomeriggio.
— Dov'è stato eseguito questo intervento? — domandò Brown.
— All'Hollingworth.
Un ospedale non lontano da dove si trovavano, nel Trentaduesimo distretto.
— E qual era la natura dell'intervento? — chiese Carella.
— Se proprio lo volete sapere — disse Isabelle — ho fatto un D & C, okay?
— Capisco — disse Carella, e annuì.
Brown stava pensando che era così che una volta chiamavano gli aborti, prima della causa Roe contro Wade.
— A che ora è tornata a casa dall'ospedale? — domandò Carella
— Verso le quattro, quattro e mezzo.
— E suo marito era con lei?
— Sì.
— E, dopo quell'ora, non è più uscito di casa?
— Intende quella sera?
— Sì. La sera del diciassette. Dopo che siete tornati dall'ospedale, suo marito è uscito di casa?
— No.
— È rimasto a casa per tutta la sera e la notte?
— Sì — rispose Isabelle, dando un tono definitivo alla risposta.
— Bene, la ringraziamo molto — disse Carella.
Brown annuì.

Le segnalazioni stradali sul lampione all'angolo indicavano rispettivamente Meriden St e Cooper St, in caratteri bianchi su fondo verde; una delle indicazioni orizzontali era rivolta in direzione est-ovest, l'altra nord-sud. Sotto queste indicazioni, in bianco su azzurro, c'era un cartello più grande che diceva:

SILENZIO
ZONA
OSPEDALIERA

Sul lato opposto della strada, le enormi finestre illuminate del Farley General risplendevano di una cruda luce giallo-bianca sullo sfondo del cielo nero e senza luna. Mancavano quindici minuti a mezzanotte e la strada era silenziosa e deserta. Ogni tanto passava un'auto, ma il traffico era sostanzialmente scarso; gli automobilisti tendevano ad evitare quella strada perché il limite di velocità era di soli trenta chilometri l'ora e preferivano, per l'accesso al ponte, passare per la Averill.

In piedi tra le ombre degli alberi sul lato opposto della strada, si poteva praticamente sentire il battito del proprio cuore, tanto profondo era il silenzio. La mano stringeva il calcio della pistola nella tasca destra del lungo soprabito nero. Di nuovo nero, abbigliamento ancora nero. Il calcio adesso è caldo, anche se prima era sembrato freddo nel buio fresco della tasca. Adesso è più caldo. Il palmo della mano è un po' umidiccio sul calcio di noce della pistola, ma non a causa del nervosismo, l'hai già fatto abbastanza spesso da non provare più nervosismo. È più per via dell'attesa, è l'onesto sudore dell'anticipazione, dell'aspettativa. Le spari e la uccidi nel momento stesso in cui esce da quelle porte. Le vuoti il caricatore addosso. La ammazzi.

Sarebbe uscita a mezzanotte.

Il lunedì lavorava nel turno dalle sedici a mezzanotte. Era importante controllare questo genere di cose, assicurarsi di sapere bene chi sarebbe stato, dove e quando. Altrimenti si commettono errori. Fino a quel punto non c'erano stati errori. Tutte le domande che avevano fatto... ma niente errori. Troppo in gamba per loro, ecco il punto. Basta solo mostrargli quello che vogliono vedere, dire quello che si aspettano di sentirsi dire, e loro sono soddisfatti. Era così facile prenderli in giro, così facile. Basta recitare la persona che loro pensano tu sia. Non importa quello che hai dentro, non importano il dolore e la sofferenza che hai dentro: devi mostrare solo la superficie. Ripeti l'immagine che loro stessi hanno creato, lo stereotipo della persona che loro credono che tu sia. Io sono così, giusto? Non è così che sono? La persona che pensate sia io? L'idea di me che avevate in testa ancor prima di conoscermi, non è vero? Non sono così io?

Io sono così.

Io sono questa pistola.

Dura e fredda e umida e bollente nella mia mano.

Mezzanotte meno cinque.

Tra poco uscirai nella tua bella uniforme bianca inamidata. Non ti cambi mai prima di tornare a casa, non è vero? Esce a passo di marcia con la sua divisina bianca, la signora infermiera, la sua prima e principale scelta, il modello per tutto il resto, ma scema, completamente e sostanzialmente scema! Snella, bella, la tipica americana bionda di base. Il nostro amico ha decisamente un debole per le bionde. Aveva. Ma adesso non sei più tanto bella, vero, signorina Nightingale? Sei bionda soltanto grazie a un piccolo aiuto, giusto? Un aiutino dalla Miss Clariol, vero? Be', avrai un piccolo aiuto anche da me, questa sera, un aiutino dalla signorina Cobra che ho qui in tasca, un piccolo sputo della signorina Cobra. Te la vuoto addosso! Così sporco di sangue la tua immagine di infermiera e confermo la mia immagine di quello che volete che sia, di quello che vi siete costruiti in mente come unica e vera immagine di me. Di nuovo completamente in nero questa notte, come in lutto, in un sudario di nero, di bianco c'è solo la mia faccia nel buio.

Una luce rossa sopra la porta sull'altro lato della strada.

L'ingresso del personale.

La luce indica l'ingresso del personale.

Mezzanotte meno tre minuti.

Adesso la porta si apre.

Si riversano fuori infermiere. Portantini. Interni. Si spargono nella notte. Alcuni sono in uniforme, altri in borghese. Si disperdono. Ma tu dove sei, signora infermiera? Non devi farci aspettare, sai? La signorina Cobra e io ci arrabbiamo moltissimo quando...

Eccola!

Sta uscendo adesso. Dice buonanotte a un uomo con una giacca blu sopra i pantaloni bianchi dell'ospedale. Gli dice qualcosa. Ci vediamo domani: la voce si trasmette nell'aria quieta della notte. Oh no, tu non vedrai proprio nessuno, domani. Adesso si volta. Sorride. Va verso sinistra, verso l'ingresso della metropolitana all'angolo. Davanti a lei ci sono due infermiere.

Muoviti. Veloce. Attraversa la strada. Tira fuori la pistola. Avvicinati. Veloce. Dietro di lei. Ecco! Ecco! Ecco! Ecco! Ecco!

Qualcuno urla.

Corri!

11

Non sarebbe stata più spaventosa se fosse entrata in sala agenti volando a cavallo di una scopa. I capelli biondi simili a un nido arruffato, gli occhi azzurri che mandavano lampi, le labbra rabbiosamente tirate sopra i denti, spalancò il cancelletto nel divisorio a listelli e marciò direttamente verso la scrivania dove sedevano Carella e Brown.

— Okay, vi ascolto!

I due detective sbatterono le palpebre. Dato che stavano leggendo il rapporto che la Balistica aveva mandato meno di cinque minuti prima, avrebbero potuto dirle che adesso avevano un riscontro certo per le pallottole calibro 22 che la notte prima avevano ucciso sua madre. Ma la donna non sembrava dell'umore adatto per stare a sentire che la stessa pistola aveva ucciso anche suo padre e la sua matrigna. I due poliziotti avevano già visto quell'espressione sui visi di cittadini indignati, ma raramente così prossima all'esplosione. Con i pugni stretti, sembrava quasi che da un momento all'altro Betsy Schumacher potesse mollare un pugno a uno dei due poliziotti, o a tutti e due. Si chiesero cosa avessero fatto. Lei glielo disse.

— Perché non mi avete avvertito?

— Non avevamo il suo numero di telefono nel Vermont — rispose Carella. — Sua sorella ci ha detto che avrebbe...

— Lasci perdere mia sorella. Era vostra la responsabilità di informarmi che mia madre era morta.

In effetti non era affatto responsabilità loro. Niente nella legge o in qualsiasi manuale richiedeva che un agente investigativo avvertisse la famiglia di una vittima. Inoltre, ormai la notifica da parte della polizia era spesso superflua: nella maggior parte dei casi, la famiglia era già stata informata dalla televisione. In un manuale redatto da un ex capo dei detective, famiglia e amici si classificavano soltanto sesti in ordine di importanza nell'elenco delle procedure da seguire:

1) Aprire la pratica...
2) Determinare il fabbisogno di personale...
3) Assegnare i lavori di ufficio al relativo personale...
4) Predisporre linee telefoniche supplementari...
5) Interrogare con cura tutti i testimoni e i sospetti.
6) Interrogare famigliari e amici del defunto per le informazioni di fondo.

Solo dopo aver controllato tutti i soliti sospetti era considerato necessario parlare con la famiglia e gli amici. E anche allora, solo per raccogliere informazioni di fondo. Ma da nessuna parte il capo dei detective, né nessun altro, affermava che un agente investigativo dovesse telefonare prima alla famiglia, anche se, nella pratica operativa, succedeva spesso così. La notte prima, avevano avvertito immediatamente Lois Stein e le avevano effettivamente chiesto il numero di telefono di Betsy nel Vermont. Lois aveva detto che avrebbe chiamato personalmente sua sorella. Evidentemente l'aveva fatto. Perché ecco qui Betsy, schiumante di rabbia e col fiato corto, che minacciava di denunciarli o di appenderli per i pollici. Carella stava pensando che il vero crimine era un altro omicidio e si stava chiedendo se la signorina non stesse protestando un po' troppo per una svista immaginaria. Brown era già un passo avanti: si stava chiedendo se Betsy non avesse fatto fuori la sua stessa madre. Se non avesse fatto un'altra volta il numero del viaggio dal Vermont alla città e ritorno. Ciao, ciao, mamma.

— Ci dispiace moltissimo, signorina Schumacher — disse Brown. Sembrava sinceramente dispiaciuto. — Ma quando siamo riusciti a trovare sua sorella era veramente molto tardi...

— E c'erano tante cose da fare sulla scena del... — aggiunse Carella.

— E abbiamo davvero chiesto il suo numero, sul serio.

— Lois mi ha telefonato questa mattina alle quattro — disse Betsy.

— Vale a dire poco dopo che ce ne siamo andati da casa sua — disse Brown, facendole capire che quei sottopagati lavoratori indefessi, servi della legge, avevano lavorato sul caso per tutta la notte, facendo ricerche a setaccio sulla scena del delitto, battendo a macchina i rapporti...

— Era comunque responsabilità vostra — disse Betsy, petulante. Ma cominciava ad ammorbidirsi. — Lois mi ha detto che hanno sparato alla mamma verso mezzanotte e io l'ho saputo soltanto...

— Sì, secondo i testimoni, è stato a mezzanotte.

— Volete dire che ci sono dei testimoni? — chiese Betsy.

— Sì, due.

— Persone che hanno visto sparare?

— Be', sentito, in realtà — disse Carella. — Due infermiere che stavano scendendo la scala della stazione della metropolitana. Si sono voltate quando hanno sentito gli spari e hanno visto l'assassino che scappava.

— Allora avete una descrizione.

— Non proprio. Hanno visto una persona. Ma non ci hanno saputo dire com'era questa persona, a parte che lui...

— O lei — disse Brown.

— O lei — ripeté Carella, annuendo — vestiva completamente di nero.

— Allora non sapete chi...

— No, signorina Schumacher. Non lo sappiamo — disse Carella. — Non ancora.

— Non ancora — ripeté la donna. — E quando pensate di poterlo sapere?

— Stiamo facendo del nostro meglio...

— Questo è il quarto omicidio, santo Iddio!

— Sì. Noi...

— È la stessa persona, non è vero? Quella che ha ucciso papà e adesso...

— Abbiamo motivo di credere che sia la stessa persona, sì.

— Non me ne frega un accidente delle puttane di papà. Vorrei che qualcuno le avesse uccise tanto tempo fa. Ma se volete la mia opinione...

Non la volevano.

— ... questa persona vuole eliminare tutta la famiglia. Le puttane erano solo una cortina fumogena...

Teoria che avevano considerato anche loro. Però l'avevano rifiutata.

— ... per nascondere i veri bersagli: mia madre e mio padre. E questo significa che forse Lois e io saremo le prossime. — Betsy esitò un istante, poi disse: — Mentre voi non fate niente.

— Stiamo facendo tutto il possibile — disse Carella.

— No, io non credo. Non quando quattro persone vengono assassinate nel giro di due settimane o tre settimane.

— Sono esattamente due settimane oggi — disse Brown.

— Bene, e questo è fare qualcosa? Questo significa non fare niente, ecco cosa. Dove diavolo eravate ieri notte quando hanno ucciso mia madre?

I due poliziotti non dissero niente.

— Lo vedete anche voi che c'è uno schema, vero?

— Lei quale schema vede, signorina Schumacher? — domandò pazientemente Carella.

— Io vedo che prima uccidono la puttanella di papà e poi papà stesso. Così tutti pensano che si tratti di qualcosa che riguarda esclusivamente loro due. Ma poi uccidono anche l'altra puttana...

— Con altra puttana lei...

— La signora Schumacher, la sua adorata moglie — disse Betsy con scherno. — Margaret, la primissima puttana. A settembre sarebbero stati sposati da due anni. Ma non è una splendida ironia? Entro il giugno scorso, prima ancora che si raffreddasse il banchetto di nozze, papà si era già trovato un'altra ragazza. Il punto è che...

No, sbagli i tempi, pensò Brown.

— ... che questa persona, chiunque sia, prima uccide l'amante nuova e poi mio padre...

Il padre si era messo con la Brauer soltanto all'inizio di quest'anno.

— ... nel tentativo di far sembrare che ci sia un legame tra loro...

— Be', un legame c'era — osservò Carella. — Suo padre aveva...

— So cosa aveva. So leggere anch'io i giornali, grazie. Il punto è che l'assassino poi uccide Margaret, così tutti pensiamo che ce l'abbia con le amichette di mio padre, mentre in realtà ce l'ha con tutta la famiglia Schumacher. Non occorre un genio per capirlo. Si suppone che voi siate poliziotti. Chi volete vedere ucciso, adesso? Mia sorella? Me?

— Lei comunque si sbaglia — disse Brown.

— Ah sì? — disse Betsy, voltandosi verso di lui. — E lei allora come la vede? I primi tre omicidi sono stati...

— Parlavo dell'epoca in cui suo padre ha cominciato con la ragazza Brauer.

— Non so quando ha cominciato con lei, qualsiasi cosa significhi, ma so che era intimamente coinvolto con lei nel giugno scorso.

— Non può essere.

— Vi sto dicendo che...

— Signorina, abbiamo una lettera di suo padre in cui dice di averla conosciuta il primo dell'anno...

— La lettera di lei è datata giugno dell'anno scorso.

I due detective la guardarono.

— La lettera di chi? — chiese Carella.

— Voi chi pensate? Della donna che manteneva, la donna che è stata su tutti i giornali. La piccola Suzie Raggiodisole.

— Lei ha una lettera che Susan Brauer ha scritto a suo padre?

— Sì.

— Come fa ad averla?

— L'ho trovata.

— Dove?

— Nel Vermont.

— Nella casa che le ha regalato suo padre?

— Non in casa, in garage. In una scatola da scarpe nel garage. Quando mi sono trasferita lì, ho pulito il garage e ho...

— C'era soltanto quella lettera nella scatola?

— Sì.

— Che tipo di lettera? — chiese Brown.

— "Ciao!" — disse Betsy, si mise le mani sulle guance e allargò le dita a ventaglio. Occhi azzurri spalancati, sorridendo come Shirley Temple, cinguettò con una vocina sottile: — "Come mi piacerebbe succhiarti il cazzo, tesoro!" — Poi richiuse le mani e, con la stessa vocina sottile, disse: — "Bye!".

Brown annuì.

— Quel tipo di lettera — disse Betsy.

— E lei quando ha trovato questa lettera? — le chiese Carella.

— Lo scorso luglio. Quando mi sono trasferita nella casa in Vermont.

— Non è possibile — ripeté Brown. — Lui e Susan...
— Non mi venga a dire che non è possibile — l'interruppe Betsy. — Io so maledettamente bene quando è stato. È stato il giorno più importante della mia vita.
— Noi abbiamo le lettere che suo padre ha scritto a Susan — disse Carella — e hanno tutte la data di quest'anno.
— ... e anche quelle di Susan a suo padre — aggiunse Brown.
— Be', io ho trovato quella lettera un anno fa — insistette Betsy. — Ed è datata venerdì trenta giugno.
— Deve essere di quest'anno — disse Brown.
— State dicendo che non so quando ho... Sentite, dov'è un calendario?
Carella guardò Brown, soffocò un sospiro e aprì il cassetto della scrivania. Tirò fuori la sua agenda, sfogliò le pagine fino ad arrivare al calendario del mese di giugno dell'anno in corso, diede un'occhiata, rialzò gli occhi e disse: — Il trenta è caduto di sabato.
— Guarda l'anno scorso — disse piano Brown.
In fondo all'agenda, di fronte a una cartina che mostrava i fusi orari e i codici postali degli Stati Uniti, Carella trovò tre calendari stampati in caratteri ridotti sulla stessa pagina; il calendario dell'anno in corso era sormontato da quello dell'anno precedente e seguito dal calendario dell'anno successivo. Stringendo gli occhi per leggere i numeri stampati in piccolo, Carella studiò il calendario dell'anno prima, alzò gli occhi e disse a Brown: — Ha ragione. Il trenta giugno cadeva di venerdì.
Brown annuì.
— Ha ancora quella lettera? — domandò a Betsy.

Venerdì 30 giugno

Ciao!

Mi piace questo gioco. Mi dispiace soltanto che tu non ci abbia pensato prima. Ma la prossima volta che ci vediamo, dovrai spiegarmi di nuovo le regole. Mi è consentito scrivere qualunque cosa mi venga in mente? Sarò così cattiva che non potrai sopportarlo.

Oggi piove. Vuoi venire a sguazzare sotto la

pioggia con me? Vuoi venire a giocare sotto la pioggia con me?

Mi domandi sempre come sono vestita. In questo momento ho un reggiseno a balconcino di pizzo nero, così basso che i capezzoli sono fuori. Calze nere di seta, con il reggicalze. Slip neri aperti in mezzo. Scarpe nere con il tacco a spillo. Queste calze di seta sono così lisce. Penso che ti piacerà passarci sopra la mano e risalire lungo la coscia, fino all'orlo della calza. E allora forse ti verrà voglia di spostare la mano sulla mia fica bagnata, affamata. Ho spalancato le gambe per te. Ma forse, dato che sai che sono già pronta per te, che sto addirittura male dalla voglia che ho di te, infilerai subito il tuo cazzo dentro di me e comincerai a scoparmi.

Pensi a me quando scopi tua moglie?

Mi sta venendo caldo, mentre me ne sto seduta a pensare a te e al tuo cazzo, grosso e duro. Perché non sei qui con me? Cosa posso fare senza di te? Forse mettermi una mano tra le gambe? Pensi che dovrei farlo? Dovrei cominciare a sfregare il medio sul clitoride? Sì, farò così, è proprio quello che penso di fare: toccarmi pensando a te, pensando al tuo cazzo nella mia bocca. Chiudo gli occhi e immagino il tuo cazzo in bocca, me lo sento dentro, ti sento dire tutte quelle cose... O Dio, vorrei che ci fosse la tua bocca qui, tra le mie gambe, vorrei che fosse la tua lingua a leccarmi, a leccarmi, a leccarmi... Ma questa non posso essere io! Io non avrei mai detto a nessuno che pensare a te mi fa sentire il seno gonfio e mi pare che mi faccia quasi male per il desiderio, che pensare a te che mi chiavi mi fa bagnare come un fiume.

Mi piace come mi accarezzi il seno, mi sembra che diventi bollente per la voglia. Mi sento la fica tutta bagnata, è pronta per te. Vieni da me, mettimelo dentro. Prima scopami adagio, adagio... è così sexy sentire il cazzo che esce quasi del tutto... E poi rimettimelo dentro più che puoi... in fretta, sempre più in fretta. Fottimi, vieni a fottermi. Mi piace, mi piace. Oh Gesù, sto venendo e tu non sei neppure qui.

Che diavolo di un uomo sei per farmi fare queste cose?

Passa da me e ti darò un giocattolo nuovo.

Bye!

La lettera era stata scritta con la stessa macchina di quelle che avevano trovato nella cassetta di sicurezza di Arthur Schumacher: le caratteristiche erano inequivocabilmente identiche. Come le altre diciassette lettere, anche questa cominciava con il giorno della settimana...

Venerdì.

Poi il giorno, in cifre...

30.

E infine il mese.

Giugno.

Il 30 giugno dell'anno prima era caduto di venerdì. Una telefonata all'archivio del giornale del mattino aveva confermato che quel giorno era piovuto. In tutte le lettere, dopo la data non c'era l'indicazione dell'anno. C'era soltanto mercoledì 28 giugno e venerdì 30 giugno e martedì 4 luglio e sabato 15 luglio e così via...

Diciotto lettere in tutto, compresa quella che Betsy aveva trovato in fondo a una scatola da scarpe vuota in un polveroso garage nel Vermont. Tutte le date corrispondevano al calendario dell'anno prima. Adesso non c'era alcun dubbio su quando le lettere fossero state scritte.

Ma se qualcuno...

Se uno qualsiasi dei supersegugi dell'87° distretto si fosse preso il disturbo di controllare con un calendario le date delle lettere che avevano trovato, quando le avevano trovate, si sarebbe immediatamente reso conto che nessuna data sulle lettere nella cassetta di Schumacher corrispondeva ai giorni di calendario dell'anno in corso.

Comunque era facile capire come...

— Avremmo dovuto controllare — disse Brown.

— Nessuno è perfetto — disse Carella.
Il che era vero.
In ogni caso, se Arthur Schumacher non aveva incontrato Susan Brauer prima del gennaio dell'anno in corso, evidentemente lei non avrebbe potuto scrivergli quelle lettere nel giugno e luglio dell'anno prima.
Elementare.
Nel qual caso, chi le aveva scritte?
Nessuna lettera era firmata. Tutte cominciavano con "Ciao!" e finivano con il saluto "Bye". I contenuti erano simili e così lo stile, se così si poteva chiamare. Chiunque avesse scritto una di quelle lettere le aveva scritte tutte.
— Cosa pensi che intendesse dire qui? — domandò Brown.
— Dove? — chiese Carella.
— Qui. Dove parla del giocattolo.
— Non lo so.
Brown lo guardò.
— Cosa c'è? — gli chiese Carella.
— Non so. È solo che mi ricorda qualcosa.
— Parli del giocattolo?
— Non so se è per il giocattolo.
— Allora...
— C'è qualcosa — disse Brown.
— Passa da me e ti darò un giocattolo nuovo — disse Carella, sollecitandolo.
I due detective si guardarono. Entrambi si strinsero nelle spalle.
— Un qualche tipo di giocattolo sessuale? — chiese Carella.
— Potrebbe essere, ma...
— O forse intendeva parlare di un numero a tre.
— Mmm.
— Un'altra ragazza. Per un numero a tre. Passa da me e ti darò un giocattolo nuovo.
— Ma a te non fa venire in mente niente?
— Il giocattolo, dici?
— Il giocattolo nuovo. Qualcuno non ci ha... Non c'è stato qualcosa a proposito di giocattoli nuovi?
— No, io non...
— A proposito di ricevere un giocattolo nuovo...
— No.

— ...o comprare un giocattolo nuovo... o un qualche tipo di spedizione di giocattoli...

— Oh Dio — disse Carella. — Il cane!

Il ristorante una volta si chiamava Wally's Soul, e serviva ancora piatti *soul*, tipici della cucina nera, ma il proprietario l'aveva ribattezzato Viva Mandela Deli poco tempo dopo la trionfale visita in città del leader sudafricano. Alle sette di quel martedì sera il locale era parecchio affollato. Bent stava mangiando una bistecca fritta, con puré, sugo di carne, piselli cotti nel lardo e pane caldo imburrato. Wade mangiava pollo fritto con *rutabaga, okra* fritta e pane imburrato caldo. Mangiare non era lo scopo primario della loro presenza nel locale, ma ogni poliziotto della città sapeva che era meglio mandare giù un boccone appena possibile, dato che non si può mai sapere.

Erano andati nel ristorante per parlare con una ragazza bianca sedicenne di nome Dolly Simms.

— Niente stronzate razziali a proposito della piccola Dolly, eh? — disse Wade.

— Assolutamente nessuna. Il problema è la sua mancanza di buon gusto — disse Bent. — Finire a letto con due tossici da crack di Washington.

— Sempre che Smiley abbia detto la verità.

Smiley era un informatore dal viso arcigno che ogni tanto utilizzavano, facendogli penzolare sulla testa un cinque anni e rotti per rapina a mano armata. Bent si stava chiedendo ad alta voce se Smiley avesse raccontato la verità quando aveva detto che Dolly Simms, in quel periodo, viveva con due neri di Washington. Dolly era una prostituta.

— Pensi che Dolly venga davvero qui a mangiare? — chiese Bent.

— L'hai sentito anche tu Smiley. Dolly viene qui tutte le sere, prima di andare al lavoro.

— È che faccio fatica io a mangiare questa merda. E io sono nero.

Tutti e due risero.

— Però il pollo fritto è abbastanza buono — disse Wade.

Bent guardò nel piatto del collega.

— Hanno cambiato il nome, potevano cambiare anche la cucina — osservò acido.

— Non avrebbero dovuto cambiare neppure il nome — disse Wade. — Noi spendiamo due milioni e mezzo di dollari per ricevere Mandela alla grande e lui ci dice di fare la rivoluzione e ammazzare tutti i bianchi.

— Non ha detto così — disse Bent.

— Sua moglie sì. Proprio a Diamondback. Ha detto che tutti noi, neri americani, dovremmo unirci ai nostri fratelli della foresta, quando arriverà il momento di combattere l'uomo bianco in Sudafrica. Secondo te non sono delle stronzate, Charlie?

— Però è vero che abbiamo dei legami con l'Africa — disse Bent.

— Ah sì. Devono essere milioni i neri di questa città che hanno dei fratelli sparsi nelle foreste del Sudafrica.

— Be', i legami ci sono — ripeté Bent.

— Tu per caso ti identifichi in un qualche africano con le mosche negli occhi, che beve latte di capra e sangue?

— Be', no. Però... stiamo parlando delle nostre radici.

— Ma quali radici? Le mie radici sono nella Carolina del Sud, dove sono nati mio padre e mia madre — disse Wade. — E mio nonno e mia nonna prima di loro. E sai dov'erano le loro radici? Lo sai da dove venivano i loro genitori? Dal Ghana... da quella che una volta si chiamava la Costa d'Oro. Che non è per niente vicino al Sudafrica.

— Però moltissimi schiavi sono arrivati qui dal Sudafrica — ribatté Bent.

— No. Moltissimi schiavi non sono arrivati qui dal Sud Africa, nossignore. Il commercio degli schiavi era con l'Africa occidentale. Va' a controllare, Charlie. Gli schiavi arrivavano da paesi come il Dahomey e la Costa d'Avorio, il Ghana e la Nigeria... Tutti intorno al Golfo di Guinea, ecco dov'era il commercio degli schiavi. Oppure, a volte, dal Congo o dal Gambia... Ma tu non sai niente dell'Africa?

— So dove sono tutti questi posti — ribatté Bent, offeso.

— Mandela si sveglia dopo ventisette anni di galera — disse Wade, accalorandosi. — Viene qui come un sonnambulo e si mette a parlare come uno che non sa che tutto il mondo si è già scrollato di dosso il comunismo. E ci viene a dire di unirci ai nostri fratelli neri del Sudafrica, da dove nessuno dei nostri fratelli è mai arrivato, tanto per cominciare. Credeva di parlare con dei poveri negri scemi?

— Io credo che abbia fatto del bene, qui — disse Bent.

— Io penso che abbia peggiorato le cose — replicò Wade. — Abbiamo dei problemi seri qui da noi e non saranno le sfilate per gli stranieri a risolverli.

— E allora come mai stai mangiando pollo fritto? — chiese Bent. — Se sei così maledettamente bianco, perché non hai preso una fetta di pane magro integrale con sopra un po' di margarina senza colesterolo?

— Io sono nero — disse Wade, annuendo. — Puoi scommetterci il culo. Ma non sono sudafricano, e puoi scommettere il culo anche su questo... Eccola che arriva.

Wade era rivolto verso la porta di ingresso. Bent si voltò a guardare. Ciò che entrambi videro fu una ragazzina bianca che sembrava anoressica, alta circa un metro e settanta per quarantacinque chili. Aveva un paio di stivali di tela color porpora, con le frange, una mini nera e una camicetta di seta color lavanda scollatissima sui seni piccoli e il torace stretto. I capelli erano dello stesso colore degli stivali. Aveva la parola battona stampata sulla fronte e la parola tossica su tutta la faccia. I due poliziotti si alzarono in piedi e puntarono verso la porta. Non se la sarebbero lasciata scappare.

— Signorina Simms? — chiese Wade.

Uno a destra e l'altro appena un passo dietro di lei, in modo che non potesse uscire dalla porta.

Bent era alla sinistra. — Polizia — dichiarò, e mostrò il distintivo.

Nessuna reazione. La ragazza sbatté le palpebre e guardando il distintivo, fissò Bent in faccia e poi si voltò verso Wade. I due agenti pensarono che fosse completamente fatta. Le sette di sera appena passate, una lunga notte di lavoro davanti a sé e la ragazza era già completamente fuori di testa.

— Vorremmo farti qualche domanda — le disse Wade.

— Su cosa?

Occhi chiari, non del tutto a fuoco. Un sorriso leggero sulla bocca. Gli agenti si domandarono di cosa fosse fatta. Gli occhi di Bent andarono automaticamente alle braccia nude della ragazza. Non vide alcun segno sulla carne bianca e pallida. E la gonna era corta abbastanza da mostrare eventuali buchi sulle cosce.

— Mettiamoci a sedere — le disse.

— Certo.

Niente da nascondere, tutto molto aperto e disinvolto. Bent e Wade pensarono che Dolly non avesse roba con sé. Solo una prostituta, fatta di qualcosa, e due sbirri che camminavano tutti lungo la stessa strada, ma su lati opposti.

Presero posto a un tavolo in fondo al locale. C'era un flusso regolare di traffico in direzione dei bagni. Wade e Bent pensarono che i clienti ci andassero per sniffare qualche linea, ma loro si trovavano lì per cercare un assassino e non gliene fregava niente di arrestare qualche naso rosso. È questo il guaio quando una città comincia a scivolare verso il basso: non ci si preoccupa più delle piccole cose. Quando c'è gente che viene uccisa, non si corre dietro ai ragazzini che disegnano graffiti sui muri con lo spray. Non si fa la multa a un camionista che ha suonato il clacson. Non si arrestano i furbi che saltano le barriere della metropolitana senza pagare. Quando ti devi preoccupare di omicidi e stupri e rapine a mano armata, il resto è solo civiltà di massa.

— Raccontaci di Sonny e Dick — disse Wade.

— Non li conosco — rispose Dolly. — Potrei avere qualcosa da mangiare? Io sono venuta qui per mangiare.

— Certo. Cosa vuoi, Dolly?

— Gelato. Al cioccolato, per favore.

Ordinarono un gelato al cioccolato. All'ultimo momento, Dolly decise che ci voleva i pezzetti di cioccolato sopra. Il cameriere riportò il piatto al banco e ci versò sopra le scaglie di cioccolato. Quando ritornò al tavolo, Dolly prese un cucchiaio e cominciò immediatamente a mangiare.

— Buono — disse.

— Sonny e Dick — le disse Bent. — Due uomini, tutti e due neri.

— A me piacciono i neri — disse Dolly, strizzò l'occhio a tutti e due e si leccò le labbra.

— Così ci hanno detto.

— Buono — ripeté la ragazza, e mangiò un'altra cucchiaiata di gelato.

— Dove sono? — le chiese Wade.

— Io non li conosco.

— Sonny e poi?

— Non lo conosco. Spiacente. — Mangiava. Si leccava le labbra. Leccava il cucchiaio.

— Dick e poi?

— Non conosco neppure lui.
— Ti ricordi di giovedì sera?
— No.
— Ricordi dov'eri giovedì sera?
— Spiacente, no. Dov'ero?
— Verso le dieci, le dieci e qualcosa?
— No.
— Ti ricordi di Sloane Street?
— No.
— Il 3341 di Sloane Street?
— Buono questo gelato. Dovreste prenderlo anche voi. Vuoi assaggiarlo? — domandò a Bent, e gli tese il cucchiaio.
— Terzo piano — disse Wade. — Tu e Sonny e Dick che vi cucinavate un po' di roba sopra una candela infilata in un portacandela rosso.
— Io non mi faccio. Io sono pulita.
— Ti ricordi gli spari?
— Io non ricordo proprio niente. Potrei avere un altro gelato?
Ordinarono un altro gelato al cioccolato con pezzetti di cioccolato sopra.
— Dovreste proprio prenderlo anche voi — disse Dolly. — È buonissimo.
— Uno dei tuoi amici va in giro con un'automatica nove millimetri — disse Wade.
— Accidenti. E cos'è?
— È una grossa pistola con dentro un caricatore da venti proiettili. Ci ha sparato giù per le scale, ricordi?
— Io non so neppure dov'è Sloane Street — disse Dolly stringendosi nelle spalle.
— Dolly, ascoltami bene — le disse Wade. — Metti giù il cucchiaio e ascoltami.
— Posso ascoltare anche mentre mangio.
— Tesoro, metti giù il cucchiaio.
— Te l'ho detto, posso...
— ... altrimenti ti spacco un braccio.
Dolly mise giù il cucchiaio.
— Uno dei tuoi amici ha ucciso una persona.
Dolly non disse niente. Continuò semplicemente a guardarlo, con un'espressione astiosa perché non le lasciavano mangiare il suo gelato.

— Lo sapevi che uno dei tuoi amici ha ucciso una persona?
— No, non lo sapevo.
— Noi crediamo che sia stato Sonny, ma potrebbe essere stato anche Dick. Comunque...
— Io quei due non li conosco e perciò non me ne frega un cazzo — disse Dolly.
— Ha ucciso il padre di un poliziotto — disse Wade.
Dolly sbatté le palpebre.
Wade si sporse verso di lei, permettendole di osservare per bene la cicatrice da coltello che si allungava sottile e rosa sopra l'occhio sinistro. Ti piacciono i neri, dolcezza? Okay, allora cosa ne dici di questo negraccio con la cicatrice da duro?
— Il padre di un poliziotto — ripeté lui, sottolineando la parola.
Dolly poteva anche essere stata completamente fuori di testa meno di dieci minuti prima, e forse era ancora in viaggio. Ma adesso c'era un debole bagliore in quegli occhi chiari e morti. Stava permettendo alle parole di filtrare, stava permettendo alle parole chiave di penetrare: parlavano del padre di un poliziotto che era stato ucciso.
— Ti rendi conto di cosa significa? — le chiese Bent. — Uccidere il padre di un poliziotto?
— Io non conosco nessun Sonny.
— Significa che ogni sbirro in questa città darà la caccia a quell'uomo finché non lo prenderemo. E allora sarà fortunato se riuscirà ad arrivare vivo in galera.
— Non me ne frega un cazzo — disse Dolly. — Io non conosco nessuno di nome Sonny.
— Meno male — disse Wade. — Perché, se tu invece lo conoscessi...
— Ti ho detto di no.
— ... e saltasse fuori che lo stai proteggendo...
— E nemmeno Diz.
— Diz? — chiese immediatamente Wade. — È così che si chiama? Diz?
Dolly non si era ancora resa conto di essersi intrappolata da sola.
— Diz e poi? — chiese Bent.
— Se non lo conosco, come faccio a sapere il cognome?
— Ma tu lo conosci, non è vero, Dolly?

— No, io...
— Tu li conosci tutti e due, non è vero?
La presero tra due fuochi, scagliandole le parole addosso, senza aspettare le risposte, stordendola di parole. Wade da destra e Bent da sinistra, Dolly seduta tra loro con il cucchiaio sul tavolo e il gelato di cioccolato che andava sciogliendosi in fretta.
— Sonny e Diz.
— Due assassini neri da Washington, DC.
— Come si chiamano di cognome, Dolly?
— Dicci i cognomi.
— Sonny e poi?
— Hanno ammazzato il padre di un poliziotto.
— Vuoi finire giù per il cesso con loro?
— Vuoi continuare a proteggere due estranei?
— Due assassini?
— Vuoi ritrovarti con tutti i poliziotti della città attaccati al culo?
— Non ti lasceranno neanche respirare.
— Andrai a fondo con loro, Dolly.
— Il padre di un poliziotto, Dolly.
— Vuoi che questa storia ti pesi addosso per il resto della vita?
— Io...
I due poliziotti tacquero.
Aspettando.
Dolly guardava il gelato che si scioglieva.
Continuarono ad aspettare.
— Non so niente di loro — disse la ragazza.
— Okay — disse Wade, annuendo.
— È stata l'unica volta che li ho visti. Giovedì sera.
— Bene.
— Da allora non li ho più visti. Non so nien...
— Dolcezza, vai cercando guai grossi, vero? — disse Wade.
— Ma vi sto dicendo la verità!
— No, ci stai raccontando delle stronzate — ringhiò Bent. — Sappiamo che vivi con loro.
— Non è vero.
— Okay, come vuoi tu — disse Bent, e spinse indietro la sedia. — Andiamo, Randy.
— Puoi aspettarti un bel po' di pressione, dolcezza — disse Wade. — Parecchia pressione. Da ogni poliziotto della città.

Una pressione da morire. È in una faccenda di poliziotti che ti sei immischiata, era il padre di un poliziotto.

— Dormi bene — concluse malignamente Bent. I due agenti fecero per andarsene.

— Aspettate — disse Dolly.

Wade e Bent si fermarono e si voltarono di nuovo verso la ragazza.

— Potrei avere un altro po' di gelato?

La stavano aspettando, quando tornò in negozio quella sera. Erano in piedi davanti a una vasca di pesci tropicali. Dietro di loro l'acqua con le bolle, i pesci che scivolavano silenziosi. Parlavano di un film di James Bond dove c'era un acquario che esplodeva, o una cosa del genere. Cercavano di ricordare il titolo del film.

Prima avevano telefonato e avevano parlato con la commessa di Pauline Weed. La ragazzina li aveva informati che la proprietaria era uscita per mangiare qualcosa e che sarebbe tornata più o meno entro un'ora. In macchina, i poliziotti erano andati direttamente al Bide-A-Wee Pets sulla Jefferson, dove avevano saputo che la commessa si chiamava Hannah Kemp, che aveva sedici anni, che da grande voleva fare il veterinario e che lavorava nel negozio, dopo la scuola, tutti i martedì e i venerdì, giorni in cui il negozio restava aperto fino alle otto di sera. Quando Pauline entrò, circa cinque minuti dopo, la commessa stava parlando con un cliente. Indicò con un dito i detective vicino all'acquario tropicale e disse qualcosa che i due non riuscirono a sentire. Sorpresa, Pauline li guardò e poi si avvicinò ai due poliziotti, che cercavano di ricordare il titolo di quel film.

— Ehi, salve — li salutò.

— Salve, signorina Weed — rispose Carella.

— Posso vendervi qualche pesce? — domandò la donna con un sorriso.

Bionda e bella e con gli occhi azzurri: il tipo preferito da Schumacher. Un sorriso un po' tremulo, però.

— Signorina Weed — cominciò Carella. — Quando questa sera abbiamo telefonato in negozio, la sua commessa...

— Hannah — disse Pauline. — Gran brava ragazza.

— Sì, ci ha detto che lei era uscita per mangiare qualcosa...

— Già.

— E che sarebbe tornata entro una mezz'ora.
— E infatti eccomi qui — disse Pauline, e sorrise.
— Signorina Weed, lei è mai stata sposata? — le domandò Brown.
— No, mai — rispose la donna, sorpresa.
— Pensavo che il nome intermedio potesse essere...
— Ah. No, era il nome da ragazza di mia madre. È da lì che ho preso il nome del negozio. Il Bide e il Wee. Dal mio nome intermedio e dal mio cognome.
— Byerly e Weed — disse Brown.
— Sì. Bide-A-Wee.
— Signorina Weed — disse Carella — quando abbiamo telefonato e abbiamo chiesto di parlare con lei, Hannah ci ha detto...
— Gran brava ragazza — ripeté Pauline.
Ma adesso sembrava nervosa.
— Ci ha detto... ecco le sue parole esatte... Ha detto: "Bye è andata a mangiare qualcosa".
— Mmm.
— Hannah l'ha chiamata Bye.
— E allora?
— C'è molta gente che la chiama così?
— Abbastanza, credo.
— Diminutivo per Byerly, vero?
— Be', il mio nome di battesimo è Pauline: non è proprio da brivido, no?
— Lei si fa chiamare Bye?
— Sì.
— E come si firma?
— Pauline Byerly Weed.
— Lei firma con tutto il...
— Sì, io firmo tutto Pauline Byerly Weed.
— E la sua corrispondenza personale? — chiese Brown.
La donna si voltò verso di lui.
— Sì — rispose. — Anche quella. Tutto.
— Lei si fa chiamare Bye, ma si firma Pauline Byerly Weed.
— Sì.
— Signorina Weed — disse Carella. — Lei ha una macchina per scrivere?
Gli occhi della donna brillarono. Pericolo. Attenzione. Era questo che dicevano i suoi occhi.

— Possiamo farci dare un mandato — le disse Brown.
— Sì, ho una macchina per scrivere.
— Questa macchina era in suo possesso anche nel giugno dell'anno scorso?
— Sì.
— E nel luglio dell'anno scorso?
— Sì.
— Possiamo vederla, per favore?
— Perché?
— Perché riteniamo che lei abbia scritto delle lettere ad Arthur Schumacher — rispose Brown.
— È possibilissimo che io abbia scritto delle...
— Lettere erotiche — precisò Carella.
— Possiamo vedere quella macchina, per favore? — chiese Brown.
— Non l'ho ucciso io — disse Pauline.

— Insomma — disse Dolly — all'inizio erano giusto due clienti. Stavano lavorando sulla Casper... Sapete l'angolo tra la Casper e i Fields, su, vicino al vecchio cimitero? Il St. Augustus Cemetery? Dove c'erano quei piccoli edifici di pietra che hanno buttato giù? Proprio appena dentro i cancelli? Be', un mucchio di ragazze va a mettersi in fila lì alla sera, perché ci passano le macchine per entrare nella Expressway, per la rampa di Casper Avenue. Avete capito dove? Comunque è lì che li ho incontrati. Loro venivano a piedi su per la strada e guardavano la merce. C'è un mucchio di ragazze lungo il tratto del cimitero, non c'è bisogno che ve lo dica io. Sto solo cercando di spiegare che non voglio beccarmi l'omicidio del padre di uno sbirro. Io li conosco appena, quei due, hanno cominciato giusto come clienti.
— Questo quando è successo? — chiese Wade.
— Domenica scorsa, di sera.
— Quasi una settimana fa.
— Quasi.
— Che giorno era, Charlie?
Bent estrasse dall'agendina il piccolo calendario di celluloide di una banca.
— Il ventidue — rispose.
Cinque giorni dopo che il padre di Carella era stato assassinato.

— E così loro sono venuti da te...
— Sì e mi hanno detto che, insomma, io gli andavo — disse Dolly, e si strinse modestamente nelle spalle. — E mi hanno chiesto se mi interessava un numero a tre. Allora gli ho detto che, di solito, io prendo di più per un numero a tre, e loro mi hanno chiesto quanto e io gli ho detto centocinquanta. Hanno detto che per loro andava bene e così siamo andati in quell'alberghino che adoperiamo noi ragazze, vicino a quel gran salone sulla Casper, dove fanno i matrimoni e quelle robe lì. È così che è cominciata — disse Dolly, e si strinse di nuovo nelle spalle.
— E come siete finiti nel palazzo abbandonato sulla Sloane?
— Be', è saltato fuori che quei due erano in grana...
C'erano stati milleduecento dollari nella cassa di Tony Carella.
— ...e che a loro il crack piaceva come piace a me. Cioè, voglio dire: a chi non piace? Se fosse per me, io me lo sposerei, il crack. Così abbiamo fatto un accordo: io facevo tutto quello che volevano e loro mi davano il crack.
Un semplice accordo commerciale. Un elementare baratto. Anzi, un tipo di accordo molto frequente: sesso in cambio di roba. E dato che tutti sono fatti, o sul punto di farsi, raramente, se non mai, è sesso sicuro. Quando c'è il crack sulla scena, nessuno si preoccupa del preservativo. È per questo che moltissime crack-dipendenti restano incinte. Ed è per questo che ci sono moltissimi crack-neonati che urlano per la cocaina. Quel che è fatto è reso.
— Non so dove avevano trovato tutti quei soldi... — disse Dolly.
Avevano ucciso un uomo, pensò Wade.
— ...ma insomma, chi se ne frega?
Milleduecento dollari, pensò Wade.
— Tu dai una mano a me, io do una mano a te e una mano lava l'altra, dico bene? Niente domande, stiamo solo un po' allegri, okay?
Solo un po' allegri, pensò Wade.
— Come sieti finiti in Sloane Street? — le domandò.
— Penso che volessero nascondersi.
— Cosa vuol dire?
— Credo che quella sera abbiano fatto un lavoretto. Mi hanno telefonato dicendo che non volevano tornare a casa. Avevano paura...

— A casa dove?

— Così siamo andati alla crack house, ma il tizio alla porta ha guardato dallo spioncino e ci ha detto: "Come cazzo faccio a sapere chi siete?". Come se fossimo stati dei piedipiatti — disse Dolly con sarcasmo. — Batto da quando avevo tredici anni e improvvisamente sembro una della polizia. E anche Sonny e Diz: non li puoi scambiare per nient'altro se non per due appena usciti di galera. Insomma, il tizio alla porta ci spara tutte queste stronzate e così ci tocca di cercare la roba per strada. Che non è proprio una gran festa. Certo, io lo faccio sempre: puoi comprarti il crack a ogni angolo di strada, non c'è bisogno che ve lo dica. Ma sarebbe stato meglio se avessimo potuto fumare nella crack house, in privato, senza dover trovare un posto dove andare. Perché Sonny e Diz non potevano tornare nella tana, pensavano che i poliziotti sarebbero andati a cercarli. È per questo che siamo finiti in quel palazzo sulla Sloane. Gesù, che posto! C'erano topi grandi come alligatori, giuro su Dio. E così eravate voi due, eh?

— Sì, eravamo noi — confermò Wade.

— Per poco non ce la siamo fatta addosso dalla paura — disse Dolly, e ridacchiò come aveva fatto quella sera. — Siamo scappati dalla scala antincendio.

— L'abbiamo immaginato.

— Mi sono quasi rotto il collo.

— Dove sono adesso Sonny e Diz?

— Vi ho detto tutto quello che so.

— Tranne dove sono.

— Non so dove sono.

— Ci hai detto che abitavate insieme...

— Ma adesso no.

— Hai detto che avevate una tana...

— Sì, ma allora.

— Dolly... — cominciò Wade in tono di avvertimento.

— Sul serio. Non lo so.

— Va bene — disse Wade. — Andiamo alla Centrale, okay?

— No, aspetta un attimo — disse Dolly. — Per favore.

L'interrogatorio si svolse nell'ufficio del tenente Byrnes alle 21.50. C'era voluto molto tempo per radunare tutti. Nellie Brand era dovuta arrivare da casa sua, nella Everetts, ai quartieri residenziali. Anche lo stenografo della polizia, con la sua videocamera, arrivava dal palazzo della Centrale sulla High Street. L'avvocato di Pauline Weed, che si chiamava Henry Kahn, aveva attraversato tutta la città dal suo ufficio sulla Stockton. Brown, Carella e Byrnes erano gli unici che avevano dovuto soltanto scendere dalla sala agenti alla sala interrogatori.

Nellie si trovava lì per vedere se quello che avevano in mano era roba concreta. Aveva pensato di sì quando l'avevano aggiornata sul primo interrogatorio iniziale, ma non si sa mai. Era in un leggero tailleur beige, borsetta color paglia e scarpe con il tacco. I capelli rossicci avevano ancora quel taglio corto, pettinato all'indietro, che le dava un'aria di velocità, di persona in movimento portata dal vento, quasi in volo. Sapeva che, come vice-procuratore distrettuale, sarebbe stata lei a fare la maggior parte delle domande, a meno che non avesse avuto bisogno di Carella o di Brown per chiarire qualche punto. Non si aspettava problemi: l'avvocato di Pauline non sembrava un genio, ma non si poteva mai sapere. Alto e sottile, in un abito gualcito marrone in tinta con gli occhi, sedeva accanto a Pauline in fondo al lungo tavolo e sussurrava qualcosa che Nellie non poteva sentire. Davanti a lei, sul tavolo, c'era il mucchietto di lettere bollenti. Le aveva lette quando era arrivata. E che lettere. Scritte da una donna che sembrava una santarellina.

Carella cominciò a rileggere a Pauline i suoi diritti, ma Khan lo interruppe con un secco: — Ci siamo già passati, agente — a cui Carella rispose: — È solo per gli atti, avvocato — usando entrambi i titoli in un modo che li faceva sembrare dispregiativi e in un certo senso disonorevoli. Kahn diede il suo permesso con un gesto impaziente della mano, Pauline ascoltò, dichiarò di aver capito i propri diritti e di essere disposta a rispondere alle domande che le sarebbero state fatte.

Carella guardò l'orologio e, a beneficio della videocamera e dello stenografo, annunciò che erano le ore 21.50. Nellie cominciò l'interrogatorio:

D: Può dirmi il suo nome, per favore?
R: Pauline Weed.
D: Questo è il suo nome completo?
R: Sì.
D: Quello che le sto chiedendo, signorina Weed...

R: (dal signor Kahn) La mia cliente ha risposto alla domanda.

D: Io non credo. Sto chiedendo se quello è il nome che compare sul certificato di nascita.

R: (dal signor Kahn) Va bene, proceda pure.

D: È il nome che compare sul suo certificato di nascita? Pauline Weed?

R: No.

D: Qual è il nome sul certificato di nascita?

R: Pauline Byerly Weed.

D: Allora è questo il suo nome completo.

R: Sì.

D: Grazie. Da dove deriva Byerly?

R: Era il cognome da ragazza di mia ma...

R: (dal signor Kahn) Mi scusi, ma questo cosa c'entra con...

D: Penso che capirà, signor Kahn.

R: Be', mi piacerebbe capirlo adesso. Trascinate qui la mia cliente nel cuore della notte...

D: Mi scusi, signor Kahn. Se la sua cliente non desidera rispondere alle domande, deve soltanto...

R: Oh, per favore, mi risparmi le citazioni da primo anno di legge, va bene?

D: Lei mi dica soltanto cosa vuole fare, signor Khan. Vuole interrompere l'interrogatorio? È sua prerogativa. La sua cliente ha dichiarato di aver capito i propri diritti. Desidera che interrompa? In caso contrario, per favore mi lasci fare le domande.

R: Faccia, faccia pure. È sempre la solita storia.

D: Signorina Weed, lei è conosciuta con il soprannome di Bye?

R: A volte.

D: Non direbbe che viene usato più di qualche volta?

R: Occasionalmente. Io direi occasionalmente.

D: Ma lei risponde a quel nome? Bye?

R: Sì.

D: Se io la chiamassi Bye, lei risponderebbe, vero?

R: Sì.

D: Per cosa sta Bye?

R: Per Byerly.

D: Che è il suo nome intermedio.

R: Sì.

D: Per cui in realtà succede spesso, no? Che la chiamino Bye e che lei risponda a questo nome.

R: A volte uso il nome Bye. Ma mi chiamo anche Pauline. E anche Byerly, certe volte.

D: Lei firma mai le sue lettere con quel nome?

R: Con Byerly, intende?

D: No, intendo Bye. Lei firma mai le lettere con il nome Bye?

R: A volte.

D: Signorina Weed, adesso le mostro copie di lettere...

R: (dal signor Kahn) Posso vederle, per favore?

D: Sono copie di lettere che il detective Brown e il detective Carella hanno rinvenuto nella cassetta di sicurezza di Arthur Schumacher. Non vogliamo che gli originali vengano toccati più di quanto sia già accaduto.

R: Me le faccia vedere, per favore.

D: Sicuro. Stia solo attento a non bruciarsi le dita.

(L'interrogatorio riprende alle ore 22.05).

D: Signorina Weed, ha scritto lei queste lettere?

R: No.

D: Lei non ha firmato queste lettere con il nome Bye?

R: Nessuno ha firmato quelle lettere.

D: Sì, mi scusi, ha assolutamente ragione. Lei ha scritto a macchina il nome Bye su queste lettere?

R: No. Io non ho scritto quelle lettere.

D: Siamo in possesso di una macchina per scrivere che gli agenti hanno prelevato nel suo negozio...

R: (dal signor Kahn) Quale macchina per scrivere? Io non vedo nessuna macchina.

D: È stata mandata in laboratorio, signor Khan. La macchina è stata rinvenuta al Bide-A-Wee Pets, al 602 di Jefferson Avenue, e adesso viene esaminata come possibile prova di...

R: Prova? E di cosa?

D: Prova di omicidio.

R: Mi dispiace, signorina Brand, ma non vedo alcun nesso. Anche se la signorina Weed avesse scritto queste lettere... E spero che ne abbiate le prove, dato che sarebbero di per se stesse lesive della reputazione della mia cliente...

D: È per questo che la macchina per scrivere è in laboratorio, signor Kahn. Ma vorrei farle presente che non siamo in un'aula di tribunale: qui stiamo semplicemente cercando di interrogare una persona sospettata. Per cui vorrà forse permettermi di farlo. Oppure, come le suggerivo prima, preferisce che interrompa immediatamente l'interrogatorio?

R: (dalla signorina Weed) Non ho niente da nascondere.

D: Signor Kahn? Posso interpretare questa frase come consenso a continuare?

R: Certo, faccia pure. È sempre la solita storia.

D: Signorina Weed, quando ha incontrato il signor Arthur Schumacher per la prima volta?

R: Nel gennaio dell'anno scorso.

D: Vale a dire... che giorno è oggi?

R: (dal signor Carella) trentun luglio.

D: Vale a dire... quanto fa? Diciotto, diciannove mesi fa?

R: (dal signor Carella) Diciotto.

D: È esatto, signorina Weed?

R: Un po' di più.

D: Come l'ha conosciuto?

R: Sua moglie aveva comprato un cane nel mio negozio. Come regalo di Natale. Lui è venuto un mese dopo per un collare.

D: E quello è stato l'inizio della vostra relazione.

R: Io non ho avuto nessuna relazione con lui. Era un cliente.

D: E niente di più.

R: Niente di più.

D: Allora come spiega queste lettere?

R: Non le ho scritte io.

D: Lei sa, non è vero, che in base al Miranda...

R: (dal signor Kahn) Riecco il primo anno di legge.

D: ... ci è consentito prendere le sue impronte digitali, per esempio.

R: (dal signor Kahn) Cosa alla quale io mi opporrei vigorosamente.

D: Sì, ma questo non cambierebbe la legge. Lei se ne rende conto, signorina Weed?

R: Se lei dice che è la legge...

D: È quello che dico.

R: Allora sarà così.

D: Lei si rende anche conto che, sebbene molte persone abbiano toccato gli originali di queste lettere...

R: Non le ho scritte io.

D: Chiunque le abbia scritte, le impronte digitali dello scrivente possono ancora essere sugli originali. Lei se ne rende conto?

R: Io non so niente di quelle lettere. Non so di chi sono le impronte su quelle lettere.

D: Lei ha mai visto gli originali delle lettere?

R: No.

D: Lei ne è sicura.

R: (Silenzio).

D: Signorina Weed?

R: Sì. Sono sicura di non averle mai viste.

D: Allora non possono assolutamente esserci le sue impronte digitali. È così?

R: Sì.

D: E se ci fossero? Se trovassimo sulle lettere delle impronte che corrispondono alle sue? Come lo spiegherebbe, signorina Weed?

R: (Silenzio).

D: Signorina Weed? Vuole per favore rispondere alla mia domanda?

R: (Silenzio).

D: Tenente, vorrei che venissero prese le impronte digitali della prigioniera, per favore.

R: (dal signor Kahn) Ehi, aspetti un momento. Nel Miranda non c'è niente che dica che lei può...

D: Per favore, qualcuno vuole dargli una copia del Miranda?

R: (dal signor Kahn) Aspetti un momento!

R: (dal tenente Byrnes) Qualcuno vada al banco e veda se c'è una copia del Miranda. Signorina, vuole venire con me? Steve, prendile le impronte.

R: (dal signor Carella) Andiamo, signorina.

D: Signorina Weed?

R: (Silenzio).

D: Signorina Weed?

R: L'amavo così tanto.

Non sapevo che si fosse trovato un'altra. Pensavo che si fosse stancato. Succede, sapete? La gente smette di essere innamorata. E io ero disposta ad accettarlo. Se una persona non ti ama più, be', non ti ama più. Era durata un anno... be', un po' meno di un anno, in effetti. Era venuto in negozio quella prima volta, il 23. Era il nostro anniversario, il 23 gennaio. Perciò la nostra storia era durata parecchio. Al giorno d'oggi un anno è un bel po' di tempo, credetemi. Ho delle amiche che si considerano fortunate se un uomo resta con loro per sei mesi. Era quasi un anno. Il giorno che mi ha detto che voleva farla finita era il 15 di gennaio. Sono brava con le date. Era quasi un anno. E così...

Sapete.

Io...

Io ho detto okay.

Insomma, cosa puoi farci? Se uno non ti ama più, puoi solo lasciarlo andare, no?

Continuavo a ripensare alle cose che facevamo insieme.

Le lettere erano divertenti, ma sono andate avanti solo per un po', era un'estate caldissima.

Ogni tanto facevo venire l'altra ragazza per lui. Be', per noi. Eravamo state insieme al college. Marian. Bionda, come me... A lui piacevano le bionde. Ma questo succedeva quando ero ancora sicura di lui. Quello che voglio dire è che eravamo in tre, ma in realtà eravamo solo noi due, io e lui, capite? Eravamo io e lui a dirigere l'orchestra. Marian era lì solo per fare piacere a noi.

Ci siamo divertiti insieme.

Ma quando una cosa è finita, è finita, giusto? Insomma, non sono più una bambina, so quando una storia è chiusa. E anche se mi sentivo sola...

Mi sentivo molto sola.

L'amavo così tanto.

Però io... Io pensavo che ce l'avrei fatta ad accettarlo. Avevo il negozio, a me piacciono gli animali. Mi tenevo occupata. E penso che sarei riuscita a superare la cosa se non...

È stato come se mi fossi vista allo specchio, come se avessi visto una versione più giovane di me stessa che mi veniva incontro per strada, sottobraccio ad Arthur, la testa gettata indietro in una risata. Capelli biondi e lunghi e occhi azzurri: io e Arthur. Solo che non ero io. Era un'altra donna, anzi una ragazza... non poteva avere più di vent'anni, che lo baciava su una guancia. Mi sono girata prima che lui mi vedesse. Gli ho voltato la schiena e ho cominciato ad attraversare la strada contromano. Tutti i clacson che suonavano... è stato terribile. Quando mi sono voltata di nuovo, non c'erano più. Persi in mezzo alla folla. Persi.

Ho pensato: Bene, bene.

Ho pensato: Quel figlio di puttana se ne è già trovato un'altra.

Era passato solo un mese...

Era il 12 febbraio, sono brava con le date...

Era passato solo un mese e lui aveva già una donna nuova, una ragazza nuova, così giovane. E allora mi sono chiesta se...

Insomma, possibile che si fosse trovato un'altra così in fretta? Dopo un mese soltanto che ci eravamo lasciati? Non era maledettamente veloce? E allora mi è venuto in mente che forse ce l'aveva sempre avuta, forse l'aveva già da prima di chiudere con me. E questo mi ha dato fastidio. Sul serio. Forse avrei dovuto dire chi se ne frega, però mi dava davvero fastidio. Sapete quando qualcosa vi rode dentro? Be', era così: mi rodeva dentro.

Voglio dire: tutte quelle cose che avevamo fatto insieme...

Gesù.

Allora io...

Ho cominciato a seguirlo. Perché volevo scoprire da quanto tempo durava. Insomma, mi aveva preso in giro da sempre? Aveva quella ragazza da parte anche quando io gli scrivevo tutte quelle lettere e gli trovavo delle altre donne? Be', solo Marian, ma l'abbiamo fatto spessissimo con lei, l'avremmo fatto almeno cinque o sei volte. Mi aveva preso in giro per tutto quel tempo?

Lei abitava in quell'appartamento di lusso sul Silvermine Oval... Be', lo sapete dove abitava. Lui andava a trovarla due o tre volte la settimana. L'ho seguito da lei. Un giorno ho chiesto a uno dei portieri... non l'arabo, o quello che è, quello piccolo che non parla inglese... Ho parlato con l'altro portiere. Gli ho detto che ero sicura di conoscere la ragazza che era appena entrata, una ragazza di nome Helen King. Ero sicura che una volta avevamo lavorato insieme, e lui mi ha detto di no, che non si chiamava così, e io gli ho detto sono sicura che è lei, mi può dire come si chiama, per favore? E lui mi ha dato quell'occhiata che ti danno sempre i portieri, come se tu stessi per entrare e ammazzare qualcuno nei loro preziosi, fottuti palazzi, e mi ha detto no, non posso dare nomi. Insomma, non è stato facile avere il suo nome.

Ho cominciato a seguire anche lei. Non soltanto quando era insieme ad Arthur, ma anche quando era sola. Per cercare di sapere il nome, capite? Non è facile scoprire il nome di qualcuno in questa città, sono tutti così sospettosi. Alla fine l'ho saputo al supermercato. Dato che l'avevo seguita, sapevo che faceva sempre la spesa al Food Emporium, sullo Stem, e che riempiva sempre il modulo per farsela consegnare a casa. Così mi è bastato fare in modo di essere subito dietro di lei nella fila alla cassa. Ho guardato mentre scriveva nome e indirizzo sul blocco degli ordini: Susan Brauer, Silvermine Oval. Tombola.

Non che stessi pensando di fare qualcosa.

Volevo solo sapere di lei.

Perché continuava a rodermi il fatto che forse Arthur la frequentava mentre mi diceva quanto mi amava.

E poi, un giorno, ho visto l'altro uomo.

Ho visto lei e quest'altro uomo insieme.

Era poco dopo Pasqua, il 18 di aprile, e pioveva. Era giorno. Pioveva forte. Sono usciti insieme dal palazzo ed era chiaro che lui era stato a casa sua. Aveva i capelli bianchi e all'inizio ho pensato che fosse un vecchio. Non riuscivo a capire cosa Susan ci vedesse in lui. Dopo Arthur? Quel torero piccolino e ossuto?

Sono andati a pranzo insieme in un ristorante italiano sulla Culver. Poi sono tornati a casa di lei. Sono rimasti là dentro per tutto il pomeriggio. Arthur ci è andato più tardi, la stessa sera. Quella donna stava con tutti e due, non riuscivo a crederci! Mott, si chiamava. Thomas Mott. L'ho seguito fino al suo negozio d'antiquario, sulla Drittel. Un giorno sono entrata, solo per vederlo da vicino. Era più giovane di quello che avevo pensato: sui cinquanta, credo. Occhi castani e faccia molto pallida. Gli ho detto che mi interessava una lampada Tiffany. Mi è sembrato simpatico.

Ma, vedete, lei aveva commesso un grosso errore.

Perché così io avrei potuto riprendermi Arthur, dicendogli che lei lo tradiva. Voglio dire: per tutto il tempo che sono stata con Arthur... ed è durata quasi un anno, non scordatevelo... io non l'ho mai tradito. Mai. Ma qui c'era una che lui conosceva da... be', in realtà non sapevo da quanto tempo, perché forse durava da sempre, per quello che ne sapevo... Ma doveva essere almeno da gennaio, eravamo solo in aprile e lei lo stava già tradendo. Così ho pensato che dovevo parlare con lei. Per dirle che avrei raccontato tutto, se non smetteva di vedere Arthur. Per ragionare con lei. Aveva già un uomo, cosa se ne faceva di due? Il giorno che ci sono andata...

Quel martedì, 17 luglio, fa un caldo soffocante; i tre cavalieri, foschia, caldo e umidità, cavalcano implacabili sopra una città già in ginocchio. Bye vuole soltanto parlarle. Prima ha telefonato per dirle che c'è una consegna di biancheria intima per lei, va bene se una commessa passerà a casa sua più tardi, nel pomeriggio? Arthur doveva senz'altro averle regalato della biancheria sexy in passato, no. Tutta la serie reggicalze-reggiseno. Il reggiseno con i buchi per i capezzoli. Ma certamente.

La piccola Suzie dice: "Oh sì. Per favore, la lasci al portiere".

Vocina da Minnie. È la prima volta che Bye sente la sua voce.

"Il signore ci ha chiesto di assicurarci che lei la riceva personalmente" dice Bye al telefono. "Il signore ha insistito che lei firmi la ricevuta."

"Quale signore?" chiede la piccola Suzie con la sua vocina da Minnie. "Mi può dire il nome?"

"Arthur Schumacher" risponde Bye.

"Ah, be', allora va bene" dice Suzie, con la stessa vocina soffocata. "Può mandarlo a fine giornata?"

"Che ora le farebbe comodo, signorina?"

"Le ho appena detto fine giornata, no? Fine giornata è alle cinque."

D: Lei come ha reagito? Per il modo in cui la Brauer le ha risposto?

R: Ho pensato che era una stronza.

D: Sì, ma quella risposta non ha avuto niente a che fare con quello che è successo dopo?

R: No. Ho pensato solo che fosse una stronza, ma pensavo ancora di andare da lei solo per parlare.

D: Va bene. Poi cos'è successo?

R: Dovevo vedermela con il portiere, sapevo che c'era il portiere. Mi sono messa...

Si è messa un foulard beige in testa per nascondere i capelli biondi, un paio di occhiali scuri per nascondere il colore degli occhi e si è vestita completamente in un beige indeterminato, colore che lei odia e che raramente indossa. Oggi è vestita di beige solo perché è lo stesso colore della sportina del negozio. Vuole passare per una commessa che effettua una consegna. Pantaloni beige in poliestere, camicetta beige di cotone, cintura in pelle color oro. La temperatura ondeggia oltre i trenta gradi, Bye si avvicina al portiere nella sua uniforme grigia con finiture rosse, con la sportina beige a caratteri d'oro nella mano destra. Ha già parlato con questo portiere: è quello basso, grasso, con l'accento straniero. Adesso gli dice...

D: Quando è stato?

R: Prego?

D: Quando aveva parlato con il portiere, in precedenza?

R: Ah. Quando stavo ancora cercando di scoprire il nome. Ma lui non parla quasi inglese, così alla fine ci ho rinunciato. Comunque c'era lui in servizio quel giorno. Gli ho detto chi cercavo...

"La signorina Brauer, per favore."

"Lei è chi, prego?"

Squadrandola dall'alto in basso. Pauline odia la gente che fa così.

"Le dica solo che c'è Victoria's Secret" gli risponde Pauline.

"Momento" dice il portiere e citofona all'attico.

"Sì?"

La voce di Susan al citofono.

"Signora?" dice il portiere.

"Sì, Ahmad?"

"Vittoria Seegah qui".

"Sì, faccia salire, per favore."

Centro.

Pauline vuole ancora soltanto parlarle.

Ma naturalmente non c'è alcun modo di parlare con certa gente.

La piccola Suzie è scocciata che l'abbiano ingannata. Due divani di pelle nera in soggiorno, uno sulla parete lunga di fronte alla porta d'entrata, l'altro sulla parete più corta, quella con la finestra, sul lato opposto della stanza. Davanti al divano più vicino c'è un tavolino con il ripiano di cristallo; sopra c'è un bicchiere di Martini, dentro il quale galleggia una scorza di limone. La signorina sta bevendo. Se ne sta in piedi davanti al divano, scocciatissima ed estremamente bella, tutta capelli biondi e occhi azzurri, con un kimono nero di seta, che probabilmente proviene proprio dal Victoria's Secret, con disegni di papaveri rossi. Sotto è nuda, a giudicare dalla spinta rabbiosa dei capezzoli.

"Non hai nessun diritto di essere qui" dice a Pauline.
"Voglio solo parlare con te."
"Adesso gli telefono. Immediatamente. Gli dico che sei qui."
"Forza, chiamalo pure."
"Contaci" dice Susan.
"Gli ci vorrà almeno mezz'ora per arrivare qui, e per allora avremo finito."
"Per allora sarai finita."
"Vorrei veramente parlare con te. Non possiamo parlare, per favore?"
"No."
"Per favore. Per favore, Susan."
Forse è la nota di implorazione nella voce di Pauline. Qualunque cosa sia, blocca la piccola Suzie a metà strada verso il telefono e la riporta accanto al tavolino. Prende il bicchiere di Martini, lo vuota. Poi va accanto al mobile bar, i piedi nudi sullo spesso tappeto, e da deliziosa padrona di casa quale è, versa per sé, e solo per sé, un altro drink. Sul ripiano del mobile c'è un limone intero. C'è anche un apribottiglia con il manico di noce. E c'è anche un coltello da frutta con un identico manico di noce. Il sole del tardo pomeriggio filtra attraverso le lucide tende bianche dietro il divano nero di pelle, sulla parete opposta. La piccola Suzie torna accanto al tavolino, si mette in posa, scalza e petulante, con il kimono negligentemente allacciato in cintura. C'è un accenno di pelo pubico biondo.
"Cosa vuoi?" chiede a Pauline.
"Voglio che tu smetta di vederlo."
"No."
"Stammi a sentire."
"No."
"Stammi a sentire, Suzie..."
"Non chiamarmi Suzie. Nessuno mi chiama Suzie."
"Vuoi che glielo dica?"
"Che cosa?"
"Io credo che tu sappia cosa."
"No, non lo so. E comunque non me ne importa niente. Adesso voglio che tu te ne vada."
"Allora vuoi che glielo dica, giusto?"
"Io voglio che tu esca di qui" dice Suzie, e si volta per posare il bicchiere di Martini sul tavolo alle sue spalle, in un gesto di con-

gedo. Fine della festa, sorella. Basta cocktail, anche se non ti ho offerto niente da bere.

"Okay, va bene. Gli dirò cosa c'è tra te e..."

"Diglielo pure" l'interrompe Suzie, e si gira di nuovo verso Pauline. Adesso sorride, con le mani sui fianchi, le gambe aperte, il pube vistosamente provocatorio. "Tanto non ti crederà" dice, e il sorriso si allarga, deridendola.

È la verità: lui non le crederà. È la pura e semplice verità. Penserà che se lo sia inventato lei. Una bugia per separarlo da Susan. E, messa di fronte alla verità, impotente sotto la luce crudele e amara della verità, Pauline improvvisamente si infuria. Non sa cos'ha detto nell'istante immediatamente successivo, forse non ha detto niente, o forse ha detto qualcosa così sottovoce che non è stato neppure sentito. Sa solo che il coltello da frutta è improvvisamente nella sua mano.

D: Lei ha pugnalato e ucciso Susan Brauer?

R: Sì.

D: Quante volte l'ha colpita?

R: Non ricordo.

D: Lei sa che sono stati contati trentadue colpi?

R: Bene.

D: Signorina Weed...

R: I miei vestiti erano tutti sporchi di sangue. Ho preso un impermeabile dall'armadio e me lo sono messo. Così il portiere non avrebbe visto tutto quel sangue, quando scendevo.

D: Signorina Weed, lei ha ucciso anche Arthur Schumacher?

R: Sì. Non avrei dovuto farlo. È stata una mossa idiota, ma non ero in grado di pensare lucidamente.

D: Cosa intende dire?

R: Be', Susan non c'era più, capisce? Adesso lo avevo di nuovo tutto per me.

D: Capisco.

R: Ma naturalmente non era così.

D: Non era così cosa, signorina Weed?

R: Non l'avevo di nuovo tutto per me. No davvero. Perché era stato lui a farla finita, non io. E se aveva trovato un'altra donna così in fretta, be', se ne sarebbe trovato di nuovo un'altra. Tutto qui. Con me aveva chiuso, non sarebbe mai tornato, tutto qui. Si sarebbe trovato un'altra bambolina, magari ancor più giovane...

Una volta mi aveva chiesto di organizzare qualcosa con Hannah, la ragazzina del negozio, ci credereste? Hannah allora aveva quindici anni, e lui mi ha chiesto di organizzare un numero a tre con lei. Per cui io... penso di essermi resa conto di averlo perso per sempre. Ed è stato allora che mi sono arrabbiata di nuovo, un'altra volta. Per quello che lui mi aveva fatto. Per avermi lasciato in quel modo ed essersi messo con quella là. Per avermi usato. Non mi piace essere usata. È una cosa che mi fa infuriare. Così io... Lui mi aveva regalato quella pistola. Sono andata là e ho aspettato fuori...

D: Là dove, signorina Weed?

La voce di Nellie è quasi un sussurro. Vuole precisare l'indirizzo per dopo, per quando tutta questa storia finirà in tribunale. Vuole precisare tutto per bene, in quest'epoca e in questo luogo in cui perfino le confessioni al videotape a volte non hanno alcun valore per una giuria.

R: A casa sua. In Selby Place.

D: Si ricorda quando è successo?

R: Sì, era il venti. Un venerdì sera.

D: E lei dice di essere andata là e di aver aspettato fuori del palazzo...

R: Sì. E gli ho sparato.

D: Quante volte gli ha sparato? Se lo ricorda?

R: Quattro.

D: Ha sparato anche al cane?

R: Sì. Mi è dispiaciuto moltissimo. Ma il cane era un suo regalo, capisce?

D: Un regalo di chi?

R: Di Margaret. Di sua moglie. Io sapevo tutto di Margaret, naturalmente. Margaret non era certo un segreto. Io e Arthur parlavamo continuamente di lei.

D: Ha ucciso anche lei?

R: Sì.

D: Perché?

R: Tutte.

D: Mi scusi, ma cosa...

R: Tutte le donne con cui Arthur aveva avuto a che fare.

D: Lei sta dicendo che...

R: Sì, tutte. Ha visto il suo testamento? Era un insulto.

D: No, non l'ho visto. Mi dica cosa...

R: Be', allora dovrebbe darci un'occhiata. Non ero mai stata insultata così in vita mia. Diecimila dollari... È o non è uno schiaffo in faccia? Dopo quello che eravamo stati uno per l'altro? Dopo tutto quello che avevamo fatto insieme? Ha lasciato la stessa somma al suo fottutissimo veterinario! Gesù, era da morire per la rabbia. Cosa aveva lasciato alle altre? Era questa la domanda: quanto aveva lasciato alla sua amata Margaret? O alla prima moglie, la quale, per inciso, andava con lui nei bar per rimorchiare puttane. Arthur mi ha raccontato che una volta se ne erano portate a casa tre contemporaneamente. Tre puttane nere. Questo quando le sue preziose figlie erano via, al campeggio per l'estate. E a loro due cos'aveva lasciato? Alla moglie del dentista e a quella hippie deficiente alla quale aveva già dato la casa nel Vermont? Quanto aveva lasciato a loro? Oh Gesù, ero furiosa! Mi aveva preso per scema? Io non sono scema, sapete? Gliel'ho fatta vedere.

D: Come gliel'ha fatta vedere?

R: Sono stata dietro a tutte. Volevo farle fuori tutte. Così Arthur impara.

D: Quando lei dice "tutte"...

R: Tutte. Margaret e la prima moglie, e i due tesorini delle figlie. Tutte. Lei cosa crede che significhi tutte? Le sue donne. Le sue maledettissime donne!

D: Lei ha ucciso Gloria Sanders?

R: Sì, l'ho uccisa. L'ho già detto, no?

R: No, non fino a questo...

R: Be', l'ho uccisa. E non me ne dispiace. Né per lei, né per le altre. Tranne... be', forse...

D: Sì?

R: No, non importa.

D: Me lo dica, per favore.

R: Penso che mi dispiaccia di... di aver fatto del male...

D: Sì?

R: Del male ad Arthur.

D: E come mai?

R: Era una persona veramente meravigliosa.

Qualcuno bussò alla porta.

— Stiamo lavorando, qui dentro — gridò Byrnes.
— Mi scusi, signore, ma...
— Ho detto che stiamo lavorando!
La porta si aprì cautamente. Miscolo, dell'ufficio amministrativo, infilò dentro la testa.
— Mi scusi, signore, ma è urgente.
— Cosa c'è? — scattò Byrnes.
— È per te, Steve — disse Miscolo. — Il detective Wade dal 45°.

12

I musi delle auto tagliavano la sera come sottomarini in emersione: due grosse berline, ognuna con cinque detective a bordo. Tutti i detective indossavano giubbotti antiproiettile. Carella era nell'auto davanti, con Wade e Bent e altri due poliziotti che si erano presentati come Tonto e Lone Ranger. Tonto non sembrava per niente indiano. Carella, che si era unito agli altri al 45°, sedeva dietro, tra Wade e Bent. Erano tutti grossi. I giubbotti antiproiettile li ingrossavano ancora di più. L'auto sembrava affollatissima.

— Quello che ha sparato si chiama Sonny Cole — disse Wade. — Ha sicuramente una nove millimetri e, da come l'ha descritta la ragazza, è probabilmente l'Uzi che stiamo cercando.

— Okay — disse Carella e annuì. Sonny Cole, pensò. Quello che ha ucciso mio padre.

— L'altro si chiama Diz Whittaker. Penso che il nome vero sia Desmond. Stiamo facendo dei controlli al computer su tutti e due. Da quello che ci ha detto la ragazza, Diz è il cervello della società.

— Proprio un bel cervello — osservò Bent, acido.

— Comunque è stato lui a organizzare la rapina nel negozio di tuo padre, e anche un'altra giovedì sera, quando li abbiamo quasi presi.

— In un negozio di liquori — disse Bent. — È così che si mantengono la droga, con queste piccole rapine di merda.

Wade gli diede un'occhiata tagliente.

Carella stava pensando. Una piccola rapina di merda. Mio padre è stato ucciso per milleduecento dollari. Pensava che si sarebbe divertito con quei due stronzi. Si sarebbe divertito parecchio.

— La ragazza vive con loro da un paio di settimane. I due l'hanno rimorchiata una sera in Cemetery Row. È una puttana — disse Wade.

— E una tossica — aggiunse Bent.

— Proprio una ragazzina per bene — disse Wade.

— La casa è in Talley Road, nel 46°, un distretto per lo più nero e ispanico. Hanno affittato una camera al secondo piano di una villetta bifamiliare. La casa è in piena vista, ai due lati ci sono solo dei lotti già spianati dal bulldozer, pronti per un altro progetto.

— Il che significa che ci possono vedere arrivare a un miglio di distanza.

— Già. Be', è la vita — disse Bent.

La casa era un edificio a due piani in assi di legno, con il tetto rivestito d'ardesia. Era tra due lotti vuoti e sembrava costruita in mezzo al deserto. Più avanti, a meno di un isolato di distanza, c'erano delle nuove case popolari a basso costo, che sembravano già conquistate da un esercito di razziatori: graffiti su tutti i muri di mattoni, panchine divelte, finestre rotte.

Davanti alla casa, sotto gli alberi sul lato opposto della strada, c'erano otto detective in attesa. Erano tutti del 46°, e tutti indossavano giubbotti antiproiettile. Era una faccenda grossa: avevano ucciso il padre di un poliziotto. Sopra gli alberi c'era una luna sottile che proiettava un riflesso d'argento sul prato incolto davanti alla casa. Gli insetti notturni cantavano. Era quasi mezzanotte. Non c'era una sola auto della polizia in vista: erano tutte nel parcheggio delle case popolari, più avanti nella strada, nascoste e distanti appena una chiamata radio. Nessuno voleva innervosire i due delinquenti. Le due auto del 45° fecero scendere otto dei dieci detective nel buio silenzioso e si allontanarono nella notte. Sotto gli alberi, i sedici detective si raggrupparono, bisbigliando per studiare una strategia.

— La porta la voglio io — disse Carella.

— No — disse Wade.

— Era mio pa...

— La porta è mia.

Nessuno degli altri poliziotti si oppose. Quello di cui Carella e Wade stavano discutendo era ciò che i poliziotti definivano "prendere la porta", e questo significava che stavano discutendo di morte istantanea. "Prendere la porta" erano i trenta secondi più pericolosi nella vita di qualunque poliziotto. Chiunque agisse come punta del cuneo per l'attacco alla porta poteva essere il prossimo candidato per un'aureola e un'arpa, perché non si sa mai cosa c'è dentro un appartamento e, con le armi di oggi, i proiettili possono beccarti addirittura attraverso una porta blindata. Nel caso specifico, gli agenti sapevano cosa c'era dentro quella casa dall'altra parte della strada: c'era un killer con una semiautomatica nove millimetri. Nessuno sano di mente avrebbe desiderato prendere quella porta. Tranne Carella. E Wade.

— Possiamo prenderla insieme — suggerì Carella.

— Sfondare la porta con un calcio lo può fare solo uno — disse Wade e sorrise nella luce della luna. — È mia, Carella. Sii gentile.

Le lancette dell'orologio di Carella erano diritte. Tonto chiamò per radio il sergente che aspettava dentro l'auto nel parcheggio delle case popolari. Oltre a quella del sergente c'erano altre sei macchine. Tonto informò il sergente che stavano per entrare. Il sergente disse: — Dieci-quattro.

I detective si guardarono.

Wade fece un cenno con il capo. Cominciarono ad attraversare la strada.

Gli otto detective del 46° e i quattro del 45° si divisero in due squadre di sei uomini ciascuna e presero posizione per coprire i fianchi e il retro della casa. Carella e Wade cominciarono a risalire il marciapiede, con Lone Ranger e Tonto immediatamente dietro di loro.

C'era una bassa rampa di scale, praticamente piatta, che portava alla veranda con il parapetto davanti alla casa. Sembrava la casa nella prateria, sperduta da qualche parte. Mancavano solo i cespugli che rotolavano portati dal vento. Dolly aveva detto ai poliziotti che avevano affittato una camera al secondo piano, sul davanti, sul lato destro della casa. Ma non si vedeva nessuna luce, da nessuna parte. Quattro finestre nere al piano superiore, due finestre nere a sinistra della porta d'ingresso azzurra. Anche il marciapiede era buio, tranne che per la luna. Qualcuno aveva buttato giù il lampione stradale. Il vialetto era coperto di ghiaia.

Avrebbero preferito sabbia, o neve, o perfino fango: quella maledetta ghiaia scricchiolava sotto i piedi come fuochi d'artificio. Risalirono il vialetto a due a due, veloci, in silenzio, a parte il rumore della ghiaia, sussultando a ogni suono di sassolino, puntando in linea retta verso quella porta azzurra. Wade e Carella erano appena arrivati agli scalini della veranda quando esplosero gli spari.

Volarono via dai gradini come pipistrelli spaventati e si tuffarono tra i bassi cespugli ai due lati della scala, uno a destra, l'altro a sinistra. Poi altri tre spari sulla destra e Lone Ranger e Tonto si tolsero immediatamente dal sentiero, rotolando sul prato a chiazze, preparandosi per qualsiasi cosa stesse per succedere.

Lo sparo seguente arrivò quasi subito, ma questa volta i poliziotti videro da dove veniva: un lampo giallo in una delle finestre nere come la pece sul lato sinistro della veranda, seguito dall'immediato ruggito di una pistola ad alto potenziale che spara proiettili nella notte, e poi giallo e *bam*, e giallo e *bam*, e quattro e cinque... e poi di nuovo silenzio.

O Dolly si era sbagliata a proposito della camera che lei e i suoi amici avevano preso in affitto, oppure Sonny e Diz si erano trasferiti in una stanza al piano di sotto.

Era questo che stavano pensando gli agenti.

Non pensarono neppure per un attimo che Dolly avesse potuto...

— Non sparate! — gridò Dolly. — Mi tengono prigioniera.

— Merda — disse Wade.

Al lavoro da tre minuti e si ritrovavano già con una situazione-ostaggio tra le mani.

Gli abitanti delle vicine case popolari erano usciti tutti per godersi lo Spettacolo della Notte. Era *Die Hard* o *Die Harder* in una notte d'estate in pieno agosto. Solo che quello non era un grattacielo di Los Angeles o un aeroporto. Qui c'era soltanto una casupola di merda, già programmata per il bulldozer per far posto a un altro progetto edilizio, esattamente simile a quello in cui viveva quella gente. E qui non c'erano migliaia di persone in trappola in un aeroporto, e neppure centinaia di persone in trappola in un grattacielo: qui c'erano solo due delinquenti provenienti dalla capitale della nazione, che vanta il più alto tasso di omicidi pro capite di tutto il mondo, e un ostaggio di sedici anni, puttana del Cemetery Row nonché accertata tossica da crack, la cui vita era in pericolo. Carella lo sapeva. Dolly Simms non aveva ucciso suo padre. Sonny Cole e Diz Whittaker, agendo in concerto, l'avevano ucciso. Ma, dato che Dolly adesso era là dentro con i due killer, la polizia non poteva fare irruzione.

Era incredibile vedere come la folla stesse aumentando. Forse lo spettacolo della sera sarebbe stato solo *La piccola casa nella prateria*, ma chi poteva saperlo? Nel frattempo, era sempre meglio starsene fuori, per strada, dove almeno c'era la parvenza di una brezza, piuttosto che dentro una soffocante torre di mattoni di diciotto piani. All'una di quella mattina del primo giorno di agosto, la casa era stata circondata sui quattro lati e la polizia aveva eretto un precario rettangolo di barriere nel vano tentativo di mantenere un minimo d'ordine tra gli spettatori. Sulla scena c'erano i due camion del servizio emergenza e una trentina di auto bianche e azzurre della polizia, disposte come carri da guerra intorno all'edificio assediato. Dietro a ogni auto c'erano agenti in uniforme e detective. Era arrivato anche un generatore e i fari illuminavano i quattro lati della casa, ma in particolare la facciata, dove il quarto negoziatore dell'ispettore Brady se ne stava accucciato dietro i cespugli allineati davanti alla veranda e cercava di parlare con uno dei due uomini dentro la stanza. Fino a quel momento Brady aveva utilizzato tre negoziatori. Ai primi due per poco non avevano fatto saltare la testa. Nessuno di loro aveva osato avventurarsi sulla veranda.

Dolly Simms sedeva a una delle finestre e guardava fuori, verso le luci accecanti.

Non si vedeva che la ragazza.

I due uomini erano in fondo alla stanza, lontani dalla finestra.

Il primo passo era riuscire a farli avvicinare alla finestra.

Era Dolly che continuava a dire ai negoziatori che era meglio che nessuno cominciasse a sparare. Non sembrava per niente spaventata. Uno dei negoziatori riferì che sembrava fatta di qualcosa, il che non era una sorpresa.

Il Predicatore era già in azione per strada, intento a fare quello che sapeva fare meglio, anzi l'unica cosa che sapeva fare, e cioè eccitare la gente fino alla frenesia. Mentre andava avanti e indietro al di là delle barriere, i lunghi capelli lisciati all'indietro, le catene d'oro che brillavano alla luce dei fari, il megafono in mano, continuava a dire alla gente che ogni volta che una ragazza bianca si metteva a strillare allo stupro, prendevano sempre i primi afro-americani che trovavano a portata di mano e li accusavano...

— Ma prendete un'innocente, giovane vergine come Tawana Brawley, che viene violentata da un branco scatenato di bianchi, bianchi che dopo le scrivono la parola negra...

— Sì, sì! — gridò qualcuno dal gruppetto di uomini in abito scuro e cravatta rossa in piedi dietro di lui.

— ... sul corpo, scrivono questa parola con gli escrementi su quel giovane corpo violato: naturalmente il sistema della giustizia bianca dichiara questi stupratori innocenti di qualsiasi reato e marchia la giovane Tawana come una bugiarda e una puttana!

I poliziotti riuscivano a malapena a sentirsi tra di loro, sopra il frastuono del megafono.

— Ebbene, fratelli e sorelle, quella donna là dentro è una vera puttana, una nota e accertata venditrice di carne bianca che ha adescato due giovani fratelli afro-americani in una situazione che non hanno creato loro. Ed è per quello che stanotte c'è tutta la potente forza di polizia della nostra grande città qui fuori, è per questo che abbiamo tutto questo circo qui fuori: per perseguitare e mettere ancora una volta alla berlina i giovani neri d'America.

I ragazzini saltavano dentro e fuori il campo delle telecamere con grandi sorrisi stampati in faccia, cercando di farsi inquadrare: era la grande occasione di andare in televisione, di vedersi nel telegiornale del giorno dopo. Il Predicatore aveva ragione da quel punto di vista: c'era un'atmosfera da circo, ma non perché qualcuno volesse vedere due assassini assicurati alla giustizia. Al contrario, l'aria era carica di un'eccitazione simile a quella nelle arene dell'antica Roma, dove nessuno aveva la minima possibilità di cavarsela, a parte i leoni. Nessuno, in quelle strade cattive, credeva veramente che qualcuno in quella casa ne sarebbe uscito vivo, non con tutti quei piedipiatti allineati lì fuori come un esercito. Bianco o nero che fosse, chi si trovava dentro quella casa era già carne morta, ecco cosa pensava tutta quella gente in strada, di qualunque colore, religione, partito o convinzione. L'unica domanda pertinente era quando sarebbe successo. E così, come spettatori romani in attesa che un leone azzannasse un braccio, o preferibilmente la testa, a qualcuno, la folla si assiepava pazientemente dietro i cavalletti della polizia, sperando di vedere il massacro, sperando di vedere tutti quei finti fuochi d'artificio eruttare dal vivo e nella realtà del loro stanco quartiere da due soldi.

Quasi nessuno ascoltava il Predicatore che ansimava e delirava, a parte gli uomini in giacca e cravatta rossa alle sue spalle che annuivano a ogni sua parola. Tutti gli occhi erano fissi sulla donna accucciata tra i cespugli, che parlava alla ragazza con i capelli color porpora seduta alla finestra, coi fari abbaglianti puntati addosso.

Il problema era che nessuno riusciva a stabilire un contatto con i sequestratori. Nella stanza non c'era telefono, per cui la polizia non poteva chiedere alla società dei telefoni di isolare la linea, cosa che avrebbe permesso, solo a loro, di parlare con Sonny o con Diz, o con chiunque dirigesse l'orchestra là dentro. Il problema seguente era che la situazione era ciò che la squadra Ostaggi definiva un due-a-uno, cioè due sequestratori e un solo ostaggio, che era sicuramente molto meglio di un quattro-a-dodici, ma che comportava comunque il confronto con una dinamica di gruppo, per quanto piccolo. Nessuno sapeva chi comandasse dentro quella casa. Dolly aveva detto a Wade e a Bent che il cervello era Diz, supposizione contraddetta dal soprannome, che i poliziotti pensavano essere un'abbreviazione per Dizzy, pazzo.

Ma, dato che nessuno dei due sequestratori era disposto a parlare con qualcuno, i negoziatori non avevano idea di chi fosse effettivamente a dirigere lo show. Fino a quel momento a parlare era stata una pistola, o forse diverse pistole, con spari che esplodevano dalle profondità della camera ogni volta che un negoziatore faceva l'atto di sollevare la testa sopra il livello del pavimento della veranda. Quattro negoziatori, fino a quel momento. E nessuno che avesse fatto il minimo passo avanti.

Gli osservatori del Tac Team, con i loro binocoli a visione notturna, non riuscivano a vedere abbastanza in profondità nella camera per determinare se c'era soltanto quell'unica nove millimetri o se c'erano anche altre armi. In tutto erano stati piazzati cinque osservatori: uno sul retro, due ai lati dell'edificio e due davanti, dove si svolgeva l'azione vera. Gli osservatori avevano riferito che tutte le finestre sui lati dell'edificio erano state sbarrate con assi: Sonny e Diz si erano premuniti.

Questa fu la prima informazione importante che Georgia Mobry riuscì a cavare a Dolly, seduta alla finestra.

Georgia era il miglior negoziatore donna di Brady; rientrata dalle ferie soltanto il giorno prima, era già in pieno casino. Era il quarto negoziatore che lavorava la finestra, o forse la veranda, o più precisamente i cespugli, perché era lì che se ne stava rannicchiata, a circa due metri dalla finestra dove Dolly sedeva, alla luce dei fari. Tutti si erano chiesti come avesse fatto Dolly a cacciarsi in una situazione del genere. Era stata lei a dire ai poliziotti dove trovare Sonny e Diz, per cui sarebbe sembrato ragionevole da parte sua restarsene più alla larga possibile.

Ma adesso rivelò a Georgia, che era veramente un'esperta e riusciva a mungere latte perfino da un rospo, che aveva cominciato a sentirsi in colpa subito dopo che i due poliziotti neri l'avevano lasciata, così era tornata lì e aveva detto a Sonny e a Diz cosa stava per succedere e loro, invece di tagliare la corda, le avevano dato un po' di crack da fumare e le avevano detto che lei era il loro biglietto per la Giamaica. Questa fu la seconda informazione importante.

— Perciò non sparate — disse Dolly — perché altrimenti mi uccidono; hanno detto che mi uccidono.

Cosa che aveva ripetuto già parecchie volte ai tre negoziatori che erano stati rimandati in panchina. Ma adesso Georgia sapeva che era stata Dolly stessa a provocare la propria attuale, difficile situazione e che il prezzo del suo rilascio era un biglietto per i Caraibi.

— Vogliono andare in Giamaica? — domandò Georgia. — È così, tesoro?

Accento gentile e pieno come il suo nome e il suo paese natale.

— Be', ti ho riferito quello che hanno detto loro due.

— Cioè che tu sei il loro biglietto per la Giamaica?

— Già.

— Accidenti, vorrei proprio parlare personalmente con loro — disse Georgia.

— Tu sì, ma loro no.

— Perché penso che magari riusciamo a metterci d'accordo su qualcosa.

Per esempio tirarti fuori di lì e poi far fuori questi due stronzi, stava pensando Georgia. Secondo lei, quella era una tipica situazione-ostaggio non negoziabile. Prima o poi, qualcuno avrebbe ordinato di attaccare. Il risultato del controllo al computer su Sonny Cole era arrivato meno di dieci minuti prima e rivelava che Cole era stato dentro sulla costa occidentale per aver ucciso un uomo durante una rapina in una drogheria di Pasadena. Di conseguenza, quello che si ritrovavano tra le mani non era solo un uomo che forse aveva ucciso il padre di un poliziotto, ma un uomo che era già stato condannato una volta per aver ucciso e che adesso era armato e sparava indiscriminatamente da una finestra aperta appena gliene veniva voglia.

Neppure Desmond Whittaker era una mammoletta. In Louisiana, aveva fatto cinque anni di lavori forzati per omicidio preterintenzionale, che sarebbe stato omicidio volontario in base all'articolo 30 del codice penale di quello stato, solo che l'aveva commesso "sotto l'impulso di improvviso accesso d'ira". Come quei due avessero finito col mettersi insieme era un mistero. Altrettanto come fossero finiti in città. Ma tutti e due erano estremamente pericolosi e se non avessero dato entro breve un qualche segno di apertura per cominciare le prime fasi della negoziazione, qualcuno avrebbe chiesto il via libera per un assalto diretto o per l'uso di agenti chimici. Un tiratore scelto era fuori questione: nessuno riusciva a vedere dove accidenti fossero in quella camera. L'unico bersaglio visibile era la ragazza alla finestra. E lei era l'unica che volevano salvare.

Era per questo che Georgia non aveva molte speranze di successo.

— Perché non chiedi a uno di loro di parlare direttamente con me? — domandò a Dolly.

— Be', non vogliono.

— Tu chiediglielo, okay?

— Mi spareranno — disse Dolly.

— Solo perché glielo chiedi? No, non lo farebbero mai, non credi?

— Invece sì — disse Dolly. — Io credo che forse lo farebbero.

Non c'erano mai due situazioni-ostaggi uguali tra loro, ma un ostaggio che agiva da mediatore era qualcosa che Georgia aveva già visto almeno una decina di volte. A volte il sequestratore permetteva addirittura a un ostaggio di uscire per parlare con la polizia, con l'accordo che se lui, o lei, non tornava indietro, qualcun altro sarebbe uscito. Morto. Georgia non voleva che succedesse, stavolta. Quella piccola creatura patetica che trattava dalla finestra sembrava abbastanza fuori di testa per non rendersi conto che c'erano orde di poliziotti lì fuori, pronti, anzi ansiosi di fare irruzione in quella casa e sparare a qualunque cosa si muovesse. Ma la ragazza non era così fatta da non sentire l'odore del pericolo immediato dietro di sé, nella camera: un uomo armato, o forse due uomini armati, che minacciavano di ammazzarla, a meno che...

A meno che cosa?

— Vedi — disse Georgia. — Il fatto è che non capiamo bene quale sia il problema.

Non definire mai il problema: lascia che siano loro a farlo.

— Se sapessimo qual è il problema, sono sicura che potremmo trovare qualcosa. Vorremmo essere d'aiuto, ma nessuno vuole parlare con noi.

Si suggerisce sempre un aiuto. Il sequestratore di solito è in preda al panico. I terroristi politici, i criminali in trappola, perfino gli psicotici, di solito sono in preda al panico. Se dici che li vuoi aiutare...

— Perciò, perché non gli domandi come possiamo essere d'aiuto? — chiese Georgia.

— Be'...

— Forza, chiediglielo. Okay? Magari riusciamo a risolvere tutto in fretta. Provaci, okay?

— Be'...

— Dai.

Dolly voltò la testa dalla finestra. Georgia non riuscì a sentire cosa stava dicendo. Non sentì neppure cosa disse qualcuno nella stanza, dietro la ragazza. Sentì soltanto il brontolio profondo di una voce maschile. Dolly si voltò di nuovo.

— Dice che lui non ha nessun problema. Siete voi ad avere un problema.

— Chi lo dice? Chi te lo ha detto?

— Diz.

Okay, era Diz il boss. Era Diz quello che dovevano raggiungere.

— Ha detto qual è il nostro problema? — chiese Georgia. — Forse possiamo aiutarlo.

Dolly si voltò di nuovo.

A distanza, al di là delle barriere che delimitavano il perimetro esterno, Georgia sentiva la voce del Predicatore che esaltava le virtù di Tawana Brawley, "una sacerdotessa dell'onore e della verità, in un'epoca di menzogne politiche e inganni paramilitari. E questa sera ci troviamo davanti alla stessa situazione: una dura e massiccia dimostrazione del potere della polizia bianca contro due giovani afro-americani innocenti come lo erano gli Scottboro..."

Dolly tornò a voltarsi alla finestra.

— Dice che il problema è un elicottero per andare all'aeroporto e un jet per la Giamaica, ecco qual è il problema.

— È questo che vuole? Senti, non può venire lui alla finestra? Lui ha la pistola, io sono disarmata, nessuno gli farà del male, se viene alla finestra. Chiedigli di venire alla finestra, okay?

Georgia era veramente disarmata. Indossava un leggero giubbotto antiproiettile, ma là dentro c'era una nove millimetri. Maglietta rossa di cotone, giacca blu con la scritta POLICE a lettere bianche sulla schiena, walkie-talkie appeso alla cintura.

— Dolly?

— Mmm?

— Chiediglielo, okay? Nessuno gli farà del male, glielo prometto.

Dolly si girò. Di nuovo il brontolio della voce maschile all'interno. La ragazza si voltò verso la finestra.

— Dice che racconti un mucchio di stronzate. Loro hanno ucciso un tizio — disse Dolly.

— Allora era allora e adesso è adesso. Vediamo se si riesce a risolvere il problema che abbiamo adesso, okay? Digli solo di...

Comparve improvvisamente alla finestra, enorme e nero alla luce dei fari. Come quella scena nel film *Lo Squalo*, quando Roy Scheider getta l'esca dalla barca e improvvisamente il grande squalo bianco salta fuori dall'acqua con la bocca spalancata. Fu una scena da bloccare il cuore come quella. Georgia si chinò di scatto. Gli aveva visto un'AK-47 in mano.

— Chi sei? — le domandò l'uomo.

— Mi chiamo Georgia Mobry. Sono un negoziatore della polizia. Lei chi è?

Negoziatore è la parola che usi. Sei lì per trattare, per fare uscire la gente, prima che qualcuno si faccia del male. Non usi mai il termine ostaggio per definire le persone che i sequestratori tengono prigioniere. Non usi mai neppure il verbo arrendersi.

Chiedi al sequestratore di lasciar uscire la gente, chiedi che esca lui stesso, lascia che ti aiutiamo, nessuno ti farà del male. Parole suadenti, parole neutre. Ostaggio è una parola che può far venire in mente al sequestratore idee ancor più grandiose, può fargli pensare di essere l'ayatollah Khomeini. Chiedere di arrendersi è un insulto che serve solo a scatenare un atteggiamento di sfida ancor più deciso.

— Sono Diz Whittaker e qui non c'è proprio niente da negoziare. Georgia, eh?

Georgia stava guardando in su, verso la finestra, gli occhi appena visibili al di sopra del pavimento della veranda. Vide un uomo grosso e muscoloso, con i capelli rasati e una maglietta bianca. Era tutto ciò che riusciva a vedere di lui nel riquadro della finestra. L'AK-47 mano destra. La sola vista di quell'arma le dava sempre un brivido lungo la spina dorsale. Quel fucile d'assalto illegale, di fabbricazione cinese, una replica di quello usato dai Vietcong, era un'arma semiautomatica, il che significava che, per ogni sparo, bisognava premere il grilletto. Ma il fucile poteva sparare fino a settantacinque colpi senza ricaricare, e il suo caricatore ricurvo gli dava l'aspetto letale di un'arma da guerra, nonostante tutte le richieste presentate dalla National Rifle Association per il suo uso legittimo come fucile da caccia.

— Tirati su, Georgia — disse Whittaker.

A Georgia non piacque il modo in cui l'uomo aveva detto il suo nome. Quasi un ringhio. Georgia. Come se lei fosse stata l'intero maledetto stato della Georgia e non la persona Georgia. La rendeva nervosa il modo in cui Diz aveva detto il suo nome.

— Non voglio che lei mi faccia del male.

— Fatti vedere, Georgia. — Ringhiando di nuovo il nome. — Vieni dalla Georgia ? È da lì che vieni?

— Sì.

— Tirati su e fatti vedere, Georgia.

— Prima mi prometta che non mi farà del male.

— Sei carica?

— Nossignore.

— E come faccio a saperlo?

— Perché lo dico io. E io non dico bugie.
— Saresti il primo sbirro che conosco che non racconta balle. Alzati e fammi vedere che non sei carica.
— Non posso, signor Whittaker. Non prima che lei mi abbia promesso di...
— Lascia perdere la stronzata del signor Whittaker. Cosa sai di me, Georgia?
— Il mio superiore mi ha detto chi è lei e chi è il suo amico. So qualcosa di tutti e due. Non posso essere d'aiuto, se non so qualcosa di...
— Cos'è che ti ha detto esattamente il tuo boss, Georgia?
Gli dici sempre che non sei da solo, che non hai l'autorità di fare quello che vogliono che tu faccia: prima devi parlare con il tuo superiore, o con il tuo capo, comunque tu decida di chiamare la persona sopra di te. Vuoi che credano che tu sei dalla loro parte nella ricerca di una soluzione. Tu e loro contro questo vago controllore fuori scena, questa persona invisibile che ha il potere di dire sì o no alle loro richieste. Quasi tutti al mondo hanno un boss. Perfino i criminali capiscono come lavorano i boss.
— Mi ha detto che siete stati dentro.
— Ah, sì?
— Lei e anche il suo amico.
— Ti ha detto che Sonny ha ammazzato quello del forno?
— Mi ha detto che lo pensavano, sì.
— E che io ero con lui? Ti ha detto anche questo, Georgia?
— Sì.
— Per cui sono un complice, no?
— Così sembrerebbe. Ma perché non parliamo del problema attuale, signor Whittaker? Io vorrei aiutarvi, ma se non...
Improvvisamente Whittaker aprì il fuoco.
L'arma semiautomatica potò i cespugli sulla testa di Georgia con la stessa efficacia di un paio di cesoie da siepe. Georgia si gettò per terra e pregò che Whittaker non sparasse attraverso il pavimento di legno della veranda, perché uno di quei proiettili ad alta velocità avrebbe potuto trovarla. Con gli occhi chiusi, restò distesa per terra e pregò per la prima volta da quando aveva quindici anni, mentre i proiettili le sibilavano rabbiosi sopra la testa.
Il fuoco cessò.

Georgia aspettò.
— Di' al tuo boss di mandarmi qualcuno che non sia una stronza bugiarda di una sudista *redneck* — disse Whittaker. — Vai a dirglielo, Georgia.
Georgia aspettò.
Aveva paura di muoversi.
Prese il walkie-talkie dalla cintura e premette il pulsante voce.
— Osservatore Due — chiamò. — Cosa... Cosa vedi alla finestra?
La voce le tremava. Maledisse la voce che la tradiva.
Ci fu una lunga pausa.
— Pronto?
— L'uomo se n'è andato — rispose una voce maschile. — C'è solo la ragazza adesso.
— Sei sicuro?
— Sto guardando con il binocolo. La finestra è pulita.
— Ispettore? — chiamò Georgia.
— Sì, Georgia?
— Credo che farei meglio a rientrare. Qui non servo più a niente.
— Rientra pure.

Dal punto dove si trovava con Brady e gli altri pezzi grossi assortiti, Mike Goodman vide il Tac Team disporsi in posizione di fuoco dietro le auto del perimetro interno e Georgia scattare come un centometrista sfiatato verso la copertura del camion uno, che Brady aveva requisito come proprio posto di comando. Georgia era chiaramente spaventata. Il viso era pallidissimo e le mani le tremavano. Uno degli agenti del SE le porse una tazza di caffè, anche se ciò di cui Georgia aveva veramente bisogno era un sorso di bourbon. Sorseggiò il caffè nella tazza che le tremava nelle mani e poi disse a Brady, al comandante del SE, al capo dei detective e al capo pattuglia che c'erano almeno due armi là dentro: la nove millimetri e un AK-47 che per poco non le aveva staccato la testa. Disse anche che i sequestratori volevano un elicottero e un jet per la Giamaica...
— Giamaica? — chiese Brady.
...e che Whittaker non apprezzava le Belle del Sud che facevano il negoziatore per la polizia e che l'aveva chiamata *redneck*, quando sua madre faceva la bibliotecaria e suo padre il medico a

Macon. I pezzi grossi ascoltarono con aria grave e poi discussero a bassa voce tra loro su un uso eventuale della forza. Georgia ascoltava appena: lei adesso era fuori.

Di Santis era dell'idea che c'erano forse motivi validi per un attacco. Dati i precedenti dei due e la forte possibilità che fossero i killer che avevano ucciso il proprietario del forno, era disposto a correre il rischio con il gran giurì e l'inchiesta del coroner nel caso che uno o entrambi i delinquenti finissero ammazzati. Brady era preoccupato per la ragazza. E anche Brogan.

Curran pensava che avrebbero dovuto tentare con un assalto chimico: non c'erano ventole che potessero propagare i gas in altri appartamenti, e comunque chi se ne fregava se scoppiava un incendio in un edificio già condannato alla demolizione? Brady e Brogan erano sempre preoccupati per la ragazza. E se quei due cominciavano a sparare appena loro partivano con il gas? Con due armi da guerra? La ragazza sarebbe morta. Decisero di provare con un altro negoziatore tra i cespugli, per vedere se si riusciva a far uscire qualcuno su quella veranda, se si riusciva a fare ragionare quei due bastardi.

Il guaio era che Brady aveva già usato tutti i suoi negoziatori esperti che non erano in ferie e gli unici rimasti erano lui stesso e gli allievi. Sempre pronto a entrare nel ruolo del condottiero impavido, Brady era disposto a rischiare contro l'AK-47 e qualunque altra cosa gli potessero puntare addosso, ma Di Santis gli fece notare che i tre negoziatori che avevano fatto meno progressi erano stati tutti uomini e che poteva essere consigliabile tentare con un'altra donna. Georgia si dichiarò d'accordo sul fatto che una donna avrebbe potuto cavarsela meglio con la ragazzina che era comunque il mediatore, finché i due stronzi non si facevano avanti. Questo lasciava solo Martha Halsted o Eileen Burke. E dato che Eileen aveva già esperienza sulla porta, sebbene non per propria scelta, venne deciso che avrebbero tentato con lei. Brady mandò Goodman a prenderla al camion due.

— L'ispettore vuole parlarti — le annunciò Goodman.

— Okay.

— Tu glielo succhi all'ispettore, o cosa? — le chiese Martha.

— Vaffanculo — rispose Eileen.

Ma mentre si allontanava, sentì Martha e gli altri allievi che bisbigliavano tra loro. La cosa non le dava più fastidio. I colleghi le bisbigliavano dietro la schiena fin dai tempi dello stupro. I colleghi bisbiglianti erano più pericolosi del Predicatore e del suo megafono.

Adesso la folla taceva, in attesa del prossimo effetto speciale: il film cominciava ad afflosciarsi un po'.

Perfino il Predicatore sembrava annoiato. Continuava a far tintinnare le sue catene d'oro e ad aggrottare la fronte.

Brady e gli altri pezzi grossi avevano un'aria estremamente solenne.

— Salve, Burke — disse Brady.

— Signore.

— Ti va di lavorare? — domandò Brady, e sorrise.

— No, signore — rispose Eileen.

Il sorriso gli cadde dalla bocca.

— Perché no?

— Motivi personali, signore.

— Sei un maledetto agente di polizia o cosa? — chiese Brady, arrabbiandosi.

— Steve Carella è un amico personale — disse Eileen. — Conosco lui...

— Cosa accidenti...

— ... conosco sua moglie, conosco i suoi...

— Cosa accidenti c'entra questo con...

— Ho paura di combinare un pasticcio, signore. Se quegli uomini se la cavano...

— Ispettore?

Tutti si voltarono.

Erano Carella e Wade.

— Signore — disse Carella. — Abbiamo un'idea.

La gente aveva cominciato a cantilenare: "Fate fuori la puttana, fate fuori la puttana, fate fuori la puttana", sollecitando i due uomini intrappolati nella casa ad ammazzare Dolly. "Fate fuori la puttana, fate fuori la puttana, fate fuori la puttana."

Se Dolly sentiva quello che gridava la gente, non lo dava a vedere. Sedeva alla finestra come una pallida e distante principessa, in attesa del cavaliere che la portasse via. Ma non c'erano cavalieri lì fuori, quella sera, non c'erano neppure nuovi centurioni.

C'erano soltanto dei poliziotti bene addestrati e speranzosi che organizzazione, disciplina, lavoro di gruppo e soprattutto pazienza potessero risolvere la situazione prima che qualcuno là dentro perdesse la testa.

I due sequestratori erano dei criminali e, in base all'esperienza di Brady, i sequestratori criminali erano più facili da trattare dei terroristi politici o degli psicotici. I criminali capivano l'arte della trattativa: la loro intera vita era basata sullo scambio. I criminali sapevano che se tu dicevi che non era possibile contrattare sulle armi, dicevi sul serio. Per esempio, se il sequestratore aveva una calibro 45, sapeva che non gli avresti mai dato un MP-83 in cambio di un ostaggio. E se gli dicevi che non gli avresti mai consegnato un altro ostaggio, sapeva che dicevi sul serio anche in quel caso. Se, per esempio, il sequestratore affermava che non avrebbe fatto del male a nessuno, se solo gli mandavi qualcuno a fargli da mangiare o a lavargli la biancheria, sapeva che non l'avresti mai fatto. C'era un punto limite e lui sapeva esattamente qual era, e sapeva che avrebbe fatto la figura dello stupido o del dilettante se avesse cercato di contrattare al di là di quel punto. Un criminale poteva addirittura capire perché la sua richiesta di birra o vino o whisky sarebbe stata rifiutata: sapeva bene quanto te che la situazione era brutta e che l'alcol non migliora mai una brutta situazione. Un criminale capiva tutto questo.

E probabilmente sapeva anche che la storia non si sarebbe mai conclusa in un'isola tropicale, con le ragazze indigene che suonano l'ukelele e ti intrecciano fiori nei capelli. Sapeva che sarebbe finita con il proprio arresto, o con la morte. Erano le uniche due soluzioni possibili per lui. Dentro di sé lo sapeva. Perciò, tanto più a lungo si trascinava la trattativa, tanto migliori erano le possibilità che il buon senso del criminale prima o poi prevalesse.

Concludere l'affare e tornare in galera era sempre meglio che uscire dentro un sacco di plastica per cadaveri. Ma la situazione di quella sera era incostante e pericolosa e Brady non era realmente convinto che gli uomini là dentro sarebbero mai stati disposti a ragionare. La cosa migliore in cui poteva sperare era che Eileen riuscisse a fare qualche piccolo progresso in più rispetto agli altri negoziatori.

— Dolly?

Sguardo vacuo sulle luci, come ipnotizzata dai fari, mentre il coro ritmato della gente sull'altro lato della strada fluttuava nell'aria della notte. "Fate fuori la puttana, fate fuori la puttana, fate fuori la puttana", istigando uomini che non avevano affatto bisogno di essere istigati.

— Io mi chiamo Eileen Burke e sono un negoziatore del dipartimento di polizia.

Nessuna risposta.

— Dolly? Per favore, puoi dire al signor Whittaker che vorrei parlare con lui?

— Non vuole — rispose Dolly.

— Sì, ma è stato con l'altro negoziatore. Digli che adesso c'è un negoziatore nuovo...

— Non vuole lo stesso.

— Per favore, se tu gli dicessi...

— Dimmelo tu.

Di nuovo il profilo nella finestra. Alto e minaccioso, con la maglietta bianca macchiata di sudore e l'AK-47 in mano.

— Signor Whittaker, mi chiamo Eileen Burke e sono un negozia...

— Che cazzo vuoi, Burke?

— Lei prima ha parlato di un elicottero...

— Giusto. Alzati in piedi e fatti vedere. Ti vedo solo la punta della testa e gli occhi.

— Non posso, signor Whittaker.

— Me l'ero immaginato. Come mai, eh?

— Be', lei ha sparato a tutto quello che si muoveva qui fuori...

— Hai qualcuno che mi tiene sotto tiro? — chiese Whittaker, e di colpo si chinò sotto il davanzale.

Al walkie-talkie di Brady, il tiratore scelto in posizione disse: — L'ho perso.

— Se vuoi parlare — disse Whittaker — sali sulla veranda e mettiti davanti alla finestra.

— Magari più tardi — disse Eileen.

— Perché di sicuro io non mi metto in posa da bersaglio, questo è certo.

— Nessuno le farà del male, glielo prometto.

— Tu puoi promettermi solo della merda, Rossa.

— Non mi va che mi chiamino Rossa — disse Eileen.

— Sai che cazzo mi frega di cosa ti piace o non ti piace.

Eileen si chiese se non aveva fatto un errore. Decise di andare avanti. Se non altro stavano parlando. Se non altro c'era l'inizio di un dialogo.

— Quand'ero piccola, tutti mi chiamavano Rossa.

Whittaker non disse niente. Il viso era seminascosto dietro la finestra. Dolly se ne stava seduta tutta occhi e orecchie: questa era la prima storia interessante che aveva sentito in tutta la serata.

— Così un giorno mi sono rapata a zero e sono andata a scuola...

— Accidenti! — disse Dolly, e si mise una mano davanti alla bocca.

— Ho detto agli altri bambini di chiamarmi Pelata — disse Eileen. — Gli ho detto che mi piaceva più di Rossa.

Dietro il telaio della finestra, sentì ridacchiare Whittaker. La storia era vera, Eileen non se l'era inventata. Si era rasata tutti i maledetti capelli rossi e li aveva incartati in un foglio di giornale. Sua madre era rimasta sconvolta.

— Rapata a zero — disse Eileen, proprio come aveva detto tanti anni prima alla madre.

— Dovevi essere uno spettacolo — disse Dolly.

— È che non mi andava che mi chiamassero Rossa — disse Eileen in tono ragionevole.

— Rapata a zero.

— Completamente.

— Mamma mia — disse Dolly.

Whittaker non aveva ancora detto niente. Eileen pensò di averlo perso. Appena una risatina e poi di nuovo subito al lavoro.

— E allora come vuoi essere chiamata? — chiese improvvisamente Whittaker, sorprendendola.

— Eileen. E tu? Come devo chiamarti?

— Puoi chiamarmi un elicottero — rispose Whittaker, e scoppiò a ridere.

Bene, aveva fatto la sua battuta. Una variazione sul vecchio tema del "Puoi chiamarmi un taxi", ma almeno non aveva detto "Puoi chiamarmi come ti pare, basta che non mi chiami in ritardo per la cena". Ed erano tornati all'elicottero. Bene. Tempo di scambi. Forse.

— Un elicottero è possibile — disse Eileen — ma prima devo parlarne con il mio boss.

— Allora va' a parlargli, Eileen.

— Sono quasi sicura che lui potrà organizzare...

— Lo spero proprio, Eileen.
— Ma so che lui si aspetta...
— Perché io comincio a diventare nervoso...
— Be', questa è proprio la prima volta...
— ... e mi dispiacerebbe che capitasse qualcosa a questa ragazzina, eh?
— A me dispiacerebbe che capitasse qualcosa a chiunque, credimi. Ma questa è la prima volta che tu e io parliamo sul serio e...
— Perché non sali sulla veranda? — chiese Whittaker.
— Credi che sia scema?
Whittaker rise di nuovo.
— Dài, non ti faccio niente. Sul serio.
— Be'...
— Forza.
— Cosa ne dici se prima mi alzo in piedi?
— Okay.
— Però tu devi mostrarmi le mani. Fammi vedere che non hai niente in mano e io mi alzo in piedi.
— E io come faccio a sapere cos'hai in mano tu?
— Ti faccio vedere anch'io le mani. Ecco, vedi? — disse Eileen, alzò le mani sopra il pavimento della veranda e agitò le dita. — Non ho niente in mano, okay?
— Come fai a sapere che io ti faccio vedere le mani e poi ti spazzo via lo stesso? Che non riprendo il pezzo in mano e...
— Be', non credo che lo faresti. Non se me lo prometti.
La prima volta che aveva sentito questa storia al corso aveva pensato che fosse ridicola. Chiedi a un terrorista di prometterti di non spararti? Chiedi a un pazzo di prometterti di non farti del male? Le avevano detto e ripetuto che funzionava. Se te lo promettono veramente, se riesci a fargli dire le parole "Te lo prometto", non ti faranno del male.
— Mi fai vedere le mani? — chiese Eileen.
— Eccole — disse Whittaker. Si sporse dalla finestra per un istante, agitando le dita come aveva appena fatto Eileen, poi si tuffò di nuovo fuori vista. Eileen pensò di aver visto un sorriso.
— Adesso alzati — le ordinò Whittaker.
— Se mi alzo, prometti di non farmi del male?
— Te lo prometto.
— Prometti di non farmi del male?

— Prometto di non farti del male.
— Okay — disse Eileen, e si alzò in piedi.
Whittaker rimase in silenzio per un momento, guardandola. Bene, pensò Eileen, guardami pure. Ma questo non è il vecchio, tu non sei un vecchio di ottantaquattro anni, tu sei un assassino. Per cui guardami pure quanto ti pare, ma...
— Metti le mani sul davanzale in modo che io possa vederle, okay? — gli disse.
— Cosa c'è? Non ti fidi di me?
— Mi fido, sì, dato che me l'hai promesso. Ma mi sentirei molto meglio, se potessi vederti le mani. Tu le mie le vedi — aggiunse, tendendo le mani e voltandole su e giù come una modella dello smalto per unghie Revlon. — Così sai che io non ti posso sparare, giusto?
— Sì.
Però continuava a starsene nascosto.
— Cosa ne dici di mostrarmi la stessa considerazione? — insistette Eileen.
— Okay, ecco le mani — disse Whittaker, andò alla finestra accanto a Dolly e artigliò il davanzale con le due mani enormi.
— Lo vedo bene — disse il tiratore nel walkie-talkie. — Lo elimino?
— Negativo — gli rispose Brady.
— Adesso vorrei tornare dal mio boss e chiedergli per quell'elicottero.
— Sono proprio rossi — osservò Whittaker, e sorrise.
— Sì, lo so — disse Eileen, scuotendo la testa e rispondendo al sorriso. — Sono sicura che lui può darti quello che chiedi, ma forse ci vorrà un po' di tempo. E so che vorrà qualcosa da te in cambio.
— Cosa vuoi dire?
— Sto solo dicendo che io so com'è fatto il mio capo. Ti farà avere quell'elicottero, ma di sicuro mi dirà che una mano lava l'altra. Comunque lascia che gli parli, okay? Vediamo cosa dice.
— Se si aspetta che lasci andare Dolly, se lo sogna. Dolly resta con noi finché non siamo su quel jet.
— Quale jet?
— Dolly ti ha già detto...

— No, a me no. Forse ne hai parlato con l'altro negoziatore.

— Vogliamo un jet che ci porti in Giamaica.

Eileen stava pensando che Whittaker era davanti a quella finestra ormai da tre o quattro minuti: un bersaglio pulito per i tiratori del Tac Team. Ma Sonny era ancora da qualche parte nel buio di quella camera. E Sonny aveva un'automatica nove millimetri.

— Perché in Giamaica? — domandò.

— È carino là — rispose vagamente Whittaker.

— Be', adesso vado a parlargli. Però tu adesso hai chiesto due cose in fila, e questo mi renderà le cose un po' più difficili. Vediamo cosa posso fare, okay?

— Vai pure. E digli che qui dentro non scherziamo.

— Glielo dirò. Adesso ti volto le spalle e vado a quel camion là in fondo. Ho ancora la tua parola?

— Hai la mia parola.

— Che non mi farai del male?

— Che non ti farò del male.

— Allora ho la tua parola — ripeté Eileen annuendo. — Torno appena ho finito di parlare con lui.

— Vai.

Eileen si voltò, senza dargli alcun motivo di credere di essere spaventata, e neppure ansiosa. Si voltò e cominciò a camminare veloce e decisa verso il camion del servizio emergenza, con la scritta bianca POLICE sulla schiena della sua giacca di popeline, cercando di non incassare la testa tra le spalle, pensando che da un momento all'altro una raffica di proiettili le si sarebbe conficcata nella spina dorsale.

Ma Whittaker mantenne la promessa.

Era stato Carella a rendersi conto che i due si erano accecati da soli sui lati. Avevano sbarrato tutte le finestre sui tre lati della casa. E se le finestre erano sbarrate, loro non potevano vedere fuori. Il che significava che tre dei lati della casa erano accessibili alla polizia. Era questo che aveva detto a Brady.

Finalmente ricevettero la pianta della casa dalla società immobiliare che aveva venduto l'immobile a certi signori Borden circa dodici anni prima, molto tempo prima che venisse programmato il piano edilizio della zona. La pianta si presentava così:

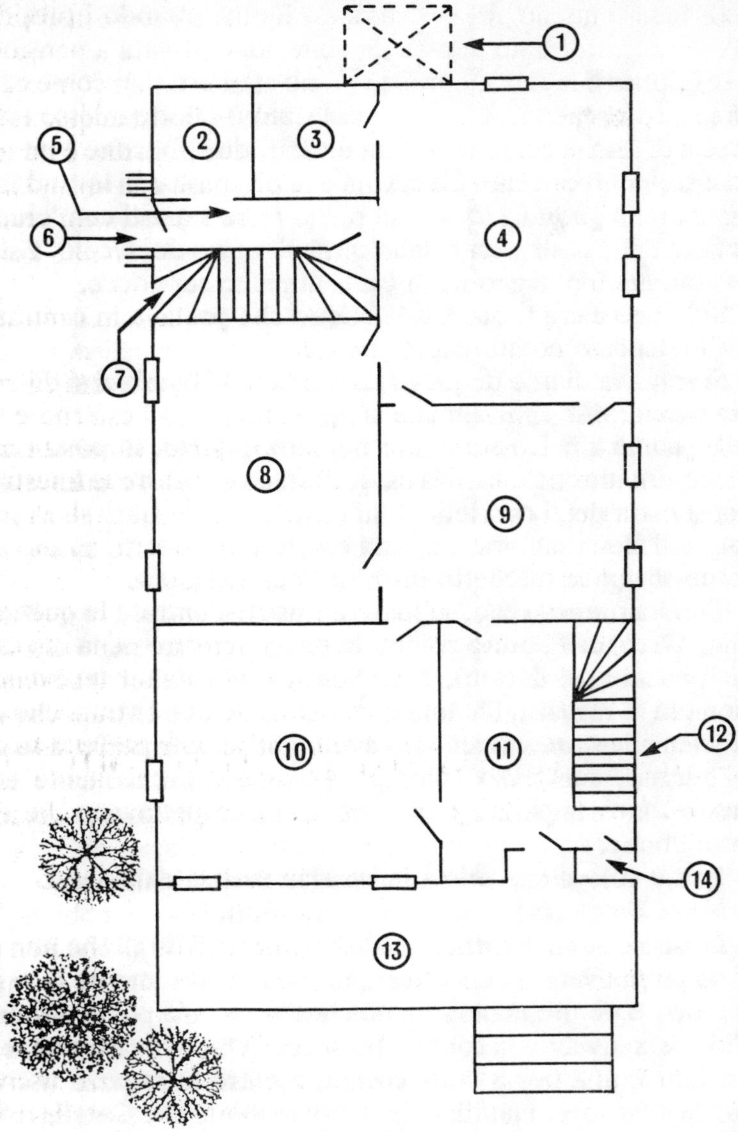

1) Accesso esterno alla cucina. **2)** Lavanderia. **3)** Dispensa. **4)** Cucina. **5)** Accesso cucina. **6)** Veranda cucina. **7)** Scala posteriore dalla cantina. **8)** Sala da pranzo. **9)** Soggiorno. **10)** Salotto. **11)** Ingresso. **12)** Scala anteriore. **13)** Veranda anteriore. **14)** Ripostiglio.

In base a quello che aveva detto Dolly, quando i proprietari avevano trasformato la casa da abitazione privata a pensionato, il soggiorno e la sala da pranzo erano stati arredati come camere da letto e quello che una volta era stato il salotto adesso era una specie di stanza comune con un divano, due poltrone e un televisore sopra un carrello. La cucina e la dispensa e la lavanderia attigue erano gli unici locali del piano-terra rimasti com'erano all'epoca della costruzione della casa, all'inizio del secolo. Esisteva un solo grande bagno nella casa, al piano superiore.

Sul retro c'era un accesso esterno che portava in cantina.

Carella fece notare anche questo.

Si trattava di uno di quegli scivoli su cui i bambini si divertono nei parchi: due sportelli che si aprivano verso l'esterno e verso l'alto come ali. L'osservatore numero quattro, in posizione nel perimetro interno dietro la casa, riferì che, mentre le finestre alla sua sinistra degli sportelli della cantina erano state sbarrate, gli sportelli stessi sembravano non essere stati toccati. Erano chiusi da un semplice lucchetto inserito in un occhiolo.

Carella riteneva che, se fossero riusciti a entrare in quella cantina, avrebbero potuto risalire le scale, arrivare nella dispensa e da lì andare sul davanti, dove Sonny e Whittaker tenevano prigioniera la ragazza. Da una qualsiasi delle due entrate che davano in quella stanza avrebbero avuto una visuale perfetta su quelli all'interno, compreso chiunque potesse eventualmente essersi messo contro la parete posteriore, come sospettavano che avesse fatto Sonny.

Brady voleva che prima la ragazza uscisse dalla casa.

Nessun attacco finché lei non era fuori.

Disse a Eileen di tornare da Whittaker e di dirgli che non potevano fargli avere un elicottero, ma se lasciava andare la ragazza avrebbero potuto mandargli una limousine alla porta posteriore. L'idea era dividere la coppia: far sì che Whittaker mandasse Sonny dietro, alla porta della cucina, mentre la ragazza usciva da quella anteriore. Pianificare i tempi in modo che Carella e Wade si trovassero in cima alle scale della cantina quando Sonny fosse tornato per controllare la limousine. Nessun attacco finché non avessero saputo con certezza che Dolly era fuori da quella casa. Entrare in cantina, prendere posizione, ma nessun attacco finché la ragazza non era in salvo.

Poteva funzionare.

Forse.

— Mi dispiace — disse Eileen — ma non può farti avere l'elicottero.

— Tu mi avevi detto che...

— Lo so, ma...

— Digli che ammazzo la ragazza. Se lui ha voglia di scherzare, io ammazzo la ragazza.

— Posso salire sulla veranda? — gli domandò Eileen.

Bisogna sempre chiedere il permesso per avvicinarsi. Bisogna sempre chiedere assicurazioni che non ci saranno incidenti, che non ci saranno malintesi, perché nessuno si faccia del male. Nessuno.

— Okay? — disse Eileen. — Posso salire?

— No — rispose Whittaker. — Cos'hai fatto, Rossa? Ti sei presa una pistola, mentre chiacchieravi con i tuoi amici?

— No. Non sono armata. Se vuoi, ti faccio vedere. Posso alzarmi in piedi?

— Tu devi essere pazza, lo sai? Te ne torni qui con quelle cagate e ti aspetti che io...

— Hai promesso di non farmi del male. Ho ancora la tua parola?

— Perché dovrei prometterti qualcosa?

— Perché penso di avere una soluzione. Se solo potessimo discuterne.

— Io non gli do niente, se prima non mi dà qualche cosa lui.

— È proprio quello di cui voglio parlare. Posso alzarmi? Mi prometti di non farmi del male, se mi alzo in piedi?

— Dài, alzati.

— Non ho sentito la tua promessa.

— Hai la mia fottuta promessa, okay?

Eileen si domandò se doveva chiedergli di farle vedere di nuovo le mani. Decise che sarebbe stato spingere troppo. Whittaker le aveva dato la parola e lei doveva fidarsi. Fingendo una sicurezza che non sentiva, si alzò in piedi, spalancò la giacca e disse: — Non ho niente sotto. Sono disarmata.

— Voltati e solleva la giacca.

Eileen si voltò, mostrando la schiena a Whittaker e al suo fucile d'assalto. Sollevò la giacca e gli fece vedere la schiena con la maglietta gialla. Non aveva armi addosso. Niente pistola o fondina. Niente.

— Okay — gli domandò.

— Cos'hai attaccato alla cintura? — le domandò Whittaker.

— Un walkie-talkie. Non preoccuparti, non è un'arma camuffata o roba del genere.

— Buttalo qui, sulla veranda.

— No, non posso. Devo restare in contatto. Nel caso vogliano trasmettere un messaggio. Okay?

— Sì, okay.

— Posso abbassare la giacca?

— Fai pure, Rossa.

— Vuoi che mi rapi di nuovo a zero?

Eileen pensò di sentirlo ridacchiare.

— Allora smettila di chiamarmi Rossa, okay?

Nessuna risposta.

— Posso voltarmi? — domandò.

— Sì.

Eileen si voltò di nuovo. Non lo vide. C'era soltanto Dolly seduta alla finestra. Con un'espressione vuota sul viso.

— Posso salire sulla veranda?

— Perché?

— Così possiamo parlare senza dover urlare.

— Sali pure.

— Ho sempre la tua promessa?

— Non ti ho ancora sparato, no?

— Vorrei la tua promessa che non lo farai.

— Non lo farò. Te lo prometto.

— Va bene. Allora salgo, giusto?

— Ho detto va bene.

— È solo che io non voglio incidenti. Voglio che tu sappia esattamente cosa sto facendo, in modo che non ci siano malintesi.

— Va bene, vieni su.

Eileen salì i bassi scalini piatti che portavano alla porta d'ingresso della casa e poi si spostò a sinistra, verso la finestra più vicina. Si stava muovendo lungo la veranda verso...

— Fermati lì — le ordinò Whittaker.

— Okay.

— Allora, qual è la tua idea?

— Il capo ha detto niente elicottero, non può fartelo avere. C'è stato un incidente gravissimo sull'Harb...

— Sul cosa?

— L'Harb. Il fiume... già, è vero: tu vieni da Washington.

— Come fai a saperlo?

— Ho visto la tua...

— Va bene. Che incidente?

— Un battello di turisti ha speronato il traghetto per Bethtown. Tutti i nostri elicotteri sono impegnati nelle operazioni di soccorso.

Una bugia assoluta. Ma il gioco era cambiato. Di lì a poco due uomini con un tronchese avrebbero lavorato intorno a quella porta della cantina. E una volta che la ragazza fosse stata in salvo...

— Allora di' al tuo capo di farmi avere un elicottero commerciale.

— Se vuoi, glielo chiedo. Ma sai cosa penso?

— Cosa?

— Io penso che per voi sarebbe meglio una limousine. Ora che il jet è pronto...

— Quale jet? Mi fa avere un jet?

— Pensavo di avertelo detto. In questo momento stanno facendo rifornimento al jet.

— No. Tu hai detto soltanto niente elicottero.

— Sarà pronto tra...

— Pronto dove?

— A Spindrif. Tra circa un'ora. Se riesco a convincere il capo a farti avere una limousine, avresti tutto il tempo che vuoi. Può darsi addirittura che sia più veloce di un elicottero, considerato com'è il controllo del traffico aereo da quelle parti.

Adesso Eileen gli vedeva il viso. Era riuscita ad attirarlo più vicino alla finestra. Whittaker stava riflettendo.

— Posso chiedere al capo di darti una scorta di motociclisti — disse Eileen. — Arriveresti all'aeroporto in quaranta minuti.

L'idea cominciava a piacergli. Ecco l'importante ambasciatore di Washington, DC, nella sua limousine, con la scorta di motociclisti che l'accompagna al suo jet privato. Eileen sentiva quasi le rotelle girare nel buio della casa e della testa di Whittaker.

— Lascerò andare la ragazza quando saremo dentro quel jet — disse.

— Ma dài, andiamo! Come faccio a dire una cosa del genere al mio capo?

— Non mi frega un cazzo di quello che gli dici...

Piano adesso, pensò Eileen.

— ... sono io quello che ha una pistola puntata alla testa della ragazza.

— Lo so — disse Eileen. La testa le martellava. — E non voglio che le facciate del male. Non voglio che nessuno si faccia del male. Ma io devo tornare dal mio capo con una proposta ragionevole, sono sicura che lo capisci anche tu. Lui ti dà una limousine e un jet, per cui io devo dirgli che sei disposto a dargli qualcosa in cambio. — Parlava a cento all'ora, adesso, ubriacandolo con la sua logica brillante. — So di poterti far avere la limousine, ne ho già discusso col boss. E lui, proprio in questo momento, sta facendo rifornire il jet, ti sta dando tutto quello che hai chiesto, sta collaborando su tutta la linea. Perciò, se io potessi andare dal capo e dirgli: "Senta, il signor Whittaker lascia andare la ragazza, però vuole determinate assicurazioni...". Quali che siano, puoi dirmi quello che vuoi e io riferisco... E se possiamo risolvere la cosa, farti avere quello che vuoi, assicurarci che la ragazza sia al sicuro e che voi due siate al sicuro, possiamo metterti in viaggio nel giro di cinque, dieci minuti, in modo da arrivare in tempo per il jet. Cosa ne dici?

— Come faccio a sapere che non c'è un trucco?

— È per questo che ti ho chiesto di dirmi quali garanzie vuoi per la tua sicurezza. Dimmi solo che garanzie vuoi e io le riferisco. Non vogliamo malintesi. Tu ci dici quello che vuoi e noi ti diciamo quello che possiamo fare. In questo modo tu sai cosa facciamo noi e noi sappiamo quello che fai tu e nessuno si fa del male, cosa ne dici?

Forza, pensò.

— Come faccio a sapere che ci sarà la limousine? Io lascio andare la ragazza e voi entrate qui dentro con tutto un fottuto esercito...

— No, faremo venire la limousine prima che tu faccia uscire la ragazza. Potrai controllare quando arriva.

— Dove?

— Dove preferisci. Io pensavo davanti alla porta sul lato sinistro della casa. Dove c'è quella piccola veranda. Va bene per te?

— Di' al tuo capo che voglio del whisky su quella macchina.

Bene, pensò Eileen. È pronto a concludere l'affare.

— No — rispose. — Non posso farti avere del whisky.

— Perché no?

— Be', non vogliamo che qualcuno si faccia del male. Io so che tu manterrai la promessa, ma il whisky non sa come si mantengono le promesse.

Pensò di sentirlo ridacchiare di nuovo.

— Allora, cosa devo dirgli? — gli domandò. — Se ti faccio avere la limousine fai uscire la ragazza?

— Facciamo che prima vedo la limousine là fuori...

— La mettiamo proprio davanti alla porta. Tu dovrai solo scendere dalla veranda di dietro e salire in macchina.

— Ma supponiamo che io veda la macchina e lasci andare la ragazza, come hai detto tu, chi mi dice che non mi fate fuori prima ancora di salire su quella macchina?

Stava lavorando sui dettagli. Sapendo, in fondo al cuore, che nessuno gli avrebbe mai permesso di salire su un jet per la Giamaica, che nessuno gli avrebbe permesso di sorseggiare *piña colada* al sole di una spiaggia tropicale. Ma contrattava comunque. Sperando contro ogni speranza che magari, dopotutto, quella sarebbe stata la sua grande vittoria. Lasciare andare la ragazza, salire sulla limousine...

— Be', tu come vorresti che facessimo? — gli chiese Eileen. — Il punto essenziale è che il mio capo vuole essere certo che la ragazza sia al sicuro, prima di lasciare che quella limousine...

— La limousine non è per niente sicura — disse Whittaker. — Io salgo su quella macchina e voi fate saltare me e Sonny e la macchina fino all'inferno. Assolutamente no, Rossa. Di' al tuo fottuto boss che io voglio un elicottero. Non mi frega niente da dove lo prende, ma io voglio un elicottero. Digli che la ragazza esce con me e arriva fino all'elicottero. La lascio andare solo dopo che Sonny e io siamo dentro. È allora che avrete la ragazza. Di' al tuo capo che ha cinque minuti per decidere. Altrimenti avrà la ragazza, certo, ma l'avrà morta. Cinque minuti. Diglielo.

In strada, la folla dietro le barriere cominciava a diventare irrequieta. Erano già le tre del mattino, ma nessuno pensava di andare a dormire. L'unica cosa che tutti avevano in testa era la grande Sfida all'OK Corral. Teso verso quella conclusione, con lo scopo di eccitare chiunque fosse a tiro in modo che l'unico possibile risultato fosse sangue e perdite di vite umane, il Predicatore sollevò per l'ennesima volta il suo megafono e cominciò a cantilenare un orecchiabile, piccolo slogan che non aveva assolutamente niente a che vedere con la situazione in corso.

— Basta giustizia jogging! — gridò con una voce ormai rauca e roca. — Basta giustizia jogging!

Si riferiva alla giovane donna violentata e brutalmente percossa che aveva richiamato l'attenzione di tutto il mondo. Si riferiva ai verdetti di colpevolezza emessi contro gli agressori della ragazza. Non importava che la giovane prostituta bianca e i due killer neri dentro quella casa non potessero, neppure con il più grosso sforzo di immaginazione, essere identificati con la ragazza che faceva jogging e i suoi brutali aggressori. Quello che importava al Predicatore era mettersi al centro dell'azione, quale che fosse, creando azione se per caso non ce n'era, e presentarsi in televisione come la sola e unica voce della sensibilità nera, anche se la maggior parte dei neri sapeva che era soltanto un demagogo da due soldi, dedito esclusivamente all'autopromozione.

— Basta giustizia jogging! — gridò nel megafono. — Basta giustizia jogging!

E la folla, cullata fin quasi al sonno da quell'interminabile partita a scacchi, con i pezzi bianchi e neri che si muovevano su una scacchiera, raccolse quello slogan orecchiabile, "Basta giustizia jogging!", e l'amplificò senza l'aiuto di megafoni, "Basta giustizia jogging!", sillabando le parole in un ritmo di quattro quarti che faceva venir voglia di battere il piede a tempo. "Basta giustizia jogging!". La litania scavalcava le barriere della polizia e ricadeva a cascata sulla veranda della casa, dove Dolly Simms sedeva pallidissima e impietrita alla finestra.

Dolly sentiva il ritmo smorzato dello slogan sotto il ruggito costante dell'elicottero della polizia che volava in cerchio. Sonny e Diz adesso erano all'interno della camera e bisbigliavano. Lei sedeva in controluce nel bagliore dei fari, con la nove millimetri di Sonny puntata alla testa. Dolly pensò che stessero discutendo se dovevano ucciderla. Sapeva che erano abbastanza pazzi da farlo. In un certo senso, non sembrava importargliene più.

— Signor Whittaker?

La rossa. Di nuovo là fuori, tra i cespugli. Certa gente non rinuncia mai. Se la immaginò rapata a zero. Forse anche lei era pazza. Forse tutto il mondo era pazzo. E Dolly, l'unica ad essere sana, poteva morire nel giro dei prossimi cinque, dieci minuti. Cosa che magari, in fin dei conti, non sarebbe stata poi così male.

— Whittaker? Sono ancora io, Eil...

— Non ti sentono — disse Dolly.

— Cosa?

— Non ti sentono — ripeté Dolly. — L'elicottero fa troppo chiasso.

— Va' a dire al signor Whittaker che devo parlargli.

— Se mi muovo dalla finestra, mi spara.

— Digli solo che dobbiamo parlare ancora.

— Non posso.

Eileen prese in mano il walkie-talkie.

— Ispettore? — chiamò.

— Sono qui — rispose Brady.

— Faccia allontanare quell'accidente di elicottero, non riesco neppure a sentirmi pensare.

— Dieci-quattro — ordinò Brady.

Da dove stava lavorando con il tronchese, Wade sentì l'elicottero che si allontanava e il frastuono ritmico delle pale soccombere alla cantilena, che adesso si alzava come per richiamare indietro l'elicottero, voci insistenti che arrivavano fino al nero del cielo. "Basta giustizia jogging!"

— Stronzi idioti — mormorò Wade, e serrò le mascelle del tronchese sull'arco d'acciaio del lucchetto. L'acciaio si spezzò. Wade gettò via l'attrezzo e liberò il lucchetto dall'occhiolo. In tre secondi Carella aveva alzato gli sportelli della cantina e stava scendendo gli scalini, con Wade alle spalle. Il rumore dell'elicottero era quasi svanito. Adesso c'era solo il suono dello slogan.

Era buio come la pece, in cantina.

C'era odore di carbone e odore di polvere.

Pensarono che gli scalini fossero davanti a loro, leggermente sulla sinistra.

Non osarono accendere la luce.

— Dove sta andando l'elicottero? — chiese Sonny.

— Sta' zitto — disse Whittaker.

— Se ne sta andando, non senti?

— Lo sento, sta' zitto — disse Whittaker e andò alla finestra. — Rossa! — gridò. — Dove diavolo sei?

— Sono qui.

— Dove? Alzati, voglio vederti.

— Nossignore.

— Cosa vuol dire nossignore? Vuoi dire che...

— Signor Whittaker, è ora che parliamo seriamente. Sai bene che c'è...

— Non venirmi a dire di cosa devo parlare. Sono io quello che ha la ragazza. Tu non hai...

— Okay, vuoi restare lì dentro con lei per sempre? È questo che vuoi? Oppure vuoi sistemare le cose e andare all'aeroporto? Quale delle due? L'elicottero è qui. Ti ho fatto arrivare il tuo maledetto elicottero, perciò cosa ne diresti di darmi una mano, adesso? Mi sono fatta il culo per te, signor Whittaker...

Lo sentì ridacchiare.

— Sì, molto divertente — continuò Eileen. — E adesso mi fai fare la figura dell'idiota con il mio capo. Vuoi che quell'elicottero atterri o vuoi che io continui a correre avanti e indietro per tutta la notte? Ho qui il walkie-talkie, guarda... — Alzò la mano sopra la testa, sopra il livello del pavimento della veranda in modo che Whittaker vedesse la mano e il walkie-talkie spuntare dai cespugli. — Dimmi quello che vuoi e io chiamo il capo. Sto cercando di facilitare questa operazione, sto cercando di farti salire su quell'elicottero e di far uscire la ragazza dalla casa senza che nessuno si faccia del male. Vuoi aiutarmi a farlo, signor Whittaker? Io sto facendo del mio meglio, sul serio. Mi serve solo un po' di collaborazione da parte tua.

Dentro la casa ci fu un lungo silenzio.

Alla fine Whittaker disse: — Okay, ecco i patti.

Erano arrivati ai gradini della cantina.

Con il volume del walkie-talkie al minimo, ascoltavano quello che Eileen stava riferendo all'ispettore. Per come avevano capito l'accordo, l'elicottero sarebbe atterrato nel lotto a sinistra della casa, a circa quindici metri da quella che sulla pianta veniva indicata come la veranda della cucina. Il pilota dell'elicottero, che doveva essere solo, sarebbe sceso e avrebbe alzato le mani sulla testa; a quel punto i due sarebbero usciti. Whittaker per primo e Sonny sarebbe rimasto accanto alla porta della cucina, con la pistola puntata alla testa della ragazza. Quando Whittaker fosse stato al sicuro dietro il pilota, con la canna dell'AK-47 contro il collo del pilota stesso, avrebbe fatto segno a Sonny di lasciare la ragazza. Dolly avrebbe cominciato a correre verso il camion del SE ed Eileen l'avrebbe fatta salire. Per allora, Sonny sarebbe già stato a bordo dell'elicottero. Se qualcuno avesse cercato di colpire Sonny mentre correva dalla casa, Whittaker avrebbe ucciso il pilota.

— Mi sembra che abbiano fatto uno scambio — sussurrò Wade. — La ragazza per il pilota.

— Non fanno mai scambi — disse Carella. — È una delle regole.

— A te cosa sembra allora?

— Sembrerebbe uno scambio — ammise Carella. — Ma il pilota è un poliziotto.

— Per cui non c'è problema se l'ammazzano?

— No, ma...

— Com'è il piano, una volta che arrivano all'aeroporto?

— Non lo so — disse Carella. — Io lavoro qui.

Si misero in ascolto dietro la porta in cima alla scala. Tra poco, se tutto andava bene, Sonny e Whittaker sarebbero passati nel corridoio davanti a quella porta. Nell'attimo stesso in cui Sonny avesse lasciato andare la ragazza, Steve Carella si sarebbe trovato faccia a faccia con l'uomo che aveva ucciso suo padre.

Il tiratore scelto si accucciò nella cabina, nella parte destra dell'elicottero. A terra, un poliziotto in pantaloni e giacca arancio luminosi uscì di corsa dal perimetro interno della polizia.

— Chi è quello là? — chiese subito Whittaker.

— È disarmato — lo rassicurò Eileen. — Deve fare le segnalazioni al pilota per dirgli dove atterrare. Non vogliamo errori.

— Voglio che se ne vada di là appena l'elicottero atterra.

— Ispettore? — chiamò Eileen al walkie-talkie.

— Sono qui — disse Brady.

— Vuole che quell'uomo se ne vada appena l'elicottero atterra.

— Va bene — disse Brady.

— Hai sentito? — chiese Eileen a Whittaker.

— No.

— Il mio capo ha detto che, appena l'elicottero atterra, quell'agente se ne va.

— Sarà meglio.

Dolly era ancora seduta da sola alla finestra. Gli altri due erano da qualche parte nel buio della camera, alle sue spalle. Eileen parlava con qualcuno che non poteva vedere. Ma era certa che Whittaker vedesse fuori della stanza: aveva visto subito l'uomo in arancione che correva verso il lotto sabbioso di fianco alla casa.

— Nessuno esce di qui finché quell'uomo non se ne va.

— Non preoccuparti. Adesso sta facendo i segnali — spiegò Eileen. — Da dove sei non puoi vederlo, ma sta facendo i segnali all'elicottero.

Il tiratore scelto vide l'uomo a terra muovere in cerchio una torcia rossa sopra la testa. La porta scorrevole sulla destra dell'elicottero era aperta. Il pilota sarebbe atterrato con il lato destro rivolto verso la casa. Appena Whittaker avesse preso posto, servendosi del pilota come di uno scudo di fronte ai poliziotti là fuori, il tiratore avrebbe avuto un bersaglio perfetto nella sua nuca. O almeno, così sperava il pilota.

— Hedgehog, qui Firefly, passo — disse il pilota.

— Parla pure, Firefly.

— Vediamo il vostro uomo, siamo pronti ad atterrare.

— Scendi pure, Firefly.

— Dieci-quattro.

Il codice della polizia per chiudere una comunicazione, anche se questa volta si trattava di una trasmissione radio aria-terra e un "wilco" sarebbe stato forse più corretto. Il pilota, che si preparava ad atterrare e a diventare l'ostaggio di un killer armato, e il capo Curran, che gli parlava da terra, si erano scambiati esclusivamente le istruzioni per l'atterraggio. Ormai nessuno poteva più sapere chi stava ascoltando su quella frequenza, e c'era ancora una ragazza di sedici anni dentro quella casa.

— Sta scendendo — disse Eileen.

— Adesso mando Sonny in cucina con la ragazza — disse Whittaker. — Sonny sa strillare forte e io da qui lo posso sentire. Appena mi dice che l'elicottero è atterrato, mi sposto anch'io sul retro. Per il resto, sta a te che nessuno finisca male.

— È quasi a terra — disse Eileen.

— Mi hai sentito?

— Ti ho sentito.

— Muoviti, Sonny.

Le foglie dei cespugli davanti alla casa tremarono violentemente mentre i pattini dell'elicottero si avvicinavano a terra. Sopra il ruggito dell'elicottero e il sibilo del vento, Eileen disse al walkie-talkie: — Adesso Sonny sta andando verso la cucina. — Con tutto quel chiasso, non si era aspettata che Whittaker la sentisse, ma l'aveva sentita.

— Perché glielo hai detto? — gridò Whittaker sopra il frastuono.

— Non vogliamo errori, lo sai. — Al walkie-talkie, disse: — L'elicottero è atterrato, ispettore. Sarà meglio togliere quell'uomo di là. — Ma l'informazione era a beneficio di Carella e di Wade, in piedi sul pianerottolo dietro la porta della cantina.

— Diz...

Gesù!

Sembrava che la voce fosse a un millimetro da Carella, proprio davanti alla porta.

— Muoviti, stronza!

Di corsa nel corridoio, adesso, più lontani dalla porta.

— Ahi!

La voce della ragazza.

— Ti ho detto di muoverti! Diz, mi senti, Diz?

— Non c'è bisogno che tu mi spinga con quel maledetto...

— Diz.

Ancora un po' più lontani. Carella pensò che fossero in cucina. Visualizzò mentalmente la pianta della casa, lo stretto corridoio che andava dalla veranda esterna alla cucina. Sonny Cole, l'assassino di suo padre, era in cucina e gridava al suo socio sul davanti della casa.

— Diz, lo vedo. È a terra. Diz, mi senti?

I due poliziotti non sentirono nessuna risposta.

Ma ci furono di nuovo dei passi, che tornavano verso di loro nel corridoio. Carella si premette il walkie-talkie all'orecchio, temendo che un suono qualunque potesse tradire la loro posizione. Ci fu un'improvvisa risata, proprio davanti alla porta, che lo fece di nuovo sobbalzare.

— Ce ne andiamo in Giamaica — disse Sonny alla ragazza, ridendo, con una voce acuta e stridula.

È quello che credi tu, pensò Carella.

— Era Sonny — disse Whittaker. — Ha detto che l'elicottero è atterrato.

— Sì, è vero — disse Eileen.

— Perciò adesso vado là dentro anch'io. — Sembrava quasi triste all'idea di andarsene. — Sei sicura di aver capito tutto bene?

— Lo spero — disse Eileen.

— Lo spero anch'io. Altrimenti qualcuno muore, lo sai? Appena vedo il pilota, là fuori, vado verso l'elicottero. Il resto lo sai.

— Lo so.

— Meglio che non ci siano trucchi.

— Non ce ne saranno.

— Niente sorprese — disse Whittaker, e improvvisamente comparve alla finestra. — Addio, Rossa. — Sorrise e scomparve di nuovo nel buio.

— Eileen — mormorò sottovoce Eileen e poi, immediatamente dopo, al walkie-talkie: — Whittaker sta andando sul retro.

Carella sarebbe stato cieco senza la voce di Eileen dal walkie-talkie. La voce di un buon poliziotto e di una buona amica, che lo informava, lo aggiornava e gli diceva quando sarebbe stato okay saltare fuori e salutare l'assassino di suo padre.

"L'elicottero è a terra..."

E poi:

"Whittaker sta andando sul retro..."

E adesso

"Il pilota è sceso dall'elicottero..."

Carella aspettò. Wade era in piedi accanto a lui, teso, con l'orecchio premuto contro la porta della cantina per ascoltare ogni suono nel corridoio.

Tutti e due avevano tirato fuori le pistole molto tempo prima. Adesso aspettavano, semplicemente.

"Sta mettendo le mani sopra la testa..." disse Eileen.

Eileen era in piedi tra il camion uno e l'elicottero, con i lembi della giacca blu che danzavano nella corrente prodotta dalle pale in movimento. Vide il pilota fermarsi accanto alla scaletta dell'elicottero, che aveva il portello aperto, con i capelli al vento e le mani sopra la testa. Eileen non vide nessuno dentro l'abitacolo.

— La porta della cucina si sta aprendo — disse al walkie-talkie.
Trattenne il respiro.
— Whittaker ha messo la testa fuori, si guarda intorno...
Agitò una mano verso di lui, per fargli vedere dov'era. Tutto secondo programma, giusto? Prendi il pilota e lasci andare la ragazza. E io l'aspetto qui. Whittaker non rispose al gesto della mano. Forza, pensò Eileen, fammi capire che mi hai notato. Fammi sapere che mi hai visto. Agitò di nuovo le mani, questa volta con movimenti più ampi, esagerati. Whittaker non rispose. Si limitò a darsi un'ultima occhiata intorno per essere certo che non ci fossero imboscate e poi cominciò a correre verso l'elicottero.
— Sta andando verso l'elicottero — gridò Eileen nel walkie-talkie. — La ragazza è ancora dentro, non muovetevi. Ispettore?
— Sì.
— Chi dà il via?
— Io. Tu dimmi solo quando la ragazza è libera.
— Sì, signore.
Silenzio.
— Ormai è quasi arrivato.
Ancora silenzio.
— Adesso è alle spalle del pilota. Fa un segno verso la porta. La ragazza è fuori. Dolly! — gridò Eileen. — Qui. Da questa parte!
— Attacco uno, via! — urlò Brady.

In seguito, in una tavola calda vicino alla Centrale, mentre consumavano caffè e ciambelle e un altro giorno torrido si alzava sulla città, avrebbero cercato di ricostruire quello che era successo immediatamente dopo, assemblando i vari pezzi come avrebbero potuto fare con un puzzle, mettendo insieme i diversi frammenti dell'azione dalle differenti prospettive, cercando di ricavare un tutt'uno comprensibile da quella che all'inizio era sembrata soltanto una serie di pezzi confusi e sparpagliati a caso.
La ragazza correva verso Eileen.
I capelli rossi come un faro di richiamo nella notte.
— Dolly! — urlò di nuovo Eileen.
— Ehi, Rossa.
Per un momento Eileen non capì; la voce usciva dal buio vici-

no all'elicottero, dove Whittaker stava in piedi dietro il pilota. Eileen si voltò per localizzare la voce, staccando solo per un istante gli occhi dalla ragazza.

— Ho mentito! — gridò Whittaker.

E la ragazza esplose nel sangue.

Irruppero dalla cantina nell'attimo stesso in cui Brady diede il via. Sonny aveva appena lasciato andare la ragazza ed era sul punto di staccarsi dalla porta, come un corridore che sistema i blocchi di partenza prima del colpo di pistola. Il colpo di pistola arrivò da dietro, sparato dalla 38 di Wade: prese Sonny nella gamba destra e lo gettò a terra prima che potesse uscire sulla veranda. Gli furono addosso nel giro di dieci secondi. Mentre Sonny tentava di mettersi a sedere e di alzare l'arma in posizione di sparo, Wade con un calcio tolse a Sonny la nove millimetri di mano; Carella gli mollò un calcio sotto il mento e lo mandò a sbattere di schiena sul pavimento rivestito di linoleum dello stretto corridoio. Linoleum verde, avrebbe ricordato in seguito Carella. A fiori gialli. Verde e giallo e gli occhi spalancati di Sonny, mentre Carella gli premeva la canna della pistola nell'incavo della gola. C'era una cicatrice da coltello, rosa e frastagliata, su un lato del viso.

— Dài — sussurrò Wade.

La ragazza barcollò in avanti. I seni acerbi sotto la camicetta color lavanda eruttarono e si allargarono in più grandi fiori rossi, mentre i proiettili del fucile d'assalto le squarciavano la schiena e uscivano in una pioggia di pezzi di polmoni e sangue e cartilagine e tessuti, schizzando Eileen di grumi di sangue mentre la ragazza le cadeva tra le braccia.

— Oh, Signore — mormorò Eileen, e sentì i colpi nell'abitacolo dell'elicottero mentre il tiratore sparava due volte, e solo due volte. Ma due volte fu più che sufficiente: la prima pallottola prese Whittaker nella nuca, lacerandogli la trachea nell'uscita. La seconda lo colpì immediatamente sopra la guancia destra, dato che la spinta del primo colpo l'aveva fatto voltare, allontanandolo dal pilota. Era morto ancor prima che la guancia disintegrata mandasse schegge d'osso a rimbalzare nel cervello.

Dietro le barriere, perfino il Predicatore smise di cantilenare.

— Dài, fallo — bisbigliò Wade con impazienza.

C'era sudore in quel corridoio stretto, e paura e rabbia, e c'era anche ogni pensiero dolce che Steve Carella avesse mai avuto per suo padre, ogni emozione che avesse mai provato per lui. Tutto questo gli bruciava gli occhi e gli scuoteva violentemente la mano che stringeva la pistola. La canna della Police Special tremava nell'incavo della gola di Sonny, dal cui viso uscivano enormi gocce di sudore. Adesso la faccia di Wade era vicina a quella di Carella, e tutti e tre sudavano, in quel corridoio soffocante dove l'omicidio era lontano meno di una frazione di secondo. — Fallo — sussurrò di nuovo Wade. — Ci siamo solo noi.

Per poco non lo fece.

Per poco non premette il grilletto, per poco non lasciò partire il colpo che l'avrebbe fatta finita con Sonny e che l'avrebbe fatta finita anche con se stesso, con tutta la rabbia, con tutto il dolore, con tutto l'odio.

Ma sapeva che, se avesse ascoltato quel sussurrante "Fallo", facile in quel posto segreto, l'avrebbe fatto non solo a Sonny, ma anche a se stesso. E a chiunque, in quella città, avesse mai sperato nella giustizia e nella legge.

Si staccò di colpo dall'uomo che aveva ucciso suo padre.

— In piedi! — gli ordinò.

— Mi hai sparato, stronzo! — gridò Sonny a Wade.

— In piedi — ripeté Carella. Lo tirò su e gli fece scattare le manette ai polsi, chiudendole con rabbia. Wade lo guardava perplesso.

— Io vi denuncio — disse Sonny. — Mi avete sparato, stronzi.

— Sì, denunciaci pure — disse Wade. Stava ancora fissando Carella. — Non ti capisco — gli disse.

— Be'... — disse Carella e non aggiunse altro.

13

Telefonò a suo cognato dalla tavola calda e gli disse che sarebbe passato a prenderlo tornando a casa. Quando Tommy gli chiese perché, rispose: — Perché hai avuto due gemelle e penso che tu le debba vedere.

— Ehi, accidenti, due gemelle, mamma mia!

In macchina, diretti in ospedale, Steve gli disse che sapeva che si faceva con la coca.

— Come ti è venuta un'idea del genere? — chiese Tommy sgranando gli occhi.

Steve rispose che l'idea del genere gli era venuta seguendolo fino a una casa in Laramie Street, che per inciso la polizia teneva sotto controllo. Ecco come gli era venuta un'idea del genere.

Tommy stava per ripetere il numero dello stupore per la terza volta, ma Steve l'interruppe seccamente e gli chiese: — Chi è la donna?

Tommy rifletté se era ancora il caso di mentire. L'auto avanzava lentamente nel traffico intenso del primo mattino; Steve era al volante, Tommy di fianco. Ci mise parecchio tempo per rispondere. Sapeva che suo cognato era un detective. Non sarebbe stato facile.

— Lavora in banca con me — disse alla fine.

— Ti sto ascoltando.

— È cominciata un paio di mesi fa.

Tommy voleva che il cognato capisse subito che il sesso non c'entrava per niente in quella storia, che era una faccenda diversa e che Angela si era sbagliata su questo, anche se aveva avuto ragione sul fatto che c'era un'altra donna. L'altra donna si chiamava Fran Harrington e tutto era cominciato quando erano andati insieme per lavoro a Minneapolis. Doveva essere stato poco dopo la Festa del Lavoro dell'anno prima...

— Mi era sembrato che tu avessi detto un paio di mesi — disse Steve, voltandosi a guardarlo.

— Be', sì.

— La Festa del Lavoro è all'inizio di settembre. Non è un paio di mesi. È quasi un anno.

— Be', sì.

— Ti fai di coca da quasi un anno.

— Sì.

— Idiota di uno stronzo.

— Mi dispiace.

— Sarà meglio, stronzo.

Era furioso. Strinse forte il volante e si concentrò sul traffico. Le auto si muovevano attraverso una foschia luccicante da miraggio. Era il primo giorno di agosto e l'estate sembrava decisa a provare che luglio era stato solo uno scherzo. Tommy gli stava raccontando come lui e Fran fossero andati a Minneapolis per trattare con un cliente sull'orlo del fallimento e come fossero riusciti a trovare un piano di pagamenti soddisfacente sia per lui sia per la banca. Si trattava di un prestito enorme: quel tale affittava attrezzature per la rimozione della neve, cosa che nello stato del Minnesota era essenziale come il pane. Così lui e Fran erano contentissimi di essere riusciti a risolvere il problema e Tommy aveva suggerito di uscire a bere qualcosa per festeggiare. Fran aveva detto che lei non beveva, ma che forse avrebbero potuto scovare qualcosa di meglio. All'inizio Tommy non aveva capito cosa volesse dire Fran.

Non si penserebbe mai di trovare cocaina a Minneapolis, Minnesota, che Tommy aveva sempre immaginato come una specie di città di campagna in mezzo al nulla. Ma Fran conosceva un posto dove andare, e non era per niente il tipo di locale equivoco che si vede in televisione, dove i poliziotti fanno irruzione buttando giù le porte e gridando. L'unica cosa che Tommy aveva imparato dal settembre precedente... be', sì, era quasi un anno ormai... era che non ci sono solo i ragazzini neri che si fanno di crack nei ghetti; ci sono anche i bianchi che tirano coca nei quartieri alti. La coca non conosce discriminazioni razziali, la coca è il grande emancipatore. Proprio come una volta, quando c'erano i ragazzini degli slum che si arrotolavano gli spinelli per strada, mentre i ricchi di Malibu ti offrivano sigarette personalizzate alla marijuana in portasigarette d'argento. Adesso era la stessa cosa con la cocaina.

Non c'è bisogno di andare a fumare una fiala di crack da cinque dollari in un lurido appartamento di periferia; ci sono posti dove la gente si può sedere in un ambiente piacevole, a volte addirittura lussuoso, sniffando roba veramente ottima e socializzando...

— Stronzo idiota — disse Steve.

— Comunque è così che è cominciata — disse Tommy. — Quella volta a Minneapolis. E da allora lo facciamo insieme. Fran viaggia parecchio con me e lei conosce tutti i posti. Sai, la cosa pericolosa è farsi beccare con la roba addosso...

Lo vieni a dire a me, pensò Steve.

— ... per cui non compri la roba e la porti con te: vai tu dove c'è la roba, in uno di quegli appartamenti di lusso dove c'è gente proprio come te...

Nasi proprio come te, pensò Carella.

— ... come quello sulla Laramie, per esempio. È veramente simpatico, noi ci andiamo spesso.

— Sarà meglio che tu la pianti di andarci. Sei già diventato una stella del cinema.

— Tu pensi che...

— Non me lo chiedere. Solo stai lontano da quel posto. O da qualsiasi altro posto come quello.

— Ci proverò.

— Lascia perdere il provarci, idiota. O la pianti, o ti arresto io personalmente, te lo giuro.

Tommy annuì.

— Mi hai sentito? Ti cerchi un aiuto psichiatrico e la smetti. Punto.

— Sì. — Tommy rimase zitto per un momento. Poi disse: — Tu... tu l'hai detto ad Angela?

— No.

— Glielo dirai?

— Dipende da te.

— Come? Cosa devo...

— Sta solo a te. Ti sei cacciato da solo in questa storia, devi uscirne da solo.

— Vorrei solo che tu capissi — ripeté Tommy. — Il sesso non c'entra assolutamente. Angela si sbagliava. Non è sesso.

Invece sì, pensò Steve.

Seduta vicino al fiume, aspettando che arrivasse, Eileen guardava i rimorchiatori che, a distanza, passavano lenti sotto il ponte. Il locale che aveva scelto era un ristorante specializzato in pesce, semplice e disadorno, appollaiato in modo quasi precario in fondo al molo, tutto assi di legno marrone, persiane blu e pareti e pavimenti non del tutto a piombo. Le tovagliette sui tavoli erano fogli marrone di carta da pacchi; i camerieri, in grembiuli bianchi macchiati, correvano freneticamente avanti e indietro. All'ora di cena il locale diventava un manicomio. Eileen lo stava aspettando solo per bere qualcosa insieme, ma perfino a quell'ora, poco dopo le cinque, nel ristorante c'era un'atmosfera di ipercinetica preparazione.

Seduta a un tavolo sul molo, respirava profondamente l'aria che sapeva di mare, mentre alle sue spalle l'attività bolliva e, sotto, il fiume scorreva lento. Si sentiva bene. I minuti passavano sereni.

Alle cinque e un quarto, Kling uscì di corsa sul molo.

— Scusami per il ritardo. Abbiamo avuto un...

— Sono appena arrivata anch'io — gli disse Eileen.

— Accidenti, sono veramente in ritardo — disse lui, guardando l'orologio. — Mi dispiace. Hai già ordinato?

— No, ti ho aspettato.

— Allora, cosa prendi? — le chiese, voltandosi per chiamare con un gesto uno dei camerieri.

— Vino bianco, per favore.

— Ti ho vista in televisione — disse Kling, sorridendo. — Un bicchiere di vino bianco e un Dewar's con ghiaccio, per favore. Con una scorza — disse al cameriere.

— Vino bianco, Dewar's con ghiaccio e scorza — ripeté il cameriere, e si allontanò.

— Mi sembri un po' stanca.

— È stata una lunga notte.

— Però è andato tutto bene.

— Sì, è andata abbastanza...

— La ragazza uccisa non è stata colpa tua — aggiunse lui in fretta.

— Lo so.
In realtà, fino a quel momento, Eileen aveva pensato di aver gestito la situazione in modo assolutamente professionale.
— È stato quel delinquente... Come si chiama? Whitman?
— Whittaker — suggerì Eileen.
— È stato Whittaker a uccidere la ragazza. Tu non c'entri assolutamente, Eileen. Anche quello che ti ha intervistata per la televisione ha detto subito, in diretta, che la ragazza era a pochi metri dalla salvezza quando le hanno sparato alla schiena. Perciò non cominciare a incolparti per...
— Ma non lo sto facendo.
— Brava. Altrimenti ti rovineresti l'opportunità che hai di cominciare un lavoro nel quale potresti diventare molto in gamba.
Eileen lo guardò.
— Io sono brava — disse.
— Ne sono certo.
— Sono già brava.
"Ma chi me lo fa fare?" si domandò.
— Bert — disse. — Facciamola finita una volta per tutte, okay?

Alla partita di poker del lunedì sera partecipavano detective fuori servizio provenienti da distretti sparsi in tutta la città. Di solito erano in sette, comunque mai meno di sei o più di otto. In otto il gioco era impacciato e poco pratico. Inoltre, con otto giocatori e sole cinquantadue carte, non si potevano fare i giochi insensati che i detective preferivano. Per loro giocare a poker era una forma di relax. La posta non era mai alta: se eri sfortunato per tutta la notte, potevi perdere al massimo cinquanta, sessanta dollari. Ma comunque il senso del rischio, in una situazione dove i rischi non facevano paura, aveva un certo fascino per uomini che a volte dovevano mettere in gioco la propria vita.
Meyer stava riflettendo se doveva scommettere o no su quella che sembrava una scala reale, ma che poteva essere soltanto una scala al sette, se poi era veramente una scala.
Decise di correre il rischio.
— Vedo il dollaro e rilancio di un dollaro.
Morris Goldstein, un detective del 73°, inarcò le sopracciglia e sbuffò nella pipa. Era lui quello con un tre, un quattro, un cinque e un sei di fiori davanti a sé e magari con un due o un sette di

fiori coperto. Sembrò sorpreso che Meyer non solo avesse visto la sua puntata, ma avesse addirittura rilanciato.

Al tavolo erano rimasti soltanto in tre. Meyer, che aveva un full di tre re e due assi, Goldstein, con quella che sembrava essere una scala reale, ma che forse non lo era, e Rudy Gonsowski del 103°, un perdente sicuro. Goldstein diede un tiro alla pipa e, con aria indifferente, rilanciò di un altro dollaro. Come giocatore di poker faceva schifo e Meyer pensò che stesse ancora cercando di bluffare la sua finta scala reale. Gonsowski uscì: nessuna sorpresa. Meyer rifletteva.

— Andiamo, signorine — disse Parker. — Questa non è la serata del *ma-jongg*.

Quella sera giocavano a casa sua. Gli altri due partecipanti erano un detective di nome Henry Flannery del comando centrale e Leo Palladino del Midtown South. Tutti e due erano ottimi giocatori e di solito vincevano.

Quella sera, però, entrambi avevano avuto delle strisce perdenti. Sedevano, appoggiati allo schienale, con l'espressione impaziente e annoiata di chi ha perso e aspettavano che Meyer si decidesse.

— Altri due dollari — disse Meyer, e gettò nel piatto quattro fiches da cinquanta cent.

Goldstein inarcò di nuovo le sopracciglia.

Diede qualche tiro solenne alla pipa.

— Altri due — disse, e gettò le fiches nel piatto.

Meyer pensò che era ora di cominciare a credergli.

— Vero — disse.

Goldstein gli mostrò il suo due di fiori.

— Già — disse Meyer, e gettò le sue carte.

— Avresti dovuto capirlo subito che ce l'aveva — gli disse Parker, raccogliendo le carte e cominciando a mischiarle.

— Ha cominciato ad alzare solo alla quarta carta — disse Meyer sulla difensiva.

— E tu, cosa diavolo hai fatto, Gonsowski? — si informò Flannery, che fino a quel momento perdeva trenta dollari.

— Avevo doppia coppia con le prime quattro carte — rispose Gonsowski.

— Doppia coppia te la puoi mettere nel culo, contro una scala reale — disse Palladino.

— Magari lui bluffava — disse Gonsowski.

— Parliamo comunque di assi contro re — fece notare Flannery. — Meyer ti aveva già battuto con le carte scoperte.
— Questo gioco si chiama Vedove — disse Parker, e cominciò a dare le carte.
— E cosa accidenti sono le Vedove? — chiese Palladino.
— Un gioco nuovo.
— Un altro nuovo gioco scemo — disse Flannery.
A nessuno dei due piaceva perdere.
— Adesso distribuisco due mani in più...
— Io odio questi giochi scemi — disse Flannery.
— ... coperte. Una è di tre carte, l'altra di cinque. Tutte e due coperte. Due mani, a faccia in giù.
— È un gioco a cinque carte? — chiese Gonsowski.
— E cosa cavolo credi che sia? — gli domandò Palladino.
— Potrebbe essere a sette carte, come faccio a saperlo? Non l'ho mai giocato in vita mia. Non l'avevo neppure mai sentito prima di questa sera.
— Puzza già — disse Flannery.
— Due mani, coperte — disse Parker. — Le mani si chiamano vedove. — Una, due, tre — disse, distribuendo le carte. — Questa è la prima vedova... E una, due, tre, quattro, cinque — aggiunse continuando a distribuire le carte. — La seconda vedova.
— Perché si chiamano vedove?
— Non lo so. Si chiamano così e basta. È il nome del gioco. Vedove.
— Continuo a non capire — disse Gonsowski. — Come si gioca?
— È il solito gioco a cinque carte a testa — disse Parker, distribuendo le carte a tutti. — Una carta coperta, quattro scoperte, si punta dopo ogni carta.
— E poi? — chiese Meyer.
— Dopo la terza carta, se la tua mano non ti piace, puoi offrire per la Vedova di tre carte. Chi offre di più, mette i soldi nel piatto, scarta le sue tre carte e ottiene una mano completamente nuova con le tre carte della Vedova.
— Mi sembra sempre più idiota a ogni secondo che passa — osservò Palladino.
— È un bel gioco — disse Parker. — Aspetta e vedrai.
— E l'altra Vedova? — chiese Goldstein. — Quella di cinque carte?

— Be' — disse Parker, radioso come un mago sul punto di estrarre il coniglio dal cilindro. — Dopo che ti è stata data la quinta carta, se la tua mano continua a non piacerti, puoi offrire sulla seconda Vedova e se sei quello che offre di più, hai una nuova mano di cinque carte.

— C'è da bere qui dentro? — chiese Flannery. — Oppure è tornato il proibizionismo?

— Serviti pure, è in cucina — rispose Parker. — Rudy, hai una carta alta.

Gonsowski guardò sul tavolo, sorpreso che il suo otto di quadri fosse la carta più alta.

— A me servono tutte e due quelle altre mani — disse Meyer.

— Vedove — lo corresse Palladino seccamente.

— Un altro gioco idiota — borbottò Flannery.

— Rilassati — gli disse Goldstein. — Va e viene in nottata.

— Come tutti gli altri — disse Palladino tetro.

— Punto cinquanta cent — disse Gonsowski.

Finito di stampare nel mese di novembre 1991
presso la Arnoldo Mondadori Editore S.p.A.
Stabilimento N.S.M. di Cles (TN)
Stampato in Italia - Printed in Italy

35096-2
1991